МОСТЫ

BRÜCKEN
Zeitschrift von Literatur, Kunst, Wissenschaft und sozialpolitische Problematik

BRIDGES
A literary, scientific, political and sociological quarterly

LES PONTS
Revue trimestrielle de litterature, d'art, de sciences Politiques

ISSN 1613-1770

Printed in Germany

Наш адрес:
Postfach 630129
60351 Frankfurt am Main, Germany

e-mail: 1998Lew@gmail.com
Internet: www.le-online.org

Редакция не всегда разделяет мнение авторов

Подписка в Европе – 70 евро
В США – 85 долларов
С целью поддержки – **от** 100 евро

Konto:
Frankfurter Sparkasse
IBAN: DE53 5005 0201 0000 6524 82
SWIFT– BIC: HELADEF 1822
Получатель – Verband russischer Schriftsteller
in Deutschland e.V.

МОСТЫ

ЖУРНАЛ РУССКОЙ ЗАРУБЕЖНОЙ ЛИТЕРАТУРЫ, ИСКУССТВА, НАУКИ И ОБЩЕСТВЕННО-ПОЛИТИЧЕСКОЙ МЫСЛИ

№ 78   2023

СОДЕРЖАНИЕ

Юрий Рябинин

Бескорыстная дружба мужская

К открытию в столичном Центральном доме художников выставки работ Игоря П., созданных за время творческой командировки на Донбассе, оказалось приурочено еще одно важное событие: виновнику торжества при всем народе была вручена медаль одной из донецких республик. На середину зала вышел официальный представитель в тесной паре, с красной папкой в руке и невыносимым для слуха москвичей южнорусским говором громко объявил, что решением их правительства Игорь Львович П. за вклад в культурное развитие молодой республики удостаивается соответствующего знака отличия и диплома.

Художник, подчеркивая всю серьезность момента, принял награду сосредоточенно, без улыбки, очевидно, переживая некое минувшее, послужившее причиною сегодняшнего его награждения.

После истинно трагичной паузы, во время которой среди присутствующих посерьезнели и самые записные балагуры, П. выступил с речью. Он припомнил, прежде всего, древнее высказывание: сердце мудрого в доме плача, глупого — в доме веселья. Почему, выбирая, радоваться ли ему, отмечаемому сегодня очередному творческому успеху или, напротив, делить ли, хотя бы в глубине души, страдания, переживаемые теперь попавшими в беду соотечественниками, он, безусловно, отдает предпочтение последнему. И тут же великодушно заметил, что это никого ни к чему не обязывает, это лишь его собственный выбор. Гости же, друзья, пусть не испытывают стеснения и смело сердце свое веселят общеньем отрадным, — так именно говорил П. Но, прежде чем собравшиеся предадутся радости дружеской встречи, им всем надо вспомнить и почтить известное печальное событие. Тут голос художника дрогнул, и в глазах блеснула влага...

За полгода где-то до того Игорь Львович П. отмечал свои именины. С некоторых пор он вообще избрал это событие в качестве главного личного торжества. Большинство из его окружения и понятия-то не имело, когда там у них именины, а отдельные знакомые так вообще даже и не знали, что это за празднество за такое. И уж, во всяком случае, никто именин не праздновал. Игорь же несколько лет назад завел обычай широко отмечать именно этот день: он собирал близких и дальних, между прочим, приглашал и кого-то из людей известных, как принято говорить, публичных: то депутата, то режиссера или главного редактора, почти всегда присутствовал священник... Если его кто-то по какому-то случаю спрашивал о дне рождения, Игорь объяснял обычно, что для него именины – наибольший праздник! а день рождения свой он и не помнит-то уже толком: когда он там? сколько ему? – это пусть пенсионный фонд его годам учет ведет.

Жил П. в добротном дореволюционном модерне в центре Москвы. Он рассказывал: квартиру ему *отказала* бабушка – коренная москвичка и... курсистка! Многие не понимали, что Игорь имеет в виду: почему же отказала? что значит «курсистка»? Тогда П. снисходительно растолковывал, что отказать – означает отнюдь не лишить чего-либо, как теперь многими воспринимается, не обездолить, а по-старинному – это, напротив, оставить что-то в наследство, одарить, согласно *духовной*. У него же старинная московская речь, сформировавшаяся благодаря особенному его воспитанию в их родовитой благородной семье!

Художником П. был, действительно, очень неплохим. Он давно перестал учитывать свои персональные выставки. П. считал, что такое занятие – для новичков в искусстве или посредственностей, у которых каждая миниатюра – выстраданное событие! При всяком случае Игорь подчеркивал, что вообще рисует не для заработка: только для души, – говорил он, – и ради удовольствия подарить кому-нибудь свою работу. Но, к слову сказать, работы П. неплохо и продавались. Сам художник, впрочем, эти товарно-денежные отношения презирал, почему поручал вести их своему доверенному.

Как обычно на торжество в гостеприимном доме Игоря П. собралось порядочно народу. В основном завсегдатаев – друзей художника. Но было и несколько незнакомых, новых лиц. Что же удивительного! – друзья Игоря, зная благосклонное к этому его отношение, запросто приводили и своих каких-то знакомых. И хозяин нисколько не возражал: ему даже льстило, что, таким образом больше людей узнают о нем, познакомятся с его творчеством увидят его работы.

Давний друг Игоря и нередкий гость в его доме – Андрей Сенчин – явился в этот раз с очаровательной спутницей, – этакой эталонной носительницей русской северной красоты: рослой с нарочито неубранными пепельно-льняными волосами и кожей цвета снега девушкой. П., увидев парочку, мгновенно как-то прикинул, что находящемуся на крайней стадии допустимой мужской вольницы Андрею именно такая владетельница и требуется: крепкая, как мытая репка! благовоспитанная на первый взгляд и, судя по неизменному ироничному блеску глаз, остроумная, а, главное, несовременная, как и сам Андрей, не сливающаяся с массой ровесниц, из кожи вон вылезающих – тщащихся выделиться.

Когда Андрей представлял ему свою знакомицу, П., сколько-то задержав восхищенный взгляд на девушке, а затем едва прикоснувшись губами к ее пальчикам, – он это умел делать с изяществом воспитанника Пажеского корпуса, – помимо прочих иронично-цветистых заверений о доставленной ему чести видеть доброго своего товарища у себя в гостях самдруг с очаровательной барышнею, заметил также о произведенном на него впечатлении их редкостным гармоничным двуединством, каковое ему было бы отрадою наблюдать отныне неизменно.

После нескольких первых тостов, произнесенных какими-то «вип»-гостями за общим столом, торжество, естественным образом, как это почти всегда бывает в больших компаниях, преобразовалось в свободное общение собравшихся, разбредшихся по всему дому.

Хозяин и виновник торжества также на месте во главе стола долго не засиделся: он – с бокалом в руке – ходил по комнатам от одной группки гостей к другой, чтобы всем уделить внимание, всем сказать что-то ободряющее и радостное или, напротив, выслушать любого, если потребуется.

В одной из таких группок, к которой присоединился П., разговор шел как раз о Сенчине и о произведшей на всех неотразимое впечатление его спутнице. Некий стареющий юноша – неопрятный и целую вечность не стриженый – по имени... не то Леша, не то Леня, – П. так никак и не мог запомнить, как именно его зовут, – никогда не пропускающий банкетов и фуршетов, которые устраивал Игорь где-либо по тому или иному поводу, и непостижимым образом знающий все обо всех, теперь, воровато озираясь, взахлеб рассказывал собеседникам, как же приплыло Сенчину! как фартануло! – если, конечно, он не зеванет мазы! типа не лоханется!.. – такую телку зачетную отсосал!..

П. вообще старался не замечать этого Леню-Лешу на своих мероприятиях, и терпел его у себя единственно для ассортимента, так сказать: присутствие этого бывшего художника выгодно подчеркивало, что Игорь Львович великодушно открыт для всех без различия в положении, в социальном или имущественном статусе. Не терпевший хотя бы даже слушать злословия о ком бы то ни было, а уж тем более в вульгарной манере, П., чтобы покончить поскорее с таким обществом, протянул вперед бокал, полагая, что, чокнувшись с этими собеседниками, ему будет извинительно оставить их и проследовать далее к другим гостям.

Но тут Леша-Леня, прежде чем чокнуться с П. и прочими в кружке, совершенно без паузы завел тост «за Андрюху», почему Игорю пришлось задержаться, чтобы вежливо дослушать выступающего и, соответственно, пригубить вина за друга.

Бывший художник, будто стараясь убедить П., принялся настойчиво живописать, какой крутяк улетный может обломиться Андрюхе, если ему удастся замутить с этой подругой по-серьезному! Без труда смекнув, о чем речь идет, П. не мог не заинтересоваться сказанным. Как ни досадно ему было о чем-то расспрашивать Лешу-Леню, но пришлось-таки уточнить, какими же сведениями, позволяющими судить таким образом, он располагает. Ну так телка-то – внучка К.! Ксюха К.! – догадываясь, что завершает повествование эффектной, неожиданной для собеседника концовкой, ответил тот, истинно ликуя от удовольствия.

П. был знаком с Сенчиным еще со Строгановки. Хотя они и учились там с разницей в два курса. Они не то что бы сдружились, – строго говоря, друзей в старом лучшем понимании у них, как и вообще у большинства теперь, не было, – но П. смолоду льстило покровительствовать кому бы то ни было: и Андрей как-то вошел в число тех, кому Игорь Львович оказывал в той или иной форме посильное вспомоществование, как он сам характеризовал свои дружеские услуги. Так несколько раз П. помогал устроить Сенчину его персональные выставки – обычно где-то в библиотеках или в подмосковных домах культуры, рекомендовал его работы каким-то покупателям, упоминал иногда его в своих интервью и тому подобное. И так длилось уже сколько-то лет: П. все более рос – его известность выходила теперь и за пределы отечества, он подумывал о собственной галерее – музее, по сути, своем прижизненном, – но и целая плеяда художников из окружения Игоря Львовича, хотя и оставалась почти в безвестности, однако, тоже вовсе не была лишена удовлетворения от своей деятельности, благодаря возможностям и щедротам покровителя.

Услышанное от Леши-Лени, прямо сказать, смутило Игоря, хотя виду, естественно, он не показал. Он умел владеть собой при любых обстоятельствах, сохраняя настроение неизменно ровным бодрым, – П. считал, что тот, кто не умеет управлять настроением и эмоциями, не хозяин своей судьбы и, в сущности, бездарен. Вот и теперь он как ни в чем не бывало продолжил свое хозяйское дефиле по квартире от группки к группке, – где-то задерживался, принимал участие в разговоре, острил, улыбался... но одновременно осмысливал и прокручивал и так и этак известие о грядущих невероятных, сенсационных переменах в судьбе Сенчина. Какие там теперь выставки в районных библиотеках и поселковых клубах, – да К. в состоянии устроить выставку внучкиному мужу... в Лувре!.. в Лондоне! на

Манхеттене!.. То, чего и не снилось самому Игорю, теперь будет запросто доступно его... подопечному. Но какому же «подопечному»? – промелькнуло у П., – этот «подопечный» завтра скакнет в небожители через дюжину ступеней, оставив далеко позади «покровителя»! Вот это фортель вышел! Вот это коленце!

Отыскав среди гостей Сенчина, Игорь заговорщицки подмигнул его спутнице и, прошептав ей таинственно что-то об исключительной важности их предстоящего мужского разговора, увел Андрея в укромное местечко.

Игорь прямо сказал приятелю, что все всем известно, – молва его уже женила! – и что он, со своей стороны также вполне сочувственно относится к возможным узам Андрея. Но видишь ли... – П. посерьезнел, – иные наши добрые языки уже трунят над вашим мезальянсом. Оно бы и по боку, конечно – на всякий роток не накинешь платок. Но дело не в них, – Игорь небрежно кивнул головой в сторону ближайшей группки гостей, – тут другое: понимаешь... разумеется, ты не последняя спица в колеснице, но и звезд с неба никогда не хватал, а теперь можешь войти в дом, где звезды... под ногами валяются. Ну, да, – продолжал П. – слухи... пересуды... общественное мнение... конечно, и мнением окружающих дорожить надо – кто бы спорил! – в общем-то, художник и живет ради своего реноме, – но ведь... семейная каша гуще, как говорится: прежде всего, тебе придется заботиться о своем положении в семье, пещись о реноме в глазах новой родни, почитающей и признающей, уверяю тебя, только самые высокие стандарты – личностные, профессиональные, статусные, да и имущественные, чего говорить... и, чтобы соответствовать, тут мало иметь лишь такой недюжинный талант, как у тебя, здесь надо, по крайней мере, превосходить их харизмой своей, чтобы уравновесить как-то прочее неравенство почти во всем.

Андрей слушал друга и доброжелателя не просто внимательно, а настороженно и смущенно, – видно было, что все это его очень волновало, снедало, все это как раз было и его собственными мучительными думами. И, поднимая эти проблемы – из дружеских, искренних, очевидно, побуждений – П. задел самое его наболевшее.

Борясь с расстройством чувств и будто ожидая услышать приговор, Андрей, тем не менее, решительно поинтересовался: так что же? – друг не советует ему затевать эту эпопею? – но ведь у них с Ксенией, так сказать... чувства. Несмотря на всю их разницу в положении.

Да ну что ты! что ты! окстись! – поспешил успокоить его П., – напротив: очень советую. Как же можно отвергать счастье, дарованное нам свыше. Это и гордыня, и дурь одновременно. Нет, отказываться не следует. Но тут требуется особый подход. Этакая комбинация... Понимаешь, если ты – пусть и трижды талантливый, но неродовитый – имеешь в виду породниться с этими патрициями, то тебе надо явиться им, как бы сказать... во славе... триумфатором каким-то... в чем-то... Знаешь что... знаешь что... – Игорь энергично растер пальцами напрягшиеся морщинки на лбу. – Слушай... есть у меня кое-какой планец на этот счет... Правда, придется сколько-то вам повременить. Но я думаю, вы и так еще не сговорились завтра же бежать под венец? – перешел он на обычный шуточный тон.

Андрей заверил его, что, действительно, на завтра у них таких планов не имеется.

В таком случае, – бодро продолжал Игорь, – позволь мне сейчас же начать исполнять задуманное.

Заручившись согласием друга, П. немедленно обратился ко всем собравшимся: друзья! прошу вашего внимания! позвольте тост! Я предлагаю почтить всеобщим осушением бокалов нашего дорогого товарища – Андрея Сенчина! В представлении он, как говорится, не нуждается. Мы все его неплохо знаем: он – надежный человек и талантливый художник. Но Сенчин не перестает нас восхищать, открывая новые потрясающие свойства своей великой души. Позволь уж, дорогой, обнародовать твой секрет, – Игорь Львович улыбнулся смущенному и ничего не понимающему другу и продолжил: мало того, что он талантлив, мало того, что щедр и совестлив, как редко кто в наше время, но он к тому же еще и отчаянно, беззаветно храбр! – теперь Игорь Львович оглянулся на Ксению, давая понять, что эти его слова адресованы, прежде всего, ей самой. – Друзья! – объявил П. дрогнувшим, но от того еще более торжественным голосом, – только что Андрей мне рассказал о своем намерении отправиться... на Донбасс! – чтобы внести свою лепту в святое дело борьбы за русский мир! чтобы лично помочь нашим попавшим в беду соплеменникам и единоверцам! – а, по сути, постоять за отечество! Мы все можем гордиться дружбой с ним. Ура нашему другу – русскому герою!

Некоторые из присутствующих также закричали «ура». Недружно, впрочем, а кто во что горазд. По квартире зазвенел хрусталь. Иные из гостей поспешили засвидетельствовать изумленному Сенчину свое восхищение его подвигом. Кто-то тянулся с ним чокнуться, кто-то тряс ему руку, кто-то хлопал по плечу, приговаривая: Андрюха, молодец! – я бы хоть сейчас с тобой! – да, сам знаешь, у меня выставка!.. если бы не это, да мы б с тобой там!.. огни и воды бы!.. как деды наши! – ты же меня знаешь!..

Игорь Львович, однако, не закончил. Он вновь возвысил голос и объявил вдруг о том, что и сам решился отправиться вместе с Сенчиным в горнило войны! Один бы он никогда не отважился на такой поступок, с достойным уважения самоуничижением признался П., но коли уж друг его решил ополчиться на неприятеля, то теперь и ему бескорыстная дружба мужская велит встать плечом к плечу с правофланговым! – при этом он опять скользнул взглядом по опешившей от всего услышанного Ксении. И снова раздалось «ура». И теперь уже к Игорю Львовичу потянулись бокалы, и ему трясли руки и хлопали по плечам со словами: Игорек! ты – боец! да я с тобой хоть на амбразуру! сейчас! но... ты же в курсе... у меня пленэр в Финляндии!..

Когда немного улеглись страсти от устроенной хозяином эффектной сцены, П. и Сенчин вновь уединились. Андрей вполне понял замысел друга. И он отнюдь не возражал против такого поворота событий. Да и как теперь возражать, когда всему свету известно о его непременном героическом намерении пройти испытание военным лихолетьем, духом окрепнуть, как сказать, в бою и, если потребуется, принести себя в жертву высоким идеалам. Что же теперь отказываться от всего этого и объяснять каждому, что у него тоже пленэры и выставки? – да после всего так помпезно заявленного над ним будет насмехаться всякий Леня-Леша, его все окончательно спишут в безнадежные никчемности. А уж как Ксения оценит малодушие первого храбреца Мосха! – и думать не хочется!

Ты понимаешь какое дело, дружище, – энергично шептал ему П., – это на сегодняшний день единственный и верный, да и самый скорый, твой шанс из незаметного, да и что там говорить – давай начистоту! – незначительного и безвестного художника сделаться какой-то фигурой! величиной! Тебе надо выкинуть этакий гамбит, который потрясет всех. Доказать гусара! И ты знаешь, кем возвратишься в Москву через несколько месяцев? – живой легендой! известным солдатом! Это даже если не получишь там никаких орденов-медалей! Ну а уж если пожалован чем-то будешь! – считай, твой аркольский мост преодолен! Главное, – ты станешь интересен! – со всеми вытекающими последствиями... понимаешь, о чем я...

На вопрос Сенчина: а зачем же он-то сам вызвался ехать туда вместе с ним? ему-то к чему так рисковать головой? – Игорь Львович отвечал, что такие слова даже обидно слышать, – уж коли он отправляет друга в военное пекло, то и самому ему оставаться в московской неге теперь никак не пристало, – это не просто непорядочно и неблагородно, это – бессовестно! Каково ему будет жить-то с таким чувством!

Спустя неделю смельчаки-добровольцы были уже в донецкой республике. В дороге П. рассказал другу, что у него имеются там кое-какие знакомства: и в администрации республики, и непосредственно среди ополченцев, – в частности, один его знакомый скульптор из Питера, приехав на Данбасс в самом начале конфликта, выслужился теперь до командира батальона. Поэтому встать под ружье у них не будет никаких проблем. Больше того, – Андрея, прошедшего солдатчину и сержанта запаса, по словам П., этот комбат может даже сразу поставить каким-нибудь отделенным или взводным. Это ему, говорил Игорь о себе, неслуживому да не нюхавшего сроду пороха, придется довольствоваться лишь обычной суровой лямкой нижнего чина. Ну да ладно... он не корысти какой-то своей ради едет! – чтобы друга поддержать!

Столица республики потрясла москвичей, знавших войну разве по фильмам, всякими приметами прифронтового города. Многие дома были побиты осколками. В иных так просто имелись пробоины от снарядов – в каких-то случаях заделанные всякими подручными материалами, но иногда и пугающе зиявшие своим черным щербатым зевом.

В какой-то пятиэтажке один из верхних балконов был наполовину отбит, но на уцелевшей половине стоял жилец и, опершись локтями на остатки ограждения, покуривал. Неизменно энергичный и общительный П. не мог не поинтересоваться: как такое случилось? Жилец отвечал, что дело было на днях: он сидел у телевизора, когда в соседнюю комнату влетел снаряд; квартира у него теперь, как в «доме Павлова», но, к счастью, из домашних никто серьезно не пострадал, – так разве ушибы...

В целом же в городе – на удивление! – царил порядок, спокойствие и даже сохранялась характерная южная ленивая размеренность в поведении обывателей. Причем не было особенно даже заметно присутствия военных: пару раз по пути от автостанции к общежитию, где они должны были на первых порах остановиться, московским гостям попались малочисленные группки в камуфляже и однажды проехал защитного цвета грузовик, – порожний! без людей, без груза в кузове! И это в каких-то считанных верстах от позиций противных сторон! Друзья как-то даже переглянулись разочарованно, увидев такое «военное положение» в городе, – они-то думали, что их здесь на улицах ждет беспрерывный парад техники и личного состава!

По тротуарам, по провинциальному не спеша, брели пешеходы. Ни малейшего уныния или подавленности в поведении и в самых лицах людей не чувствовалось. Еще одним, пожалуй, кроме побитых домов и воронок от мин в асфальте, заметным свидетельством войны было отсутствие общественного транспорта, за исключением разве маршруток. Особенное впечатление на друзей произвели заржавевшие трамвайные пути с проросшей по ним травой. И вообще просторные улицы города поражали своей пустынностью, исключительно редким движением транспортных средств. Три-четыре следующие параллельным курсом легковушки, что было здесь явлением крайне нечастым, уже могли показаться натуральным потоком. Тем более изумляла пропорция «жигулей» и «москвичей» среди здешнего автопарка. Сенчин с П., скоро заметив этот шныряющий по всему городу – то тут, то там – бывший советский дефицит, дружно согласились, что попали прямо-таки в самые восьмидесятые.

Забавной иллюстрацией царящего в городе порядка для друзей стала манера местных собак переходить через дорогу. Это была чудная картина: бродячая стайка не перебежала через пустую практически улицу произвольно в любом удобном для них месте, но перебралась на другую сторону истинно по-человечески, по всем правилам: дворняги подошли к переходу, добросовестно дождались соответствующего сигнала светофора и... тогда уже, не спеша, проследовали по зебре по каким-то своим важным нуждам. П. заметил по этому поводу, что война, несомненно, способствует пробуждению гражданской ответственности и законопослушания даже и среди слоев, прежде не вполне покорных требованиям общественных правил.

В общежитии П. не прилег хотя бы на часок после изнурительной дороги. Едва забросив в ветхую лачужку, как он назвал их комнату, вещи и велев Андрею непременно теперь отсыпаться, Игорь отправился в администрацию республики к какому-то знакомому, который, по его словам, должен был помочь с оформлением для них официального направления в отряд питерского скульптора.

Андрею, однако, тоже было не до сна. Оставшись один, он еще более мучительно стал осмысливать все с ним произошедшее: зачем он здесь? и надо ли было ехать? и, погнавшись за сомнительным журавлем, не потеряет ли он какой-никакой синицы? и тому подобное... Его мама всегда учила: жить надо незаметно. Но он не хотел незаметно. Как же это – незаметно?! В животном мире особи мужского пола, как правило, более заметные, более яркие, нежели противоположная половина вида, – вон хоть селезня взять! Он для того и родился мужчиной, чтобы прожить именно заметно! ярко! Как иначе!.. Да, ему так выпало – по незнатному происхождению – не хватать звезд с небес. Вот уже и тридцать, а успеха за душой, признания какого-либо, можно сказать... нет, как и не было. Ну так нельзя же покорно плыть по течению и надеяться, что кривая рано или поздно сама выведет к каким-то высотам. Под лежачий камень вода не течет, – это опять же мамина мудрость. Надо ведь, наконец, что-то предпринимать этакое, что вынесет его из общего потока, поднимет со дна на поверхность! Вот Игорь придумал для него маневр, гамбит, как он называет это их предприятие, – да, опасное, рискованное, но, может быть, счастливое, судьбоносное. Ехали же в старину офицеры на Кавказ, чтобы молниеносным отличием устроить себе карьеру! Так, может, эти события на Донбассе для него шанс, который еще и не каждому выпадает! Может, ему еще и благодарить судьбу надо за предоставленную возможность отличиться.

В дороге Игорь ему объяснил, что теперь у каждого бойца имеется так называемый позывной – по сути, псевдоним, – необходимый и для удобства в общении, и – что еще важнее! – для конспирации: чтобы не мелькать фамилией, поскольку при нынешних возможностях электронной разведки это может оказаться небезопасным для семьи участника боевых действий. Так, например, питерский скульптор избрал себе позывной Нева. Сам П. пожелал именоваться Прадо – и красиво, торжественно, и отчасти созвучно его фамилии. Поэтому и Андрею требовалось что-то подобрать себе в этом роде.

Но Сенчин так и не придумал вовремя позывного, и вот теперь ему надо было скорее решать эту проблему. Он сразу отказался следовать путем друга, – что ему остается... Лувром что ли назваться?! Цвингером?! – это в данном случае почти так же неуместно, как Пентагоном или Рейхстагом. Гораздо перспективнее направление комбата – принять псевдоним, подчеркивающий место рождения и одновременно пробуждающий у его носителя приятную ностальгию о родных пенатах. Ну вряд ли годится Москва-река... или даже просто – Москва... слишком по-столичному высокомерно как-то, напыщенно, будто присваиваешь титул, позволяющий воспарить над никчемным простым народом. Может быть, в московской топонимике что-то подходящее имеется?.. Разгуляй взять хотя бы, к примеру! Но нет, Разгуляй — как-то слишком молодецки... удальски... не передает его характера... Щипок, Аквариум — комично, уничижительно... Еще дразнить примутся! трунить... Может, Балчуг? — так это мудрено как-то, неинформативно... Все переспрашивать будут то и дело: что это такое? почему? Трудно и подобрать-то... В Москве большая часть топонимики с женским окончанием... Ну или — Арбат, Затон... Какой еще Затон! — это уж прямо совсем лагерная кличка!.. Вот беда-то прямо! — ничего не годится. А что если Сетунь? И с фамилией перекликается. Правда, это «она». Но теоретически возможен и «он» — Сетунь. Кто там разбираться будет! Однако ж каково это в склонении получится! — позови Сетуня... передай Сетуню... командир не доволен Сетунем... Тьфу! позорище!

Проблема разрешилась, когда возвратился П.

Игорь Львович имел вид совершенно необычный для него — потерянный, обескураженный. Он как-то виновато, сострадательно поглядывал на друга. Чувствовалось, что ему неимоверно трудно начать объясняться. Но, однако, преодолевая неловкость, он рассказал, как в местном министерстве культуры — здесь и такое имеется! — его попросили послужить республике оружием, которым П. владеет лучше, нежели всяким прочим, а именно — кистью. Искусство на войне, порой, способно разить неприятеля, как дальнобойная артиллерия, одновременно вдохновляя и побуждая к подвигам сражающихся защитников отечества, как это случалось в Великую Отечественную, когда, к примеру, в осажденном Ленинграде была исполнена симфония Шостаковича! В общем, они мне объявили, — продолжал П., — считайте себя, Игорь Львович, мобилизованным на идеологический фронт, на баррикады агитации! — это сейчас важно не менее, нежели держать с «калашниковым» позиции на передовой! Надо сделать для них несколько щемящих сердце сюжетов: с кровью, пеплом, слезами и улыбками, — и провести затем выставку. Это будет такая... симфония в некотором роде! Вот так вышло...

П. замолчал и, как провинившийся, как совершивший страшное грехопадение, с мольбою о сострадании и прощении в глазах глядел на друга, очевидно, искренне казнясь своим невольным дезертирством.

Для Сенчина это стало натуральным шоком поначалу. Первым делом у него промелькнуло: так не вернуться ли ему вообще в Москву, коли так все обернулось! Если условия, согласованные прежде, пересмотрены – не по его отнюдь вине! – то и он теперь не обязан соблюдать свою часть обязательств. Но Андрей тотчас отогнал эти мысли, – как же он, отправившись сражаться за святые идеалы, через три дня возвратится как ни в чем не бывало: условия-де изменились! – П. не может, ну значит, и я не буду! – да П. вообще мог бы не ехать, – он для тебя, ради твоих интересов и вызвался-то... Что подумают люди! Ксения! – вернулся удалец, не успев и побриться хотя бы раз! – а с какой помпой отправлялся на подвиги! Нет уж, – это исключено! Может быть, тогда ему, так же как и Игорю, мобилизоваться на идеологический фронт? – он тоже владеет кистью уж куда ловчее, чем «калашниковым»! Ему также вполне по плечу создать свою серию: скорбь и радость, живые и мертвые! Симфония – это же созвучие многогласное! Но нет... Игорь сразу смекнет, что друг тушуется, робеет... Неловко! Да и опять же, – с чем он вернется домой? с какими заслугами? – с нарисованными чужими подвигами? чужими страданиями и победами? – это будет очень эффектно выглядеть в глазах восторженной девицы и ее разборчивой семьи! Такие «эффектности» по-настоящему талантливый мастер способен создать, и не выезжая из Москвы! не видя натуры! Нет, никак не годится. Все это малодушие. Позорное. И для всех очевидное.

И... поборов минутную слабость, Андрей заверил друга, что, когда так, то он один отправится к этому скульптору-комбату и исполнит задуманное – все-таки поступит в ополчение. Да! – и, если Игорь не возражает, он возьмет его позывной, – себе оригинальный он так и не придумал, а Игорю теперь, выходит, боевой псевдоним ни к чему.

Выслушав слова мужественного своего товарища с умилением, П. ничего не ответил, но только молча крепко обнял его.

...Предоставив гостям выставки радоваться дружеской встречи и культурно отдыхать, Игорь Львович, тем не менее, попросил всех прежде отдать дань событию печальному: вспомнить не так давно погибшего на Донбассе их товарища. Собственно и самую-то выставку свою он приурочил к этой дате: именно сегодня – объявил П. – исполняется сорок дней, как не стало нашего друга, прекрасного художника, надежного достойного человека – Андрея Сенчина; он погиб, как говорится, за други своя! лег костьми за отечество! – он не смог оставаться в столичном суетном комфорте, среди московского неонового соблазна, когда бедствие пришло к малосильным, – он, как Байрон, поспешил им на помощь! он отправился туда, где стоял стон и плач, где пороховые дымы затмили ясное русское небо, и... принес там себя в жертву. Царство ему небесное и вечная память. Прошу всех почтить его память молчанием. Вспомним друга...

Виктор Фет

Отдельной жизни род

Стихи сентября-октября 2022

Ткань

Ткань наших лет, расползшихся до дыр,
век не зашьёт, не залатает;
в три дня слиняет русский мир,
кровавым призраком растает.

Беспамятство в мозгах и гниль в корнях,
безумием очерченная зона;
ткань времени, сгорающая в днях
Изюма, Харькова, Херсона.

И то, чем я пишу, мой древний слог —
он и покорен, и силён, и страшен;
через руины вавилонских башен
я волочу его, чтобы он смог,
хотя бы для друзей и для меня,
сегодня удержать мои слова,
где вся его история мертва,
и Лермонтов упал с кавказского коня,
и Тютчев общий проглотил аршин.

Другие демоны с взорвавшихся вершин
им пели гимны века золотого,
фантомного, как детская фольга;

но вновь Нерон сжигает Рим, и снова
нам остаются собственное слово
и наступающие чёрные снега.

Тир

Наш мир есть тир, дробящаяся цель,
где падший ангел, юный Виртуэль,
палит себе по нервам и мембранам
всё лето в парке, брошенном давно.
Там крутится забытое кино
по рваным парусиновым экранам,
и сцена-раковина с каждым годом
всё гуще зарастает карагоной.
Вождя портрет болтается над ней,
и ангел метит в облик безымянный.
Летят дробинки из его мелкашки,
и дырочки ложатся всё плотней,
как на лугу цветы медовой кашки
под детским безмятежным небосводом.

Quo vadis

Я не уверен более ни в чём:
реальность, электроном и лучом
наш мир державшая, на новый путь
ступает по каменьям незнакомым,
переправляясь через реку Суть,
расставшись со своим сиротским домом.

Смотри-ка ты: ей Диккенс машет вслед,
но тщетно: не оглянется сиротка;
что ждёт её за краем околотка,
где царствуют погромщики и воры?
Куда ей путь держать? Инструкций нет;
на ложки переплавлены меноры.

А как же свет? Тверды ль его законы?
Кого ни спросишь, все отводят взгляд
и смотрят в угол; там сто лет назад
висели говорящие иконы,
но с той поры, когда пролился ад,

замёрзла речь и замерли фотоны.

И сохнет этот мир прибрежной пеной,
и мы опять уходим наугад
всё с теми же котомкой и клюкой,
и снова ищем вход в чудесный сад,
преследуя и волю, и покой,
не существующие во Вселенной.

Смерть слов

Смерть слов не так страшна: они уйдут и так;
хотя и знак всего, слова — всего лишь знак
сознания, и памяти, и речи;
и мне не жаль переистлевших слов:
они уйдут из мира, как предтечи
грядущих и непредставимых снов;
они росою будущей зари
взойдут в немыслимые словари,
хранящие и мудрость, и печаль.

А уж империи и истинно не жаль,
чьи жала вырваны, но мерзкие тела
всё содрогаются, спалить дотла
способные наш мир. Слова её мертвы,
и быстро тает их узор затейный,
и память через города и страны
строчит, как пулемёт, машинкой швейной
и непрерывно налагает швы
на страшные осколочные раны.

Сто лет

От праха мертвых душ за сто последних лет
сгустилась наша атмосфера;
как едкие торфа, чадят ему вослед
надежда, и любовь, и вера.

Планета, чтобы не сойти с ума,
закрыла жалюзи и шлюзы;
на склон Дельфийский наступает тьма,
и в страхе растворились музы.

Одна из них в побеге обронила
сандалию, и узкие следы
её босой ступни ещё видны
в пыли веков, пока сияет сила
воображения, пока нам снятся сны
о том, что не произошло беды.

Мой сурок

Памяти Гёте и Бетховена

Мой мир суров; где кровь и кров,
он вырастал весною,
сквозь мира ткань я рвусь за грань,
и мой сурок со мною.

Верчу орган, где каркнет вран,
привычен к льду и зною,
согрев свой грог, учу урок,
и мой сурок со мною.

Пытаюсь петь, сплетаю сеть,
иммунен к лжи и гною,
сквозь ставни лет я вижу свет,
и мой сурок со мною.

Кусочки слов есть наш улов,
но участью иною,
где звёзд струя, омоюсь я,
я вижу тайны бытия,
со мною истина моя,
и мой сурок со мною.

23

Здесь и сейчас

Зое Полевой

Прошли эпохи од или элегий:
барахтаясь по высохшим местам,
язык лишается хозяйских привилегий,
а мысли — доступа к устам.
Словарь мой никому не нужен даром;
в нём сгнили корни слов; по капиллярам
из недр подземных восходя,
их ткани обжигает дождь кислотный;
запёкся гипс поверхностный и плотный;
иного не предвидится дождя.

Сейчас, я знаю, очень трудно петь
и говорить, пока событий плеть
ежесекундно падает на раны
сквозь прерывающиеся экраны.
Столетие пройдёт свой путь на треть
лет через десять. Как же уцелеть
и нам, и сыновьям и внукам?
Где им достать устойчивости к ядам?
Каким их нынче обучать наукам,
пока безумие на падающем троне
марает чёрные квадраты по листам
истории, плюясь свинцовым градом?

Мне говорить легко: ведь я уже не там,
не в Атлантиде и не в Вавилоне.

Здесь, на сплетении воздушных троп,
в своей командировке краткой,
давно потерянной лопаткой
я рою собственный окоп
для крошек бытия и света,
что под осколком синего стекла
хранились в ямке детского секрета
под деревом добра и зла.

На реках Вавилона,
карабкаясь вдоль склона,
перерезаю стропы,
отряхиваю прах;
посереди Европы —
замёрзшие окопы,
заброшенные тропы
в раздробленных мирах.

Я помню день вчерашний,
где все хвалились башней,
с которой шли сигналы,
но рухнула она,
и высохли каналы,
и дни вошли в анналы,
и стали воды алы
на побережье сна.

Да, да, как всегда,
зарастают города...

Владыка наш Верховный,
взгляни на мир греховный:
в платоновой пещере
застряли крепко мы;
воздай же всем по вере,
пусть и не в нашей эре:
разрушь костяк империй
и легионы тьмы.

И вот взорвались ады —
но иеремиады,
храня свою отвагу,
сверкают сквозь года;
мир катится к оврагу,
где я костьми и лягу,
но имя Ирмиягу
припомнят иногда.

Да, да, как всегда,
вот такая, брат, беда...

Сны

Мне кажется, что в позабытом сне
я возвращался в эти времена,
не зная, где на протяженьи сна
он перейдёт в реальность, а она
свернётся и опять уйдёт под воду,
не показав подспудную природу
вещей и смыслов, падавших в цене.
Их мир случайно открывался мне;
я помню, что язык мой был невнятен,
но вкус его был холоден и мятен.

Вокруг взрывались солнца и планеты;
я шёл сквозь них испытанной тропой
в ночи ошеломлённой и слепой
и наблюдал знакомые предметы.
И мысли вспыхивали, словно огоньки
на лодках, двигавшихся вдоль реки;
и мир, сгорая, падал в тьму ночную,
но сохранялись нужные слова,
и начиналась новая глава
старинной буквою, раскрашенной вручную.

Реальность

Реальность здесь обогнала
фантазию уже давно,
ушла на дно, пробила дно,
из поля зрения ушла.

Кто её знает, где она,
в какие дни погружена?
На берегу какой реки
она даёт свои ростки?

Скольжу вдоль дна, ищу дыру,
куда всё ухнуло навеки,
но не уверен, что найду;

здесь ожидают, что к утру
уже замёрзнут наши реки,
и мы их перейдём по льду.

Осколки

Слова и мысли наших дней
не нанести на карту: в ней
мир отражается двухмерный;
он не дает картины верной.

Есть дом с разбитым фонарём,
где мы осколки соберём,
и через них на солнце глянем,
и руки детские пораним.

И углублённые зрачки,
давно расширенные адом,
уйдут в условные значки
и станут букв курсивным рядом.

Их несгоревшие следы
увидят в пламени звезды,
среди серебряных песков
всходящей в мареве веков.

Тогда

Слова ко мне приходят ежечасно;
откуда же они и чьи?
Их назначение неясно,
они текут, как горные ручьи;
непросто их подробно нанести

на карту канувших народов;
до их верховий нелегко дойти.

Тропинка шла сквозь тридцать переходов,
и мы ступали в воду каждый раз,
она послушно охлаждала нас.
Сверкали солнечные блики
в тени дерев, и отражались лики
дриад и нимф, и строк стихотворений,
текущих из соседних измерений.

Тогда мы думали — или точнее, нам
казалось, — что, как птицам и камням,
или стихам, достаточно взглянуть
глубоким, сфокусированным глазом,
и мир откроет нам свой ясный путь,
не напрягая бедный разум.

Так воздвигались замки на песке
воображения, и нам цикады пели,
ночные бабочки на свет летели,
и мир вращался в дивном тупике.

Кімерія

Памяти Максимилиана Волошина

Почти нельзя произнести текст строф,
застрял в гортани высохший апостроф;
мне видится мерцание костров:
вот он, півострів — или полуостров.

Он нам знаком уже не первый век:
мы карты старые читаем по слогам,
но нашу память здесь не похороним,
идя к взрывоопасным берегам.

Какой для них употребим топоним,
чтоб поняли его и тюрк, и грек?

мыс Меганом ли — или Тарханкут?

Ярымадасы — или Херсонес?
В бинокль на склонах виден тёмный лес,
пока Мальстрёмы в битву нас влекут.

Воображение

Воображение ведёт меня вслепую
по мёрзлым комьям будущей земли,
и свет звезды, сияющей вдали,
не унимает в сердце боль тупую,
давно возникшую в моих кошмарах;
кровь зависает в узких капиллярах.

Волы, вращая мир, идут по кругу,
скрипит его несмазанная ось,
а я по карте продвигаюсь к югу,
к горам, где мне и многим довелось
и жить, и действовать немало лет,
покуда нам не вырубили свет.

Тот век исчез, но карта та со мной:
уверенная мастера рука
на ней очерчивала берега
вообразимой участи земной,
которая казалось нам легка;
мы все тогда бежали на юга.

По сердцу

По сердцу трещина прошла,
и оказалось, что давно
из раскалённого стекла
нам было выдуто оно.

Здесь, в повторяющемся сне,
кровь бултыхается на дне;
ей неизвестен выход к свету,
а может быть, его и нету.

Во тьме затерянного мира,
вминая в грязь слова-останки,
все в дырах, как мишени тира,
сгорают вражеские танки.

Из жизни вырвана страница:
в неё осколки собери
в час угасающей зари.
Покой нам даже и не снится.

История

История закончилась вчера;
не делай выводов; их опровергнут вскоре.
История есть сохнущее море
слов, капающих с кончика пера
в безмолвие исписанной бумаги;
она мгновенно вспыхнет на огне
горящей памяти — но на моём окне
осядут капельки летейской влаги.

По их узорам и по их потёкам
потомок мой своим пытливым оком
окинет дни, когда царило зло,
а время то стояло, то текло,
и люди действовали невпопад,
и жили наугад и понарошку,
не ведая ни мира, ни себя,
и атомы, и статуи дробя
в сверкающую мраморную крошку,
чтоб ею вымостить дорогу в ад.

Легко

Мне говорят: легко
вам говорить — вы там,
а значит, далеко,
и вам там всё равно,
в своем приюте горном;
для вас всё как в кино,
и вы уже давно
там запаслись попкорном.

Да, мне писать легко:
слова приходят сами,
они ведь высоко
живут под небесами,
и око их остро,
и голос их небесен,
они моё перо
ведут путями песен.

Но дикая тоска
нам память разъедает,
и берег языка
в дыму сражений тает,
и то, что унесли,
последний отблеск чистый,
по краешку земли
бросаю в грунт кремнистый.

Проехали, увы,
и снег на Чёрной речке,
и зарево Москвы,
занявшейся от свечки;
не замолить грехи
поднявшимся из ада —
а я пишу стихи:
кому-то это надо?

Чиня карандаши,

готовлю текст и роль:
нам велено играть.
Слова текут, как боль
из полости души.
Их надо записать.
Не хочешь — не пиши,
но мне тогда позволь.

Срочно

Я должен срочно занести в дневник
названия и авторов всех книг,
все имена ушедших и казнённых,
все острова от Керкиры до Крита,
покуда в наступившей темноте
под звук вращающихся дисков телефонных
на раскалённой памяти плите
ещё не выкипел мой суп из алфавита;
из детских лет изделий макаронных
макабровая смесь налипнет на язык,
застрянет в горле и подавит крик;
волной безликою всё, от чего бежали,
затопит мозг и разобьёт скрижали.

Записывай же каждый день и час,
и обо всём, что окружает нас —
на скатерти бумажной, на салфетке,
кусочком мела на асфальте дней;
я думаю, нет ничего важней,
чем оставлять сейчас такие метки,
пока мы можем их давать, пока
ещё соединяется рука
с умом через сосуды и суставы,
пока ещё не сдохли до конца
все кровяные белые тельца,
не поддающиеся опию отравы,
текущей через окна языка.

Бездна

Цепляясь за сплетения корней,
в словах запутываясь и скользя,
пытаясь увернуться от камней,
мы вверх ползём; нам вниз смотреть нельзя:
там — бездна. Мы соседствовали с ней
ещё давно, на дальних берегах;
она налипла глиной на ногах
и косной массой тянет нас назад,
и входит в лёгкие смертельным газом.
Казавшийся неуязвимым разум,
наш гордый друг, внимает невпопад
материи и дьявольской, и тёмной,
заполоняющей объём огромный,
давно уже переходящий грань,
где высыхают и сгорают души:
она забила взгляд, и рот, и уши,
и альвеолы, бронхи, и гортань.
Случайно уцелевшие картины
бледнеют на глазах, их поглощает тьма;
как не сойти с истлевшего ума?
Какие нам откроются вершины,
какие выси встанут вдалеке?
Чюрлёнис держит радугу в руке
и освещает тёмные долины,
но очень скоро высохнет роса,
и Гелиос начнёт свой путь покорный
над новым днём и над планетой чёрной;
кто нарисует эти небеса?

Герберту Уэллсу

Сто восемь лет назад, приветствуя войну,
как нож хирурга для насквозь прогнившей
Европы, ты, должно быть, был в плену
своей фантазии, божественно служившей
тебе, как музыкальный инструмент;
и по сей день на кадрах кинолент

машина времени и люди на Луне
доступны нам на этой же волне —
но атомный распад нам выпал картой злою.
Ты нас учил морлоку и элою,
но оказалось — ты был не пророк:
в кремле тебя в двадцатом ждал морлок.

С тобой встречалась преисподняя сама,
но ты не оценил возможный риск.
Ты посетил тогда тот край, где тьма
полдневная закрыла солнца диск.
Сентябрьский вечер был неповторим,
но он не стал тебе тогда понятен;
там Шкловский буйствовал, и выступал Замятин,
и говорил Сорокин Питирим
о крае проклятом, на горе прочим странам —
и Мура Будберг вам переводила.
Ты им казался гриновским Бам-Граном;
они перетекли в твои чернила,
и ты уехал в Англию свою —
а Врангель вскорости оставил Крым.

И вот как будто века не было и нет:
война опять бушует в том краю,
и снова люди молятся о воле,
и снова Перекоп и Гуляйполе,
и снова демоны повылезли на свет —
они и не девались никуда;
здесь новых песен не было и нет:
белеет парус и горит звезда.
анчар струит смолой, привычной, как иприт;
перо Волошина, как век назад, скрипит
над тонкой гимназической тетрадкой —
но только нам теперь не встать над схваткой;
а море Чёрное по-прежнему шумит.

Дорога

В траве отыскивая слоги,
переходя через ручьи,
блуждая в поисках дороги,
сквозь сон идут слова мои.
Им не был задан точный срок
их назначения, и цели
они особой не имели,
когда скитались без дорог
вне времени, вне света дня,
ещё не повстречав меня.

Дорога есть, хотя она
на карту не нанесена;
неясны изогипс изгибы;
в воде ручья застыли рыбы,
под камнем прячется гюрза,
и собирается гроза
пролиться на сухие горы,
где мы вели былые споры
о нашей вечности, вдали
равно от неба и земли.

Тропа послушно привела
за тот хребет, на берег дальний,
не в замок снежный и хрустальный,
а в мир слепой и виртуальный
сквозь груды битого стекла,
где видятся во мгле глобальной
граффити из имён, которых
мы не встречали на пути
на разнотравных водосборах,
откуда нам пришлось уйти.

Гарь, заполняющая тьму,
сочится сквозь слои столетий;
горят ли рукописи эти,
пока неясно никому.
Оставив город и страну,

я том в бумагу оберну,
рукой застывшей и неловкой
сложу слова из ткани ковкой,
и пачку строк свяжу бечёвкой,
и текст из праха подниму.

Отдельной жизни род

Стихотворение есть форма бытия
особая, отдельной жизни род;
не мы их пишем, а наоборот,
как было сказано давно и точно;
не мы находим их, они как раз
лоцируют, и выбирают нас.

Но их приманивает мысль моя
на слух, на вкус, упрямо, не нарочно,
из самых тех глубин или высот,
где без суда и времени течёт
последовательность существ бесплотных,
безукоризненных и беспилотных.

Им не даны ни дни, ни имена;
они сбиваются в немую стаю,
и я их узнаю и поднимаю
с поверхности земли, как семена;
брожу, прижав к груди их мятный сноп,
в пространстве прежних лет и новых троп.

И вот слова встают в свою строку
светло, незатруднительно и живо:
кому покажешь этакое диво?
Кого я этой строчкой увлеку
в мир, находящийся, возможно, здесь
отчасти — но уж точно, что не весь?

Владимир Батшев
Катя

Глава из романа[1]

Париж, весна 1935

Лариса Владимировна по-хозяйски открыла платяной шкаф – пиджак сына, пальто, костюм, рубашки... А это что? Она вынула женский халат на плечиках.

– Жорик, это что? Откуда?

Юрий вышел из кухни и сразу все понял.

– Это, мама, знакомая барышня оставила. Когда она у меня остается, то ходит в своем халате.

Мать поджала губы.

– Какая-нибудь белошвейка, – протянула она.

– Почему обязательно белошвейка? – забирая халат и водружая на старое место, произнес сын. – Она поэтесса.

Мать хмыкнула.

– Поэтесса! Что за профессия? А кроме стихов, чем она занимается?

Юра пожал плечами.

– Ах, не все ли равно. Где-то прислуживает, подает в русском ресторане...

– Ну, конечно, более приличной барышни ты не нашел. Ты все-таки князь...

Юра улыбнулся.

– Не всем твоим сыновьям спать с графинями.

– Какая пошлость, – поморщилась Лариса Владимировна. – Ты опошлился в своем Париже... Ты просто ревнуешь брата...

Теперь поморщился Юрий и попытался объяснить.

– Ты преувеличиваешь. Брата я люблю и прекрасно отношусь к Лиде.

---

[1] Глава из нового романа автора «Белым по черному» - продолжение романа «Серым по белому».

Мать была возмущена.

– Никогда не думала, что ты станешь завистником. В тебе говорит самая обычная зависть. Ты завидуешь брату и Лиде, что они хорошо устроились, что у них есть хорошая работа...

Юрий поморщился.

– ...и много денег.

– Да, и много денег! Они их зарабатывают собственным трудом.

– А вот это уже расхожая пошлость, – парировал Юрий. – Я тоже зарабатываю, пусть не доллары, а франки.

Мать не слушала.

– У них все есть, пусть там, в Америке, но есть. А ты никак себя не найдешь, мечешься – то туда, то сюда. Зачем ты плавал на корабле? И теперь еще белошвейка...

– Мама, она не белошвейка, – засмеялся Юрий, – она даже в материях не разбирается.

– Это все равно. Ты меня, Жорик, расстроил.

– Чем я мог тебя расстроить. Я же не собираюсь на ней жениться...

Он ласково обнял мать.

– Этого еще не хватало! Женится тебе, князю Олонецкому на какой-то парижской белошвейке!

Юрий откровенно рассмеялся.

Он не баловал родителей своими приездами, но пару раз в год обязательно навещал их. Он знал, что им так легче и спокойнее – видеть его рядом, а когда с ними жил Олег, видеть обоих сыновей.

Катя не умела ничего – ни готовить, ни учиться, ни работать.

Иногда Олонецкий думал, что она даже не умеет жить, как он ни старался ее этому научить.

Она умела только писать стихи, которые Олонецкому не нравились, но про стихи он Кате, конечно, никогда не говорил, не восторгался и не критиковал. Он обычно произносил «Хорошо», и Катя оставалась довольной.

Она была совершенно неопытна, несведуща в самых простых вопросах хозяйства: не умела поджарить кусок мяса, не представляла себе, как разжечь в камине кругленькие мячики из угольной пыли (а другого вида отопления в той квартире не было), как выстирать мужскую пижаму, как одной выходить на улицу, где почти все арабы, а они задевали и приставали весьма решительно.

Спасала ее консьержка дома, самоуверенная и презрительная особа, она иногда подымалась и начинала показывать: сковороду надо сперва разогреть, а не класть мясо на холодную, белье надо замочить, а потом уж его стирать. Она учила Катю, как с одной спички разжечь камин, как влажной метелкой подметать жалкий, потертый ковер...

Катя работала подавальщицей в русском ресторане «Кругосвет», который считался и не дешевым, и не нарочито дорогим. Днем в воскресенье готовили дешевые обеды для своей публики, главным образом после обедни с *rue Daru* — собор находился близко. Приходили и целые семьи, прибивались и одинокие, которым в воскресенье некуда деться.

Появлялись разные люди – тихие, которым негде было готовить, одинокие, часто жившие в самых дешевеньких и подчас подозрительных отельчиках; впрочем, если у них «заводилась деньга», то они могли и кутнуть, закусить с графином водки, и уж обязательно появлялась музыка, песни.

Несколько раз Катя замечала четырех пожилых, очень скромно одетых дам, они говорили по-французски, с удовольствием ели борщ, и обязательно потом котлеты — платили, уходя, в складчину. Что-то в них чудилось давно знакомое. Катя, конечно, подошла к ним, спросила, довольны ли они всем, нравится ли им сюда ходить? И оказалось, что это гувернантки, жившие до революции, кто двадцать, а кто и тридцать лет в России! Они начали наперебой рассказывать, у кого именно они служили, в каком имении проводили лето, каких чудных вывели питомцев: ”Et tout да, c'est fini, Madame! Ah! Quel malheur! Comme on etaitheu– reux lä-bas, et dire que ce pauvre general a etö sauvagement tue; chez vous, nous mangeons de nouveau toutes ces bonnes choses — on n'oubliera jamais, Madame, j am ais!”

По вечерам публика была иная – однако приличная, и, конечно, с деньгами.

Но все это проходило мимо Кати, мимо ее сознания, поскольку она жила в искусственном мире, искусственным бытом, искусственными отношениями. В результате ряда искусственных выдумок получалась ее весьма искусная поэзия.

Катя работала плохо, поэтому ее через пару месяцев выгнали. Вместо нее русские хозяева «Кругосвета» наняли какую-то девицу из Алжира. Та в первый же день запустила руку в кассу, была поймана, отправлена в полицию.

Поэты собирались в кафе на Монпарнасе, удивлялись Олонецкому: как можно жить с Катей? Поплавский просто называл ее сумасшедшей, а злоязычный Яновский говорил, что Юрию надо поставить памятник с надписью – «Он жил с Катей», и проставить количество дней.

Потом, когда роман затянулся, Яновский говорил не о днях, а о неделях.

А Катя жаловалась друзьям:

– Я больше не могу! Я больше не могу жить с этим человеком! У него нет критического анализа моих стихов! Ему все нравится. А так быть не может!

– Значит, он тебя обманывает, – подзуживал Иванов, – значит, ему ничего не нравится.

Олонецкий всегда молчал, когда попадал с Катей в поэтическое сборище, он считался другом Кати, и потому поэты привыкли у него стрелять сантимы на кофе, и Олонецкий всегда давал мелочь, но не больше. Поэтому его считали хорошим парнем, и говорили, что Катьке с ним повезло. Олонецкого уважали –именно он нашел мецената для издания журнала «Числа». Поплавский незадолго до своей смерти заявил, что Олонецкий напоминает ему покойного Пьера Батшева, тот тоже молчал в компании умных собеседников (умным Борис, разумеется, считал себя), чтобы не показывать свой дилетантизм в литературных спорах.

– Пьер от кокаина умер, – говорил в таком случае собеседник Поплавского.

– Да что ты газетное вранье повторяешь! – вскидывался Борис. – Сердце у него прихватило. А жена его, Дениз, с любовником в тот день кувыркалась, как его звали-то? Ну, поэт французский, ты его знаешь, как же его... А Пьер... уж я столько с ним общался, мы и выпивали, помню, с Пашкой Горгуловым, ни к свету помянутого, утром стартовали, встретили Пьера, он нас угостил тогда на славу, мы пошли по кабакам, щедрый мужик был, жаль, помер, ну, сердце есть сердце, новое не вставишь, столько с ним болтали... Никогда он не потреблял наркоту. А Олонецкий похож на него, такой же молчун...

– Раз молчит – значит стучит, – подавал реплику Яновский.

– Кто стучит? Юрий? Не смеши меня, Вася. Кому стучит? На Гренель, что ли? Товарищу Потемкину? Или в Сюртэ? Ха-ха-ха! На кого тут стучать можно, а? На тебя, что ли? Да про тебя одно только можно сообщить – что ты вместо покойника живую бабу в прозекторской зарезал!

Поэты хохотали. Такие шуточки здесь любили.

Когда надоело сидеть в «Селекте», отправлялись дальше – в «Доминик».

– Мы доминиканцы, – улыбалась Катя. – Не монахи-доминиканцы, а потому что мы ходим в «Доменик», мы – доминиканцы.

Олонецкий смеялся.

– А ты, значит, доминиканка!

– Да, – согласно кивала Катя.

В зависимости от наличия денег в кошельке, «доминиканцы» располагались в «Доминике» или за стойкой, где, помимо напитков, можно заказать и горячее, или шли во внутренний зал, размещались в отводимом для них особом месте.

Другие посетители «Доминика», большей частью свои, русские, с любопытством смотрели на писателей, зная по именам каждого из них, но редко когда решались с ними заговаривать.

Да и «доминиканцы», желая быть в своем кругу, неохотно откликались на такие попытки.

Когда они веселой группой вошли в ресторан, какой-то подвыпивший господин вдруг обратился к ним по-русски:

– Господа писатели! Позвольте приветствовать в вашем лице надежду русской литературы! Гарсон, подайте каждому из них по бокалу шампанского, кроме этих жидов! – он указал на Георгия Иванова и скульптора Головина, своим внешним видом уж никак на евреев не походивших.

Но это их привело – обоих – в восторг. На Монпарнасе история потом долго вызывала бурю смеха.

Катя пошла к стойке взять себе «кир» – смесь ежевичного ликера и шампанского. Олонецкий заказал кофе.

– Георгий Васильевич, я вчера не был у Мережковских. Расскажите, было интересно на очередном собрании «Зеленой лампы»?

Иванов скривился.

– Как всегда, дорогой друг. Я вам вот что расскажу. Мережковский допытывался у Адамовича, как тот мог написать хвалебную статью об одном явно бездарном писателе...

– О ком, Георгий Васильевич?

Иванов секунду размышлял – назвать имя или нет. Решил не называть.

– Неважно! Дмитрий Сергеевич допытывается: «Неужели он правда нравится вам?» Я смотрю на Адамовича, он буквально изворачивается, говорит, что ...этот писатель не так уж плох... Кстати, господа, я тоже так считаю... Но Мережковский не унимается, наседает, и наш милейший Адамович, выведенный из себя, сознается: — Просто из подлости, Димитрий Сергеевич. Он мне не раз помогал. Мережковский обрадовался: — Так бы и говорили! А то я испугался, что он вам действительно нравится. А если из подлости, то понятно, тогда совершенно не о чем говорить. Мало ли что из подлости можно сделать!

Юрий Фельзен, считавшийся знатоком языков и чрезвычайно положительным человеком, вдруг обращался к Олонецкому:

– Я и не знал, что вы, Юрий Романович, так хорошо говорите по-английски, совсем как англичанин. Вчера ведь вы были у «Доминика» в зале с тремя англичанами и двумя дамами и что-то весело рассказывали им по-английски. Нет, уверяю вас, это были вы! Я даже приостановился, проходя мимо, послушать, как вы говорите...

Олонецкий пожал плечами.

– Это – клиенты Ситроёна... Никогда не думал о языке. Вы мне льстите. Насколько мне известно, Набоков говорит по-английски, как на родном.

Упоминание автора «Дара» не произвело впечатления. Набокова здесь не любили.

Английский!? Олонецкий даже смутился. Ну, французский, немецкий, это с детства, ему нравились иностранные языки, он в них с удовольствием купался, как в ванне. Кто владел хорошо английским – Олег, а с французским у него шло не так гладко, как у младшего. Родители с братьями говорили на иностранных языках (за завтраком по-французски, за обедом – по-немецки), но заставляли заучивать Пушкина. Но английский в доме не прижился. И когда жили в Константинополе, а потом в Мюнхене, язык только совершенствовался.

И когда Юрия отправили в парижский пансион, он был удивлен царившими в нем английскими нравами – и в быту, и в разговорах, и в общем настроении. А он назло говорил по-немецки, и товарищи дразнили его где-то услышанным:

– Бош! Бош! Немец-перец-колбаса!

А он отвечал другим услышанным:

– Англичане гадит! Англичанка гадит!

Почему ему не нравились англичане? Он не находил ответа. Итальянский, испанский для него оказались лёгкими, он быстро схватывал суть нового языка. Но любви к новым языкам не испытывал. А тут говорят об английском! Ух, англичане...

Английский язык хочет стать международным, еще бы – империя! Но пока международный – французский, и слава Богу. И у Англии есть мощный конкурент – Северо-Американские соединенные штаты. С большим флотом и новинкой – авиаматками, гидрокрейсерами, авиатранспортами. Кстати, изобрел эти гидросамолеты наш русский инженер Игорь Иваныч Сикорский. А англичане...

Они выдали Колчака на расправу.

Они сорвали поставки снарядов Деникину.

И в конце концов, они отказались принять Государя после его отречения. А ведь родственники...

Он поежился.

Представил себя в похожей ситуации и не поверил, что брат Олег откажется его принять. Конечно, нет. Брат Олег преуспевает в Америке. И его жена Лидия тоже. У Олега с детства мечта о дальних странах – Майн Рид, Купер, индейцы с томагавками, пионеры, золотая лихорадка, бизоны, ковбои, небоскреб Эмпайр Стейтс Билдинг…И жену такую же себе нашел, поклонницу Америки с хорошим знанием английского. А откуда у меня английский? Язык пришел в Сорбонне, не понятно почему он увлекся английским. Почему?

Вспомнил!

Вспомнил: сокурсники постоянно напоминали о каком-то популярном английском романе, и чтобы не казаться белой вороной, он набросился на язык, ложился спать со словарем, и в конце семестра тоже мог цедить сквозь зубы:

«Да, бывает…Помнишь, там в третьей главе одна бабенка изменяет любовнику…»

– Что вы сейчас читаете, – поинтересовался Фельзен.

– Селина.

– Прекрасный писатель, – согласился тот.

– Я тоже так думаю.

– А кого еще читаете?

– Поль Маран, Жироду. Но Селин мне особенно нравится.

– А Пруст?

– Нет. Скучно и неинтересно. Вы сейчас спросите про Джойса.

Фельзен улыбнулся.

– Угадали! Так как с Джойсом?

– Я начал читать «Улисса» и понял, что не готов к его восприятию. Впервые попенял себе, что мой английский не настолько хорош. Потом догадался в чем дело и начал с самого начала – с «Дублинцев» и «Портрет художника в юности». Через два месяца я смог начать с интересом следить за «Улиссом».

Фельзен в задумчивости протянул:

– Восприятие… Да, готовность к восприятию художественного произведения есть не у каждого. Мне интересно беседовать с вами, Юрий Романович! – воскликнул он.

Олонецкий в знак согласия наклонил голову.

– На прошлой неделе мне попалась книга этих... да-да! – смешное название, не правда ли? Я ничего не понял, какая-то чепуха, жонглирование фразами. Но некоторые метафоры просто поражают. Сумасшедшие образы, я такого не встречал в поэзии.

Подошла Катя. Она слышала последние слова Олонецкого.

– Вы его не слушайте, – обратилась к Фельзену, – он в стихах не разбирается. Ему понравились сюрреалисты.

– Они сплошь коммунисты.

– Да, как ни странно. Но люди талантливые. Мне понравился Бретон. А у других... Идеология просто лезет из стихов... как его?

– Арагона, – подсказала Катя. – Представляете, Арагон написал гимн ГПУ!

Олонецкий кивнул.

– Арагона надо послать к советчикам на жительство, сразу бы перестал хвалить большевистскую охранку.

– У него жена русская, – сообщила Катя. – Наверно, она его и толкнула в объятия ГПУ.

Фельзен усмехнулся.

– Если бы не хотел, никто бы его и не толкал в подобные объятия.

Олонецкий усмехнулся в ответ.

– В объятиях можно и задушить.

Все засмеялись.

– Что вы любите из русской классики, князь? – задал неожиданный вопрос Фельзен. Ему очень хотелось понять, чем дышит Олонецкий.

Тот протестующе поднял ладонь.

– Давайте без князей. Ладно? Я не люблю русской классики. Ни Достоевского, ни Толстого, ни Гоголя. Может, только Вельтмана перечитал.

Фельзен удивился.

– Вельтмана? Но... второстепенный писатель...

– Мне нравится. Особенно роман про похищение невест, про наследство, про приданное, смешно и наивно. Авантюрный роман девятнадцатого века. Интереснее «Мёртвых душ».

– Тебе бы, Юрий, только авантюрные романы...

– Я с ними засыпаю, – парировал Олонецкий выпад Кати.

– А советских писателей читаете?

– Никогда. Даже в руки не беру.

– А за тамошней жизнью наблюдаете?

– Нет, – покачал головой Олонецкий, – не интересно. Проглядываю новости в «Возрождении». Но не более того.

Не будет же он рассказывать малознакомому Фельзену, что состоит членом Национального союза нового поколения, что уже один раз (пусть неудачно) ходил в Россию.

А писатель Фельзен догадывался, что князь Олонецкий не так прост, что человек с таким не стандартным мышлением, не просто много скрывает, а очень много скрывает. Но упрямо продолжал расспрашивать.

– А из современных писателей?

Олонецкий разрешил невысказанное пожелание.

– Я прочитал вашу книгу, которую вы мне подарили, потом читал книгу Яновского, которую он подарил Кате...

– Ну и что скажете? – отхлебнув кофе, ждал писатель.

Олонецкий вздохнул – так не хотелось давать оценки.

– Мне нравится, что вы не русский писатель.

– Как не русский? – не понял Фельзен.

– Не русский. Для вас не было Достоевского и Льва Толстого. Вы – европейский писатель. И дело не во влияниях. Стилистика вашей прозы иная чем... ну, скажем, у Зайцева или Шмелева... У них стилистика сугубо русской литературы, корни видны...

Фельзен поморщился упоминанию имен.

– Я сейчас закончу. А ваши корни – европейские. Пруст должен вам очень нравится.

Фельзен улыбнулся.

– Меня в этом упрекали критики.

– Значит, я не первый.

И закончил диалог неожиданно для собеседника.

– Я считаю, что писатель должен писать на языке страны проживания. Кому нужны здесь, в Париже, книги на нашем родном языке? Нам с вами и еще сотне любителей литературы.

Фельзен уже сталкивался с подобной концепцией и возразил.

– Думаете, у французских писателей читательская аудитория больше?

– Гораздо больше! – убежденно произнес Юрий.

– А я не думаю, – закончил беседу Фельзен.

Шум отвлек Олонецкого. Фельзен тоже повернулся.

Борис Поплавский в своих темных очках и с эспандером в руках наседал на неизвестного черноволосого парня.

– Ты что, ты что? – старался тот остановить поэта.

– Я тебе покажу, как за чужими барышнями ухлестывать! – он взял эспандер в кулак наподобие плетки.

Олонецкий терпеть не мог драк и подошел к ним.

– Господа, в кафе не дерутся. Выйдите на улицу и там выясняйте отношения.

– Правильно, – согласился кто-то.

Соперники, не глядя на присутствующих, пошли к дверям.

Соперник Поплавского вышел из «Доминика» на улицу и ждал, сжав кулаки, нападения. Двое или трое коллег, выбежавших вслед за противниками, как в кинематографе, увидели неожиданную развязку.

Едва Поплавский, приблизившись к цыганенку, занес руку, как она оказалась, как в клещах, в мощной руке появившегося неизвестно откуда блюстителя порядка.

Полицейский укоризненно покачал головой:

– Господа, не заводите драки на улице. Иначе я вас обоих оштрафую.

Поплавский кивнул, уныло отправился прочь, а соперник, видя, что полицейский занялся не им, быстро перешел через улицу и скрылся в гостеприимных дверях «Ротонды».

Незадолго до разрыва с Катей, случилась очередная полузабавная история, о которой в литературных кругах русского Парижа долго и с интересом рассказывали.

Ежегодный бал русской прессы — в ночь на 14 января нового 1936 года. Яновский и Смоленский помогали Марии Семеновне Цетлиной, заведовавшей организацией очередного

„Бала прессы". В русском Париже телефон еще не распространен. Чтобы нанять оркестр или заполучить артель гарсонов, надо послать нарочного. Автомобили не по средствам. Так что за мелкое вознаграждение молодые литераторы бегали по городу, помогая дамам-распорядительницам.

Надо было нанять людей для буфета, и Яновский не придумал ничего лучшего, как пристроить туда Олонецкого, увы, дилетанта во всех отраслях труда, кроме знания иностранных языков, как считали на Монпарнасе.

Интерес работы заключался не в мизерном вознаграждении, а в том, что предоставлялась возможность как следует выпить, закусить, „одним словом, встряхнуться», по словам Олонецкого, который пил редко и не много. Но иногда мог себе позволить.

Даже в самый день бала литераторы выполняли сложные поручения в разных концах города.

Итак, синий мертвенный парижский день — из тех, что никогда французской школой живописи не был воспроизведен на полотне. Яновский и Смоленский бегают по гастрономическим магазинам, собирая полу-даровую закуску. И в каждой русской лавчонке Смоленский изрекает:

— Что же это в самом деле, выпьем наконец...

— Неловко, — Василий жмурится в ответ. — Ведь придется отчитываться.

Но тут же чокаются.

Смоленский, как бухгалтер уверяет, что все это входит в графу расходов по разъездам.

Они расстались вечером, чтобы привести себя в порядок.

А когда приехали на бал к десяти часам, то Смоленский несмотря на свой порхающий фрак был уже на втором „взводе». Сразу вышел конфуз с отчетностью. Марья Самойловна никак не могла понять, „почему издержано так много». Начало не предвещало ничего хорошего.

Олонецкий вошел в роль бармена, вспоминал повадки полузнакомых хозяев рюмок и бокалов, в очередной раз перетирал блюдца и рассматривал пришедших.

Прошел с негнущейся спиной и красиво посаженной головой Бунин. С ним шла чуть полноватая женщина, сохранившая следы былой красоты. Жена, Вера Николаевна, понял Олонецкий и поклонился знаменитостям из-за стойки. Те любезно-равнодушно кивнули в ответ.

Художница Гончарова попросила стакан лимонада. Юрий улыбнулся, открыл бутылку, подождал, когда напиток осядет. С Гончаровой поздоровался какой-то художник, прокашлялся и громко потребовал стакан белого вина. Олонецкий потянулся за бокалом, но художник отрицательно помахал пальцем.

- Только в стакан.

От него пахло нафталином. Юрий поморщился, но стакан налил, понимая, что костюм выкуплен из ломбарда, где лежал в залоге долгое время. Но не мог же он и дальше лежать, когда наступил торжественный день эмигрантского бала!

Вон Сергей Сергеевич, бывший приват-доцент ...во фраке, боже мой! Фрак! Профессиональный нищий выкупил в том же ломбарде, что и художник, свой старый фрак, чтобы никто не мог догадаться о степени его падения. Он обвел взглядом по стоявшим у стойки, и Олонецкий, конечно, сделал равнодушный вид постороннего. Человек во фраке благодарно кивнул.

Неряшливость одежды отмечает русских.

Пожалуй, даже не самой одежды, но как они ее носят. Скифская рубаха наложила на русского печать тысячелетий. С ней он не может расстаться до сих пор, и одежда менее всего заботит женщину, которая идет...с кем она идет?

С Эфроном. А, значит Цветаева.

Сразу видно, что идет поэт, которому наплевать на одежды и приличия. Сразу видно (и это притягивает), что она никогда не владела изяществом, никогда не думала о внешности.

Платье на ней простое-препростое, только наглухо прикрывает наготу, заставляет забывать о ней, уверен, другого выходного платья у нее нет. Известный парижский портной, славившийся своими женскими нарядами, превосходно определил свою задачу в живом, хотя и пошлом, изречении: «Нужно достигнуть того, чтобы, одев женщину, мы чувствовали ее раздетой».

Никто не умеет носить переброшенного через плечо плаща

с большей непринужденностью, чем итальянец, никто, кроме кавказского горца, не знает, в чем заключается живописность башлыка, и никто не выглядит естественней в доломане, чем венгр.

В Цветаевой нет женского обаяния, отсюда и ее внешний вид. Если бы она попыталась рядиться, было бы только смешно. Она сознает это и не огорчается.

Эфрон помахал ему рукой, Олонецкий учтиво поклонился.

А бал протекал с обычным успехом.

Бунин во фраке изящно закусывал, поглядывая на обнаженные плечи бывших и будущих дам; оркестр пел о невозвратном.

— Иван Алексеевич, как у вас обстоит сексуальный вопрос? — спрашивал выпивший Яновский с проникновенностью.

— А в глаз хочешь? — миролюбиво отвечал нобелевский лауреат.

Иванов показывал на бритого человека в смокинге и шептал со своей вечной ухмылкой:

— Вот самый бездарный мужчина в эмиграции.

Все смеялись: он показывал на Алехина.

Яновский бродил от компании к компании, от приятеля к знакомому, от Лифаря к Ларионову с Гончаровой, скучал. Его остановила Катя. Он обрадовался.

— Пойдем, я тебя угощу, — вдохновенно пригласил и повел к буфету, где в белом кителе и колпаке возвышался Олонецкий.

— Юрий! — заявил Василий чересчур громко, радуясь отчетливости своей речи. — Георгий, два, понимаешь! — и показываю пальцами количество, чтобы не было ошибки.

Юрий Романович понял и налил два полных бокала из-под пива — водкою. Яновский с Катей чокнулись. Впрочем, тут же прозаик заметил недоумение во взгляде поэтессы и удивление спутника ее жизни из-за стойки....

Василий честно осушил свой „бок“ и, тут сообразил, что Катю порция убьет, отнял ее стакан, она успела только пригубить, и по-рыцарски, жертвенно сам проглотил содержимое. Он собирался закусить, чтобы противостоять хмелю, и ухватился за куриную ножку...

Но здесь наступило затмение.

– Затмение у него! – похохатывал муж Цветаевой лукавый Эфрон. – Пленка рвется, как говорят у нас в кинематографе.

Эфрон подрабатывал участием в массовках и любил остроты и шуточки из мира кино.

Олонецкий не входил в круг его друзей, но познакомился с ним именно на киносъемках, где оба они вместе с другими участниками массовки изображали толпу у Северного вокзала.

На другой день Юрий приехал на киностудию и удивился, что статисты, вместо того, чтобы переодеваться и гримироваться, выстраиваются в очередь перед кассой.

– Отменили съемку! – сообщил довольный Эфрон. – А деньги все равно выплачивают!

Олонецкий пожал плечами, но получил в кассе свои сто франков и – так получилось! – вместе с Эфроном вышел на улицу.

Позже он несколько раз попадал в те же компании, где Эфрон (всегда без жены!) вел себя удивительно развязно (даже нагло, думал Георгий) и вызывал неприязнь.

Тот несколько раз недвусмысленно делал попытки к сближению, но подчёркнутая «левизна» Эфрона отталкивала Олонецкого:

– В ваших приятелях уже есть один князь – Святополк-Мирский, - посмеивался он. - Зачем еще один? Тем более, что я не намереваюсь идти по коммунистическому пути.

Святополк-Мирский вступил в английскую компартию и все об этом знали.

Как потом передавали многочисленные друзья и заступники, Яновскому не дали упасть, а, подхватив под локти, повели, понесли через все залы, а он, судорожно сжимая в руке куриную ножку, плевал и охал.

В шикарных залах Hoches в центре есть какая-то площадка, может, для большого оркестра... Туда его положили — на виду у всех. Там часа три он отлеживался, как некое грозное предостережение ликующим вокруг.

Время от времени поэты и прозаики наведывались к нему, давали технические советы...

Классический русский интеллигент, с чеховской бородкой, всю жизнь занимавшийся не своим делом Илья Николаевич Коварский на балу заведовал чайным столом; стол „дешевый“ и помещался в коридоре. Но рядом с ним пристроился известный богатый, старый и больной меценат.

— Зачем вы здесь сидите на сквозняке? Пройдите лучше в залы, где танцуют, – уговаривал Коварский мецената.

Но тот решительно отказывался:

– Нет, нет, я пришел на бал с единственной целью посмотреть на современных русских писателей и здесь я всех увижу.

Только что он это произнес, — радостно вспоминал Коварский, — и вот уже Яновского несут в таком виде, ха-ха-ха. Вот поглядел на современных писателей!

В последующей своей жизни – в Испании, во Франции, в Америке и других странах, куда забрасывала, нет, не забрасывала, а швыряла – судьба, он старается не вспоминать данный отрезок жизни.

С Катей они расстанутся, спокойно и даже как-то растерянно.

– Катя, – мягко начнет Олонецкий, – все что Бог не делает – к лучшему. У тебя очередной роман. Не в первый раз. Мы с тобой вместе жить не можем. Так получилось. Ты знаешь, что Ситроен разорился...Я безработный, денег мало. Жить без денег и без работы я не умею...

(Он сразу вспомнил месяцы своей клошарной жизни, когда спал под мостом или в будке садовника в сквере на Севастопольском бульваре, а ранним утром уходил с мешком собирать пустые бутылки на набережных Сены и канала Сен-Мартен, рылся в урнах...

Но не рассказывать же об этом Кате!).

–Да? – равнодушно спрашивает она. – И что ты придумал?

–Мне предложили работу в другом...городе...

Непонятный стыд обуревает Юрия, ему неудобно произносить пошлые фразы.

Но он увидит, что лицо подруги расцветает.

Она бросится к Юрию и искренне его поцелует.

– Как здорово! Как хорошо, что ты уезжаешь! И мы расстаемся! А я не знала, как тебе сказать...

– Что сказать? – не поймет Юрий.

– Что я полюбила другого человека! – сообщит Катя с непонятной радостью, которая нападает на человека, когда тот сбросил тяжелый груз и облегчённо выдыхает, расправляя усталые плечи.

Юрий погладит ее по плечу.

– Ну, не в первый раз тебе влюбляться.

– Нет, это настоящая любовь! – уверенно произнесет Катя и улыбнется. – А когда ты уезжаешь?

– Завтра.

– Здорово! Далеко?

– В Толедо.

– Толедо? Где это?

– В Испании, – неожиданно признается Олонецкий.

Катя замрет.

– Здорово! – воскликнет она. – Я никогда не была в Испании. Там, говорят, очень красивые женщины, а мужчины – галантные кавалеры, все – Дон Жуаны... Да, а как же квартира? У меня сейчас нет денег платить за нее.

Олонецкий даже не вздохнет – будто у Кати когда-то бывали деньги!

– Я заплатил за два месяца вперед.

– Очень любезно с твоей стороны. А дальше? А если ты через два месяца не вернёшься? Найдешь себе испанку и будешь с ней танцевать... танец... как его...

– Фламенко.

– Да! Фламенко.

Олонецкий аккуратно раскладывает в чемодане свои рубашки и два галстука, один из которых подарила ему Катя.

– Извини, но ничем не могу тебе помочь. У меня денег только на дорогу.

– А как же буду жить я?

Юрий пожмет плечами.

– Наверно, человек, которого ты полюбила, позаботится о тебе.

Катя растерянно скажет:

— Он женат, у него семья, дети...

Потом увидит на столе деньги.

— Это ты мне оставил? Двести франков! Как благородно с твоей стороны. Все-таки сразу видно, из какой ты семьи...

Олонецкий состроит гримасу. Ему не удавалось закрыть чемодан. Выбросить что-то из вещей? Но он оставил самое необходимое.

— Перестань.

— Не перестань, а князь есть князь, не какая-то шантрапа... Погоди, дай я тебе помогу, застегну чемодан.

Она присядет перед чемоданом и тут же защёлкнет замки. И поднимет на него улыбающееся лицо.

И Юрий Романович Олонецкий с удивлением почувствует, что ничего в душе не шевельнулось, ничего не изменилось, что перед ним не Катя, совсем недавно близкая ему женщина, а просто его знакомая поэтесса Катя, которую он знал много лет назад.

В том времени, которое ушло.

Книгу Владимира Батшева «Серым по белому»
вы можете приобрести в нашем издательстве

Александр Зорин

Голос оттуда

Мама, мы хотели вырваться из этой кровавой мясорубки...
Уже почти добежали до какого-то полустанка, автоматы
побросали...
А там прятался заградительный отряд кадыровцев.
И всех нас, двенадцать человек, скосили под гребёнку.
И положили на рельсы, под поезд, если пойдёт...
Но украинцы ночью оттащили трупы на снег, поближе к лесу.
Через пару дней снег начал таять... И мы тоже...
А русским трупы до фонаря, никто нас не вспомнил, не вывез...
Местные женщины вырыли яму и туда нас свалили.
А я ещё, кажется, был живой...
И с тобой говорил из-под земли, из общей могилы...
Над ней сейчас ни креста, ни фанерной дощечки.
Имён-то наших не знают...
Ты и похоронки моей не получишь...

Мы, новобранцы, бежали оттуда, от подлючих командиров,
Мы не хотели убивать наших братьев...
Мама, передай моей Алёнке, чтобы выходила замуж.

Предрождественское

Жителя постсоветской эпохи
На свободном, казалось бы, вдохе
Взял за горло блуждающий бес.
Замордованный житель России
Усомнился в спасительной силе,
Нисходящей с небес.

«Мне твои непонятны идеи,--
Говорит он, о правде радея,--
Мир повязан законом одним.
Вечно будут у власти злодеи,
Вечно церковь потворствует им.

Вроде нашей – твоей -- велегласно
Славить их и подмахивать страстно.

Рождество?..
Может, Он заблудился?
В день назначенный объявился
И потопал по тем же следам.
Сколько раз Он уже родился,
А воз и поныне там.»

Всё, как есть. Всё действительно, вроде…
В нескончаемом хороводе
Лихолетий – народ одичал.
Что я мог возразить в разговоре?..
Оправдать безутешное горе
Личной верой в Начало Начал?..
Взгляд потупив, я глухо молчал.

***

Дождливый декабрь. Болото.
Стоит под ногами вода.
Жду зимнего солнцеворота,
Как никогда.

Смешно? Ну а мне не до с меха.
Душа по щенячьи скулит.
Хотя б календарная веха
Погожий просвет посулит.

Одно к одному. Пандемия,
Покуда преград не нашлось,
Клешнями вселенского змия
Пронзает планету насквозь.

Во храме своём паки-паки,
Наглядный верша самосуд,
Крещёные наши вояки
Мошной смертоносной трясут.

Семья – родовое начало.
А в близкой и, кровной к тому ж,
Лютует открыто волчара,
Так называемый муж.

Предательски видимость служит
Из близкого далека.
Покорную землю утюжат
Набрякшие мглой облака.

Но нет! Не случайно бывает
Тьма тьмущая здесь в декабре.
Пронзительно в каждом дворе
Звезда Вифлеема сияет.
Канун декабря призывает:
В болоте, на смертном одре
Удерживать очи горе.

Попробуем…
Вызволить что-то
Из путаницы теней…
Тем более – сердцу видней –
До зимнего солнцеворота
Осталось уж несколько дней…

Межконфессиональное

Против лома нет приёма, кроме лома…
Ну, а где ж его в смертельной схватке взять…
Если в сломленной душе из бурелома
Хлипких веток – только веники вязать.

Всё ж, попробуем… Чтоб не лежать на брюхе,
Обозрев святоотеческую даль,
Чтобы выстроить в колеблющемся духе
И терпимость, и отточенную сталь.

И не мыкаться по воле дуролома

Удаляющейся искоркой в ночи.
Против лома нет приёма, кроме лома,
Кроме камушка Давида из пращи.

Если б, братья, мы друг друга понимали,
В Крестном Знаменье один приемля знак,
То давно бы уже зубы обломали,
Нас вкушающие – крыса или хряк.

***

Над костром клубится дым,
Силясь взмыть вверх.
Был я самым молодым.
Стал старее всех.

Если вглядываться в даль,
Отстранив зенит,
Неизбывная печаль
Взгляд изледенит.

Но причудливая вязь
Отошедших лет,
Не исчезла, облачась
В потаённый свет.

Замурованный в стене,
В путанице оград,
Зыблется на глубине
Неразменный клад.

Сверстницы мои, друзья,
Явленные на миг,
Как из инобытия
Обобщённый лик.

Предъюбилейное

Мне восемьдесят лет!
Не может быть… Всё может.

Всё может быть, оповестил поэт.
Покуда на лопатки не положит
Проклятая... И ты на склоне лет
Мужайся, оседлав велосипед.
Почтенный возраст твой тебя корёжит
Ещё не очень... Моложавый дед.

Да, не из тех, кто в облаках витает.
К российским мерзостям не глух и нем.
Отрадную печаль кому повем...
Врождённый ужас тайно отступает
Пред -- кажущемся небытием.

Звереет власть, слетевшая с катушек.
ПальцАми змеевидными её
Враг человеческий вот-вот задушит
Отечество моё.

Однако, сей душитель не всесилен.
Напоминает каждый год о том
Своей молитвой преподобный Сирин,
Чуть обновлённой Пушкинским стихом.

Пришла пора довериться надежде,
С которой как-то не общался прежде,
По молодости было недосуг,
Зато теперь не размыкаем рук.

Всё может быть... Закатные часы
В отечестве своём, в родной канаве
Отслеживая – представляю въяве
Край бездны -- краем взлётной полосы.

Ровеснику

Отойди, старина, в сторонку.
Не тушуйся, не мельтеши.
На свою законную шконку
Сядь. И лысину причеши.

И не слушай базарные речи
Приблатнённых верховных владык.
Нам, пожалуй, нисколько не легче
Оттого, что им скоро кирдык.

Доживём ли до светлого часа
Высвободившейся из удавки страны?
Неизвестно… Но век наш промчался
Под приглядом такой же шпаны…

И сегодня, стращая закатом,
Оставляет он след на песке,
Что невнятно во мне отпечатан –
В тяжкой памяти и в языке.

Мы с тобой, как две капли, похожи.
По ночам, отвернувшись к стене,
На своём усмирительном ложе
Ты, а я – на своём топчане.

Кой-чему всё же нас научила,
Чтоб не сгинуть, совсем не пропасть,
Пожирающая пучина,
Завсегда ненасытная пасть.

По живому разбойнички режут,
Замышляя под грохот и скрежет
Узаконить порядок крутой.
Но и здесь, под железной пятой,
Вдруг небесной блеснёт чистотой,
Вдруг за крайним пределом забрезжит
Неземная надежда…

Журналист

Какая нынче власть
оттачивает бивни?
В компьютер углубясь,
нишкни, мой друг, не пикни.
Разделаешь фасад

как скажут: мёдом, калом.
А нет — коленом в зад.
Таких, как ты, навалом.
Фас! И горячий след
взял вдохновенным лаем.
Твой шеф, из смертных смерд,
вовек непотопляем.
Ты сам-то, что за чин?!
Коли боишься с круга
слететь... Ты нанят, блин,
ишачить, ты — обслуга.
А правду изобразить
никто не запрещает.
Но только, стало быть,
какую шеф пущает.

Штрихи к портрету Александра Меня

В весёлом взгляде сноп
Лучистых мыслей. Крепкий
Высокий чистый лоб
Великолепной лепки.

Там, где коленчатый вал
Клепает изуверов
Ваятель изваял
Редчайший из шедевров.

На гибельном пути,
При родовых потерях,
Хоть избранных спасти
В отечественных дебрях.

И этот ясный взор,
Приравненный к поступку,
Был брошен под топор,
В родную мясорубку.

Дабы избыл, исчез
Из местности бесплодной
Ниспосланный с небес
Сноп света путеводный.

.   .   .

Сон приснился: звонок
в дверь – вам телеграмма.
«Жду тебя, жду, сынок.
Мама»

Это она, она...
Вне времени отдалена...
Обрадовала, отпугнула...
В окно дальновидного сна
Заглянула.

Близости не передать,
Которая всё превозможет.
Кто кроме матери ждать
Дольше и преданней может...

Неколебима в душе
Верность сыновнего долга.
Милая, ждать-то уже
Осталось не долго.

***

Отечественному Талибану
С почётных высоких мест
Взирающему окрест,
Давно уже по барабану
Любой наш протест.

Прокладывая дорогу
Одну, мимо отчих могил,
Вышагивает с ним в ногу
Православный игил.

Не будем печалиться, хлопчик,
Мой юный отважный друг.
Они же берут на испуг.
Пусть даже в асфальт затопчут
Кого-то, или вздёрнут на крюк.

В их мрачных боеголовках,
Которые на плечах,
В бульдожьих нахрапах, уловках
Трепещет их собственный страх.

А мы, вопреки их потугам,
Уже неразлучны друг с другом,
И в будущем, может быть…
Под благословенным фейсбуком
Рот кляпом уже не забить.

Разрозненные человеки…
Разбросанные города…
Но техника в кои-то веки
Сближает, как никогда.

Укусы ползучего гада
Целебным прививкам сродни,
Удерживающим от распада
Единство Господней семьи.

Отметим в смущенье задорном
На их языке подзаборном,
Другого они не поймут,
Что те, кто свободен от пут,
На них положили с прибором.

Борис Майнаев

Не верь, не бойся...

Повесть

Нож тусклого старинного серебра медленно поднялся и стремительно упал, нырнув в бледную впадину левой ключицы мужчины. Голубые, как небо после грозы, глаза женщины, сидящей напротив, сверкнули торжеством:

– Я же сказала, что это просто, – ее голос звенел так, как он любил. Это были не стеклянные колокольчики, не перезвон меди и уж, не высокий голос торжествующих литавр, а скороговорка юного, горного ручья, радующегося восходящему солнцу и только что дарованной ему жизни. – Главное не страх одолеть, а иметь твердую руку и знать куда бить.

Теперь чистый голос ручья пятнали клочья грязной пены, от надвигающегося урагана, несущего с собой отравленное дыхание цивилизации.

Равиль, изо всех сил старавшийся удержаться в голубом поле глаз жены, улыбнулся и почувствовал, как незнакомая слабость медленно разливается по его телу. Жгуты мускулов, тренированные годами нечеловеческого труда, вдруг обратились в связки трепещущих от слабости тонких нитей.

– Ты убила меня, – прошептал он, сам удивляясь спокойствию и умиротворенности своего голоса. Но говорил он так, собрав все, что мог по закоулкам своей души, самым отдаленным частичкам своего тела только для того, чтобы не напугать своих дочерей. Старшая, десятилетняя Лера, смотрела на него, закусив губу. Она еще не до конца поняла, что с ним произошло, но, как всегда, была на его стороне и волновалась. Младшая, двухлетняя Злата, с интересом вертела головой, глядя то на отца, то на мать.

– Так ты сам?! – Все еще не веря происшедшему, вскрикнула жена, – мы же поспорили?!

– Мама! – Вскрикнула Лера, указывая пальцем на рукоять десертного ножа, торчащую из тела отца. – Он что, весь внутри?!

Липкий страх, захлестнувший женщину, почти лишил ее соображения. Она, немея от приходящего осознания, того, что сделала, снова схватилась за рукоять и выхватила клинок из тела мужа. Лезвие ножа было по-прежнему чистым, а клинок, когда она уронила его на пол, заскрежетал, словно старая, высохшая посудина, тонущая от старости.

– Я сейчас. Сейчас все продезинфицирую, – Женщина кинулась в спальню и тут же вернулась, но уже с флаконом духов «Красная Москва». – Надо все обработать. Не дай Бог, ранка воспалится.

На теле мужа не было ни следа от проникновения лезвия. Сама, не зная, что делает, женщина, протерев ранку кусочком ваты, еще и припудрила место удара. – Он же вошел без сопротивления, как в горячее сливочное масло? – Она оглянулась, словно проверяла остались ли рядом с ней Мы же поспорили, ты же сам сказал?..

– Скорую, – прошептал муж, – быстрее. Быстрее, Катя!.. – Воздух с трудом протискивался сквозь его губы. – Быстрее, а то они тебя обвинят...

Лера, видя, как незнакомая синева медленно вытеснила кровь из всегда ярко-красных губ отца, схватила на руки сестру и забилась в угол дивана. Девочки смотрели на мечущуюся по квартире мать и худеющее на глазах лицо отца, и от непонимания и страха почти не дышали. Дети чувствовали надвигающийся ужас, но не понимали, откуда и почему появилось это чувство. Равиль не сводил глаз с дочерей и, заклиная себя, шептал:

– Надо держаться! Надо дождаться врачей!

Когда в комнату ворвались медики из бригады скорой помощи, дети видели за столом уже не их сильного и веселого папку, а едва знакомого старика. На его длинном, костистом лице сверкали крупные капли пота, а над резко обозначенными висками висели клочья серых волос.

– Это случайно, – прошептал Равиль, увидя перед собой врача, – доктор, прошу вас, станьте свидетелем – это был несчастный случай. Мои девочки... Им нужна мама. Я сам во всем виноват. Им нужна ... – Последние силы оставили умирающего. Он медленно, словно только что его тело обрело гибкость каучука, стек со стула. Врач едва успел подхватить падающего мужчину. Закричала Лера, следом за ней и младшая Злата. Равиль уже их не слышал...

* * *

Он был, от момента зачатия, до появления на этот Свет, нежеланным ребенком. Его не хотели ни мать, ни отец. Еще в утробе матери мальчика пытались лишить жизни всеми доступными методами. И делал это человек, роднее которого нет – сама мать. У нее еще оставался один путь избавиться от нежданного, и от того ненавистного ребенка: оставить его в роддоме. И она сделала бы это, не задумываясь, если бы не ее коллеги по бригаде проводников. Среди них она была единственной матерью, имевшей троих детей. Остальные были бездетными. Наверное, поэтому они с особым вниманием отнеслись к коллеге, узнав, что она беременна четвертым. Показать им свое истинное отношение к новорожденному – значит потерять работу. Тем более, что бригада собрала деньги, чтобы хоть немного помочь своей подруге, и постановила полгода отдавать ей все выгодные рейсы...

Тем не менее, отношение матери к новорожденному было таким, что ребенок наверняка вернулся бы к Богу в первый год жизни, если бы не старшая сестра.

Отец, чтобы поддерживать в доме хоть какой-то достаток, сутками не выходил из депо, где трудился слесарем-ремонтником. Мать, женщина суровая и твердая, раз решив, что ей не нужен четвертый ребенок, относилась к нему, как к нежданному гостю. Случалось – кормила, а не случалось – не кормила. В обеих случаях мальчик, даже не научившийся толком плакать, помер бы от голода или холода, если бы не сестра. Она играла с братом в «дочки – матери», отведя ему роль живой куклы. Десятилетний ребенок не давал новорожденному замерзнуть, когда мать оставляла младенца в нетопленной прихожей. Холодными ночами девочка брала новорожденную

66

кроху в свою постель и согревала брата теплом своего тела. Она кормила и поила ребенка тем, что ела сама. Она мыла брата, меняла ему пеленки, переодевала его. Сестра самостоятельно нашла заменитель материнской груди и соски-пустышки. Это был жеваный черный хлеб, завернутый в марлю.

Один раз он чуть не задохнулся, когда она, недостаточно прожевав, сунула ему в рот кусочек мяса. Дома никого не было, но у сестры, ростом едва сравнявшейся со столешницей, хватило ума, увидев, что младенец задыхается, схватить его и кинуться к соседке. Та, уже вырастившая своих, очистила ребенку рот и спасла его. Остатки твердой пищи женщина выбила из ребенка, держа его за ноги вниз головой. Вечером, когда домой с работы вернулся отец девочки, соседка, рассказывая ему о происшествии, долго кричала, грозя написать жалобу в милицию. Мужчина, страшно уставший за трудовой день, слушая женщину, заснул. И она, в ярости плюнув на пол, пошла к себе. Говорить с матерью младенца было бессмысленно, и соседка стала, чем могла, помогать девочке, ухаживать за ребенком. Одно удивляло женщину: тишина в соседской квартире. Она даже спросила девочку – почему ее братик такой молчун? Та подняла брови, но не ответила, потому что не поняла вопроса.

А тишина в квартире была связана с тем, что между братом и сестрой установилась необъяснимая связь. Стоило младенцу намочить пеленку или проголодаться, как девочка, за секунду, другую чувствовала это и бежала к нему. Хуже было, когда она уходила в школу, сунув ему в рот хлебную «пустышку». Но и здесь природа нашла выход. Стоило девочке выйти за порог квартиры, как малыш засыпал. Он открывал глаза только тогда, когда сестра приближалась к их дому. Ребенок встречал ее не криком, а кряхтением. Отец, проводивший большую часть суток на работе, как-то обратил внимание на реакцию малыша на появление сестры. Мужчина удивился, но ничего не сказал ни жене, ни дочери. Только один раз, когда вся семья, по случаю праздника, стала собираться за стол, он, уже выпив рюмку, задумчиво проговорил вслух:

– Смотри, зашевелился, чертенок, значит сестренка уже где-то рядом.

Жена не ответила. Тогда он спросил жену:

– Ты хоть раз кормила его грудью?

– Еще чего, – отмахнулась женщина, – мне этих троих хватает. Его только раз возьми на руки, до гробовой доски таскать придется.

Никто не знал, как мальчишку назвала его мать, и что было написано в документах. Сестра, увидев в школе плакат с фотографией братьев Кастро, решила, что ее братик похож на младшего. Только вот незадача: девочка не совсем поняла, как зовут младшего из четы революционеров. Так в их семье появился Равиль. Сама мать звала его подкидышем...

Первый раз он украл в пять лет. Накануне сестре исполнилось пятнадцать и, желая сделать ей приятное, Равиль отнял медный пятак у прохожего сверстника. В кондитерской на эту монету ему дали медовую коврижку, а он хотел купить сестре заливное пирожное. Как-то давно они проходили мимо этого магазина и сестра, ткнув пальцем в стекло, показала Равилю выпечку, украшенную разноцветным кремом и увенчанную розой.

«Вырасту, – глядя в сторону витрины, прошептала она, – куплю штук сто, сядем с тобой, и все слопаем».

На выходе из кондитерской, Равиль незаметно смахнул крайнее пирожное со столика-витрины. Лакомство спокойно улеглось поверх коврижки, и продавщица не заметила пропажи.

Сестра не долго любовалась пирожным и в два прикуса съела подарок. Потом схватила Равиля за грудки и принялась трясти, приговаривая:

– Не бери чужого, не бери!

Затем, с силой прижав брата к груди, она разрыдалась и долго ее горячие слезы падали на его голые спину и плечи. Мальчик не понимал причины ее плача, потом, сам не зная от чего, присоединился к нему.

Однажды сестра принесла домой целый ворох журналов, в которых были отображены всевозможные виды и приемы борьбы и самообороны.

– Тебе надо уметь по-настоящему драться. – На левой щеке сестры краснел отпечаток ладони. – Тут этому учат. И не надо записываться в секцию. Я ходила туда, тренер сказал, что первый раз в зал надо прийти с родителями. Они должны дать письменное разрешение. Я хотела уговорить соседку, а она все матери рассказала, – сестра дотронулась до левой щеки, и Равиль понял, что Вита пробовала и с матерью поговорить.

Мальчишка едва читал, но в серьез увлекся борьбой и накачиванием мускулов. При этом весь спортивный инвентарь ему заменяли камни, а спортзалом служила лужайка между сараями. В них соседи хранили запасы угля и дров. Когда Равилю потребовались партнеры, он стал водить сюда соседскую детвору. Сначала мальчишки с интересом ходили к нему, но, когда он, используя только что разученные приемы, стал бросать их на иссушенную землю, сверстники разбежались. Тогда он начал задирать сверстников с соседней улицы. Дело дошло до того, что соседская ребятня собралась и группой в пять, шесть человек, напала на него. Бой был коротким, но прежде, чем упасть под грудой тел на землю, Равиль рассадил пару чужих носов, вывернул несколько суставов и наставил мальчишкам немало синяков. Вывод из столкновения сделал только он. Семилетний боец начисто отказался от приемов классической борьбы, выбрав для себя стиль, в котором было все от камней и кулаков до зубов. И еще – однажды, когда он, лежа на земле, плакал от боли и обиды, мальчишки, и свои, и чужие – хохотали над ним. Их раскидала сестра, которая, что-то почувствовав, прибежала из школы. Она поняла брата с земли, умыла его и потом долго говорила о том, что он должен сам выбирать не только поле боя и противника, но и метод борьбы, и соответствующее оружие.

– И не плач, никогда не плач! – Ее глаза были полны непролитыми слезами и казались ему такими большими, что в них исчезло все: и их улица, и их соседи, и его враги. – Они решат, что ты слаб и над тобой можно издеваться. А я не всегда смогу прибежать к тебе на помощь. Не можешь одолеть всех, вылавливай по одному и бей так, чтобы они начинали тебя бояться. Пусть они плачут, а не ты! Но всякое может случиться – без боли не бывает жизни. Но ты должен запомнить: если тебе больно, то пойди в чулан и там, в темноте, где тебя никто не увидит, плач. На людях кричи, ругайся, дерись, но не плач и не проси пощады...

Не сразу, но Равиль научился терпеть боль, не показывая этого. Дворовые драки, бесконечное выяснение лидерства – привели к тому, что мальчишка обрел способность мгновенно оценивать силы противника и выбирать вариант стычки. Бывало, ему приходилось жестко выбираться из кулачного поединка и убегать от врага. Но это не значило что Равиль проиграл и теперь станет скрываться или обходить соперников. В девяти случаях из десяти мальчишка другой дорогой возвращался к месту несостоявшейся схватки с новыми или старыми врагами и завязывал новую драку уже на своих условиях. Равиль рос жестоким, умным и терпеливым бойцом. При этом он никогда не смотрел ни на рост, ни на возраст противника.

В двенадцать лет он попал в специальный интернат для трудных подростков.

Одной апрельской ночью Равиль подобрал ключи к амбарному замку, которым была закрыта дверь привокзального киоска. И все бы хорошо, но металлический запор, наискось перехватывавший дверь был так тяжел для мальчишки, что он уронил его. Грохот от удара толщенной стальной ленты о дверь привлек внимание дежурного по станции. Тот, в свою очередь, позвонил в отделение железнодорожной милиции. Стражи порядка уже через несколько минут были на происшествии. Первое, что услышали милиционеры, осторожно подкравшись к двери киоска – скрип консервного ножа. Когда свет залил внутреннее помещение торговой точки, то они увидели худенького мальчишку, пытавшегося вскрыть трехлитровую банку сгущенного молока. Рот маленького грабителя был забит печеньем, которое он запивал лимонадом. Старший наряда удивился тому, что мальчишка даже не попытался скрыться от них.

– Открой ему банку! – Скомандовал офицер ближайшему подчиненному. – Пусть доест.

– Не пугайся, – страж порядка двумя ударами проколол жесть консервной банки и кивнул, – ешь и не спеши. Все одно тебе грозит колония, так хоть тут наешься сгущенки.

Равиль присосался к сладости, но не перестал поглядывать в сторону милиционера. Обычно при таких встречах, в лучшем случае ему крутили уши, а тут?...

Мужчина, открывший банку, повернулся в сторону старшего наряда:

— А мы?.. — Он кивнул в сторону полок, заставленных коробками с конфетами, печеньем и разной снедью.

— Хочешь на этого мальчонку еще пару лет повесить?!

Милиционер отрицательно покачал головой, но, когда командир взял Равиля за руку и вывел из киоска, схватил с полки пачку печенья, несколько плиток шоколада и засунул свою добычу в полевую сумку.

Колония для малолетних преступников встретила Равиля, как родного, кулаками. Драка с тремя сверстниками вспыхнула, едва сопровождавший мальчишку офицер зашел в штаб воспитательного заведения.

— Новенький?

Непонятно откуда перед Равилем, сидевшим на скамье, появились трое пацанов. Спросивший, по манерам похожий на предводителя группки, метко плюнул на носок Равилевой туфли. Тот усмехнулся, медленно встал и тут же обтер свою обувь о левую брючину незнакомца. Тот взвыл и, широко размахнувшись, попытался достать кулаком правую скулу Равиля. Юноша легко ушел от удара и, почти без замаха вбил свой кулак в солнечное сплетение чужака. Мальчишка вскрикнул, но тут распахнулась дверь штаба и на ступени вышел милицейский капитан. Группа встречавших стремительно ретировалась в зеленые кусты, росшие неподалеку от здания.

Офицер вздохнул и повернулся к Равилю:

— Я понимаю, что тут по-другому нельзя и за себя надо уметь постоять, но, поверь, ты еще не раз пожалеешь о своем метком ударе, — сопровождающий стоял на высоких ступенях и смотрел вслед уходящей группе. — Это Валет. — Офицер спустился к Равилю. — Тип мерзкий и злопамятный. Сегодня ночью тебе нельзя спать. Эта сволочь, со своим зверьем, попытается опустить тебя. Знаешь, что это такое?

Равиль утвердительно кивнул головой.

Офицер вздохнул:

– Берегись! Я не шучу и не пугаю.

Капитан шагнул в сторону, потом снова повернулся к юноше:

– Может посадить тебя на пару дней в изолятор, – авторитета немного добавит. Как считаешь?

В глазах офицера мелькнул какой-то странный интерес, которого еще миг назад не было. Мужчина прищурился, словно выцеливал что-то в Равиле.

«Нет, – юноша отрицательно покачал головой и додумал, – стукача из меня хочешь сделать»?!

Самым удачным мгновением этого дня была находка длинного, чуть схваченного ржавчиной гвоздя, торчавшего из стены деревянного туалета. Равиль с трудом вытащил его и, используя хлястик брюк, как подвеску, аккуратно приспособил свое оружие.

За ужином он съел только половину порции. Из приключенческих книг Равиль знал, что еда и тяжесть в животе – могли замедлить реакцию и заранее предрешить исход ночной драки. Допустить этого он не мог: во-первых, юноша не привык проигрывать в драках, во-вторых, он решил, что в неоплатном долгу перед сестрой и отдавать его будет он сам.

Равиль каждую секунду ждал боя и нападения с любой стороны, но его никто не задевал и не замечал, поэтому вечер был тягостным. Уже в комнате, после отбоя ложась в кровать, юноша почувствовал какой-то холодок, пробежавший по спине. Равиль осторожно осмотрелся, но нашел ни единого признака опасности.

Они кинулись на него глубокой ночью и не в спальне, а в туалете. Гвоздь, на длину и острие которого он надеялся, вместе с брюками лежал на табуретке у изголовья постели Равиля. Для защиты и нападения у юноши оставались только кулаки и ноги. Схватка была короткой: да и сколько мог продержаться один человек против шестерых нападавших?! Когда свалка переместилась на пол, юноша сумел вывернуть одну руку и локтем выбил Вальту зуб и разбил в кровь верхнюю губу. Тот, ругаясь, умылся, потом подошел к скрученному Равилю, пнул его ногой под ребра:

– Почему не готов, я же предупреждал? – В голосе врага было столько злорадства, что обездвиженный Равиль понял вопрос только тогда, когда с него сорвали одежду. Юноша рванулся изо всех сил, но даже не пошевелился. От бессилья и ярости он завыл, изредка выкрикивая:

– Убью, суки! Каждого достану и убью! – Равилю казалось, что его слышит вся колония, на самом же деле он едва дышал и все, что удавалось протиснуть сквозь стиснутое рукой одного из нападавших, еле слышал один из его мучителей.

Главарь шайки удовлетворенно хмыкнул и снова озадачил новичка:

– На сексодром его, с Яшкой я договорился. Он придет на завершающий аккорд.

Равиля подняли и понесли. Небольшая толчея в дверном проеме позволила обнаженному юноше высвободить ногу и со всей силы вбить пятку в темя одного из нападавших. Удар оказался таким удачным, что мальчишка рухнул без сознания на пол. Но Валет оказался рядом и одним ударом почти отправил Равиля в нокдаун. Юноша пришел в себя на пороге большой комнаты от придушенного женского вскрика. Он дернулся, но держали его крепко. Тут женщина снова закричала и только после этого Равиль понял, что комната залита мерцающим светом от работающего телевизора. Там на большом экране яркая блондинка дарила любовь двум мужчинам. Один был черным, другой белым.

«Порнуха!». – Снова встрепенулся Равиль. До этого мгновенья нечто подобное он видел только раз на замусоленных до черноты игральных картах. А тут целый фильм! В отдаленном уголке его сознания пробудилось желание.

– Ого! – Воскликнул кто-то из мальчишек.

– Кладите его на стол. – Это уже был торжествующий голос главаря банды.

Валет еще не договорил, как Равиль, почувствовав слабину, одним движением вылетел из рук мальчишек, на секунду отвлеченных на телеэкран и ослабивших из-за этого хватку. Юноша не кинулся к двери, напротив – он одним прыжком долетел до ближайшей стены и, схватив опрокинутый стул, без раздумий и сомнений опустил его на голову Валета. Тот в этот момент был к нему ближе всех. Кровь залила бледное лицо главаря шайки. Одна ножка стула отлетела, но Равиль снова взмахнул своим орудием и шагнул вперед. Тут распахнулась дверь и на пороге появился высокий, немного грузноватый мужчина.

– Так, – он шагнул в комнату и щелкнул выключателем. Яркий свет залил помещение, – опять Валет дурью мается? Вернуть новичку одежду!

В голосе мужчины было что-то такое, что все вокруг напряглись и застыли. Тишина обрушилась на голову Равиля. Она была такой глубокой, даже метавшаяся на экране порнозвезда онемела.

– Иди в спать, – кивнул Равилю незнакомец, – спи спокойно, тебя больше никто не тронет...

Так и случилось. Ни Равиль Валета, ни Валет Равиля – после этого случая друг друга не трогали. Ровно через полгода выездная Сессия областного суда освободила Валета. Тем же вечером из колонии бежал и Равиль. Юношу вела жажда мести. Он настиг своего противника в поезде. Оказалось, что Валет был крупнее Равиля. Но, когда пальцы преследователя сомкнулись на плече Валета, тот так перепугался, что невольно вскрикнул. Равиль успел несколько раз ударить своего обидчика. Потом, словно черти из табакерки, рядом с ними появились офицер и несколько солдат. Военных привлек крик Валета. Они скрутили обеих драчунов и вернули их в колонию...

Равиль за побег получил дополнительный срок и, согласно приговору, занял в колонии свое место. Его противника пожурили и отпустили на свободу. По слухам, просочившимся в колонию, в конце месяца судьба настигла Вальта. В пьяной драке у привокзального буфета юноша получил удар ножом в печень и умер раньше, чем приехала бригада медиков. Но к этому времени, Равиль уже был в колонии на особом положении. Он не захотел становится лидером, как и не хотел быть аутсайдером. Юноша кулаками выбил для себя независимость. Равиль не участвовал в жизни воспитательного заведении, находясь в нем, но в стороне от всего.

                                    * * *

Женщина!

«Такого не бывает» ...

Женщина... Весна...

В воздухе не пахло ни цветами, ни розгами. Тут пахло ароматом незнакомых духов и чем-то еще.

Жизнь! Один слух, крохотный обрывок видения, фантазии, в которой говорилось о женщине – сделали из юных преступников и отщепенцев нечто похожее на забродившее молодое вино.

Женщина.

Один слух о ней взбудоражил весь коллектив сидельцев. А тут принесли весть о том, что женщина будет работать учителем ...

«Каждый день ... Видеть ее. Слышать ее». – Сама мысль об этом диким криком рвалась из груди.

Первый раз в жизни Равиль с нетерпением ждал начала уроков. Молодая учительница литературы. Увидеть ее, поговорить с ней не мечтали только известковые блоки, из которых были сложены трехметровые заборы воспитательно-трудового заведения, здесь вместе с пятью сотнями других малолетних преступников – жил, трудился и страдал Равиль. И, сколько бы воспитатели не прогоняли учащихся, после завтрака у здания школы бродила чуть ли ни половина школьников. Нормально в это время все трудились: одни в столярной мастерской, другие в пошивочном цехе, третьи сколачивали ящики для овощей. Поэтому, для большинства занятия в школе начинались после полдника, в шестнадцать часов.

Барак, в котором дети овладевали науками, был древнее потопа. Со стен классов сыпалась штукатурка и – то тут, то там торчали деревянные ребра каркаса. Кроме того, выросшие рядом производственные мастерские, почти перекрыли доступ солнечных лучей в школьное помещение. Мальчишки постарше невесело шутили: «У нас, что школа, что изолятор – ни неба, ни солнца».

Коллектив учителей был под стать месту работы: мрачный, мелочный и злопамятный. К тому же среди педагогов школы не было ни одной женщины. Тут никого не наказывали, но ребята ненавидели школу. Даже самый усидчивый зубрила Магомед Мырзоев, если была возможность, обходил ее стороной, но сегодня был особый день, и Мырзоев тоже был тут!

Равиль тоже был здесь, но, как обычно, держался немного в стороне. Неожиданно со стороны ворот послышался сигнал клаксона, а за тем и легкий, незнакомый гул автомобильного мотора. Все машины, на которых в это время кто-то посещал колонию, уже покинули ее территорию:

— У директора старая «Беха» ... — задумчиво проговорил Мырзоев, и все удивленно вздохнули. От ворот к школе ехала маленькая, серебристая машина.

— «Мазда», — прошептал кто-то за спиной Равиля.

— Директор, — эхом отозвался другой.

Машина остановилась у крыльца школы и мальчишки, словно по команде, шагнули к ней. Обе передние дверцы распахнулись — с пассажирского встал директор школы, с водительского — высокая, коротко стриженая девушка в платье.

Жаркая волна окатила Равиля. Он увидел голубые глаза и ослепившую его своей белизной кожу девичьей шеи. Общий вздох превратил разноликую и разновозрастную массу мальчишек в единый организм. И это был хищник. Он был готов одним движением проглотить незнакомку вместе с ее машиной.

Обычно спокойный и уверенный в себе директор вдруг вскинул голову, шагнул к девушке и предостерегающе поднял руку:

— Но, но, — вскрикнул директор, поднимая руку. — Стоять!

Хищник лязгнул зубами, но захватил лишь глоток воздуха. Дверь школы распахнулась и на пороге появились два воспитателя с дубинками в руках. Мальчишки отшатнулись, но все равно пространство вокруг девушки и директора было таким, что он, махнув рукой, в этот раз повысил голос:

— А ну отошли!

Воспитатели, раздвигая дубинами толпу, спустились вниз, школьники расступились.

За полгода, проведенные в колонии, Равиль ни разу не видел дубинок в чьих-нибудь руках, но сказать, что он был удивлен, было нельзя. Все затмевала девушка. Она на миг задержалась у машины, потом легким шагом догнала директора и взбежала по ступеням крыльца. Летящая, стройная фигура, чем-то неуловимым походила на его сестру Виту. Но прежде чем Равиль понял в чем было сходство, учительница вошла в школу. Воспитатели, непрерывно вертя головами, зашли следом за ней и плотно прикрыли за собой дверь.

Общий стон чуть не лишил мальчишескую толпу сознания. Но тут откуда-то появилось подкрепление – к школе прибежали офицеры, командовавшие их ротами. Равиль, почти ослепший и оглохший от неземного видения, только что мелькнувшего перед ним, не заметил, как их построили и развели по классам.

Тридцать малолетних нарушителей закона, Три десятка одноклассников Равиля не произнесли ни слова, каждый внутри себя, переживая появлению перед ними девушки. Равилю повезло – его стол находился у окна. Со своего места он смотрел на серебристую машину, в которой приехала эта девушка и, неожиданно для себя, снова вспомнил сестру. На последнем свидании Вита обняла его и поцеловала, как делала это, когда утешала, в очередной раз вытащив из драки с соседскими мальчишками. Поцеловала и прошептала: «Не переживай, немного осталось».

Вдруг что-то холодное коснулось Равиля. Он повернул голову к учительскому столу и перестал дышать. За ним стояла она, юноша тряхнул головой, но видение не исчезло. Девушка улыбнулась и положила перед собой их классный журнал. Директор, стоявший рядом с ней, согласно кивнул.

– Новый учитель, – в голосе администратора не было знакомых повелительных ноток. Он был ласков и истекал медом, – будет заниматься с вами литературой. Ее зовут Татьяна Ивановна Линева. Прошу вас, ведите себя прилично.

Мужчина склонился к уху девушки и что-то прошептал. Она, продолжая рассматривать замерших мальчишек, отрицательно покачала головой. Директор спустился с возвышения, на котором стоял учительский стол и пошел к выходу. Следом за ним шагнул к выходу и воспитатель.

«Это она попросила не оставлять тут этого тупого верзилу, – понял от чего отказалась молодая учительница, понял и улыбнулся ей, – молодец»!

У порога страж школьного порядка оглянулся и посмотрел не, как всегда, на стоявших у своих столов учеников, а на девушку. Равиль видел тяжелое, мясистое лицо мужчины сбоку, но в этот миг его выражение ничем не отличалось от тридцати других. От этой сопричастности к человеку, шагнувшему за порог класса, юноше вдруг стало неприятно. Какая-то мерзость таилась в уголках большегубого рта воспитателя. По плечам Равиля пробежала ледяная дрожь и чтобы избавиться от этого противного ощущения, он снова посмотрел в окно.

– Очарована, околдована, в поле с ветром когда-то повенчана... – девушка звенящим от волнения голосом принялась читать стихи. Класс замер. Они забыли ненависть и боль. Они забыли волчьи законы собственной стаи. Они забыли все. Ласковая весна, первый, робкий луч просыпающегося солнца коснулся души каждого из них. Этот миг стал их новым рождением, рождением Людей.

Она говорила о любви. Ее голос, слова, лившиеся из ее уст, были им незнакомы. Хотя это могло им только казаться. Женщина! Женщина была на расстоянии руки, но была на возвышении, на которое никто из них, никогда не вступал. Это было вбито в них. Вбито так крепко, как только могло быть вбито болью и голодом наказаний.

И она сошла... Она вышла за невидимый круг, защищавший ее у кафедры.

Первые ученики. Первый урок. Они так слушали. Они так смотрели на нее. Она принесла им знания, но забыла о том, кто перед ней.

Чья-то рубашка взлетела в воздух и накрыла девичью голову.

Равиль вскочил и кинулся в этот жуткий клубок. Три шага. Три кольца. Нелюди, истекающие желанием, рвали белое тело.

Зверь! Взбесившийся зверь.

Сестра!

Он бил, отбрасывая со своего пути сверстников. Бил, головой, кулаками, ногами. Защитить! Спасти! Сколько он шел до нее – минуту, меньше, больше?.. Лоскуты платья, пятна белой кожи, торчащий сосок обнаженной груди...

Равиль швырнул девушку к двери и в последний миг сорвал с ее головы рубаху. Он, уже падая под ударами десятка кулаков, еще увидел вбегающих в класс воспитателей. Он даже успел упасть на пол и свернуться в кольцо, защищая локтями бока, подтянутыми и подогнутыми ногами – копчик, а руками – голову. Только потом боль от десятка пинков то бросила юношу в бездонную тьму, то возвращала к свету. Его топтали. Его убивали и к этому добавили, что успели, воспитатели, И, наверное, в жизни Равиля все было бы по-другому, если бы вообще было, но молодая учительница, прежде чем потерять сознание, выкрикнула, протянув руку в его сторону:

– Он спас меня!

Это могло быть сказкой, если бы не было бы правдой, но только потом, увидя своего спасителя на ногах, она потеряла сознание...

Двадцатилетие Равиль встретил в тюрьме. Сюда его отправили из лагеря строго режима, как рецидивиста, склонного к побегу.

Он был старшим по камере. Вместо четырех человек сейчас в ней обитало пятнадцать заключенных. Они собрали деньги и в подарок к дню рождения преподнесли молодому, но уже авторитетному щипачу, кусок анаши, размером с кулак рослого мужчины.

Наркотик, за немалые деньги, в тюрьму приносили сами надзиратели. Они же торговали съестным, спиртным и девушками. Последние стоили дороже всего, но проститутку можно было купить и на час, и на ночь – было бы чем платить.

Не сразу и несказанно медленно Равиль нашел удовольствие в наркотическом дыму, навеваемому коноплей.

Сначала ее курение лишь утомляло его и погружало в тяжелый сон.

Через какое-то время эта изнуряющая дремота сменилась на беспричинное веселье. Молодой человек, накурившись дурмана, мог часами стоять у окна и искренне хохотать, глядя на муху, отмеряющую километры по грязному стеклу, забранному решеткой.

Затем веселье сменили голод и жажда. Равиль, в наркотическом угаре, ел все подряд, как землеройная машина, даже не замечая ни того, что глотает, ни того сколько пищи исчезает в его горле.

Голод сменила жажда. Один раз сокамерники решили замерить сколько воды выпивает он после одной сигареты с анашой. Полное ведро Равиль выпил в течении часа и даже не заметил этого.

Наркоманы со стажем только смеялись.

«Каждый по-своему ловит удовольствие от курения конопляной пыльцы». – Говорили старые сидельцы.

И вдруг, как потом рассказывал Равиль, мир наполнился океаном ангельских крыльев. Нежные, ласкающие прикосновения наилегчайших, ослепительно белых перьев – привели молодого наркомана в неописуемый восторг. Каждая клеточка его тела пела райские гимны, нежась в этом белом мире ласки. И тут эти невиданные ощущения сменились на легкость во всем теле. Равиль почувствовал, что может летать. Летать над грешной, полной боли землей, как пушинка в струях утренней прохлады и только проклятые бетонные стены удержали его в клетке. Но при этом молодой вор понял, что только что познал счастье. Больше это чувство не покидало Равиля. Вместе с ним пришел мир снов. В нем он не только жил, но и сам придумывал различные сюжеты и жизненные коллизии.

Так, между реальностью и миражами Равиль провел чуть больше трех лет последнего срока. Когда впереди замаячила реальная свобода, он всерьез задумался не о ней, а о том, где и за какие деньги он станет покупать анашу.

У Равиля ничего не было – ни дома, ни семьи, ни будущего. Сестра с двумя детьми ютилась в комнатенке в восемнадцать квадратных метров, выделенных ей в СМУ, где она работала штукатуром. Заработка Виты едва хватало на пропитание и одежду ее ребятишкам. Очередной ее муж сбежал, прихватив с собой не только все бывшие в доме деньги, но и золотые сережки, подаренные Равилем на ее сорокалетие.

О матери и говорить не приходилось. Между ними лежало даже не море, а океан ненависти. Родной, если можно было так выразиться, отец умер еще во время второй отсидки. Последние пять лет мать жила с чужим мужчиной. Равиль не был с ним знаком, но один раз получил письмо. Муж матери писал, что они не могут помогать каждому отбросу общества. Поэтому Равиль может забыть о матери и не претендовать на их жилье, тем более что они его давно выписали из их квартиры.

День за днем приближалась свобода, а Равиль был готов обменять ее, как и любую другую реальность, на призрачные, наркотические видения. В жизни, отделенной от него высоким кирпичным забором, было не только скучно, но и страшно. За годы, проведенные за решеткой, юноша отвык от нормальной жизни. Он, с трудом сознавая это, боялся большого и незнакомого мира, порождением и частью которого был и он сам, но который с каждой минутой, с каждым ударом сердца – становился все более чуждым и незнакомым. Их не сближало даже то, что в последнее время Равиль открыл для себя новый и тоже призрачный мир исторической литературы. Иногда юноша, накурившись и начитавшись книг, так «смешивал» незнакомую реальность и родную феерию наркотических дымов, что терялся между фантазиями из серых дней в камере, книг и видений. В этом состоянии, на грани сознания, Равиль забивался в угол и, укрывшись с головой одеялом, смотрел свое «кино».

В эти короткие отрезки времени его товарищи стихали, с одной стороны понимая и сочувствуя молодому вору, с другой, посмеиваясь, каждый на свой лад, над ним. Его статус и тяжелое наказание – остаток срока досиживать не в лагере, а в «крытке» – не давал им ни воли, ни права даже думать о нем уничижительно, но переглядывались, перемигивались ...

* * *

Равиль стоял за воротами тюрьмы и не знал, куда идти. Во-первых, он был нищ, никогда ничего не откладывая на «черный» день. Тюремная братва, от первого до последнего сидельца, собрала ему деньги, еду и одежду, соответствующую времени года и, люто завидуя, и от того тайно ненавидя, дружно проводила его за порог камеры. Теперь у Равиля был небольшой выбор: возвращаться назад и закончить свои дни в дурдоме или сложить с себя титул, которым увенчал его воровской мир, и попытаться стать обычным рабочим человеком. Третья дорога вела прямо на ... Но о ней лучше было не говорить и не вспоминать.

Через десять дней, прогуляв почти все деньги, молодой вор вышел на поиски пропитания.

Лагерное начальство, в каждом конкретном случае обладало своими пристрастиями и увлечениями, в каждой зоне были свои мастерские, свои производства, поэтому Равиль владел несколькими рабочими профессиями. Самой тяжелой из них, но самой высокооплачиваемой была каменщик. Для специалиста такого профиля на каждой стройке, в каждом СМУ была работа. Но первый же кадровик, сначала долго рассматривал документы Равиля, словно справка об освобождении представляла собой толстенный гроссбух, а не половику обычного листа, потом вздохнул:

– Мог бы уже и паспорт получить. Но это не главное. У нас главное под замком и на стройках, но и там воровать-то нечего – все украдено прямо со склада...

Равиль вскочил со стула и, склонившись к лицу кадровика, просипел севшим от ярости голосом:

– Ты меня заранее не сажай, с-с-сука! Твое дело двадцатое. Ты мне работу дай, а спрашивать с меня есть кому...

Похоже, что мужчина, с которым разговаривал Равиль, прошел ту же школу, что и он сам, потому что словами, понятными и близкими вчерашнему заключенному, изложил ему свой взгляд на мир и место в нем для любого посетителя, в том числе и стоящего напротив его стола. Слушая речь строителя, молодой вор понял, что ему лучше остаться тем, кем он был после колонии для малолетних преступников: щипачом-карманником.

Осознав это, молодой человек, не прерывая словоизвержение чужака, повернулся и пошел прочь. День только начинался, и Равиль решил начать «работу» с привокзальной площади. Как территория для чистки карманов простофиль, вокзал входил во владение «летчика». С этим авторитетом Равиль пересекался на пересылке, во время второго срока. Поэтому он осмотрелся на площади и вычленив из толпы мужчину, присматривавшего за порядком, подошел к нему и, коротко представившись, получил у него разрешение на «работу».

Первый солидный «лапоть» вор взял у дурака, сунувшего бумажник, после оплаты таксисту, в задний карман. Взял и обрадовался тому, что пальцы помнили свои функции. Несмотря на трудность работы без напарника, к обеду Равиля можно было назвать богатым человеком. Вор не считал добычи, но даже на вскидку в его карманах было рублей до пятисот. Он отдал нужную часть суммы представителю «летчика» и пошел позавтракать в ресторан. Тут же на точке «У часов» он приобрел внушительный кусок анаши и набил папиросину наркотиком, почти не добавив в нее табак. Равиль закурил ее, едва вышел из зала. Когда теплота от впитывавшегося в легкие дымка анаши выдавила ледяную дрожь надвигающейся ломки, он присел на ближайшую скамейку привокзального сквера. Солнце, уже забравшееся в зенит, жгло глаза и приятно согревало тело вора. Отяжелевшие веки сами собой опустились. Вдруг чья-то тень закрыла солнце.

– Но, но, – воскликнул молодой человек и открыл глаза.

Перед скамьей, охватив его коротким полукольцом, стоял наряд железнодорожной милиции. Равиль был сыт, а вот стражи порядка, похоже, нет. Старший прошипел что-то о правонарушении и, даже не дожидаясь, пока подойдет «канарейка», так в народе называли милицейский газик, выгреб все из карманов вора.

– Ну, вот, – рассмеялся сержант, – права народная мудрость: «Всегда надо делиться добычей». Ты так обрадовал меня, что я даю тебе новый шанс стать добропорядочным гражданином. Иди, гуляй до следующего раза.

Равиль вскочил со скамейки и бегом кинулся в сторону железнодорожных путей. Там, среди снующих по всем направлениям вагонов и поездов, он отдышался и долго материл милицию и себя, забывшего о тружениках внутренних органов. Теперь он был вынужден уйти от вокзала и поискать другое место для заработка. Сейчас для него самым главным было время. Косячка, выкуренного им за пару минут до появления такого же как он ворья, только одетого по-другому, обычно хватало часа на три, четыре. Надо было спешить: сейчас в этот промежуток времени укладывалась вся его жизнь. Где-то далеко, очень далеко, мелькнула мысль о том, во что превратила его анаша.

«Ты жалкий раб, – укорил он себя, как всегда дистанцируясь от самого себя. – Каннабис, жалкий, зеленый ком дряни, командует тобой, полностью лишив всего человеческого. Даже душу и ту, ты готов прозакладывать за глоток этого сладковатого дымка».

Равиль ругал себя, но это было уже обыденным для него состоянии. Тем более, что он уже дважды резал себе вены, пытаясь отвлечься от диких болей ломки. Но и этого хватило не на много.

«Автобусный маршрут, – сделал вывод Равиль. – только там на промежутке от «Кислой» до «Базарной» – можно за короткий срок поднять настоящее бабло».

Вор огляделся и увидел двух мальчишек, лет двенадцати, тринадцати. Как выяснилось, одного звали Витькой, другого – Петькой. Пацаны вдвоем играли в футбол, гоняя по дороге пустую консервную банку. Он, не обращая внимания на прохожих, коротко изложил свое предложение. На удивление пацаны внимательно выслушали его и переглянувшись: «четверть, так – четверть», согласно кивнули. Петька был немного шустрее Витьки, и Равиль решил, что именно первого, к тому же, рыжеватого, он будет держать около себя, а его товарищ сегодня поработает у двери автобуса. Втроем они неспешно зашагали к остановке. Вор, глядя на худенькие тела и грязные лица своих помощников, на какое-то время задумался. Ведь стоит ему сделать одно неверное движение и мальчишки пойдут по его стопам: спецшкола, колония, лагерь или тюрьма. Но ребята думали по-другому. Они, о чем-то перешептываясь, смеялись, весело зашагали следом за ним к автобусной остановке.

День, начавшийся с милицейского обыска, до самого полудня был удачным. Равиль выудил из женских сумок и мужских карманов ровно десять кошельков и бумажников. Петька оказался таким проворным, что, курсируя между Равилем и Витькой, забирая добычу у одного и передавая другому, казался незаметным. Мальчишка ловко просачивался между пассажирами, иногда весело и беззлобно отшучиваясь.

Они вышли из автобуса у входа в парк. Укромная скамья нашлась почти сразу. На ней, прикрытый струящимися вниз ветвями ивы, вор на глазах своих помощников пересчитал украденное и отдал мальчишкам столько, сколько обещал. Петька тут же поделил заработанное поровну.

– Ну, что, – Равиль выбросил в урну последний бумажник и поднялся, – пойдем, употребим по пломбиру – я угощаю?

Прошло шесть дней, прежде чем удача отвернулась от Равиля. Это случилось на базаре. Он выудил тугой рулончик купюр у узбека, бойко торговавшего сухофруктами, но не успел и отойти от обворованного, как сильный удар в шею опрокинул его на землю. Вор успел только отбросить добычу в сторону прилавка, как на него посыпались сильные удары. Кто-то ловким броском «колхозницы», маленькой, зеленой дыньки, сбил его с ног. Теперь человек пять, вбивали в молодого человека древнюю истину: «Не укради». Равиль, стараясь не захлебнуться дорожной пылью, метался между торговцами и, используя тюремный опыт, пытался ослабить силу их ударов. Вдруг он заметил Петьку, нырнувшего под прилавок. Маленький подельник нашел деньги и, медленно пошел в сторону выхода с базара.

– За что бьёте?! – Вскрикнул Равиль, когда чей-то сапог попал на очень чувствительное место. – Обыщите, я ничего не брал!

Один из торговцев остановился и что-то сказал, но вор не понял его. В следующую секунду в его левый висок врезался рант сапога, и темнота поделила мир на две части.

Равиль пришел в себя от резкого запаха нашатырного спирта. И тут же услышал детский крик:

– Эти гады убили моего брата! – Это был Витька. Мальчишка стоял у стола, вцепившись в потертую портупею милиционера и истошным голосом кричал, шмыгая носом и вытирая мокрое лицо рукавом рубахи. – Убили! Суки!

Петьки рядом с ним не было. Равиль вздохнул и резкая боль, резанувшая грудь, заставила его вскрикнуть.

– Лежать! – Тяжелая ладонь легла на правое плечо вора. – Сейчас «Скорая» придет или тебя сразу – в воронок и домой, в камеру?

Молодой человек попытался ответить, но не смог вздохнуть и прошептал:

– Воды...

Милиционер бросил на стол белый лист, и вор понял, что это была его справка об освобождении. Офицер кивнул. Витька схватил с центра стола графин и, наполнив стакан водой, напоил Равиля.

– Я тебя предупреждал, что бродяжничество приведет тебя в тюрьму. – Страж порядка тяжело опустился на стул. – Где твой неизменный кореш Петька? – Обшарпанная черная папка шлепнулась на стол.

Мальчишка еще громче заревел:

– Отпусти нас, лейтенант! Я ничего не делал. Я пришел семечек у бабы Ани прикупить, а тут они человека убивают.

– Ты только что говорил, что он твой брат? – Офицер хмыкнул и достал из папки чистый лист бумаги.

– Не надо протокола, – прохрипел Равиль. – Пожалей мальчишку. Он правду говорит: Я его первый раз вижу. Хочешь отправить его в кутузку и сделать настоящим щипачом?!

Тяжелый кулак врезался в столешницу:

– Молчать, – мясистое лицо офицера покраснело. Он выругался и громыхнув стулом по грязному полу помещения, – дурака из меня делаете?! Я такого ворья столько повидал, сколько ты, щенок, каши за свою поганую жизнь не съел. И не пытайтесь меня разжалобить – не получиться.

Вор повернулся на бок и, попытавшись подняться, вскрикнул от боли.

– Черт, – Равиль скрипнул зубами, – похоже, ребра они мне поломали.

Худая, грязная мордашка, с черными дорожками слез, приблизилась к нему. Витькины глаза были полны ужаса:

— И пальцы, — мальчишка посмотрел вниз. Вор взглянул следом и вздрогнул. Три пальца правой руки были неестественно вывернуты и посинели. С указательного капала кровь.

Милиционер поднялся:

— Похоже, что тебе пора менять профессию. — В его голосе не было ни капли сочувствия, ни грана боли. — По крайней мере один из них раздроблен.

Сердце Равиля рванулось вскачь и, теряя сознание, он услышал дикий вопль. «Скорая», — шевельнулось в его голове, — зря, лучше бы дали подохнуть».

* * *

Было жарко. Пот раздражающе сползал с плеч и терялся под бинтами давящей повязки, охватывавшей торс вора. Он сидел на скамейке в Витька и Петька стояли напротив и вдвоем набивали анашой, смешанной с табаком, папиросу.

— И как ты это дерьмо куришь? — спросил Петька, скорчив потешную рожицу.

— А ты пробовал?

— Ну, — прикусив мундштук «Беломорены», первым ответил Витька, — Потом еще жрать хочется.

— А у меня, — догнал Петька друга, — голова кружится и все время блевать охота.

Равиль хмыкнул:

— Надо привыкнуть.

— Чтобы потом все деньги на анашу тратить?! — Петька вскинул руку, и Равиль, облившись холодным потом, вскрикнул.

— Все, — мальчишка справился с гневом и положил открытую пачку папирос «Казбек» на колени их наставника. В коробке лежал с десяток папирос «Беломор», уже набитых наркотиком, — травись дальше, ты нам нужен.

— Ну, — вскинулся Витька, осторожно открыв пачку, он положил в нее остаток анаши. — Мы тут в очереди в буфет сняли пару жирных «лаптей». Нам на несколько дней на жратву хватит и тебе на крапаль этой дури. А на третьем – Петька прокололся.

Петька в ярости пнул тонкий ствол тополя, росший рядом с садовой скамьей:

– Тетка во всем виновата – жирная такая пошевелилась и толкнула меня под руку ...

– Чуть не попались! – Витька посмотрел на Равиля, прикрывшего глаза от струящегося по жилам удовольствия.

– Вот сейчас, – голос вора стал мягким и протяжным, но они явственно почувствовали притопленную боль с нотками насмешки над собой, – встану, оденусь и с вами пойду. Вас ремеслу учить надо. Иначе на первом же деле завалитесь.

Мальчишки переглянулись. Бинт, плотно укутывающий грудь и сломанные ребра, был почти незаметен, выглядывая лишь в вырезе больничной пижамы, а вот рабочая, правая рука Равиля была до кисти замотана бинтом. Витька сплюнул себе под ноги. Петька нервно хохотнул:

– Пальцы долго срастаться будут?

Вор скрипнул зубами.

Мальчишки одновременно отступили от скамьи:

– Мы пойдем. Ты тут, это, – почти хором проговорили они, – выздоравливай. Если че надо – только скажи.

Равиль, не открывая глаз, кивнул, потом долго слушал шелест уходящих шагов. Справа шел Петька, он осторожно наступал на пятку и перекатывал стопу до кончиков пальцев. У мальчишки был легкий, бесшумный шаг. Левый, Витька, шаркал подошвой, едва поднимая ноги, словно тащил на плечах непомерный груз. Вор слушал ребят и думал о том, что не сможет передать им свой опыт, как и не сможет больше «чистить» чужие карманы.

– Впору собирай банду и живи от гоп-стопа, – проговорил он вслух и вздрогнул от голоса сестры, прозвучавшего рядом.

– Болит? – Она сидела рядом и, как оказалось накрыла рукой пухлую повязку, скрывавшую его раздавленные пальцы.

Он испугался и не того, что не услышал, как она подошла и села рядом с ним, а того, что не почувствовал ее прикосновения.

– А что делать?! – Закричал, топя крик ужаса, рвущийся из груди и не совсем сознавая это, Равиль. – Чем жить? Что я могу – я вор!? Я – щипач! У меня пальцы!.. А теперь: на указательном нет фаланги, средний собран из осколков и стал, как палка – не шевелится и не чувствует ничего. Только и осталось купить «шпалер» и, либо идти на большую дорогу, либо стреляться.

– Марьяшка тебе коржиков напекла, – сестра, словно не услышав его крика, достала из хозяйственной сумки узелок и развязала его. – А я баночку твоего любимого, клубничного варенья добавила. Держи гостинец.

Марьяна была младшей племянницей и как-то по-особому относилась к нему. Едва Равиль пересекал порог сестринского дома, как семилетняя девчушка подходила к нему, обнимала его и ни на секунду не отходила от него.

– Как она учится? Ее там никто не обижает? Ты только скажи...

Страх и боль медленно покинули его, оставив вместо себя умиротворение.

– Им же еще отметок не ставят, – вздохнула сестра, – а Марьяшка уже читает и пишет заглавными буквами. Сюда хотела, тебя повидать, да увидела девчонок на горке и осталась поиграть с ними.

– Одна?! – Вскинулся Равиль.

– А то, – спокойно проговорила сестра. – Ключ от дома у нее на шее висит, да и Ниночка за ней приглядывает. А она у меня девчонка храбрая и спуску никому не даст. Тут третьего дня приходил мой бывший, за деньгами, поди, а я как раз во вторую работала. Так она спустила его с лестницы, даром, что в шестом учится.

Тонкая, почти прозрачная рука сестры, осторожно вытянула из свертка золотистый диск печенья и, макнув в банку с вареньем, поднесла его к губам брата:

– Ешь, маленький мой. Не уберегла я тебя. Узнала бы, чему Кукольник учит тебя целыми днями, убила бы, гада!

Равиль вздохнул и, не перестывая жевать, принялся вспоминать свое нелегкое детство. Человеком он почувствовал себя только в далеком пятом классе. Тогда их сосед по бараку, старый вор со странной кличкой «кукольник» первый раз вывел своего ученика на реальную работу. Равиль, дрожа всем телом, вытянул кошелек у старухи, медленно бродившей по базару и что-то выискивающей в человеческой толчее. Короткостриженая женщина была одета в брюки цвета хаки и черную, простенькую блузку, а на худеньком плече держала объемистую сумку, потерявшую от времени цвет. Юный вор, походя, приоткрыл эту сумку и вытащил из нее кошелек. Его наставник вместо того, чтобы очистить кошель и незаметно сбросить это кожаное чудо, больно прихватил своего подопечного за ухо:

— Чему я тебя учил, — тонкие, сильные пальцы вора выкрутили ухо, — стариков и старух не трогать?! Иди, догони ее и отдай кошель.

Кукольник ничего подобного не говорил, поэтому Равиль, едва дыша от обиды и боли, в немом разговоре с собой изругал последними словами своего наставника, но догнал старуху и протянул ей ее же хранилище денег.

Почти бесцветные глаза бабки сверкнули, а по высохшей до состояния пергамента коже лица проползла улыбка.

— Ты нашел мой кошелек? — Почему-то старая женщина поспешила на помощь Равилю. — Молодец! — Скрюченные временем и болезнями пальцы полезли в кошель. Старуха достала из него помятый рубль и протянула воришке. Он потянулся, чтобы взять деньги, но боль в выкрученном ухе напомнила свежие наставления Кукольника:

— Спасибо, — Равиль шагнул назад и наткнулся на старого вора.

— Мадам, — мужчина склонился в полупоклоне и приподнял шляпу, — мой племянник хотел сделать добро, а вы его обижаете...

Женщина хмыкнула и негромко извинилась, убирая рубль в кошель:

— Простите, великодушно, — щелкнул замочек сильно потертой сумки, куда упал кошелек, — дайте мне минут пять, я только куплю с полкило пряников и пойдем ко мне пить чай. — Ее улыбка очень странно отозвалась в душе Равиля. В груди мальчика разлилось тепло, а на глаза навернулись слезы.

Маленькая ладошка опустилась на голову Равиля:

– Ну, чего ты расплакался? – Мальчишка увидел напротив себя глаза старушки и от удивления забыл обо всем: знакомые ему старики и старухи едва сгибали поясницу, а эта женщина спокойно присела напротив Равиля на корточки. Он шагнул к ней и прижался к груди незнакомой женщины. – Ты, наверное, сирота? – Ее щека коснулась его щеки, и юный вор с трудом утопил в груди горячую волну слез, готовых хлынуть из его глаз.

– У нас в роду все такие нежные и влюбчивые. – Кукольник достал из своего кармана громадный, белый платок и промокнул им уголки своих глаз. – Вы правы – наш Митька давно потерял родителей. Ваш покорный слуга сейчас выступает в двух ипостасях – и мамы, и папы.

Женщина отвернулась, пытаясь скрыть свои слезы:

– Ждите здесь, я мигом, туда и обратно.

«Зачем он врет, – подумал мальчишка, только что переименованный, - старуха и так на нашей стороне»?

Потом они шли втроем по городу. Старуха говорила о книгах и их содержимом, но Равиль ничего не слышал. Незнакомый восторг будоражил его кровь и каждую секунду был готов выплеснуться наружу громким криком. Они вошли во двор, составленный четырьмя громадными зданиями. Мальчишка так удивился, что открыл рот. Двор больше походил на городской парк. Четыре аллеи высоких, стройных дубков были выметены до последней крошки. Два обширных цветника качали алыми головками роз, а на игровой площадке резвилась ребятня.

– Сталинские дома! – восхищенно прошептал Кукольник.

Старуха шагнула к левому подъезду с двумя колоннами – львами, на спинах которых держался козырек, сверху прикрывавший вход. Они поднялись по широченной мраморной лестнице.

– Вот мы и дома, – возвестила старуха и протянула руку Равилю. – Давайте знакомиться – Анна Васильевна.

Кукольник, искоса взглянув на своего ученика, назвался придуманным именем. Равиль вскинул голову, но тут же опустил глаза и представился.

– Вот и прелестно, – улыбнулась хозяйка. – Вы располагайтесь в гостиной, а я чаем займусь. – Она кивнула головой, указывая, комнату, в которую им надо было идти.

Равиль не сдвинулся с места. Мальчик стоял перед шкурой, туго натянутой на левой стене широченного коридора, с двух сторон упиравшегося в высокие, деревянные двери.

Хозяйка на секунду замерла, потом погладила юного воришку по голове:

– Это мой муж, царствие ему небесное, Виталий Сергеевич в Минусинской тайге медведя встретил. Иди в комнату, там на стенах, много интересного увидишь.

Кукольник широко улыбнулся:

– Вы тут с детьми и внуками живете, я что-то не слышу детских голосов?

Женщина еще раз погладила Равиля по голове и, не ответив на вопрос вора, кивнула головой в сторону гостиной:

– Я быстро.

Мужчина извинился и, повернувшись в указанном направлении, пошел вперед. Едва они с Равилем вошли в гостиную, как Кукольник резко развернул своего ученика лицом к двери, через которую они только что вошли:

– Быстро к ней и, чтобы минуть пять вас тут не было. Делай что хочешь, но пять минут ...

Мальчишка ничего не понял. Он даже удивился, увидя, что его учитель направился к большому, коричневому секретеру, в закрытой дверце которого алел кусочек шелковой ленты.

– Ты чего, – старуха обернулась к Равилю, робко переступившему кухонный порог. Перед ней на столе стояла целая батарея небольших баночек с вареньем. Она переливала их в крошечные вазочки, – я уже со всем справилась, сейчас и чай закипит.

Равиль опустил голову и вздохнул.

– Ухо болит? Садись. – Анна Васильевна взяла со стола небольшое полотенце и, намочив его водой, протянула гостю. – Приложи к уху, посидим тут минут пять и все пройдет.

– Я хотел про медведя, – юный вор чуть не закричал от радости: ему не пришлось снова обманывать добрую старушку.

Вода для чая вскипела. Хозяйка дома вздохнула и, поставив одну чашку на стол перед Равилем, наполнила ее:

– Пей, только, пожалуйста, осторожно. Малину любишь?

Равиль кивнул. Хозяйка двинула к нему розеточку, в которую только что налила лакомство. – Она улыбнулась мальчишке, – пей и слушай. Виталий Сергеевич был настоящим мужчиной и добыл этого медведя ножом. В тех местах «хозяина», так некоторые народы Сибири называют это животное, уважают и выстрелу из ружья предпочитают драку. Вот мой муж и доказал – себе и тем людям, что он не трус и рука у него сильная. Но я думаю, что все было несколько по-другому. Они там изрядно напились, о чем-нибудь поспорили, и Виталий Сергеевич вышел свою удаль показать. Тем более, что на фронте он был командиром разведроты и ножом орудовал как ложкой. В общем обнялись они с медведем. Мой муж воткнул в сердце «хозяина» свою финку. Он с этим ножом всю войну прошел, но в этот раз противник оказался покрепче и, прежде чем умереть, всю спину ему своей когтистой лапой разорвал. Потом Виталий Сергеевич тут, с месяц валялся, раны залечивал. Гноились они, пришлось мне пару раз вскрывать их и чистить.

Она наклонилась в Равилю:

– Прошла боль?

Мальчик кивнул.

– Бери, – старушка указала на коробку конфет, – и пойдем в гостиную. Твой дядька, поди, уже все там осмотрел и скучает.

Кукольник сидел за столом и крутил в руках нож с незнакомым Равилю черным лезвием.

– Это узбекский «корд». – Анна Васильевна расставила на столе чашки и вазочки с вареньем, – прошу вас, не стесняйтесь. Потом взяла в руки черный, кожаный футляр в который вложила нож. – Его мне подарили в Самарканде, на раскопках Гур Эмира.

Мальчишка покрутил головой и опустил глаза вниз. Из дверцы секретера уже не торчал уголок алой ленты. Кукольник что-то рассказывал. Хозяйка щурила глаза и постоянно смотрела на Равиля. Этот взгляд волновал мальчика, но только на пороге квартиры перед тем, как закрыть за гостями дверь, старуха ласково погладила его по голове и сказала:

— Бог не дал мне детей. Ты приходи ко мне в любое свободное время. Будем чай пить и я расскажу тебе много интересных историй. Договорились?

Равиль, не поднимая головы, кивнул. Старуха прижала его к себе, потом встала и, стремительно перешагнув порог, закрыла за собой дверь.

Когда они с Кукольником отошли от дома, мальчишка обогнал старого вора и встав перед ним, спросил:

— Ты специально привел меня на базар!? — Равиль сжал кулаки. — Ты — гад! Сам залез в секретер и что-то утащил у Анны Васильевны. Я не буду с тобой работать. Ты обманул меня. Ты — гад и врун...

Мальчишка сжал кулаки. Необузданная ярость ослепила его и Равиль кинулся на старого вора. Тот ударил подростка ладонью, сложенной лодочкой, по уху. Мальчишка не упал, но оглох и ослеп. При этом он продолжал кричать:

— Гад. Гад. Ты никогда не говорил мне о стариках и старухах.

Кукольник огляделся, потом взял Равиля за подбородок и, приподняв лицо мальчика и глядя ему в глаза, проговорил:

— Не ори — любой, слушая твои вопли, вызовет цириков. Тебе, щенку ничего не сделают, а меня могут надолго упрятать. Заткнись, говорю. — Вор схватил мальчишку за шиворот и сильно тряхнул. — Можешь идти на все четыре стороны. Сколько раз тебе надо говорить: вор живет по одному принципу: «Не верь, не бойся, не проси». В этом мире есть только две стороны — ты и все остальные. Им можно говорить что угодно и обманывать, и обводить вокруг пальца, но для нас воров они не люди, это чмо, мужичье, которое должно работать, зарабатывать деньги, чтобы мы могли бы чистить их карманы. Понял? Гордись! Ты Вор, а они никто!

* * *

Боль! Дикая боль. Она рвала тело Равиля, как ему казалось, на тысячи частей. Они были большими и маленькими, но каждый болел по-своему. Внутренности жрал, выдирая большие клочья плоти, забравшийся в живот неведомый, но страшно голодный зверек. Руки и ноги, как казалось Равилю, перемалывались в гигантской в мясорубке. Временами он видел ее вращающиеся части, поблескивающие солнечными зайчиками. Его кости хрустели. Щелкая, лопались жилы. Даже глаза и те норовили выбраться из глазниц.

Ломка.

Равиль выл. Выл, как голодный, одинокий волк.

Боль! Она раздавила молодого человека. Лишила его всего. Он даже не был человеком. Он был болью.

«Нож»! – Мысль о чем-то постороннем на мили секунды попыталась отвлечь молодого человека. Но тут же боль лишила его и этой лазейки.

Боль была всем. Избавиться!.. Любой ценой избавиться от нее.

Нож...

Равиль всегда носил с собой отточенную как бритву финку.

«Где она»?! – Он не додумал до конца свою мысль, как услышал слева от себя скрежет. Теперь, Равиль воочию увидел боль. Она, прикинувшись кровью, вытекала из левого запястья.

«Это жилы. – Понял вор. - Так противно скрежещут жилы, непонятно почему сопротивлявшиеся лезвию его ножа. Дымящаяся сталь снова проползла по его руке, тонкой полосой разделяя густеющую на глазах бордовую массу.

Вдруг сбоку мелькнула тень.

«Смерть, – вор попытался перевести дыхание, – она пришла за мной, чтобы спасти от боли»!

Он повернулся, но не успел ни увидеть, ни понять, что это было. Сильный удар опрокинул Равиля, при этом что-то удержало на ногах.

– Скотина. – Рычащий голос звучал со всех сторон, сразу проникая в мозг. – Не мог вскрываться где-нибудь в подвале или на помойке? Скотина! Обязательно надо было прийти к материнскому порогу? Нет, такого удовольствия я тебе не доставлю.

Голос был знаком, но боль не дала Равилю понял не только смысл сказанного, но и то, кем был этот человек. Также вор не сразу осознал, что кто-то куда-то тащит его. Потом что-то загремело и лед студеными зубами вгрызся в правую лодыжку. Боль из головы и груди прыгнула вниз, и темнота поглотила весь этот мир.

«Умираю», – блаженство уходящей боли, коснулось окровавленных губ Равиля, и он улыбнулся смерти ...

Было темно. Так темно, что он даже испугался:

«Передоз! – Подумал молодой человек. – Я все-таки умер, но почему тогда я мыслю»?!

Откуда-то изнутри самого глубокого медленно выползала боль.

– Господи! – Вскрикнул Равиль. – Всего один укол!

Этот крик вернул ему боль. Он был жив, но ничего не видел. Наощупь молодой человек понял, что под ним что-то мягкое. Оказалось, что он лежит на чем-то мягком. Молодой человек сел и изучил все, до чего мог дотянуться. Матрац. Под ним был обыкновенный матрац. Боль медленно возвращалась, с новой силой подчиняя себе тело. Только в правом бедре она была какой-то сдвоенной. Нечто длинное и холодное было под ним. Что-то металлическое:

– Цепь!? – Он испугался и выдернул несколько холодных колец, скрепленных между собой, из-под спины.

– Цепь!?.. – Рот сам собой распахнулся и Равиль чуть не задохнулся от ужаса, но в этот миг вспыхнул свет. Сильный луч, как что-то материальное, ударил по глазам, выжимая из них слезы. Вор тряхнул головой, пытаясь вернуть себе зрение.

– Дядя Коля, ты!? – У добротной, сшитой из дюймовых, дубовых досок двери стоял отчим. – Николай Петрович? – Стальная цепь из колец диаметром не меньше трех сантиметров вцепилась в лодыжку правой ноги Равиля. – Помоги мне, – пересохшее горло вора едва смогло пропустить через себя воздух. – Воды!

Отчим обошел пасынка и лежак, на котором тот корчился от боли и жажды. Он зашел со стороны ног и поставил у коленей Равиля большую алюминиевою кружку с водой. Пленник схватил ее и, давясь и обливаясь, осушил посудину. Мышечный спазм лишил вора голоса. Пытаясь освободиться, Равиль забился на невысокой, плоской лежанке, которую, по типу китайской печки, кана, лет пять назад выкладывал вместе с отчимом из красного кирпича. Мужчина вел себя очень странно. Вместо того, чтобы кинуться к пасынку и освободить его. Отчим, глядя себе под ноги, вышел из сарая и тут же вернулся с двумя ведрами. Одно было пустым, в другом плескалась вода.

— Одно используешь под туалет, — голос отчима был спокоен и деловит. — Во втором — обычная, питьевая вода.

Равиль взвыл от боли и неожиданном поведении мужчины:

— Развяжи меня! Развяжи! Какой-то придурок вырубил меня и притащил сюда. — Выкрикнул последнее слово, вор зашелся в сильном кашле. Осознание происшедшего в один миг выжало из его глаз ручейки слез.

«Отчим! — В этот раз ужас потряс вора. — Это он, он связал меня... А он, он хочет убить меня»!

— Раз в день, я еще не решил во сколько, — мужчина был спокоен и деловит. -Я буду обслуживать тебя. Только, пожалуйста, не промахивайся мимо ведра. Ни мне, ни тебе вонь в сарае не нужна.

Он потянулся к ручке двери. Страх чуть не разорвал грудь Равиля. Он не закричал. Он завизжал, покрывшись холодным потом.

— Я умру! Освободи меня! — Истерика ледяными руками стала ломать тело молодого человека, но сначала она почти лишила его рассудка. — Убью! Отдам под суд. Это незаконно. — Его вопли походили то на крик ребенка, то на рычание зверя. — Так поступали только садисты. Я умоляю тебя! Я умру, и ты будешь виноват. Моя кровь будет на твоих руках...

Мужчина, не двигаясь, некоторое время смотрел на Равиля, бившегося в истерике на лежаке. Но, когда пасынок вспомнил о ране на руке и схватил зубами бинт, он шагнул к нему и, сняв со стены старые, чуть покрытые ржавчиной наручники, пристегнул их к здоровой руке пленника. Следующим движением отчим соединил их со вторым отрезком цепи, вбитым в стену над лежанкой.

– Убьешь, обязательно убьешь, – спокойно проговорил мужчина, – но сначала я тебя вылечу.

– Вылечишь?! – Взвился Равиль, – Ты хочешь уморить меня. Хочешь тут же и прикопать? Думаешь, никто не узнает? Сестра знает, что я к матери пошел. Сестра...

Отчим спокойно вышел из сарая и запер за собой дверь.

Равиль закричал. Такого эти стены не слыхивали. Так мог кричать погибающий зверь: бесконечный ужас, дикая ярость, леденящее отчаяние – на миг заставило хозяина остановиться. Он тяжело вздохнул, поднял было руку, чтобы отомкнуть замок, как тут кто-то стукнул в калитку. Она открылась. Сосед, недавно вышедший на пенсию майор милиции, шагнул во двор:

– Привет сосед! Что за шум? Свинью режешь?

Кривая усмешка растянула губы отчима:

– Все проще, Семеныч, я Равиля поймал. У него ломка, а денег нет, вот и орет, словно свиноматка. Я решил, наконец, сам взяться за него. Мать устала, да и я: сколько раз он воровал у нас последние копейки?..

Сосед прислушался, потом согласно кивнул головой:

– Да, врачи у нас – дерьмо. Я тут на днях...

Хозяин шагнул к двери дома:

– Пойдем, Семеныч, примем по чуть-чуть, слышать его не могу, сердце кровью обливается.

Лицо соседа осветилось, чем-то, родившимся в самой глубине души. Глаза мужчины сверкнули долгожданным счастьем:

– Может, ко мне, – он кивнул в сторону калитки, – я на днях такой самогон выгнал, не поверишь, градусов восемьдесят. Да и Равиль...

Хозяин чуть наклонил голову:

– У меня уже все стоит, и пара бутылок «казенной» в холодильнике млеют. Да и этого наркошу в доме не слышно ...

Только на третий день боль, терзавшая молодого вора, начала отступать. Ее место заняла страшная слабость. Чтобы подняться с лежака, Равилю требовалось на время превращаться в маятник, затем на вершине колебательного момента, он, помогая себе взмахом свободной руки, вставал. В тот же миг волна горячего пота окатывала его с ног до головы. При этом, если он успевал свободной рукой ухватиться за стены, то мог устоять. В противном случае, вор снова валился на лежак, чтобы вернуться к началу. Во время одного такого восхождения в сарай вошел отчим. Он стремительно пробежал расстояние от порога до лежака и помог пасынку удержаться на ногах.

– Вижу, тебе полегчало?

Молодой человек тяжело вздохнул и опустил голову:

– Дядя Коля, сделай милость, отпусти меня, Христа ради. Или дай нож, я горло себе перережу – сам освобожусь, и вас перестану мучить.

Мужчина, протестующе, взмахнул руками:

– Что ты говоришь?! – Он положил на лежак сверток с едой и кинулся к порогу. – Сейчас я тебя искупаю, сменим и повязку, и белье чистое наденешь.

На длинной и, почему-то, тонкой шее едва удерживался шар – голова. На ней, бездонными провалами, темнели глаза пасынка. В них, по-прежнему, было пусто:

– Ты не представляешь, как больно тараканы кусают грудь. – Голос Равиля походил на шелест прошлогодней листвы.

Отчим замер у порога: – не понял, кто тебя кусает?

– Тараканы...

Мужчина поджал губы. Было видно, что он не поверил словам пасынка или ему было безразлично все, что происходило в сарае.

– Ты, это... Лежи, я сейчас быстренько воду согрею и вернусь. За одно и повязку сменим.

Когда он ввернулся с ведром горячей воды и ворохом тряпья, вор лежал навзничь и почти не слышно посапывал. Под промокшей от обильного пота рубашке торчали кости скелета, туго обтянутые серой кожей.

– Господи?! – Прошептал мужчина и, обильно смочив тряпку, принялся обтирать тело своего пасынка. Временами он вздрагивал и тихо ругался, натыкаясь на торчащий и готовый прорвать пергаментной толщины кожу сустав или удержанный хребтом желудок, почти покинувший тело наркомана. Красную россыпь мелких укусов он нашел в области паха и под мышками.

«Странно, – подумал мужчина, – муравьев у нас нет, блох и вшей я не вижу. Неужели он прав и тараканы могут нападать на обессилившего человека»?!

Что-то вдруг толкнуло мужчину в спину и выстудило лоб. Он, невольно, оглянулся и наткнулся на взгляд Равиля. Глубокий, всепроникающий взор из пропасти то ли жизни, то ли смерти – зябкой волной пробежал, нет, не по телу, а по душе отчима. И первый раз в жизни ему захотелось бежать, спрятаться куда-нибудь поглубже. Страх! Дикий, не управляемый страх сжал в кулаке его сердце. Невольно, глубоко вздохнув, мужчина хотел закричать, но не смог. Это был не спазм. Это было что-то странное: его рот был распялен до хруста в челюстях, он явственно слышал свист воздуха, втягиваемого им в легкие, но задыхался от удушья. В глазах стало темнеть.

– Эй, есть кто в доме? – Голос Семеныча на миг вселил в мужчину нечто укрепляющее, но по-прежнему у него не было сил ни позвать соседа, ни сдвинуться с места. Тень упала на порог, и в дверном проеме появился бывший майор милиции.

– Что с тобой?! – Он протянул к замершему посреди сарая соседу руку, и только потом заметил, что держит в ней бутылку мутной жидкости, заткнутую вместо пробки крошечным початком кукурузы.

– Что это я? – Семеныч поставил поллитровку на верстак и спросил: – «скорую», сердце?!

Отчим не смог ни ответить, ни сойти с места. Странный ступор, выстудив его душу, заморозил мышцы. Шевельнулись только глаза, указавшие на ведро с водой.

Похоже, что страх поразил и бывшего милиционера. Он почти шепотом снова спросил:

– Пить?

Ответа он не услышал, но сделал шаг и поднял с пола ведро.

– Окатить?

Одновременно с вопросом он опрокинул содержимое емкости на голову соседа. Горячая вода, словно эликсир жизни, прокатилась по телу мужчины, он вздохнул и улыбнулся:

– Оказывается, что вкуснее воздуха ничего нет.

Майор пожал плечами и опустил глаза:

– Коля, прости, если я тебя не так понял.

Сосед тряхнул головой, разбросав по сараю множество сверкающих брызг:

– Все нормально. Помоги мне. Его надо перенести в дом.

– Может, ты сначала?

– Нет, – хозяин шагнул к пасынку, – наперво надо его домой завести – простынет, не дай Бог.

Пенсионер пожал плечами и наконец смог свободно, полной грудью выдохнуть. Он взял в левую руку бутылку, а правой подхватил полубессознательного молодого человека под мышки. Вдвоем они легко занесли Равиля в дом, положили в спальне на кровать. Хозяин принес таз теплой воды, и они вдвоем быстро обтерли Равиля и переодели его в чистое, сухое белье.

– Ты не поверишь, – укрывая пасынка, проговорил хозяин. – вроде, получилось.

– Думаешь, вылечил? – Все также шепотом спросил майор.

Отчим махнул рукой, приглашая Семеныча выйти за ним из комнаты. В гостиной хозяин быстро снял с себя мокрую одежду, потом взглянув на все еще ошалелого соседа, хмыкнул:

– Ты же знаешь – посуда в серванте, колбаса в холодильнике, овощи на кухне. Давай, наливай, я пока переоденусь.

Они сидели, молча цедя сквозь зубы самогон, но невольно прислушиваясь к тому, что происходило в спальне. Там царила тишина, лишь один раз нарушенная странным скрипом. Гость вопросительно поднял брови, но хозяин покачал головой:

– Там нечему скрипеть. Наверное, я форточку не закрыл. Или это где-то на улице...

– Может, – бывший майор кивнул головой, – глянешь, он мог с кровати навернуться?

Хозяин протянул руку к бутылке и усмехнулся:

— Пусть дите чуток поспит...

В этот миг с грохотом распахнулась дверь за спиной Семеныча:

— Берегись! — Выкрикнул хозяин.

Старый, ржавый колун со страшной силой врезался в стол, буквально в паре сантиметров пролетев мимо головы бывшего милиционера. Разлетелась тарелка. Майор вместе со стулом рухнул в сторону. В этот же миг отчим резким ударом швырнул стол, отделявший его от пасынка, снова, с ревом «убью, сука», взмахнувшего топором. Столешница, заполненная тарелками со всякой снедью, опрокинула Равиля на пол. Колун отлетел в сторону, а мощный удар милицейского сапога лишил вора сознания.

— Жив!? — Отчим утер лоб рукавом, стирая с лица остатки морковного салата.

Семеныч, криво усмехнувшись, поднял вверх обе руки. Правая держала стул, а в левой, как ни странно, но дрожащей сильнее — была зажата бутылка. Хозяин удивленно поднял брови:

— А ты, что думал, — сосед встряхнул над головой бутылку, из которой не пролилось ни капли спиртного, — что я позволю всяким наркошам лишать нас горючего?

— Нет, — поднимая стол, удивленно протянул хозяин, — и сам спасся, и бутылку успел поймать! Силен!

— Спецназ МВД, — Семеныч медленно осмотрел стул, который продолжал держать в руке, — а вот стульчик придется чинить: ножка переломилась.

— Садись на другой, — отчим махнул рукой, — выпьем по малой за нашу удачу.

Милиционер пожал плечами и, топча сапогами расколотую посуду, подставил к опустевшему столу стоявший у трюма стул.

— Вообще говоря, — он дунул в поднятую с пола чашку и протянул приятелю, — Все это уже серьезная статья — покушение на жизнь сотрудника...

– Давай выпьем, – спиртное забулькало, наполняя посуду, – вернем моего пасынка в сарай. Пусть еще пару недель посидит на привязи. Увидишь, я его отучу наркоманить.

Месяц Равиль сидел на цепи.

Последнюю неделю он, не поднимая головы, читал книги. Любые читал книги. Библиотечку отчима бывший вор глотнул за три дня. Николай Павлович рассказал об увлечении пасынка чтением своему соседу и о том, что он снял с него вторую цепь, оставив одну, державшую вора за ногу. Майор был записан в городскую библиотеку и принес Равилю целую пачку самых разнообразных произведений, самых различных авторов. В конце недели бывший милиционер, проходя мимо соседского дома, вдруг увидел Равиля на персиковом дереве, росшем посреди двора. От удивления Семеныч почти потерял дар речи. Он точно знал, что в это время Николай находится на работе:

– А что, – спросил майор Равиля, – отчим дома?

Молодой человек, откусив половинку аппетитного плода, рассмеялся:

– Что же я, простейший английский замок открыть не смогу?..

Он, пока сосед собирал мысли в кулак, спокойно слез с дерева и прошествовал в сарай.

«Господи, – от удивления сосед взмолился, – неужели вылечил»?!

Вылечил.

И от курения табака – тоже.

Теперь Равиля можно было бы назвать бывшим вором. Ведь вчерашний карманник стал грузчиком городской мелкооптовой базы. Это было нарушением всех воровских законов. И в душе Равиль, никогда никем не работавший, не особо жаждал менять профессию, но тут самым веским обстоятельством служили раздробленные пальцы правой руки. Кто знает почему, но молодой человек стал на этом предприятии кем-то особенным. Управляющий разрешил ему здесь жить, отдав ему заброшенный чулан. Тут даже была мебель – старый топчан, табурет и стол. Под последний Равиль приспособил строительные козлы. Правда, ему пришлось немного поработать, укрепляя расшатанную и еще до потопа рассохшуюся конструкцию. Равиль был счастлив. Действительно: первый раз в жизни у него было свое жилище, свое место под солнцем. Не вонючая камера следственного изолятора или помещение, набитое почти до потолка зеками, на пересылке, да двухэтажные нары в лагерном бараке, а маленькая, своя комната. И это было счастьем.

Едва он убрал свое новое жилище, как в дверь постучали и через порог шагнул сам управляющий базой. Это был мускулистый мужчина средних лет, уже начавший покрываться возрастным жирком. Он внимательно огляделся и положил на стол плотный пакет.

— Тут еда — немного колбасы, сливочное масло, хлеб, да пара банок консервов. Минут через десять ребята принесут холодильник, немного посуды, да старенький электрический чайник. Я в нем и яйца, и пельмени варил ...

Равиль почувствовал, как в рот хлынула слюна. Голод гастритной болью резанул желудок.

— Ты, это, — видимо его желание проявилось на лице, потому что управляющий поспешил развернуть сверток, — поешь, с утра, наверное, не ел?

Равиль хотел отказаться, но руки сами ухватили ломоть черного хлеба и отломили кусок колбасы. Молодой человек ел, изо всех сил, сдерживая подкатывающиеся под горло слезы.

— Николай немного рассказал мне о тебе. Ты, это, ни о чем не думай, я поговорил с местным участковым. Он все бумаги тебе выправит. Ты только это, — управляющий сжал пальцы в кулаки и резко встал и зашагал из комнаты. Уже за порогом он остановился, — забудь старые дорожки...

«Не верь, не бойся, не проси». — Старая бродяжья присказка работала и тут.

Равиль сглотнул слезы. Человек, даже имя которого он не вспомнил, дал ему и работу, и жилье. Это было так странно и незнакомо, вор почувствовал себя в дурацком, как ему показалось, положении. Он пытался понять и не мог — что за этим стоит, откуда такая щедрость?! Равиль, не понимал этого и страшился. Как всю свою короткую жизнь страшился всего незнакомого и не верил никому. Из своего опыта он знал, что за все придется платить. Только в разной мере. Что же придется отдать в этот раз?!

«Не верь, не бойся, не проси» ...

* * *

Катя Синцова всегда была серой мышкой. Так назвала ее еще в детском саду ее первая воспитательница. Так девочку звали и в школе, и в ПТУ, куда она пришла после восьмого класса, чтобы овладеть профессией маляра-штукатура. Так звали ее двое мужей, подаривших ей двух девчонок.

Серая мышь ...

И она всегда знала это и никогда не старалась стать кем-то другим.

Серая, незаметная мышь, но сейчас!..

Впервые за свои, уже перевалившие за тридцать, Катя страстно захотела быть, если не белым лебедем, так хотя бы воробышком.

Перед ней стоял высокий, худой парень с сильной проседью в волосах.

Они встретились взглядами, и ее, словно током ударило ...

Он, почему-то прятал за спину свою правую руку. В его блеклых, исчезающего цвета глазах трепетало удивление, а Катя, что тоже было очень странным, не знала, точнее, не могла открыть рот, чтобы объяснить ему цель своего появления. За его спиной она увидела, что на столе, в полураскрытом свертке бумаги, лежали батон черного хлеба, ополовиненный круг колбасы, брикетик сливочного масла и пара банок тушенки.

– Вы извините, – наконец протиснулось сквозь ее пересохшие губы, – что я нарушила ваш обед. Меня послал Федор Федорович, чтобы я тут стены оживила.

Равиль отошел на шаг, пропуская эту маленькую женщину, одетую в забрызганную известью спецовку. Она переступила порог и пол заскрипел.

– Вы зря поставили бутылку на пол, – ее яркие, голубые глаза сверкнули, - доски пола танцуют, и она упадет и прольется.

Он огляделся:

– Бутылка? Какая бутылка?

Женщина пожала плечами и перетащила через порог бидон с разведенной известью и краскопульт. Ей вдруг стало стыдно, и не от того, что задала глупый вопрос, а от того, что была не одета. Точнее, одета, но не в короткое, шелковое, голубое платье, которое лет пять назад подарил ей первый муж, а в рабочую спецовку, залитую известью и краской. Катя, сама не зная зачем, протянула руку к голове и сорвала с нее платок. Густая, золотистая масса хлынула на ее плечи.

Ниагара, сверкающая тысячами солнечных зайчиков с женских плеч, почти ослепила Равиля. Он вскинул руку, чтобы прикрыть глаза, и Катя увидела, что он прятал за спиной. Указательный палец правой руки, багровый, как обрезок старой сардельки, не сгибаясь торчал из кулака. Жалость. Боль. Слезы. Невидимые стрелы пронзили Катину грудь и выступили капельками росинок – слез, в уголках ее глаз.

Небесная голубизна залила тонкую женскую фигурку. Он шагнул вперед...

– Накройте или уберите со стола еду, – простой, белый платок взлетел и опустился, исчезнув в ее кармане, – я тут побелю.

Равиль стоял перед дверью и, слушая шипение краскопульта, почему-то испугался исчезновения этой женщины. Второй раз в жизни он был ослеплен одним видом этой незнакомки. Первый – облачком счастья послужила учительница, которую он защитил в детской колонии.

Краскопульт чихнул, и тишина ... Она не успела укутать мир, как Равиль вошел в комнату.

– Я люблю тебя ...

– И я ...

Ураган чуть не опрокинул домик.

Солнце, чуть не ослепшее от счастья, прикрыло глаза.

Небо, омытое утренним дождиком, качнулось от страсти.

Вскрикнула незнакомая птица.

Заскрипел, задыхаясь собственной прытью, старый стол.

– Я люблю тебя ...

Равиль, его любимая и два маленьких чуда, отмечали годовщину их брачного союза. Они не знали, что все, происшедшее с ними, уже давно редкость на этой Земле. Семья жила, купаясь в лучах любви, понимания и счастья, отгородившись своими чувствами от мира зависти и боли, в котором обитала большая часть человечества. Даже сестра Равиля и мать Кати, смотреть на них не могли. Дело дошло до того, что один раз теща, дождавшись, когда ее дочь вышла в магазин, подошла к зятю и, пряча от него глаза, сказала:

– Ну, что вы все время обнимаетесь? Какой пример вы подаете детям? Да, и потом – ведь уже прошло два года, как вы живете вместе, пора бы и перестать по поводу и без повода обжиматься!?

Равиль по-настоящему разозлился. Особенно его взбесило слово «обжиматься». Ему вдруг привиделась грязная тряпка, из которой кто-то выжимает на него и на Катю всякую тошнотворную мерзость. Он резко повернулся к женщине, но не успел ни произнести ни слова, ни выгнать ее из их дома. Она сама, увидя, как изменилось его лицо, отпрыгнула от зятя и, бормоча себе под нос что-то невнятное, кинулась на улицу.

С сестрой было сложнее. Где-то через полгода после того, как Равиль познакомился с Катей, Вита, уже мать троих детей, вдруг перестала ходить к ним в гости. Хотя, с первого дня их знакомства, сестра поддерживала его выбор и всячески помогала становлению новой семьи. Он был готов прозакладывать собственную голову, утверждая, что обе женщины понравились друг другу. Со стороны Равиль видел, что вместе им не скучно. И весомым свидетельством тому были их бесконечные субботние встречи и разговоры. Его это смешило, но Вита и Катя, с жаром и фактами, обсуждали даже политику.

Приемные дети Равиля и его племянники играли друг с другом, а они втроем сначала готовили обед, потом либо гуляли всем семейством в ближайшем парке, либо проводили время за настольными играми и бесконечными беседами. Только здесь, у него дома, Равилю удавалось вести разговор. Обычно он пересказывал что-то из истории, вычитанной им в очередной книге, и они втроем обсуждали его рассказ, иногда споря до хрипоты. Всем было хорошо и весело. А тут, Вита вдруг перестала ходить к ним. Лера, старшая из недавно обретенных Равилем дочерей, продолжала встречаться с названными сестрами, а их мама вдруг забыла дорогу к дому брата?!

На его вопрос Катя ответила пожиманием плеч и коротким предложением:

– Я несколько раз пыталась поговорить с ней на эту тему, но безответно. Она смеется, а в глазах черная ненависть и обида. Я тут чуть ни всю свою жизнь перебрала, пытаясь вспомнить, кошку, способную нас рассорить, и не нашла. Поговори с ней – мне больно терять такую подругу, да и дети наши ...

Катя опустила глаза и, коротко бросив: «Я сейчас», вышла из комнаты.

Тогда Равиль сам собрался и пошел к сестре выяснять отношения.

Та накормила его сытным ужином и поднесла бокал красного вина, а, когда он попытался выяснить причину охлаждения отношений сестры с его женой, Вита неожиданно раскричалась:

– Ты, что не мог найти для себя нормальную женщину без довеска?! – Выскочила Вита из-за стола. Ее лицо покрылось красными пятнами, а руки принялись дрожать.

– Мама, – всем телом вскинулась его старшая племянница, – Лерка со мной ...

Сестра, то ли рыча, то ли подвывая, вскочила из-за стола, схватила дочь за шиворот и, дотащив ее до двери, выкинула за порог:

– Нечего мешать взрослым разговорам! Распустила я вас, мать жизни учить надумала!..

Потом Вита подбежала к нему и, склонившись, заглянула в глаза:

– Только полный дурак, мог взять и надеть на себя этот хомут. – Она вдруг разразилась грязным матом. – Ну, трахнул раз, другой и хватит, а ты, дурак, еще и взял, и усыновил этих двух обезьянок! Зачем тебе это, зачем?! Она не серая мышь, как ее зовут в бригаде, она настоящая крыса. Равиль, я прошу тебя – брось ее. Ты сильный, здоровый мужик, что ты в целом городе не нашел ни одной нормальной бабы?

Она отдышалась и, отбросив от стола стул, с маху уселась на него. Теперь их разделял стол.

– Твою мать! – Сестра всплеснула руками, но они оба смотрели в глаза друг друга. И самым удивительным в этом поединке взглядов было то, что в глазах сестры, которые он не только знал, но и любил, как Равилю казалось, с первой миллисекунды его жизни, горела ненависть.– Мой брат, прошедший огни и воды известный вор, как неразумный цыпленок, даже не заметил, как многоопытная лиса, употребила его, просто схарчив за ужином. Употребила и даже косточек не выплюнула! Смотри ты, он при детях целует ее за ушком и шепчет «Моя прелесть»! Прелесть, мать твою наперекосяк. Он не меня целует, а эту прелесть, а она, эта прелесть, как мне рассказали ...

– Да ты завидуешь ей? – Равиль встал, обошел стол и, склонился над сестрой и, чтобы успокоиться, резко вздохнул и выдохнул, – запомни: никогда не говори о моей жене и наших детях в таком тоне.

Уже на пороге кухни, он оглянулся и добавил:

– Вот, уж, не думал, что моя сестра, ангел, спасший меня от голодной смерти и которую я люблю до глубины души, может так грязно материться. Тебе это не идет. И вымой рот, чтобы детей не стошнило. Они-то в чем не виноваты?

Равиль, кипя от бешенства, пошел к двери квартиры. Сестра не вышла, как обычно, проводить его, но крикнула вслед:

– Ноги моей у вас больше не будет!

Он, переступив порог, замер, но тут из спальни вышла племянница и обняла его:

– Равиль, не обращай на маму внимание. К нам недавно мой отец приходил, так они снова ругались. После этого мама, как будто, взбесилась. Не слушай ее: Катя, Лера и Злата – они хорошие ...

Вчетвером они сидели за празднично украшенным и заваленным яствами столом. Дети ели торт с вишнями и пили колу, смешивая ее с фантой. Катя надела на себя его любимое голубое платье из тончайшего и дорогущего нидерландского шелка.

– Я слышал, что в Европе детям до четырнадцати лет запрещено пить и колу, и фанту. – Равиль улыбнулся и погладил по голове крохотную Злату.

– А я не пью ковичневую воду, – Сильно ломая язык пояснила младшая Злата, – а Левка...

Старшая сестра вскочила из-за стола и кинулась к сестре. Равиль поднял голову:

– Лера...

Она замерла в полушаге от сестры

– Я не в заправду, я шучу, – Валерия улыбнулась, – А эта: Ябеда – корябина... Говорить правильно научись: «Левка». Р-Р-р, а не В-В-в. Меня зовут Валерия, коротко – Лерка ...

Катя прикрикнула на детей. Злата нахмурилась и, выставив ковшиком нижнюю губу, принялась хныкать.

– Раскатала губенку, – старшая большими глотками осушила свою колу и снова принялась посмеиваться над сестренкой, – урони сначала хоть одну слезинку, а потом и губу выставляй. Ну...

Равиль встал и, подойдя к детям, обнял их:

– Вот я никогда не ругался со своей сестрой.

– Вита, – отчетливо проговорила Злата.

Он поцеловал девочек – старшую в лоб, младшую в щеку и повторил следом за Златой

– Вита-а-а-а. – Потом немного помолчал и добавил, – Да, моя сестра. Мы до сих пор... – Равиль замолчал.

Катя подняла голову, но поймать взгляд мужа не смогла. Ее тонкая рука потянулась к бутылке и налила почти полную стопку водки. Равиль этого не видел. Он неодобрительно поморщился, когда жена стукнула пустой стопкой по столу.

– Это она выходила меня. – Он справился с волнением. – Это ей я обязан тем, что у меня есть вы – добрая и веселая семья. Однажды только мысль о сестре спасла меня от дополнительного срока, а значит и от смерти.

В его голосе было столько нежности и печали, что Катя опустила глаза и укусила нижнюю губу, подумав: «Он никогда не говорил ни со мной, ни с детьми таким тоном. Кто со стороны послушает, тот сразу решит, что он любит ее и не по-братски».

Женщина почувствовала, то ли ярость, то ли зависть разжигает внутри нее огонь. Он медленно стек по груди и рукам и с новой силой вспыхнул в ее глазах. Катя огляделась и мелкие градинки слез беззвучно стали пробираться по ее щекам к подбородку. Вместе со слезами к ней пришло осознание своей неправоты. Она, закусив губу, смотрела на дочерей, рожденных от двух разных мужчин. Сейчас они с двух сторон прижимались к Равилю, и лица всех троих светились от счастья.

Равиль, совершенно чужой им человек, не только официально удочерил их, но и любит, по-настоящему любит детей. За все время их совместной жизни он ни разу не повысил на них голос, и ни разу не оттолкнул девчонок. Все вечера, все выходные дни он проводит дома. Равиль не устает выдумывать все новые и новые игры для детей. В городе не осталось аттракционов, мимо которых они прошли бы мимо. Да и к ней он относится, как никто и никогда не относился.

Женщина медленно подняла руку. Два золотых кольца, сверкавшие на ее пальцах, были куплены им для нее и на честно заработанные деньги. В их дом вместе с Равилем пришли не только достаток, но и любовь. Так что же ей надо?..

— Папа, — Лера сильнее прижалась к неширокой, но жилистой груди Равиля, — расскажи еще.

Катя подняла руку, намереваясь то ли снова налить себе водки, то ли отправить детей спать, но в этот раз он обратил внимание на ее телодвижения и, осуждающе покачав головой, продолжил рассказ.

— Там была короткая, злая история. Двое мальчишек не поделили между собой первенство. У нас, у мужчин, с этим всегда проблема. Один умнее, другой сильнее, но главное то, кто станет первым и заставит остальных считаться с его решениями. Так вот, я сцепился с Вальтом. До моего прибытия в, — рассказчик смешался. Он не хотел говорить о колонии и своем осуждении и теперь искал вариант, чтобы рассказать о своей ранней карьере, обойдя упоминание о профессии. — В той школе, в которой я тогда учился, всем заправлял Валет.

– Вы тоже в туалете в калты иглали? – Не по-детски скорчила гримаску Злата. Она еще не выговаривала все буквы. Слушать ее было для Равиля одним удовольствием.

Он, все еще обнимавший детей, еще раз поцеловал их и вернулся на свое место.

– Там было много самых разных игр, но Валет любил две вещи: телевизор и свою финку. Это, – Равиль увидел, что дети не поняли его, – нож. Так в тех краях называли острый нож.

– А я не тлогаю нож, – Злата отодвинула от себя салфетку, на которой лежал столовый прибор, – он может полезать мой пальчик.

– Молодец, ты наша маленькая умница. – Равиль задумчиво тронул тусклое лезвие из старинного серебра. – А я и ножи не люблю, и подчиняться не могу.

Он вдруг увидел перед собой изуродованный палец и поспешил убрать руку под стол. Дети боялись вида изломанного и похожего на старую сардельку пальца, поэтому, если это было возможно, то он прятал руку.

Катя, задумчиво глядя сквозь него, держала в руке стопку, наполненную до краев водкой. Последнее время жена часто таким образом снимала стресс. Равиль давно собирался поговорить с женой о вреде пьянства, но сегодня говорить с ней на эту тему не стоило.

– Пап, – со слезами в голосе и на глазах, Лера двинула тарелочку по столу. – Что дальше?..

Равиль собрался, было, продолжить рассказ, как Катя, одним движением опустошив посуду, поднялась со своего стула и подошла к мужу.

– Мы очень любим тебя. – Ее горячие губы коротким прикосновением заставили забыть все серьезно, объединив все в одно – в страсть, мгновенно перехватившую его дыхание.

– Катя...

Она, прижимаясь к нему, повернулась к детям:

– А ну-ка быстро в кровать. Вам давно спать пора.

– Па, – они обе встали со стульев и подошли к отцу и матери, – ну еще чуть-чуть.

Лера почти заплакала. Нижняя губка Златы уже успела поймать несколько горячих капель.

Равиль осторожно отстранил жену в сторону и поцеловал:

– Я отведу детей в спальню.

– Па-а-а, – хором протянули девчонки, – а сказку?

Голос Златы прозвучал громче.

– Нет, – возразила Лера, – пусть папа доскажет о своей школе.

Катя вздохнула и поднялась с колен мужа:

– Я тоже хочу услышать продолжение...

Равиль коротко рассказал о том дне и о том, как спас молодую учительницу из лап разъярённых зверей. Злата заплакала. Лера вытерла ладошкой слезы с щек сестренки и сказала:

– Так не бывает, – сам говорил, что школа, что мальчишки, а сам ?..

Катя взяла меньшую на руки и прижала к груди:

– Не плачь, Папа все придумал.

Злата возразила:

– Папа не влет. Он сам говолил, что влать нельзя.

Равиль задумчиво молчал, потом вдруг негромко проговорил:

– Самое трудное для человека – это убить другого человека. Мокрушники выделяются из толпы не только бессмысленным, бездушным взглядом, но и запахом. Какое-то гнилье, что-то тошнотворное...

Вдруг Катя ощутила нечто будоражащее ее сознание, что-то вскипятившее ее кровь. Женщина усадила дочь на ближайший стул, а сама поднялась и стремительно прошла от стола до угла,\ и снова пролетела туда и обратно:

– А у нас, в бараках жил дядя Костя. Он одним ударом своего ножа валил с ног здоровенного хряка. Человек-то пожиже будет. Чего там, – один удар и все.

Голос жены зазвенел, а на щеках выступили красные пятна:

– Это со стороны так выглядит, – проговорил Равиль и, почему-то, пожалел о том, что затеял этот разговор. Женщина, с которой он жил уже два года и, как ему казалось, знал ее до самых потаенных глубин, сейчас выглядела совершенно другой.

– А спорим?! – Катя вскочила. – Лера, не липни к папе, отойди от него и не мешай мне.

«Сейчас, – билось в ее голове, – сейчас, я покажу тебе, на что я способна, и тогда только я, только я, ни с кем не делясь, останусь в твоей душе. Это не эгоизм, просто ты мой, и больше ничей. Я выстрадала это»!

Румянец покрыл обычно бледные щеки жены, в ее голосе появились странные басовитые нотки. Катя развернула плечи, словно готовилась к броску. Это на миг озадачило Равиля, но он усмехнулся и снял с плеч рубашку:

– Попробуй.

Нож тусклого старинного серебра медленно поднялся и стремительно упал, нырнув в бледную впадину левой ключицы мужчины. Голубые, как небо после грозы, глаза женщины, сидевшей напротив, сверкнули торжеством:

– Я же сказала, что это просто, – теперь ее голос звенел так, как он любил. Это были не стеклянные колокольчики, не перезвон меди и уж, не высокий голос торжествующих литавр, а скороговорка юного, горного ручья, радующегося восходящему солнцу и только что дарованной ему жизни. – Главное не страх одолеть, а иметь твердую руку и знать куда бить.

Теперь чистый голос ручья пятнали клочья грязной пены, от надвигающегося урагана, несущего с собой отравленное дыхание цивилизации.

Равиль, изо всех сил старавшийся удержаться в голубом поле глаз жены, улыбнулся и почувствовал, как незнакомая слабость медленно разливается по его телу. Жгуты мускулов, тренированные годами нечеловеческого труда, вдруг обратились в связки трепещущих от слабости тонких нитей.

– Ты убила меня, – прошептал он, сам удивляясь своему спокойствию и умиротворенности...

Через полчаса после того, как бригада скорой помощи оставила на руках милиции остывающее тело Равиля, на врачей напали два наркомана. Один из них сильно поранил кухонным ножом старшего бригады медиков. Это происшествие стерло из памяти врача обещание, данное им умирающему Равилю.

Катю судили за преднамеренное убийство.

Все время суда над собой она ничего не слышала и не чувствовала.

Женщина все время смотрела на своих детей. Злата играла на коленях Виты, Лера сидела рядом с теткой и сестрой.

Обвиняемая встрепенулась только тогда, когда районный судья прочла приговор – «семь лет строго режима».

– А как же дети?! – Прошептала Катя и упала в обморок.

24.05.2022

Наталья Асенкова

Внук деда своего

Повесть
Окончание

...Мы с успехом сдали зимнюю сессию, потом летнюю и после второго курса в составе стройбата нашего политеха двинули на целинные и залежные земли строить кошары. Лёша Конюшин поехал с нами. Я не удивился — ему не так нужны были деньги, как нам, но он старался ни в чём не отстать от нас, старался сравняться с нами, старался быть как все! Он даже отослал назад родителям несколько своих ярких свитеров, приняв решение не выделяться из общей массы студентов внешним видом. Ни в чём старался не отставать от нас и Сеня Вайсман. Он тоже, понятно, поехал на целину в составе нашей бригады стройбата политеха. Мы старались сформироваться в отдельную бригаду с нашей номерной группой, и ясно, что с нашими завсегдатаями известной «двойной шестой»! И мы сформировали эту бригаду уже точно зная, кто есть кто!..

* * *

— Лола, дорогая моя! Я люблю тебя! Я обожаю тебя!..
— Нет, неужели это всё ты говоришь мне вполне серьёзно, Вальтер?..
— Ты мне не веришь? Ты не веришь в мою любовь? Я скажу тебе это по-французски: же ву зем!..
— Это красиво звучит. Пожалуй, даже слишком красиво!
— Тогда я скажу тебе это на своём родном, немецком. Их либе дих!..
— Я тоже люблю тебя, мой дорогой Вальтер! Очень люблю!
Иногда так нужно бывает женщине послушать, поверить, что её всё-таки любят! Говорят, что женщины любят слухом, а мужчины взглядом...

* * *

— Дима!

— ....

— Дима! Расскажи, как вы работали в стройбате вашего политеха!

— Хорошо работали, Лена! Отличное время было тогда в моей рассеянной жизни!

— Рассказывай, Дима. Что там было главное, в этой стройбатной жизни?

— Главный был у нас Николай Шухов-Яблоков. Местный бригадир.

— Это фамилия у него такая была?

— Нет, фамилия его была просто Шухов. А мы прозвали его Яблоков. Он был молодой мужик тогда, тридцати с небольшим лет. Ну а нам он казался уже устаревшим. Нам было по двадцать! Шухов был местный, ходил в красной майке, небритый, налысо подстриженный. Конечно, когда мы в первый год приехали в этот посёлок, мы ничего не умели делать, едва молоток в руках держали. Ну и подходит к нам этот местный бригадир Николай Шухов и начинает нам объяснять, что да как, занудно, длинно. Нам казалось, это просто — взял мастерок в руки, да и размазываешь им штукатурку! Что тут трудного? Короче, Шухова мы слушать не стали. Наши ребята расчёт строительный в уме делали! А Шухов на бумаге считал десять плюс два! В общем, полдня он с нами провёл, видит, мы его передразнивать начали, вопросики каверзные задавать. Тогда он на следующий день своего деда к нам подослал, а сам не явился. Пришёл старик в пиджаке коричневом, старом, на рукаве — заплатка. Но зато на лацкане — медалька висит. Кажется, что-то такое — «За оборону Москвы». Представился он нам — дед Матвей Захарыч. Тоже начал нам растолковывать, как цемент месить, как доски пилить. Схитрил, значит, Николай Шухов — так мы поняли. Дед всё-таки старый, мы его, хоть и вполуха, да слушали и не передразнивали. Ещё и медаль висит на нём — всё-таки награда! Ох, хитрый он был мужик, наш Коля Шухов-Яблоков! Это он из нас сделал рабочую, настоящую дружную бригаду!..

— А почему вы прозвали его Яблоков?

— А тебе интересно меня слушать, Лена?

— Конечно, интересно, Дима! Расскажи!..

— Раз интересно, могу рассказать. Итак, приходит Николай Шухов утром, после дедовской лекции, начинает расчёт делать на бумаге — записывает, типа, десять плюс два. А тут Сеня Вайсман стоит с Конюшиным вместе — они логарифмы в уме считали! На том мы и пошли пилить доски — пилили себе, как рассчитали сами. А Николай Шухов смотрит и молчит. Потом ушёл. Подходит, значит, к нам часа через два и говорит: так и так, давайте замерять доски вместе. Всё вы неправильно распилили, потому что вы меня не слушали! Материал испорчен. Буду я, парни, с вас деньги снимать за испорченный материал. Из зарплаты, то есть, высчитывать. А ведь мы за деньгами в стройотряд приехали! Тогда Сеня Вайсман слегка побледнел, вышел вперёд и начинает тоже дурочку валять, как и Николай Шухов. Вы, говорит, товарищ бригадир, нас на бога не берите и расчётами не запугивайте, мы считать до пяти уже умеем, в политехе научились. И я, говорит, следовал вашим личным правилам и вас слушал хорошо. Да как начинает ему сыпать цифрами и дробями! Вот, говорит, это не моя, а ваша ошибка, товарищ бригадир! Николай слушает и только головой мотает и на нас пристально посматривает, с лица на лицо взгляд свой переводит! Потом говорит: всё равно вы, ребята, неправильно замеряли доски! Берёт Сеньку за локоть, говорит: пошли заново замерять! Короче, объяснял замеры снова. Научил нас обращаться с деревом. Ну, мы слушали, соглашались. Устали все прямо до ужаса, едва домой дошли, до барака. На следующий день смотрим, идёт к нам, не спеша наш Николай Шухов. Джинсовую куртку нацепил на себя для солидности, поверх красной майки. Куртку снял, повесил на дерево, а Сеньку Вайсмана в сторону отвёл — поговорить один на один. Сеня потом рассказал, о чём говорили. Серьёзно, очень даже! Шухов Сеньке такое толкнул: если ты, говорит, в расчётах строительных разбираешься, то будешь мне помогать, назначаю тебя своим помощником. Только, если где ошибёмся — никому ни-ни! Бригадиру ошибаться нельзя! Так и запомни. Иначе, говорит, бригада работать не будет! Считай, говорит, что ты вместе со мной в руководстве! И нам с тобой надо авторитет свой держать, и научить людей деньги трудом своим зарабатывать и трудностей не бояться!.. Потом смотрим — дед Матвей Захарыч идёт, ведро тяжёлое тащит. Николай и говорит нам:

— Видите, ребята? Это мой дед вам яблоков из своего сада тащит. Добро пожаловать в наш посёлок! А яблоков у нас много, они кисло-сладкие, вкусные. Ешьте, не стесняйтесь!..

Тут Алёша Конюшин не выдержал и говорит:

— Товарищ бригадир! Вы неправильно выражаетесь. Надо говорить не «яблоков», а «яблок». Понимаете? Много яблок. Надо правильно по-русски говорить!..

Николай поглядел на Конюшина, на меня, на Сеню Вайсмана и на Серёгу Бублика, и на всю нашу бригаду серьёзно так, насуплено. И вдруг отвечает тоже твёрдо, решительно:

— В наших краях так не говорят — «яблок»! Или говорят, когда нету, например, ни сада, ни яблок. А если есть и сад, и яблоки, то и говорим мы так: у нас много их премного, яблоков! Понятно, нет? В каждом крае говорят по-своему!..

Ну что тут объяснять? Николай хорошо вышел из положения. Сеня подмигнул мне, а Николай заметил — и только улыбнулся. На том мы и прозвали его между собой — наш Коля Шухов-Яблоков!..

— Ну, и потом? Ты не молчи, ты рассказывай, Дима! Хочешь ещё пирожок с капустой? Я в Москве сама пекла пирожки. Это я в эмиграции разленилась — на Брайтоне кругом пирожки продают, какие угодно! С яйцами-луком и с картошкой, и с мясом, и с грибами. Но я всё равно больше люблю с капустой! А ты?

— Видишь, наши вкусы совпадают, Лена. Я тоже люблю наши русские пирожки с капустой. Кстати, в стройбате мы их, случалось, тоже ели. В посёлке женщины пирожки пекли, нам продавали!..

— А вообще где вас кормили?

— Кормили в столовой, неподалёку от барака. За питание снимали определённую сумму с нашего заработка. Но кормили плоховато. Щи, борщ, конечно, в основном давали, картошку, иногда творог. Сосиски, свинина. Хлеба, ясно, хватало, да чёрствый. Кирпичик и чёрный. Батон был за праздник! Каша манная и перловка. Да ещё суп гороховый, «музыкальный»!..

— И так всё время?

— И так всё время. Ничего не поделаешь! Работали! Сеня Вайсман газетку деду Матвею Захарычу дал, чтоб не мешал нам работать. Вы, говорит, Матвей Захарыч, нам лучше политические новости рассказывайте каждое утро, чтобы мы от жизни страны не отставали. Потому вы сидите себе под деревом в тени и читайте. А после нам расскажите, про что пишут в передовых статьях. Кого мы должны слушаться?..

— И что дед Матвей?

— Он очень серьёзно к этому отнёсся! Всё-таки сталинское время обязывало любого человека прислушиваться к политике партии! Дед Матвей начал объявлять нам в столовой в обеденный перерыв:

— Ребяты! Слухай сюды! Сегодня, значит, самая первая новость — такая-то. Потом вторая новость — такая-то, я ту новость вчерась по радио за полночь услыхал!..

Мы ему не возражали, посмеивались! С неделю, примерно, он нас так просвещал. Потом вдруг речь взял и толкнул про Никиту Хрущёва. С поста, мол, Никиту сняли, да вот люди на целинных землях, освоенных по его указанию, в своих новых городах и посёлках жить стали! Никита Хрущёв, получается, — всё равно что Пётр Первый. Тот заложил город на Неве, а Никита велел построить города на целине. А город, говорит, заложил Пётр назло надменному соседу, то есть разным заграницам! И Никита тоже назло всем построил нам, простым людям, новые города! И мы, говорит, потому всегда будем побеждать врага в любых войнах! Мы, говорит, уже однажды разгромили фашизм! Потому что русские люди идут всегда вместе, плечом к плечу. И вперёд! И только вперёд! Ура, ребяты!..

Потом он исчез, дед. Отсутствовал. Говорили в столовой поварихи — запил, мол, дед Матвей. В этом посёлке самогон гнали из картофеля. Но зато Николай Шухов принёс в столовую в отсутствие деда матюгальник и повесил его в углу под потолком.

— Какой матюгальник?..

— Репродуктор, значит. Обыкновенный! То есть Николай нам радио провёл. И мы стали слушать музыку, пока ели, песни, последние известия. Звучали в эфире и стихи. Что тут ещё сказать? Мы уставали. Эти передачи по радио поднимали наше настроение и дух. Трудно было работать физически с непривычки, целый день, но мы стояли насмерть, как на фронте. Невозможно было уже бросить эту стройку, отказаться вдруг, уехать! Незаметно для себя мы втянулись в эту каждодневную тяжёлую работу. Но вдруг она прекратилась сама собой — пошли дожди. Холодные, мрачные дожди. Размыло всю землю так, что невозможно было идти в столовую есть. Ботинки тонули в грязи. Кирзовые сапоги были только у Остапа Подопригоры. Что тут началось!..

— А что началось, Дима?..

— Холодно стало, Лена! Лилась вода с потолка. И мы запили, ясно, в своём бараке. Самогону было в посёлке до дуры, в каждом доме гнали — только спроси бутылку! Да у нас ещё и своя водка осталась — мы же не без газа на эти залежные земли наехали! Ну а Николая Шухова и деда его Матвея три дня нигде не слыхать не видать было. Четвёртый день дождь да дождь! Вот и говорит мне тогда Сеня Вайсман, помню: зря, говорит, Димыч, мы над Николаем Шуховым и его дедом Матвеем насмехались. Они простые люди, но хорошие! А вот если Николая Шухова нам возьмут и заменят, что тогда? И ведь не показывается он — на чёрта ему к нам идти в такой дождь? О чём ему с нами говорить?! А что мы заработаем, спрашивается, если дождь идёт? Работа стоит! Вот дед нам притащил целое ведро яблок. Кто мы, ему, спрашивается? Родственники? Нет, так, совсем чужие люди! А где ты видел такое, Димыч, в наше время, чтобы кто-то кому-то хоть что-нибудь отдавал бы задаром? Вот ведь и батон хлеба в магазине задаром не дадут — деньги заплатить надо! А у нас теперь длинный простой в работе! С кем будем договариваться, этот простой — и значит, наш заработок — восстанавливать? Эти дождливые дни надо отработать как-то, хотя бы часа по четыре взять по воскресеньям, когда закончатся эти проклятые дожди!..

— И дожди закончились, Дима, да?

— Нет, Лена, они не закончились. Так в кино только бывает: захотел режиссёр — и дожди закончились, и наступил сразу хеппи-энд! На целине у нас была жизнь трудная и вполне реальная, и случилось то, что должно было рано или поздно случиться. Под вечер четвёртого дня дождей случилось у нас происшествие — разодрались, просто в кровь, Лёха Конюшин с Серёгой Бубликом. Едва мы их в разные стороны растащили! Настоящее убийство происходило на наших глазах! Больше был виноват, конечно, Лёха Конюшин. Тут и вспомнилось мне про его наследственный алкоголизм — на трезвую голову, ясно, такое бы не случилось. И ведь Лёха знал, что Серёга Бублик намного слабее его! Но Бублик схватил нож — и несдобровать бы Конюшину! Я успел броситься на Лёху со спины и повалил его на кровать, а Глеб Поросёнок проявил настоящую смелость — он бросился на Серёгу с голыми руками и ловко ударил его по локтю — нож выпал из рук Серёги. Потом Глеб и Сеня Вайсман связали Серёге руки, а я и Остап Подопригора связывали Конюшина. Остап завязал ему ноги своим ремнём. Лёха был пьян, по сумасшедшему пьян! Лицо его позеленело от пьяной злости. Пошла разборка — мат-перемат. Мне показалось, что деревянные стенки барака сейчас обрушатся от страшной, грубой брани Конюшина! А Серёга Бублик плакал. Он повторял вперемежку с матом, что он напишет куда-то в министерство обороны или даже в Кремль на всю семейку Конюшиных! Серёга проклинал всю нашу коммунистическую партию, которая прикрывала свои грехи красной корочкой партийного билета с самых времён революции, и требовал от нас вообще поставить к стенке всех этих коммунистов Конюшиных, потомственных сволочей и убийц! Потом Серёгу стало рвать, и вместе со рвотой выплёскивалась кровь из его разбитой губы. Глеб Поросёнок аккуратно подставил ему тазик, который мы подставляли под струйку воды, текущую с потолка. Теперь из разбитой губы Бублика текла кровь не хуже той струйки! Словом, картина была живописная, без комментариев!.. В этот момент в комнату барака вошёл наш бригадир,

Николай Шухов. Мы не заметили его в общем шуме матерной разборки. Тогда он громко хлопнул дверью, и мы затихли. Выходит, он тайком наблюдал за нами. Сейчас, через время, размышляя о Николае Шухове, я понимаю эту ситуацию так: поварихи в столовой сказали ему, что наша бригада не пришла к обеду, и Николай рассчитал правильно — раз не вышли к обеду, значит пьяные, стыдно людям на глаза показаться! Тем более что уже пропахли перегаром, поварихи успели утром во время завтрака уловить наш запашок. Какой уж тут обед! Хвалёный политех спился у всего посёлка на глазах! И Николай Шухов пошагал к нам в барак, разбрызгивая лужи и вымешивая грязь своими кирзачами. И застал живописную картину в самом разгаре событий.

— Что здесь происходит? — спросил Николай, с ужасом глядя на струйку крови из губы Серёги Бублика.

Мы молчали.

— Семён Вайсман! Что случилось, отвечай! — сказал Николай. Но Сеня молчал, не находя ответа. Ответил только Остап Подопригора.

— То повязали мы хлопцев, — сказал Остап. — Горилки перепились воны! То бувае!..

Вот тогда Николай Шухов и выдал нам по полной программе! Он начал ходить по комнате взад и вперёд и говорить, что лишит нас квартальной премии, а про смертоубийство, которое мы тут устроили, напишет в наш политех. То есть в комитет комсомола бумагу пришлёт, и так далее, и тому подобное. А в заключение выдал, что если дождь окончится, то он к работе нашу бригаду не допустит за пьянство и дебош. Можем ехать восвояси отсюда, из посёлка!..

— К утру, — говорит, — приму я решение, уважаемый мой, образованный политех! Слышал я ваши матюги! Могу сказать, у нас в посёлке даже последние алкаши так не ругаются! Стыдно мне за вас, дорогие товарищи!..

— Жилищные условия у нас тяжёлые, Николай, — тихо сказал Сеня Вайсман. — С крыши течёт. Ребятам согреться хотелось. Ну и выпили немного!..

— Здесь не курорт, — сухо сказал Николай. — Здесь строительство. А самогонку закусывать надо! Пошли к ужину! Все до единого! Нужно питаться вовремя!!!

На этом хлопнул дверью и ушёл. Ох, хитрый он парень был, Николай Шухов! Хотел послать нас к чёрту, наверное, а послал к ужину!..

— И что потом было, Дима?..

— Мы, естественно, пошли ужинать. Дождь вроде бы поменьше стал. Бублик с нами не пошёл. Правда, он заснул. Кровь из губы перестала течь, Глеб прикладывал ему на губу сначала полотенце, смоченное холодной водой, а потом медный пятак. Вообще в этой ситуации Глеб Поросёнок проявил себя очень бывалым парнем в бытовых сражениях! Я и Остап развязали Конюшина и повели его в столовую. Он пошатывался, но шёл, Остап слегка подпирал его. Конюшин протрезвел и был красный как рак. На ужин нам дали рассольник, горячий, с солёными огурцами, с сердцем и почками, который остался от обеда — короче, Николай Шухов договорился с поварихами насчёт нас. Мы заели горечь самогонки этим жирным, наваристым супом с субпродуктами. Была ещё перловая каша с мясным фаршем и чай. Мы принесли Серёге Бублику рассольника в большой миске, которую нам дали поварихи. И Сеня туда же, в суп, положил Бублику перловку с фаршем. Но Бублик проснулся только к ночи. Я посидел с ним, покурил. Он больше пил воду, чем ел. Но всё-таки поел.

Бублик сказал мне:

— Я уеду, Димыч, утром. Я вообще и плохо учусь, и ненавижу Конюшина! Вообще брошу эту учёбу к чёрту!..

— Из-за чего пошёл сыр-бор? Я не понял, Серёга? — спросил я его. — Учёбу бросать не надо ни в коем случае! Надо как-то тянуть!..

Он надулся.

— Кажется, Лёха снова приревновал ко мне девку, повариху на раздаче, Танюшку! Видел её? В беленькой наколочке на голове! Да я так, пошутил с ней, анекдот ей рассказал! А ведь она положила глаз на Конюшина!..

— А ты, Серёга, выходит, этот глаз её решил перекинуть на себя, назло Конюшину и по старой памяти?..

— Он глупо ревнив, — сказал Серёга. — Не понимаю, за что его бабы любят, конягу этого?

— Бабам виднее, — сказал я. — Зачем ты, Серёга, так глупо играешь на его ревности?..

— Я его хочу отучить от этого, — сказал Бублик. — Мы живём не в лесу! Неужели нельзя поболтать с какой-то случайной девкой, которая ему приглянулась? Ведь это несерьёзно! Танюшка простая, совсем простая девка! Зачем она ему?..

— Ясно, тебе она подойдёт больше, — сказал Сеня Вайсман. — Я не сплю, вас слушаю! Бублик, помни, что Отелло задушил Дездемону. Тоже было просто, у Шекспира!.. И не ходи ты, Серёга, к завтраку! Танюшка будет завтра на раздаче! Не буди зверя в Конюшине! А манную кашу и какао я тебе принесу сюда, в барак!..

— Сенька у нас заместитель бригадира по учёной части, — сказал я. — Слушай его, Серёга! Не буди зверя!..

— И на утро дождь кончился, Дима? Вот здорово!..

— Здорово то, что дождь не кончился, но мы не опохмелялись в это утро. Мы ждали Николая Шухова, что он скажет нам? Ведь он обещал принять решение насчёт нашей дальнейшей работы. Но Николай Шухов приехал на вездеходе только перед обедом прямо к нашему бараку.

— А ну-ка, парни, подмогайте! — говорит. — Я вам гостинцев навёз! Выгружай! Наш строительный трест за всё это заплатил безвозмездно. Лопайте, сколько хотите! Новую жисть начинай! Вот вам китайская тушёнка, свиная, двадцать банок я вам достал из военных запасов «Рот Фронта». Печенье «Привет», два кулька. Батоны хлеба прямо с хлебозавода, ещё тёплые. Абрикосового джема пять банок и карамель «подушечка»! И чтобы не было смертоубийства наяву, я вам кино привёз про боксёров и про любовь. Итальянское кино, «Рокко и его братья» называется!..

Короче, Николай Шухов прихватил с собой киноаппарат своего деда. Как оказалось, дед его, Матвей Захарыч, в войну киномехаником был. Киноаппаратура была старая, но мы её быстро починили. И начали крутить кино про Рокко и его братьев с Аленом Делоном в главной роли. Словом, начался у нас культурный отдых, чего и хотел Николай Шухов. Полтора дня мы кино крутили. Тут и дождь закончился. Классная была тушёнка китайская, во рту таяла! Мы её, конечно, мигом приговорили. Потом чай гоняли с абрикосовым джемом! Лёха Конюшин удалился в неизвестном направлении часа на три среди просмотра киноитальянщины, а потом оказалась у нас на столе кастрюлька с тёплой вермишелью и сардельками. Глеб Поросёнок только помахал мне рукой — ясно, мол, Димыч, откуда? Глеб, выходит, тоже не обошёл ту Танюшку своим вниманием. Она весёлая была девушка, да и прехорошенькая, как я помню!..

— Дима! Неужели она была лучше меня! Выходит, ты тоже её заметил, Дима!..

— Не ревнуй, Лена! Я её потом заметил, потому что она не исчезла с нашего горизонта совсем. После окончания нашего политеха Серёга Бублик вернулся в тот посёлок. Он женился на этой Тане и увёз её с собой, в город, где работал. Серёга Бублик после окончания нашего политеха не пошёл работать инженером, а подался в учителя физики в среднюю школу. У него, как оказалось, была двоюродная сестра, тоже учитель в школе, и она уговорила Серёгу ступить на ниву просвещения. Он решил, что в школе проще и лучше, чем в инженерах, и, действительно, пошёл далеко. Стал директором школы. Я встретил его перед моим отъездом в Америку в Москве с его учениками в доме-музее Сергея Королёва. Это был уже солидный, довольно упитанный человек, в очках, лысоватый и очень серьёзный. Я едва узнал его, клянусь! Учащиеся называли его Сергеем Аркадьевичем. Я чуть не прыснул от смеха, но удержался. Сергей Аркадьевич Бубликов, как оказалось, носил на лацкане пиджака значок «отличника просвещения»!..

— А Николай Шухов? Он лишил вас квартальной премии?

— Нет, что ты, Лена! Ни в коем случае! Как будто и не было ничего!

— А эти парни, Лёха Конюшин и Серёга Бублик, больше не дрались?

— Нет, больше не дрались, но друзьями, ясно, не стали. Да ещё дед этот, Матвей Захарыч, на нашего Конюшина повлиял.

Только вышли мы на работу после дождей, как сразу же, к вечеру первого дня, появился дед Матвей. Под градусом, ясно. Идёт себе, пошатывается! А Леха Конюшин как раз цемент начал нагружать в вагонетку. Вот дед и подбредает прямиком к Лехе, одну руку лихо за голову заложил, а другой рукой подбоченился.

— Лёха! — кричит. — Слухай сюды! Я частушку знаю! Счас запою! Слухай, ребя!..

Меня милка разлюбила,
А я парень холостой!
Я пошёл с её подружкой,
Да Милка, блядь, бежит за мной!..
Эх, ма, да кутерьма!
Иэ-х! Да Милка ты моя!..

И пошёл себе пританцовывать, да вприсядочку, вприсядочку!..

— Ни, Танюшка за Лёхой не бигае, — сказал мне Остап. — Нащо ей така дурна людына? То Лёхе Марына черноброва дала вермишели. Он на Марыну, выходыть, перекинувся! То ясно, Танюшке не стянуть зараз с кухни усю каструлю с вермишелью да сардельками. То Марына стянуть тилькы може — вона головный технолог у них у кухни!..

Лёха Конюшин между тем, не слушая деда Матвея, прикатил нам вагонетку с цементом на леса.

— Ну его к чёрту, этого деда, — сказал он глухим голосом. — Алкоголик он деревенский! Хотя он безусловно и бесспорно прав! Интересно, за что он медаль получил? Он всё-таки человек неглупый!

Тут Сеня Вайсман говорит Конюшину:

— Ты, Лёша, оказывается, за его медаль переживаешь? Я думал, ты за другое за что переживаешь! Ну, медаль дед уже получил, — ничего не изменишь! А вот за что нормальную девчонку, Танюшку, вы своей дракой с Бубликом в грязь вкатали? Она теперь ответ должна за ваши дрязги держать? Её теперь блядью всем посёлком прозовут...

— Что я могу сделать? — говорит Конюшин невозмутимо. — Я ей не судья! Она сама выбрала!..

— Пойди извинись перед Серёгой, Алексей! — сказал Сеня.
— И в обнимку с ним, как с другом, на глазах у всей столовой
ходи! Чтоб Танюшку бабы в бляди не закрутили! Мало ли из-
за чего вы, парни, разодрались!

— Да и вовсе драки не было никакой, — сказал Глеб Поросёнок. — Серёга Бублик просто упал по пьянке и ударился. Вот
и всё! Ударился об косяк! Верно, Димыч?!

— Тогда и извиняться не надо, раз он ударился, — сказал
Конюшин.

— Извинись перед Бубликом, Лёша! — крикнул Сеня Вайсман. — Иначе — лично я тебе больше не друг в науке и
в жизни!

— Извинись, Лёша, — сказал я. — Зачем ты накинулся на
Бублика? Сам его жалел, деньги ему дал на ботинки! Извинись. Чего тебе стоит?..

— А насчёт деда мы сами разберёмся с Бубликом, — сказал
Глеб Поросёнок. — Мы с Серёгой к деду в баньку идём в субботу. Как раз и объясним ему, что к чему. Чтобы не кричал на
весь свет! Нашёл для Лёши слова утешения!..

— Ладно, извинюсь, — пробурчал Конюшин. — Ради чести
женщины. Но не более того!..

— Вообще, старик забавный, — сказал я. — Хороший, в целом, дед у нашего бригадира Николая Шухова-Яблокова.
И Николай — он внук деда своего! Отличный, понимающий
мужик!..

— И потом вы работали в этом посёлке и уехали навсегда?
Или вы ещё встречались с этим Николаем Шуховым и его дедом, Дима?

— Мы, Лена, ещё приехали в этот посёлок на второе лето
тоже. На второе лето мы строили в этом посёлке кинотеатр.
Николай Шухов встретил нас с плакатом: «Даёшь политех!».
Прикрепил белый лист бумаги с красными буквами на свой
вездеход. Был в голубых джинсах и оранжевой рубахе,
и в кепке на голове. Волосы у него отросли, он перестал
стричься под ноль и носил на голове ёжик. Мы к Яблокову
привыкли! И парням из стройбата, которые видели его впервые, тоже объяснили, что Николая надо уважать. Мы здорово
работали и на второе лето.

— А дед Матвей приходил?..

— Видели его пару раз. Он дал ключ Серёге Бублику от своего дома, когда лёг в районную больницу подлечиться. Дед Матвей жил бедно, в избушке на курьих ножках. Как оказалось, по словам Бублика, особых военных заслуг у деда Матвея не было. Он всю войну крутил кино бойцам, а сын его, отец Николая Шухова, пропал без вести на фронте. Похоже было, что на этой почве деда Матвея и самого Николая Шухова сильно прижимали местные власти. Неизвестность — это тоже клеймо! Пропал без вести — а вдруг в плен взял да и сдался? Маленького Колю мать бросила на руки деду Матвею, вышла замуж и укатила. Её новый муж Колю не захотел воспитывать, он так и остался с дедом и с бабкой жить. Потом бабка померла, и дед Матвей носился с Николаем, как нянька. Мне жаль, что я не встречусь больше никогда с Николаем Шуховым-Яблоковым и его дедом. Сейчас я бы выпил с ним коньяку, привёз бы из Америки русской чёрной и красной икорочки да солёной рыбки. Поговорил бы я с ними за жизнь! А для Серёги Бублика в то лето началась счастливая жизнь с Танюшкой в дедовской избушке на курьих ножках!..

— А где жил Николай Шухов-Яблоков?

— Он был женат и жил у жены в доме. Её тоже Леной звали, как и тебя. У них в тот год сыну Егорке исполнялось пять лет. Николай нас пригласил к сыну на день рождения. Мы сбросились деньгами и подарили Егорке двухколёсный детский велосипед. Пришли на этот день рождения и сосед Николая казах Жолдас Боранбаев со своим сыном первоклассником Ермеком и женой Сауле. Очень благодарил наш стройбат Жолдас, исполнил на домбре и спел о нас хвалебную песню. Он был совсем молодой парень, этот Жолдас, но уже поэт, акын. Он считал, что мы совершили великое дело — построили для грядущих поколений новую школу в посёлке, да ещё и в короткий срок! Теперь не надо будет возить на мотоцикле рано утром в непогоду за несколько километров от дома Ермека-первоклассника в старую школу. Теперь есть новенькая, красивая, чистенькая школа рядом с домом. Жена Жолдаса, Сауле, нажарила много маленьких вкусных пончиков, они называются у казахов баурсаками. Они очень понравились Лёхе Конюшину, помню...

Конечно, еды было много — и холодца наварили, и пирожков нажарили, и кулебяк с грибами. Подавали вареники с вишнями! Мы наелись от пуза, пили домашнее яблочное вино. Но я дал себе слово следить за Лёхой Конюшиным и вовремя убирал от него стакан с самогонкой. Да к тому же было ещё кому за ним следить! Та Марина, технолог, присушила себе нашего Лёху Конюшина в это лето!..

— Это Марина чернобровая, про которую Остап заметил?

— Она самая! Прекрасная, видная женщина была. Я долго не понимал, почему Конюшин на ней так и не женился. Только когда встретил Сергея Аркадьевича Бубликова в Москве, в доме-музее Сергея Королёва, его тёзки, он объяснил мне, почему. Оказывается, Конюшину не понравилось, что у неё была дочка от первого брака. Конюшин хотел, чтобы в его биографии большого учёного всё было гладко, никаких посторонних лиц. Он хотел быть в самом центре больших государственных секретов! А у этой девочки был какой-то отец. И Лёша Конюшин выбрал себе в спутницы жизни Ольгу Клубничкину. А ведь она сразу после смерти Лёши Конюшина вышла замуж за какого-то военного!

— Ужасно! Отчего Конюшин умер?

— Серёга Бублик — нет, Сергей Аркадьевич Бубликов — сказал мне, что Алексей Конюшин умер у себя в лаборатории, мгновенно скончался от кровоизлияния в мозг. Конюшин был очень утомлён и пил, наверное, тоже. Его обвиняли в каких-то неполадках по работе. К тому же играли, вероятнее всего, из зависти к его таланту и знаниям учёного, на его мужской ревности — надо сказать, что его ревность в отношении Ольги Клубничкиной не была лишена оснований. Она вышла замуж вторично, не успев похоронить Лёшу! Как говорится, не успели у него ноги остыть!.. Сергей Аркадьевич сказал мне, что имя Алексея Конюшина скоро будет расшифровано, и многие его научные статьи будут опубликованы. Несмотря на тяжёлый характер, Алексей Конюшин пошёл дальше всех нас. Он попал после окончания нашего политеха в «почтовый ящик» под условным названием «скворечник», о котором каждый из нас мог только мечтать. Сергей Аркадьевич велел повесить в своей школе, в кабинете физики, портрет Алексея Конюшина в юности — с фотографиями Конюшина у него затруднений, ясно, не было! Бубликов собирался написать свои воспоминания о Конюшине...

— Неужели ты напишешь воспоминания о Конюшине, Сергей? — удивился я.

— Если напишу, то, понятно, только хорошие и вместе с Глебом Поросенко́вым, — сказал Сергей Аркадьевич, делая значительное ударение на изменении фамилии Глеба. — Кстати, Глеб навещал меня недавно в моей школе. У него так и не устроилась личная жизнь, Димыч! Алёнка Баба за него замуж не пошла, её закрутили ребята из горкома партии, и она, кстати, сделала себе в горкоме недурную карьеру. А Глеба тянул-тянул Остап Подопригора, помогал ему устроиться на приличную работу в военно-морских училищах, но так и не вытянул его толком. Глеба всегда очень сбивали с дороги женщины. Он женился три раза, у него трое детей от трёх жён! И вот у меня в школе он появился на вечере Восьмого марта и, представь, сбил с толку моего завуча, Клавдию Михайловну! Он стал с возрастом просто фантастически красив, наш Глеб: военная выправка, морская форма, да ещё и гитара с вечным голубым бантом! Запудрил моей Клаве мозги! А ведь она прекрасный завуч! Что я буду делать без неё?

— Ты возьмёшь себе другого завуча, Сергей Аркадьевич! — сказал я.

— Нет, — отвечал Бублик. — Лучше я возьму к себе Глеба работать военруком в моей школе, если у него с Клавой получится серьёзно. Глебу пора успокоиться и остепениться! К тому же, он будет вести у меня музыкальный кружок и организует курсы бардовской песни! Он ведь всегда об этих конкурсах мечтал! Пусть работают оба в моей школе под моим педагогическим оком!..

— Растут же люди! — сказал я. — Ой, растут!..

Сергей Аркадьевич записал мне свои телефоны — домашний и рабочий, и адреса, конечно. На том мы расстались с ним в жаркой бурной летней Москве!..

— А что стало с твоим другом Сеней Вайсманом?

— Сеня Вайсман тоже умер. Он погиб перед самой защитой диплома, очень глупо. Мы крепко выпили тогда в общаге. Я не знал, что Сеня не спал несколько ночей и отчаянно занимался. Он, как и Конюшин, хотел попасть в тот «почтовый ящик», «скворечник». Он приложил к своей дипломной работе проект создания рабочего робота для запуска на поверхность Марса. Сергей Аркадьевич сказал мне, что Конюшин потом доработал этот проект и не забыл нигде имя Сени Вайсмана! И в том методе вычисления тоже не забыл — методе Вайсмана-Конюшина. Алексей Конюшин всё-таки был честным учёным!..

— А ты, Дима?!

— Да что я, Лена? Я не попал в «скворечник», Лена! У меня не было таких связей, как у Алексея Конюшина, да и таких мозгов, как у Сени Вайсмана. Для меня это было ужасное горе — смерть Сени. Мы здорово выпили, помню, в общаге, в нашей «двойной шестой». Сеня говорит мне: «Димыч, здесь что-то душно. Выйди со мной в красный уголок, посидим! У меня голова идёт кругом!» Я помню — мы вышли. В комнате красного уголка было всегда открыто окно, прохладно. Я посадил Сеню на стул, а сам побежал в туалет — проблевался. Мы пили какую-то гадость. Потом я вернулся, смотрю — у Сени пена на губах. Я стал кричать, звать на помощь. Приехали врачи на «скорой». Да было поздно, у Сени было больное сердце, и никто из нас об этом не знал. Он старался ни в чём не отстать от нас, Сеня Вайсман, пил с нами и работал в стройбате. А ему надо было беречь себя и ни в коем случае не пить. Но он пил, потому что пили все!..

— И зачем вы пили, Дима?

— Не знаю, Лена... Трудно сказать, почему все пьют в России. Пьют от усталости, от несправедливости, от нищеты и обиды!..

— И Конюшин не помог тебе, Дима, попасть в этот самый «скворечник»? Вот ведь ваш Остап Подопригора помогал своему другу Глебу Поросёнку с работой!

— Но то был Остап Подопригора, а вовсе не Алексей Конюшин! И хотя сам Остап стал заведующим кафедрой, и ему тоже, можно сказать, в жизни повезло, как и Алексею Конюшину, люди они были разные. Хотя надо отдать должное Алексею — в науке он сделал многое. Этого никто не отнимет!..

— А как ты решился приехать в Америку, Дима?

— Через сестру Сени Вайсмана, Лена. Я считал себя ответственным в какой-то мере за смерть Сени. Потому я не оставлял без внимания семью Сени, я писал им письма, посылал открытки к празднику. Сестра Сени нашла меня, когда я вышел из тюрьмы, и сообщила мне свой адрес в Америке. Вот через семью Сени я и попал сюда. И встретился с тобой, Лена! Кстати, Сергей Аркадьевич сказал мне, что Николай Шухов привёз нам тушёнку, печенье и джем в те дожди вовсе не из средств строительного треста, а из своих собственных средств. И вытянул нас из поножовщины и пьянки своей простой человечностью!..

* * *

«...Может быть, Дима любит сестру этого своего покойного друга, эту Соню Вайсман, — думала Лена. — Она врач, нашла его, когда он вышел из тюрьмы. Они все очень образованные люди! А я — простая девушка. Нигде я не училась, никаким наукам. Разве только жизни выучилась на нашем скотском, развесёлом и бесшабашном карнавале универмага...»

Стояла уже середина октября. Лена Волгушева работала снова, теперь вполне официально, если такой можно назвать работу за наличные, то есть за кеш. Она ждала и надеялась, что, возможно, получит документы, ведь она заплатила за них в польском агентстве, и поляки обещали ей достать право на работу и номер соушел секьюрити. «Я больше бы заработала на чеки. А эта моя зарплата совсем маленькая. Правда, работа не пыльная, как и обещал Дима. Этот положительный Дима...»

Но она скучала по Вальтеру. Лена Волгушева забирала домой из школы американскую девочку-первоклассницу. Девочка училась во французской частной школе, а другая девочка, её старшая сестра, возвращалась из обычной городской

133

школы самостоятельно. В обязанности Лены входило накормить девочек чем-нибудь, например, салатом или маленькими бутербродами с сыром, дать им выпить по стаканчику сока, а потом смахнуть пыль с полок, подмести пол и смотреть, чтобы девочки начинали делать домашнее задание, пока Лена готовила ужин для семьи. Семья состояла из них и их бабушки.

Первоклассницу — милое существо с густыми чёрными прямыми волосами — звали Коринной, а её сестру, полноватую пятиклассницу в очках, — Сарой. В обязанности Лены входило, конечно, присматривать в основном за Коринной, а вот Саре надо было повторять и напоминать, чтобы она помогала младшей сестре. Сара училась очень хорошо и казалась серьёзной девочкой не по возрасту.

— Наша мама умерла от сахарного диабета, — сказала Лене Сара. — Коринка не помнит её, она только-только родилась. Я сама вызывала маме машину неотложной помощи из госпиталя. Мы жили втроём в Нью-Мексико. Когда маму убил её сахар, бабушка забрала нас жить к себе. Но пока мама была жива, они с бабушкой не разговаривали. Бабушка её обижала всю жизнь, потому что мама была толстая. Неужели только за это можно обзывать собственную дочь? Потому я бабушку совсем не люблю, а вот маму мне жалко. Мама всё равно была хорошая, добрая и красивая, хотя и толстая! Я мало ем, потому что дала слово маме следить за своим весом! А Коринка одни сладости жрёт! Не давайте ей сладкого, а то её тоже убьёт сахар!..

— Твоя бабушка профессор, Сара, — объяснила Лена. — Она строго следит за вашей диетой. И она очень любила твою маму, поверь мне. Она мне так и сказала. И ты люби бабушку. Они просто немного поссорились, твоя мама и бабушка, а вот если бы твоя мама не умерла, то они бы помирились обязательно! Так всегда бывает, мать и дочь всегда понимают друг друга в конце концов. Они же родные. Вот, например, яблоко и его семечки!..

Бабушка, миссис Фанштейн, была доктором психологии.

— Моя дочь совершила великолепный и смелый поступок, — сказала она Лене. — Она родила мне двух замечательных внучек! Моя дочь, к сожалению, была глубоко несчастным человеком. Ребёнком она была всегда толстушкой, а потом стала безобразным огромным чудовищем! Она виновата в том, что не смогла вовремя остановиться и сесть на строгую диету. Никто из мужчин, естественно, не захотел жениться на ней, хотя наша семья была состоятельна — её отец, то есть мой покойный муж, положил на её счёт значительный капитал. Потеряв надежду выйти замуж, она уехала жить в Нью-Мексико, где её никто не знал. И там она начала пользоваться услугами мужского эскорт-сервиса. Вы понимаете, о чём я говорю? Но она хитрила — она хотела от мужчин не удовольствия, а ребёнка! Она хотела стать матерью, причём так, чтобы никто никогда не узнал, кто именно отец ребёнка. Ведь мужчины могли отобрать у неё часть денег! Но она набралась смелости и родила вот этих двух девочек, моих внучек, от разных отцов. Коринна родилась от итальянца, а Сара — от мексиканца. Но они всё равно мои внучки и носят мою фамилию — они обе Фанштейн, и у них есть деньги, чтобы выучиться в колледже. За Сару я не боюсь — она умница. Покойная дочь написала мне в письме перед смертью, что Сарин биологический мексиканский отец был уже в возрасте, когда попал в эскорт-сервис, а в молодости он работал учителем математики в школе. Я верю, что Саре достались недурные гены. Другое дело — Коринна! Дочь писала мне, что её отец — итальянский жиголо, проходимец и аферист, которого даже из эскорт-сервиса выставили за кражу у клиентки. Чтобы скрыться от него навсегда, моя покойная дочь дважды меняла квартиру, переезжая с места на место и запутывая свои следы! Впрочем, она зря паниковала — этот итальянец её даже не искал. Кому нужна такая больная женщина, как моя дочь? Хотя я считаю, что не от каждого мужчины нужно рожать ребёнка! Что толку, если он был красавец? Да ведь проходимец и вор! Вот какие гены достались Коринне по наследству! Хотя Италия — страна талантливых людей. Коринка хорошенькая, но неизвестно, куда приведёт её генетика! Только бы не на дорогу преступлений... Потому я очень боюсь за Коринку и заставляю Сару влиять на сестру! Вся надежда на воспитание!..

Миссис Фанштейн вздохнула.

— Я вам рассказываю всё это, дорогая Леночка, потому что вижу, что вы любите моих внучек. Ах, не осуждайте мою дочь! Двадцатый век на планете, и все люди с большими запросами, и нет работы для настоящих мужчин! Что уж говорить о нас, о женщинах! Но всё равно надо беречь своё здоровье и стараться жить среди них, этих очень непростых мужчин, невзирая на их запросы!..

Лена готовила ужин — каждый день куриный бульон.

— Только бы мои девочки не унаследовали сахар от своей матери! — повторяла миссис Фанштейн. — Я надеюсь, что кровь их сильных и здоровых отцов всё-таки победит этот смертельный сахар. Нет, не каждый мужчина в конце концов способен зарабатывать деньги в эскорт-сервисе. Обедневший век! Убогая политика! На какой планете, в какой вселенной искать достойную работу для мужчин?..

Лена ужинала вместе с внучками и бабушкой. Эту непыльную работу за двести долларов в неделю и ужин достал ей Дима. Представитель уникального политеха однажды спросил осторожно:

— Интересно, Лена, почему ты не работаешь? А ведь деньги у тебя водятся! Откуда? Я вижу, ты сумочку себе новую купила!..

— Я скопила деньги на работе, где работала до нашей встречи с тобой, — соврала Лена.

— Почему ты не хочешь снова пойти поработать у старушки, Лена?

— Нет! — сказала она резко. — Хватит с меня собственной матери! Я не выдержу ещё одну идиотку!..

— К сожалению, Лена, надо выдерживать любые перегрузки. Иначе в жизни пропадёшь! — грустно ответил ей Дима.

И он молчал. Молчал почти весь вечер...

— Понимаешь, Дима, везде свои тусовки. В Москве была своя тусовка, здесь — своя, — заметила Лена.

— Нет никаких тусовок, Лена, — сказал он твёрдо. — Есть реальность: тебе надо платить за это жильё, а мне помогать сыну и дочке в Совке. Ты хочешь непыльную работу, Лена. Вот и всё. Я постараюсь тебе её достать, непыльную. Но именно — работу!..

«Неужели он о чём-то догадался? — думала Лена. — Ну и чёрт с ним! Мне ближе откровенность с Вальтером! Мы не скрываем друг от друга наших рабочих возможностей! Вальтер — красив! А Дима?»

И вот он взял и нашёл ей эту работу, Дима. То ли через поляка, с которым работал на ремонте домов, то ли через сестру своего покойного друга Сени Вайсмана — он не сказал. Он молчал. И она стала забирать Коринку из школы. Отказаться было невозможно. Но Лена теперь приходила вечерами домой, смотрела телевизор, звонила Вальтеру и больше никуда не выходила из дома. Она вдруг стала бояться, что кто-нибудь из знакомых миссис Фанштейн увидит её в баре гостиницы. И вообще, мало ли кто! Нет, лучше дома посидеть. Всё-таки она не умирает от голода!..

Но с некоторым раздражением она думала, что Дима поймал её с этой новой бебиситтерской работой. Он по-прежнему приходил к ней в ночь с субботы на воскресенье и уходил утром в понедельник. Он уходил к своему приятелю, с которым жил вместе в квартире, платя за эту крышу над головой с ним пополам. Он не собирался, кажется, переезжать к ней, к Лене. Да и она едва ли этого хотела...

Дима молчал. Дима выпивал пару рюмок водки. Дима отсыпался у неё. Дима приносил с собой пельмени, кексы и колбасы. Они слушали Высоцкого и ели пельмени. Потом они слушали Аркашу Северного и ели кексы. Они говорили о политике и ели колбасу. И Лена по-прежнему не спрашивала у Димы ни его фамилии, ни отчества. Он был для неё всё ещё просто случайным знакомым из политеха, учебного заведения, которое научило своих уникальных студентов выдерживать в жизни любые перегрузки. И Лена ждала звонка Вальтера. Но Вальтер никогда не звонил ей в ночь с субботы на воскресенье. Она понимала, что он работает. И в воскресенье Вальтер тоже не звонил.

С одной стороны, это было даже удобно. При ней был всё-таки этот положительный Дима в его вечной клетчатой рубашке. «И зачем мне знать его фамилию? — думала Лена. —

Я же не собираюсь замуж за него! Не всё ли равно — Семёнов он, Иванов или какой-нибудь Козлов? Может, он даже Дмитрий Северный или Южный! И к тому же старый он, чтобы, например, взять, да и родить от него ребёночка! Другое дело Вальтер. Но дочь миссис Фанштейн была богата. А я? На какие средства я буду жить вместе с ребёнком?»

Теперь она вспоминала вечерами своего Толика Лихачёва. Толик Лихачёв тоже уехал из Москвы куда-то на Север после окончания института. Не так уж позарез нужна ему была Москва! Толик просто хотел уюта, хотел получать неплохую зарплату и жить. Просто жить! Смотреть кино, слушать музыку, книги читать. Толик не был сложным парнем. Лена родила бы ему ребёнка, ведь они были совсем молодые, мальчик и девочка! И он любил её, Лену. И она любила Толика Лихачёва, студента Московского института. Она даже достала ему модный, хотя и дешёвый свитер через свой универмаг. И она любила внезапно появляться в его студенческом общежитии — такая молоденькая москвичка, в коротенькой клетчатой юбочке, каких ещё не было у других девчонок!..

Но её родная мама бессовестно кромсала и калечила её жизнь, играя на её дочерней любви! Мама просто-напросто боролась за свой уют и покой больного человека. А им с Толиком некуда было идти, негде снимать квартиру в Москве. И платить за неё было бы чудовищно дорого. Но вот уехать на Север с Толиком Лена бы не смогла всё равно. Как бросить больную мать? Ведь это мать! И Толик не предложил ей уехать на Север, например, забрав и мать с собой. Он всё понял правильно, Толик Лихачёв. Бывают безвыходные ситуации для двоих людей. Но для одного человека всегда есть выход из положения. Ведь он один, и свободен, и нет на нём бренной тяжести другого, неподходящего для него, спутника жизни!..

Однажды рано утром в субботу Вальтер вдруг позвонил Лене. Он попросил её немедленно прийти. Она разволновалась и взяла такси в Манхеттен. Она помчалась к Вальтеру, словно ненормальная. Он, Вальтер, нашёл, вероятно, выход из положения для них, для двоих! И Лена пойдёт за ним на край света!..

У Вальтера на всю громкость крутилась кассета с испанской музыкой. Вальтер танцевал танго, обнимая невидимую партнёршу, и подпевал на испанском языке.

— Ты знаешь по-испански? — удивилась Лена. — Ты же немец! Когда ты успел выучить так здорово испанский?..

Вальтер выключил музыку и объяснил:

— Но я немец из Аргентины, Лола! Я учился в школе на испанском и с детства говорил по-испански! Я родился и вырос в Аргентине! У нас все танцуют танго! Это наш национальный аргентинский танец! Вот уж что мне пригодилось в моей сумасшедшей работе со старыми итальянскими дурами, так это наше романтическое аргентинское танго! Мне жаль, что я не знаменитый танцор Рудольф Валентино! Перед ним женщины раздевались прямо на улицах! Нет, я только Вальтер. Я не такой счастливец, как он!..

— Но ведь твои родители — немцы. Как же они оказались в Аргентине, Вальтер?

Лена пристально смотрела на него. Вот на кого он походил — на Алена Делона, красавца-актёра из франко-итальянского фильма «Рокко и его братья». Вальтер подкрасил свои волосы в тёмно-каштановый цвет — вероятно, так ему нужно было для работы, — и сходство с молодым Аленом Делоном стало явным. И Лена страстно любила его в эту минуту!..

— Ты меня удивляешь, Лола! Неужели ты не знаешь, как именно мы, немцы, попали в Аргентину?..

Вальтер был спокоен. Её волнение ничуть не передалось ему. Он всегда называл её Лолой при встречах. Это поднимало её в собственных глазах значительно выше над бедным, убогим уровнем её русского эмигрантского быта.

— Я не знаю ничего, Вальтер, про Аргентину. Скажи! Выходит, вы там были эмигрантами, немцы? Вы уехали от фашистов, да? Я понимаю, вы эмигрировали из фашистской Германии...

Он отвернулся от неё.

— Надо найти какую-нибудь музыку. Что здесь есть приличное? Ну, вот какие-то французы о любви! Надо какой-то фон для такого серьёзного разговора...

Он поставил музыку и отрегулировал её — теперь в комнате звучал приятный, лепечущий о любви, подкупающий и уравновешенный французский голосок.

— Хочешь гамбургеров, Лола? У меня их до чёрта! Только погреть надо в микровеле, — и можно есть! Смотри, полный холодильник!..

Вальтер нырнул на кухню и открыл дверцу холодильника. Завёрнутых в белую бумагу, каждый отдельно, гамбургеров было штук двадцать.

— И правда много! — воскликнула Лена. — Где ты их взял?

— Набрал вчера в баре. Давай нагреем. Кофе есть. И пиво в баночках. Наше, отличное, немецкое. Вообще, честно говоря, в Америке удаётся недурно пожрать!..

Они жевали тёплые гамбургеры, запивая их охлаждённым немецким пивом. С фотографии на стене на Лену преданными глазами смотрела чья-то умная и проницательная собака.

— Ты забыл ответить на мой вопрос, Вальтер. Как ты, вернее, твои родители, попали в Аргентину? — сказала, наконец, Лена.

Вальтер вздохнул.

— Это даже не мои родители туда попали. Это мой дед попал, отец моего отца. Мой дед служил в войну в войсках гестапо. Согласно приговору этого идиотского Нюренбергского процесса, солдатам и офицерам этих войск — СС и гестапо — в Европе проживать было запрещено. Так мы все и оказались в этой несчастной Аргентине. Эта испанская примитивная, довольно грязная и убогая страна нас приняла. Наши немцы подняли её из грязи — научили цивилизации и аккуратности!..

Лена отложила недоеденный гамбургер на журнальный столик. Там по-прежнему, навечно впаянная в воск пивной кружки, пылала красная шёлковая роза.

— Что он там делал, в гестапо, твой дедушка? — прошептала Лена. — Он там мучил людей? Это всем известно, всему миру, по фильмам и книгам — в гестапо мучили и пытали людей! Значит, твой дедушка...

— Ой, Лола, перестань! Мы с тобой, кажется, не стесняемся друг перед другом из-за наших профессий! Ну гестапо, подумаешь! Пару раз, конечно, и дед дал кому-то по морде — не без этого! Но мой дед был простым мужиком, не офицером! Он работал в гестапо уборщиком. То есть мыл полы, отмывал, ясно, кровь со стен, работа не из приятных! Но кто-то должен был делать и её. Ещё слава богу, что мой дед всё это выдержал. И кстати, он вовсе не спятил от этих сумасшедших еврейских криков! У моего деда был свой небольшой доход на этой работе. Он мыл полы, но в лужицах еврейской крови он подбирал золотые коронки. Золото — оно и есть золото. Лучше, чем ничего!..

— Выходит, — шептала Лена, — это всё, всё правда! В этом гестапо и правда выбивали людям зубы! Ужас какой!..

— Ну, действительно, нехорошо, — согласился Вальтер. — Но ты не переживай. В гестапо в основном били евреев. Разве это люди? Ну и коммунистов тоже. Но сейчас этой твоей коммунистической страны — Советского Союза — больше не существует. И что она дала тебе для жизни, эта страна? Ты — русская, очень бедная девушка из бара! Ты существуешь на подачки от мужчин! Вот и всё...

Лена поёжилась. Она русская, бедная девушка. Это правда. И давно нет войны. И давным-давно шёл этот фильм — Нюренбергский процесс. Да и сам Вальтер разве отвечает за поступки своего деда? Вальтер золотые коронки в пыточных гестаповских камерах не выскрёбывал из кровавых луж на полу!..

Лена глотнула пива. Хорошее немецкое пиво. Холодное и очень вкусное.

— Интересно, что твой дедушка потом сделал с этими золотыми коронками? — спросила Лена. — Много он коронок набрал?

— Целый мешочек! Немало! Представь себе, Лола, эти коронки потом спасли нашу семью от нищеты, ведь в Аргентине надо было как-то существовать! Мой дед начал постепенно их продавать. На вырученные деньги мы смогли жить в довольно чистом, пусть и убогом домике. То есть мой отец, моя мать и дед, а потом и я, когда родился в этом домике. Но я всё равно уеду к себе на родину, в свою родную великую Германию! Она теперь одна — единая немецкая страна!

— Да, она объединилась, Германия, — сказала Лена. — Но ты неплохо здесь, в Америке, живёшь, Вальтер. Тебе просто надо стать легальным эмигрантом, получить документы. Потом можно учиться в колледже или пойти на нормальную работу на чеки!.. Ты просто найди себе нормальную работу! Посмотри, какое у тебя прекрасное жильё! Ты живёшь в настоящей сказке! Какая у тебя обстановка необыкновенная!..

И Лена обвела взглядом его богемную комнату. Нельзя было не улыбнуться. Здесь прошло немало её счастливых минут с Вальтером.

Потом она услышала его злой голос:

— Из этой квартиры меня могут выставить в любую минуту! Хозяйка этой квартиры повсюду гоняется за своим сыном. Как только она найдёт его, она вернётся сюда, а меня выгонит на улицу. У нас с немцами такое уже случалось в Аргентине.

— Вальтер! Что ты говоришь? Почему на улицу? Ты просто найдёшь другую квартиру! А возможно, хозяйка оставит тебя здесь и поедет с сыном куда-то в другое место. Переговори с хозяйкой, Вальтер! И к тому же она не нашла ещё своего сына. Почему вдруг ты паникуешь?

— Эта тупица давным-давно нашла бы своего дурака-сына, если бы я не хитрил до сих пор! Я тоже отстаивал свой интерес и не раскаиваюсь в своих делах, как и мой дед, например! Этот парень смылся от своей мамаши, которая его допекала, в неизвестном направлении. Но потом раскаялся, именно потому что дурак и даже смыться как следует не умеет. Он написал ей сюда, на этот адрес, письмо и сообщил, конечно, свои координаты. Он живёт сейчас в Лос-Анжелесе и что-то там ловит в Голливуде, снимает какие-то идиотские документальные фильмы. У этого дурака не хватает ума найти себе любовницу в Голливуде, которая протащит его вперёд к успеху! Нет, он честно трудится! А мамаша ищет его во Флориде, в Диснейленде. Но я ей ничего о её слабоумном сыночке не сообщил. Вернутся сюда и будут квартиру продавать! Сынку нужны деньги! Он просит их у мамаши — сам зарабатывать не умеет. Ну а я умею. И зачем мне эти хозяйкины дела?..

— Но ты живёшь в их квартире, Вальтер! Ты с ума сошёл! Она ведь мать его, понимаешь? Она его ищет! А вдруг он, например, погиб? Или спился? Или попал в тюрьму? Немедленно ей сообщи о нём! Иначе она изойдёт слезами от горя! Сколько времени прошло, как она начала искать сына?

— Уже целый год. Вот дура-то!..

— И ты не сказал ей правду, где её сын?

— Да я же не дурак! Я живу здесь себе и живу. У меня нет проблем. Мне зачем их проблемы? Да и пусть она себе хоть и сдохнет от слёз. Мне её не жалко. Она звонила мне сегодня на рассвете, ужасно накричала на меня. И кто? Она — простая испанка, у которой сын — цветной. Он — негритёнок. Плохо то, что ей кто-то сообщил о её сыне. То есть то, что он звонил мне сюда и писал письма, а я это скрыл!

— Это и есть очень плохо, Вальтер. Значит, эта простая испанка так здорово обставила квартиру вместе со своим сыном-негром, который к тому же ещё и отважился заявить о себе в Голливуде? Надо талант иметь, чтобы податься в Голливуд! И эти люди жалели тебя и сдали тебе квартиру совсем дёшево, чтобы ты мог стать на ноги, накопить деньги и тоже куда-нибудь пристроиться. Они, верно, приняли и тебя за талантливого человека! Ведь каждый судит других по себе! Они — талантливые люди и пожалели тебя. А ты их, выходит, не пожалел? Так?..

— Лола! Ты очень наивна! К тебе разве не прилипает грязь улицы?.. Неужели ты думаешь, что я, искупавшись в говне американских грязных баров, буду жалеть этих богачей? Американцы — жители обеспеченной и совершенно незыблемой страны! У них — доллары, зелёная постоянная валюта! А что есть у меня? Подумать только, у меня, европейца, немца, представителя сильнейшей нации, покорившей полмира, нет ничего. А вот у этих грязных цветных — моей хозяйки и её сына — есть эта квартира! Это гнёздышко, в котором мне было так хорошо!..

— Возможно, Вальтер, они бы продали эту квартиру именно тебе и никому больше. Зачем было их обманывать? Они и без этого несчастны! Ведь отец этого негритёнка, муж хозяйки, сгорел на пожаре. Пожарный — опасная профессия, для смелых людей. Помнишь, ты мне сам об этом рассказал?

— Да буду я его ещё жалеть! Разве мы, немцы, не сгорели в пожаре войны из-за этих проклятых богатых американцев? Зачем они открыли второй фронт? Твои голодные русские никогда бы не выиграли у нас войну! Адольф Гитлер был умнейший человек. Мы поставили на колени половину Европы! Мы — великая Германия!..

— Нет, не поставили. Нет! Твой Адольф Гитлер привёл твою великую Германию к катастрофе! Вы подавились моей Россией! Это мы поставили вас на колени в битве под Москвой в первый раз. Потом ещё был Сталинград. Посмотрели вы, как умеют драться голодные русские? Да и потом — почему голодные? У нас, кроме американской тушёнки, свой, русский военный запас тоже был. У нас ещё китайская свиная тушёнка была. Знаешь, какая вкусная? Ты сроду такой не ел! Во рту таяла! Её потом на стройках нашим ребятам давали подкормиться! Студентам, которые города на целине строили. Из военных запасов «Рот Фронта» осталась. Так что продуктов у нас было чёрт знает сколько! Из всех стран мира! Никто фашистов не любил и не хотел. Их разгромили. Вот и весь сказ!..

Лена завернула надкушенный гамбургер в бумагу, нырнула в кухню и швырнула гамбургер в мусорное ведро. Туда же пошла и баночка с немецким пивом.

— Мне пора домой! Я ухожу! — крикнула Лена из кухни.

Он мгновенно вырос на пороге кухни и стал у плиты под «Весёлый Роджер» — пиратский флаг.

— Как хочешь! Я вижу, ты обиделась на политику. Но на политику у каждого из нас свой личный взгляд, Лола. Женщины не должны рассуждать о политике!

— Пусть так. Я тороплюсь, Вальтер!

— Но Лола! Не предавай меня! Я на тебя рассчитывал! Рассчитывал на тебя, и только на тебя в одном деле!..

— В каком деле, Вальтер?

— Я рассчитывал, что смогу пожить у тебя какое-то время. Может быть даже, я помог бы тебе найти клиентов. У нас с тобой не было тайн друг от друга! Жизнь слишком сложная вещь. И я рассчитывал именно на тебя.

— Я ничего не обещала тебе, Вальтер! А ты хотел быть моим сутенёром?..

— Я хотел быть твоим другом и товарищем по нашей работе! А ты предала меня!

— Нет, Вальтер. Тебя и меня предали наши собственные страны, когда начали драться друг с другом и воевать. И вот теперь нам платить за эти их военные грехи!

— Значит, я могу всё-таки позвонить тебе, Лола, если меня выгонят отсюда? Я могу рассчитывать на тебя?

— Нет, не звони мне, Вальтер! Знаешь, я не одна! У меня есть серьёзный мужчина. Наш, русский. Я рассчитываю теперь на него. А ты рассчитывай лучше на своих старых итальянок. Их Муссолини всегда был заодно с твоим Гитлером. И они, наверное, поэтому любят тебя больше, чем я. Прощай, Вальтер!.. Чао, бамбино!..

Лена сбежала по лестнице вниз. Она слышала, как Вальтер кричал за дверью в истерическом припадке американские ругательства. Пусть кричит! Теперь ей это было совершенно безразлично.

На второй лестничной площадке Лене вдруг преградила путь молодая девушка, соседка-мексиканка, которая иногда встречалась Лене и раньше.

— Здравствуй, русская, — сказала она. — Я не знаю, как тебя зовут. А я Триша!

— Меня зовут Лена, — ответила Лена просто. — Откуда ты знаешь, Триша, что я — русская?

Мексиканка, вся увешенная дешёвыми разноцветными бусами и браслетами, только улыбалась. За её цветастую широкую юбку держался мальчик лет четырёх.

— Это мой сынок Хосе, — сказала Триша. — Ты приходишь сюда к Вальтеру, я знаю. Он сказал мне, что ты — русская. Значит, твоё имя — Лена?

— Ну да, я — Лена. А что? Русская, Лена.

— Лена! Зачем ты приходишь к этому Вальтеру? Ты не представляешь себе, какой он плохой парень! Он всё время старался ударить по голове моего Хосе. Что ему сделал мой ребёнок? Ничего! А он каждый раз при встрече на лестнице повторял мне, что у меня сын урод, идиот, дурачок недоразвитый, аутист! И я ходила с моим Хосе к врачу. Мой сын — совершенно нормальный мальчик, только очень испуганный и неразговорчивый. У него до сих пор не было никаких игрушек. Вместо игрушек я вырезала Хосе картинки из детских журналов, которые находила на улице! Его отец меня бросил. Но я осталась жить в Америке и теперь вот выхлопотала себе пособие. Я получаю деньги на жильё и фудстемпы на продукты. Я нашла себе бойфренда. Его тоже зовут Хосе. И он купил моему сыну его первую игрушку — машину! Хосе! Покажи русской тёте свою машину!

— Ой, какая красивая машина! Красная!..

Триша подошла вплотную к Лене и зашептала быстро:

— Лена, не ходи к Вальтеру! Я отомстила ему и больше его не боюсь! Мой бойфренд Хосе вот-вот переедет к нам жить. Он работает в овощной лавке рядом и приносит нам овощи. Вальтер оскорбил моего ребёнка, но я больше его не боюсь. Мой Хосе сумеет защитить нас от Вальтера. Вальтера сегодня вечером выгонит его хозяйка миссис Томпсон. Я сообщила ей, что Вальтер её обманул! Миссис Томпсон ищет во Флориде своего сына, а он живёт в Лос-Анжелесе и давным-давно сообщил свой адрес Вальтеру, чтобы тот передал адрес его матери. Но Вальтер ей наврал, что ничего о её сыне не знает. Я вытащила то письмо из мешка с мусором, который Вальтер выбросил на помойку. И хоть он письмо порвал в клочья, я его склеила скотчем и переслала брату миссис Томпсон, адрес которого она мне оставила перед отъездом, чтобы я сообщила ему, если мне вдруг станет что-то известно о её сыне или о ней самой, если она вдруг умрёт от горя! Понимаешь? Она очень любит своего сына. Он мечтал стать художником и говорил, что его мать — отсталый человек, что она его допекает. Да ведь она тоже художница! Она кормила его, когда он был маленький, как вот мой Хосе, хотя тогда она была бедная. Она мне рассказывала о себе! Словом, я ей рассказала, как Вальтер издевался тут над всеми нами! И всё врал! Миссис Томпсон позвонила мне сегодня ночью. Она уже в самолёте и летит сюда. Ты, Лена, не жалей Вальтера. Он — немец, а ты — русская. Его страна вела войну с твоей страной. Зачем он тебе, если он пришёл в твою жизнь от твоих врагов?..

— Нет, я не приду сюда больше, Триша. Вальтер и правда скверный парень! Выходит, это ты сообщила всё хозяйке? Он, наверное, подумал на меня. Он тоже позвонил мне рано утром на рассвете и попросил немедленно приехать.

— Он хочет, наверное, перейти к тебе жить? У тебя есть квартира?

— Нет, Триша, я его к себе не возьму. Но в любом случае — Вальтер не пропадёт. Он может запросто снять себе жильё, а на ближайшее время уйти жить в гостиницу. Деньги у него есть. Его работа хорошо оплачивалась.

Мексиканка улыбнулась:

— Ты прости меня, Лена, что я такое Вальтеру устроила! Но мне жаль миссис Томпсон. Она добрая женщина, и мать, как и я. У тебя есть дети, Лена? Подожди, я дам тебе авокадо. Мой Хосе принёс мне вчера несколько штук. Мы больше не будем голодать! В Америке нет голодных людей!..

Она вытянула из закромов юбки два авокадо и протянула Лене.

— Возьми, ешь и детям своим дай! Если что-то будет тебе нужно из овощей — приходи. Я продам тебе подешевле. Всётаки у меня теперь серьёзный бойфренд и работает в большой овощной лавке! А это много для нас с сыном!..

Лена положила карточку с номером телефона Триши к себе в сумочку и пошла к сабвею. Возможно, Вальтер уедет в Германию, к себе на родину, и не останется в Америке. Значит, она больше никогда не увидит его! И пусть он уходит из её жизни навсегда! Нет, не от каждого мужчины нужно рожать детей, чтобы вдруг не подкачала, не предала ребёнка генетика! Это ведь не переехать в другую страну, в которой можно изменить политику и наладить жизнь!..

Потом Лена взглянула на часы. Как? Уже половина пятого? Да ведь скоро придёт к ней этот положительный Дима! Надо, наверное, сделать котлеты. Можно и борщ сварить завтра, а сегодня сообразить грибной суп на скорую руку. Дима придёт с работы усталый и голодный. Пельмени он принесёт, конечно, но они ужасно надоели. Надо поторопиться, чтобы

Дима, не дай бог, не заподозрил её в неверности к нему! Да разве она ему не верна? Нет, она ему верна!..

И как можно не любить этого положительного Диму, если за спиной этого Димы до сих пор стоит непобедимым фронтом весь, как он есть, в полном своём составе, вместе со своим бригадиром Николаем Шуховым-Яблоковым этот легендарный стройбат уникального русского политеха?..

Нью-Йорк, апрель-май, 2007

Марина Генчикмахер

I

Цыплёнку его скорлупа - отчий дом.
Этакий уютный овальный домик
Без дверей и без окон, -
Полна горница привычного питательного счастья.

Трудно сказать,
Почему и когда
Аморфный желток
Превращается в жёлтую
Вечно пищащую птицу,
Сердце которой охвачено нестерпимым жжением:
Острым желанием разломать и покинуть
Привычные стены.

А потом - свежая зелень,
Жуки и жужелицы, жара,
Бесконечное жужжание
Мельтешащей вокруг жизни.
И лишь когда безбашенная хозяйка
Забудет сыпануть зерно в кормушку,
Или не знающий жалости коршун
Заслонит парящих жаворонков,
Просыпается нечто вроде ностальгии о прошлом.
Но даже цыплёнок знает,
Что настоящая стоящая жизнь - вне скорлупы.

II

*«Все мы гении. Но если вы будете судить рыбу по её
способности взбираться на дерево, она проживёт всю жизнь,
считая себя дурой.»*
      Альберт Эйнштейн

Он за десятку пообещал мне удачу.

Синяя птица счастья
Отразилась в его зрачках,
И запела манящие песни
О моём предстоящем «завтра».
Медленно и осторожно
Он подбирал слова
На почти забытом им русском,
Пробуя каждое слово на вкус
Или достоверность.
Но мне не хотелось слушать о моём «завтра»,
Мне хотелось слушать о его «вчера».
Он назвался потомком графа Юсупова,
А нынче гадал на ярмарке.
Впрочем, я тоже гадала,
Врёт он или не врёт,
Граф его умерший батюшка
Или простой прощелыга.

Чужбина - она уравнивает,
Приводит к единой черте нищеты и надежды.
Лос-Анжелес девяностых
Заговорил по-русски,
Как и Париж в двадцатые.
В Париже в такси сели бывшие графы,
А тут их водил мой брат,
Бывший, увы, инженер и менеджер.

По ночам брату снился Днепр,
Поутру уносила река из несущихся вдаль машин.
Этот гудящий, блестящий поток
Струился вдоль наших окон,
Стремясь к автотрассам,
Потом растекался по улицам разноцветными ручейками.
Вокруг потерпевших крушение
Кружились водовороты,
И не было этому потоку
Ни конца, ни края.

Дни текли таким же бесконечным потоком -
Свозь ладони в песок, -

В каменистый жадный песок Лос-Анжелеса.
Но на ладонях брата
Оставались золотые крупинки
Оставленных пассажирами чаевых.

Прежняя жизнь вспоминалась
Как нечто совсем ирреальное,
А потом и вовсе не вспоминалась.
Мы рыбёшками,
Выброшенными на берег,
Учились дышать
Не растворённым в воде кислородом.
Мы ползли по песку
На подламывающихся плавниках.

Если графа Юсупова
Жизнь заставляет крутить баранку,
Он кормится чаевыми;
Если рыбу тут судят
По её умению взбираться на деревья...
Что ж, придётся осваивать лазанье
И по этим чёртовым пальмам!

III

Этот город, пропахший сиренью и ласковым солнцем...
Я, наверно, в него никогда уже не вернусь.
Солнце в Лосе хуже ковида:
Перегревшись в мареве зноя
Даже пышные розы не пахнут.

Но и дамы, по счастью, не пахнут
Смесью «Красной Москвы» и дешёвого дезодоранта.

IV

Что они, эмигранты,
Прижившиеся в Европе,
Чувствовали и думали,

Когда началась война?

Иные, удачливые,
Уже запустили свои цепкие корни
В жирную почву парижских предместий;
Круассаны, кафе, Нотр-Дам,
Грассирование прелестниц
В модных совсем не русских туалетах.

Иным Россия давно перестала сниться:
Не снится же разбитая скорлупа
Давно вылупившемуся из яйца цыплёнку.
Тем паче, что и прежняя жизнь
Там уже не та;
Даже осколков былого великолепия
Не сыщешь и не склеишь...

V

Гарсон, - вина!
S'il vous plaît, monsieur:
Изысканнейший букет,
Вино урожая двадцатого года!

Франция славится старыми винами,
Юными парижанками,
И расторопной прислугой.
А букет вина и правда изысканный,
Изысканный, как роскошная причёска
Сидящей напротив тевтонца
Красотки Манон.

- Глупышка, чего ты боишься?
Солдат не обидит послушную девочку.
Взгляни-ка, лучше сюда!
На фотографии - моя Гретхен.
Её локоны так же роскошны, как и твои,
Но они - золотятся.

Глаза наследника Зигфрида

Заволакивает печаль.
Нежная дымка печали,
Полупрозрачная и лёгкая,
Словно утренний туман над Сеной.

Жарко, июль,
Каштаны уже отцвели.
Немецкая речь,
Смешавшись с французской,
Тает в лёгком шелесте
Пятипалых поникших листьев.

S'il vous plaît, monsieur, -
Повторяет официант,
И взгляд его,
Полный собачей преданности,
Замирает на нежном личике
Испуганной девушки -
- Mademoiselle?

Не пройдёт и пяти лет,
И пышные локоны бедняжки Манон
Полетят по ветру,
Обритые ловкой рукою того же гарсона.
А вокруг будет улюлюкать и смеяться
Торжествующая толпа.
Но это ещё далеко.

Так далеко, как заросший
Каштанами Киев,
К которому, лязгая, уже подползают
Первые немецкие танки.

VI

Немцы не трогают русских:
Немцы ловят евреев.
Евреев ещё не вывезли из Парижа,
Но носатые потомки Моисея
Как испуганные тараканы

Забились в щели квартир,
Тщетно надеясь выжить.

VII

Что мне до тихого шелеста
Приднепровских каштанов?
Между мною и ими
Города и горы.
Между мною и ими -
Громадные пространства
Бурлящей океанской воды.

Я давно о них не вспоминала.
Но когда над забытой тобою скорлупкой
Бывшего отчего дома
Нависает сапог
Очередного беспощадного Чингизида
Все аналогии тут же теряют смысл,
Жалкие жалюзи здравого смысла
Сметает шквалом отчаяния и боли;
Жертвы, жуть, жалость,
Жадный поиск мельчайших надежд
Живейшая сопричастность:
Эти сирены воют
Над моей улицей;
Эти ракеты
Летят над моим домом.
Они убивают
Моих друзей,
Они убивают моё детство.

Странная штука, однако -
Любовь к отеческим гробам...

Ефим Шейнис

Прощание инженера Гарина

Пролог

Как-то во время пребывания в Париже зашел русский писатель Алексей Николаевич Толстой в знаменитый бордель, что располагался в самом центре города рядом с Лувром на улице Шабане, 12, чтобы полюбоваться украшающими стены борделя 16-ю большими полотнами, созданными специально для этого заведения Анри Тулуз-Лотреком, который часто искал здесь вдохновения.

Полюбовавшись полотнами, Толстой спросил у хозяйки:

– А что, мадмуазель Зоя свободна?

– Она отдыхает. И уже снова заказана, – сказала хозяйка, посмотрев книгу регистрации девушек и показав на человека, сидящего на диване и читавшего «Фигаро». – Но, если хотите, можете попросить этого господина уступить ее вам.

Толстой подошел к дивану и увидел знакомого русского инженера Петра Петровича Гарина.

– Кого я вижу, Петр Петрович!

– Алексей Николаевич! Что ты делаешь в Париже?

Старые друзья обнялись.

– Петя, как твой гиперболоид?

– Движется помаленьку. А зачем ты здесь?

– Приехал за новым сюжетом. Петя, у меня к тебе просьба.

– Говори, для старого друга я сделаю все!

– Уступи мне Зою.

– Алеша, только не это. Я о ней думал весь день.

– А за пятьсот франков уступишь?

– За пятьсот франков? Алеша, откуда у тебя такие деньги?

– Сдал в редакцию роман и получил гонорар.

– Давай деньги. Заплачу за гостиницу.

Толстой расплатился, и оба подошли к хозяйке.

– Я уступаю Зою этому господину, – сказал Гарин.

Хозяйка открыла регистрационную книгу.

– Увы, господа, пока вы тут спорили, девушка была на простое, и я ее отдала другому.

– Петя, верни деньги, – потребовал Толстой.

– Какие деньги?

– Петя, не прикидывайся дурачком. Или я тебя в своем новом романе сгною на необитаемом острове.

– Алеша, в своем новом романе можешь меня даже расстрелять. Когда я доберусь до Оливинового пояса, деньги верну...

Друзья поссорились, а советская литература обогатилась новым бессмертным романом «Гиперболоид инженера Гарина».

1

Летний день начался с восходом солнца на Гавайях и двинулся на запад, вынуждая землян отрывать очередные листки в своих календарях.

Мир приступил к своим обычным делам.

Рабочие надели комбинезоны, на заводах и фабриках включили станки; шахтеры заполнили шахтные клети, а в армиях началась утренняя перекличка, выявившая не вернувшихся из увольнения и дезертиров.

Крестьяне вышли трудиться на свои и чужие поля; моряки подняли якоря, а белые воротнички уселись за столы и принялись перелистывать конторские книги.

В Женеве на конференции Лиги Наций тридцатью семью государствами был подписан Протокол о запрещении применения на войне удушливых, ядовитых и других подобных газов и бактериологических средств.

Михаил Булгаков писал роман «Белая гвардия», а XIV конференция Всесоюзной коммунистической партии (большевиков), объявила о строительстве в СССР социализма.

В Германии немецкие химики Ида и Вальтер Ноддакс открыли новый металл торий, незаменимый при изготовлении жароустойчивых материалов; ученому Джеймсу Франку была присуждена Нобелевская премия за открытие законов соударения электрона с атомом, а с изложением идей национал-социализма вышел первый том книги Адольфа Гитлера «Майн Кампф».

В США придумали танец чарльстон, который немедленно стал популярен во всем мире; Аль Капоне установил контроль над организованной преступностью в Чикаго, а Чарли Чаплин снялся в фильме «Золотая лихорадка». В Дейтоне судили учителя за преподавание в школе учения Дарвина, что не принесло противникам теории эволюции ничего кроме унижения.

Во Франции, на Парижской выставке, Ле Корбюзье построил состоящий из модулей дом «Эспри Нуво», названный павильоном нового мышления

Астрологи установили, что Луна находится в знаке Зодиака Дева, и это время благоприятно для всяких кропотливых дел, требующих повышенного внимания и терпения: ведения бухгалтерии, деловой и научной работы, обучения и повышения квалификации.

Однако в этот летний день инженер Петр Петрович Гарин не вел бухгалтерии, не занимался деловой и научной работой, и даже не повышал свою квалификацию. Петр Петрович лежал в беспамятстве на голой земле, куда после крушения в Тихом океане направлявшейся к Золотому острову «Аризоны», его выбросил шторм.

2

Когда Гарин пошевелился, от него побежал прочь, быстро семеня лапками, небольшой краб, собиравшийся поживиться неожиданной добычей. Он с трудом сел и осмотрелся. Это не была его спальня с полами, устланными коврами; с огромными окнами, завешанными дорогими шторами; и с туалетным столиком, украшенным тройным зеркалом. Его не ждал парикмахер с четырьмя помощниками, не было и двух блондинок для ухода за ногтями рук и двух мулаток для ухода за ногтями ног.

С трудом вспомнились короткие дни Гарина-диктатора: безвкусная ветчина и овсяная каша на завтрак, варенная на воде без соли; встречи с неинтересными людьми, которым он должен был рассказывать, что по вечерам ежедневно читает Библию; выступления на бесчисленных банкетах с докладами, написанными для него чужими людьми. Сколько у него было титулов? Сенат имел честь поднести ему титулы: лорда Нижне-Уэлльского, герцога Неаполитанского, графа Шарлеруа, барона Мюльгаузена и соимператора Всероссийского.

И все кончилось с радиограммой Зои. Когда он во фраке, со звёздами, регалиями и лентой поверх жилета, собирался на очередной прием, раздались сигналы радиоприёмника, настроенного на волну станции Золотого острова. Голос Зои повторял по-русски: — Гарин, мы погибли... Гарин, мы погибли... На острове восстание. Большой гиперболоид захвачен... Янсен со мной... Если удастся — бежим на «Аризоне».

А потом другой уже голос, мужской и резкий, заговорил по-английски:

«Трудящиеся всего мира. Вам известны размеры и последствия паники, охватившей Соединённые Штаты...»

Что было дальше? Убийство секретаря, последние указания своему третьему двойнику барону Корфу и бешеная езда на запад к Тихому океану, где в уединенной приморской мызе близ Лос-Анджелеса, в ангаре висел, всегда наготове, его дирижабль. Непродолжительный полет, Гарин спрыгнул с дирижабля на борт «Аризоны», с улыбочкой, как ни в чём не бывало, сел рядом с Зоей и потрепал её по руке:

— Рад тебя видеть. Не грусти, крошка. Сорвалось — наплевать. Заварим новую кашу...

А потом шторм и эта незнакомая земля. Он жив. Где остальные?

3

Гарин, прихрамывая, пошел в глубину острова, туда, где более возвышенные места заросли низким кустарником и ярко-зеленой травой. Там лежала Зоя на спине, раскинув руки. Гарин присел над ней, боясь прикоснуться к ее телу, чтобы не ощутить холода смерти. Но Зоя была жива, — веки ее задрожали, запекшиеся губы разлепились.

— Где мы? — спросила Зоя.

– Я тоже хотел бы это знать. Во всяком случае, мы на твердой земле. Прежде всего, давай переберемся в тень, ты можешь встать?

С помощью Гарина она встала, и они оба добрались до ближайшей тени.

– Ты в порядке? – спросил Гарин.

– Кажется, да. А ты?

– Почти, у меня повреждена правая рука.

– Гарин, где мы? Я помню шторм, страшный треск, удар воды и... больше ничего. А где все остальные? Они живы? Что, «Аризоны» уже нет?

– Я вижу невдалеке возвышенность, попробую на нее забраться, тогда мы многое узнаем.

– Нет, не уходи. Я боюсь остаться одна. Может быть, здесь живут людоеды?

– Зоя, не говори глупости. Какие людоеды в 20-м веке? А если они и есть, то, пока они разожгут костер, не будут же они есть тебя в сыром виде, я увижу дым и тебя спасу. Ну, хорошо, давай сначала посмотрим, нет ли тут чего-нибудь поесть?

Они вместе разобрали и составили небогатый список вещей, выброшенных волнами. Кроме ящиков с роскошными книгами проектов дворцов и увеселительных павильонов Золотого острова, с законами и уставом придворного этикета повелительницы мира мадам Ламоль, пригодными здесь разве что для поддерживания костра, удалось найти пару ящиков консервов, которые Гарин строго распределил на максимальный срок, и пару ящиков с подмокшими сухарями.

На волнах качался бочонок с питьевой водой, который они успешно пригнали к берегу. Разбитую лодку с «Аризоны» вытащили подальше из воды, может быть, ее удастся починить? Все, пригодное для жизни поместили в шалаш.

На ужин Зоя выложила сухари, а Гарин велел их экономить и осваивать морскую пищу – раковины, полипы, креветки и крабы. Пообещал наловить рыбу.

Первую ночь они провели в шалаше, тесно прижавшись друг к другу.

4

На следующий день Гарин вырезал суковатую палку и отправился вглубь острова. Вот как завершился этап его жизни. От великого до смешного – один шаг. Кто это сказал? Кажется, Наполеон. Вот каков финал титанических усилий его мозга, и хождения по лезвию бритвы. Два двойника пожертвовали жизнями для того, чтобы он, в рваном пиджачке, хромая, собирал раковины и рубашкой ловил рыбу, а Королева Золотого острова готовила на ужин моллюски и устрицы.

Его ленинградский партнер и двойник Иван Алексеевич Савельев кончил жизнь на даче Крестовского острова, так и не узнав, кому он этим обязан. Виктор Ленуар, воодушевленный грандиозным будущим, согласился стать его двойником и был убит в Париже, в мансарде на улице Гобеленов. А третий двойник – барон Корф прельстился большими деньгами и сидит в подземном бункере, куда его тайно привез Гарин. А он сам разве не рисковал жизнью? Разве не у него на ухе разлетелся наушник от неточного выстрела? А кто дни и ночи мотался по Соединённым Штатам с двумя секретарями, инженерами, пишущими барышнями и сворой рассыльных, делая заказы и не жалея денег? И все зря.

Где-то он ошибся.

Цель оправдывает средства, кажется, сказал Никколо Маккиавелли. А средства оказались фальшивыми. Где-то он ошибся. Может быть на той злополучной даче на Крестовском острове, когда ослепленный открывающимися перспективами, он выжег лучом свою фамилию на дубовом бруске, чтобы прославиться, как Герострат? Или когда он доверился Шельге, который потом возглавил восстание шахтеров, пробуривших скважину до оливинового пояса?

Но пора возвращаться, наверно Зоя беспокоится. Зою он не бросит, только она осталась с ним до конца. Когда он впервые увидел с этим толстым самодовольным миллиардером Роллингом. Зою? В парижском ресторане. Она сидела за столиком

Роллинг ему был нужен, чтобы финансировать его проект. После своего странного визита, когда он симулировал в кабинете Роллинга припадок и стащил с его стола лист с записями,

Гарин понял, что получить деньги у миллиардера будет непросто. Он сумел его сначала заинтересовать, затем насильно изолировал и получил деньги, а когда Гарин был провозглашен диктатором, Роллинг пошел на мировую и согласился возглавить Тайный Совет Трехсот. Но они были и остались врагами. Роллинг никогда не простит ему Зою и ждет подходящий момент, чтобы подставить ему подножку. Роллингу доверять нельзя, и он не завидует барону Корфу, вряд ли тот увидит свет.

Тогда в ресторане Гарин и Зоя посмотрели в глаза друг другу, и их навсегда связала невидимая мистическая нить. Зоя поменяла свою жизнь в роскоши и комфорте на обещанное им призрачное будущее. Это она достала спички, когда никто за его жизнь не дал бы и ломаного гроша. Это она грабила суда, чтобы могли получать жалование его шахтеры. И получила награду – дворец из пальмовых листьев на необитаемом острове и яства из моллюсков и морской травы. Ему удалось достать несколько птичьих яиц, они сделают яичницу и она будет довольна. Что их ждет? Как они должны готовиться к неизвестной новой жизни? Зоя упала духом и роняет слезы на проекты дворцов, теперь все будет зависеть от него.

Если бы не их плачевное состояние, месяц отдыха на этом клочке земли мог бы быть приятным, и, даже, полезным. Сразу за широким песчаным пляжем начинался девственный тропический лес, пройти по которому без топора было невозможно, так тесно росли деревья, переплетенные лианами. А на опушке цвели неизвестные цветы, над которыми кружились невиданной красоты бабочки. Зоя сможет собрать замечательную коллекцию цветов и бабочек и наделать шум в научном мире.

Чтобы осмотреть остров надо забраться повыше, вон на тот холм. А дальнюю остроконечную вершину, похожую на вулкан, у подножья которой виднеется нагромождение скал, он решил оставить на потом. Туда идти далеко, и он стал взобраться на ближайший холм, постукивая палкой и распугивая каких-то мелких зверюшек.

Поднявшись на холм, Гарин сделал неутешительное открытие: остров необитаем и никаких следов «Аризоны» или спасшихся моряков нет. Они одни. Сколько здесь придется жить – неизвестно. По дороге обратно он увидел небольшое озеро, попробовал воду, для питья годится.

5

Никто не знает, сколько на земле необитаемых островов. Они были, есть и будут всегда. Они не нанесены на географические карты, их нет в морских лоциях, но на них есть жизнь. Там под сенью пальм рождаются, живут и умирают неизвестные натуралистам животные, на скалистых вершинах вьют гнезда незнакомые орнитологам птицы, а у берегов нерестятся фантастические рыбы.

Где еще вчера катились только волны, сегодня, по велению разгневанных подземных сил вдруг появляется остров. И когда недра земли освобождаются от напряжения, засыпает вулкан, застывает лава, остров обрастает кораллами, ветер приносит семена жизни и новый необитаемый мир ждет своих исследователей.

Кто из капитанов не мечтает открыть новый остров? Когда на мачте вперед смотрящий матрос закричит: «Земля!», мореплаватели, будь то Христофор Колумб, Джон Кабот, Френсис Дрейк, Джеймс Кук или Фернан Магеллан, спешат установить на вновь открытом острове испанский, английский, французский или португальский флаг и дать острову имя царствующей особы, свое или своей возлюбленной.

Именно необитаемые острова больше всего волнуют поэтов и писателей. Приключения на необитаемом острове составляют часть многих известных сюжетов. Это их герои по воле судьбы оказываются на пустынном острове, куда их выбрасывает кораблекрушение, где они спасаются от преследований или куда их высаживают после ссоры с капитаном, и где они ведут жестокую борьбу за существование. Именно там пираты прячут награбленные сокровища. Этим островам посвящены романы, которые живут в веках.

Необитаемые острова снятся влюбленным, которым никто не нужен кроме их самих. Кто из них не мечтает пожить на необитаемом острове? Не слышать надоевших автомобильных гудков, не видеть блеска назойливых реклам, не толкаться в поездах подземного туннеля...

Никто не знает, сколько на земле необитаемых островов. Они были, есть и будут всегда.

6

Общее несчастье сближает, думает Зоя. Давно они не были вместе: Гарин был озабочен новыми правами и обязанностями диктатора, а Зоя – строительством дворцов на Золотом острове для грядущей жизни. Какое-то время Гарина заслонил влюбленный в нее молодой красавец, норвежец Янсен, капитан «Аризоны». Вот кто был предан ей до последнего дыхания. Его уже нет. Прошлое ушло.

Что приготовить на обед? Она начала раскалывать раковины, откапывать съедобные коренья и ловить крабов. Потом посмотрела на свои руки, села и задумалась. Это – не ее руки. Ее руки были белые, с нежной кожей и розовыми ногтями и пахли свежей земляникой. Сейчас ее руки пахнут землей. Таких рук стеснялись бы даже уличные гризетки. Сколько флакончиков с духами и коробочек с благовониями стояли на ее туалетном столике в спальне Роллинга?

Разумеется, не по воле случая она стала любовницей химического короля, только ум и воля привели ее к его постели. Сначала она взяла себе в любовники модного журналиста, потом изменила ему с парламентским деятелем и поняла, что самое шикарное – это химия. Приехав в Париж, Роллинг предложил ей быть его любовницей, она поставила условием подписать контракт с неустойкой в миллион долларов; быстро окружила его нужными и полезными людьми, и он взял ее в секретари. В Париже у нее было все, чего могла желать женщина: деньги, известность и слава. И она от всего отказалась. Ради чего?

Сегодня будет роскошный обед: печеные яички чаек, жареные крабы и морская трава. Она видела ползающих черепах. Черепаховый суп – лакомство для гурманов. Но, даже если Гарин сможет их извлечь из панциря, суп варить не в чем. Может быть, их испечь на углях? К столу она подаст родниковую воду с глотком портвейна. Салфетки уже кончились, и вместо них они вырывают листы из ее книг. А еще не так давно в ресторане «Лаперуза» ее обслуживали три лакея, которые приносили семь смен блюд. Зачем она сбежала в ту злополучную ночь? Чем ее поразили тёмные, словно обведённые угольной чертой, глаза Гарина глядевшие на нее с мрачным восторгом? Это было затмение рассудка. Чего она испугалась? Роллинг со своими миллионами мог купить все газеты, и ни одна подробность его встречи с Гариным не просочилась бы в печать. А потом этот убитый двойник и страшный луч, разрезавший пополам Гастона. Лучше это не вспоминать.

Зоя нашла чудом сохранившееся зеркальце и стала рассматривать свое лицо.

Это – не ее лицо. Где ее большие небесно-голубые глаза, которые заставляли мужчин делать глупости, выманивали у них последние франки и повелевали без слов? Они выцвели и потускнели. Где ее ямочки на щеках? Кожа натянулась, и без привычных кремов потеряла матовую белизну. Проступили черты ее татаро-монгольских предков. Губы потрескались и потемнели от питания всякой дрянью, кому теперь нужен ее поцелуй? Она разучилась смеяться.

Надо принести еще хворост, костер должен гореть день и ночь. Гарин строго разделил обязанности: он добывает топливо, она поддерживает огонь. Он добывает пищу, она готовит еду. Наверно, миллионы лет назад ее праматерь также сидела у костра, ожидая возвращения мужа с добычей к обеду.

А ее платье, которое все в дырах? В самые трудные времена у нее было хорошее белье. Она пытается стереть с лица сажу, отряхнуть потерявшие форму юбки, а туфли, вон они лежат, не налезают на распухшие ноги. Неожиданно Зоя поняла, что она себя жалеет. Что случилось с ее холодным и расчетливым умом? Вот до чего довел Гарин королеву Золотого острова.

Если бы удалось отсюда выбраться! Она снимет номер, примет ванну, посетит салон красоты и косметический кабинет, и снова станет прежней. У нее припрятаны драгоценные кольца и перстни, подаренные еще Роллингом.

Ах, Роллинг, разве ей было с ним плохо? Она его разыщет, и он ее простит. Тогда в лесу он в нее стрелял, а потом в гостинице приставил к ней Тыклинского, значит, она ему нужна.

Бедный Тыклинский! Она тогда укусила его за руку, а Янсен разбил ему лицо. Она не хочет больше быть королевой Золотого острова. Она хочет снова быть секретарем миллиардера. В том, что он припрятал достаточно золотых брусков, она не сомневается. А Гарина, витающего в облаках мечтателя, она бросит, и вычеркнет из памяти весь бред последнего года.

Зоя встала, выпрямила согнутую спину и встряхнула головой. Возвращается Гарин, надо подарить ему улыбку, он перестал видеть в ней женщину.

– Гарин, обед готов!

7

Примерно в это же время в Вашингтоне началось очередное заседание Тайного Совета Трехсот. Он был создан Петром Гариным для подготовки законов о переустройстве мира. Когда все расселись по местам на трибуну вышел глава совета Роллинг.

– Господа, я только что получил чрезвычайное сообщение: совершено покушение на Петра Гарина. Увы, его уже нет. Террорист сумел проникнуть в апартаменты Гарина и бросил в него бомбу, в то время, когда Гарин давал по телефону указания, как расправиться с восставшими. Убийца неизвестен, сейчас ведутся его поиски. Прошу почтить память Петра Гарина вставанием. Садитесь.

На самом деле, правдой была только первая часть сообщения. Действительно, убийца проник в секретное убежище Гарина и бросил бомбу. Но имя убийцы Роллингу было хорошо известно: это был Стась Тыклинский, и никто его не искал. Он в это время спокойно ужинал в ресторане с друзьями, тратя деньги, которые ему дал Роллинг, заказавший это убийство. Став главой Тайного Совета Трехсот, Роллинг, наконец, решил избавиться от ненавистного соперника, и в этом вполне преуспел.

– Господа, второе важное сообщение поступило с острова, где находится шахта по добыче золота. Я достиг соглашения с руководителем восставших Шельгой. Шахта будет засыпана. (Одобрительный шум в зале). Взамен все население острова будет реабилитировано и отпущено на свободу.

Кто-то спросил:

— А что будет дальше с этим островом? Там ведь уже построили дворец?

— Остров будет выставлен на аукцион. И последнее: в связи с тем, что уже существует международная организация по переустройству мира, я имею в виду Лигу Наций, предлагаю Тайный Совет Трехсот распустить. Прошу голосовать членскими билетами. Принято единогласно. Приглашаю всех на прощальный банкет.

Так закончилось последнее заседание Тайного Совета Трехсот. На банкете Роллинг торжественно произнес тост за восстановление золотого паритета, хотя ему самому удалось припрятать немалую долю золотых брусков, привезенных с Золотого острова, и очень довольный поехал домой. Он не знал, что убит был не Гарин, а его третий двойник барон Корф.

8

В этот вечер особенно яркими были звезды, синее небо нежно обнимало необитаемый остров посреди Тихого океана, а теплый южный ветер был насыщен запахами, будившими воспоминания о прожитой жизни. Два человека, заброшенных сюда судьбой, сидели около угасшего костра.

— Я видел вершину, похожую на вулкан. Наверное, ему мы обязаны своим спасением, это вулканический остров, его еще нет ни на одной карте. Часто вулканы выбрасывают из недр земли вместе с пеплом и магмой новые вещества и породы, неизвестные человечеству. Для этого геологи спускаются в кратер.

— Гарин, ты не геолог. Лучше подумай, как нам отсюда выбраться.

— А чем тебе здесь плохо? Многие были бы счастливы оказаться на таком курорте! Ты видела морские звезды? Они очень красивы, только трогать их руками нельзя, их укус опасен. Купаться пока тоже не стоит, тут водятся осьминоги. Зоя есть два варианта, как отсюда выбраться. Первый вариант: у нас есть лодка, мы ее починим и сами попробуем добираться до ближайшей земли. С какой она стороны? Можно с уверенностью считать, что наш остров находится в Тихом океане, так что ближайшая земля – западный берег США, или Мексики, и он находится на востоке. А где находится восток? Ты забыла? Там, где восходит солнце! Я думаю, на лодке с парой весел, двигаясь строго на восток, мы бы добраться до земли. Но у меня повреждена рука, надо подождать пока она заживет. Это, конечно, будет сопряжено с большим риском, течение и ветер могут нас отнести в сторону, а высокая волна просто лодку перевернет. А если мы все-таки доберемся до земли, что это будет за место и где находится ближайший поселок – неизвестно. Это могут быть даже джунгли, в которых водятся дикие звери.

– И людоеды?

– Опять? Все-таки надежней второй вариант: нас подберет корабль, и привезет в какой-нибудь порт. Когда это случится – знают только там, на небе. Так что, будем обустраиваться здесь. И еще вот что: надо подготовить для большого костра хворост. Мы его сложим на берегу, я завтра опять пойду более тщательно обследовать остров, а хворост соберешь ты. Когда мы увидим корабль, зажжем большой костер, чтобы дать знать о себе. Нужно, чтобы костер давал много дыма, с проходящего корабля увидят дым и нас спасут. Поэтому, для дыма кроме сухого хвороста надо наломать ветки со свежими листьями, и нарвать побольше зеленой травы.

– Гарин, если нас подберет какой-нибудь корабль, то капитан, конечно, спросит: кто мы и как попали на этот необитаемый остров? Что мы скажем?

– Скажем, что я – геолог, Петр Грин, а ты – моя жена Зоя Мороз, дочь сотрудника Российско-Американской компании, управлявшей русской Аляской. Мы познакомились и поженились в Петропавловске-Камчатском. Неделю назад у берегов Мексики был сильный шторм, наш корабль «Гангут», направляющийся из Петропавловска-Камчатского к Панамскому каналу и далее в Ленинград, налетел на рифы, и нас выбросило сюда. Что с остальными, мы не знаем. Все запомнила? Завтра собери хворост для большого костра. Место я покажу, туда не должен доходить прилив. На всякий случай я опробую нашу лодку. У тебя есть лишняя шпилька? Я сделаю крючок и поеду ловить рыбу.

— А если тебя унесет в море или лодку перевернет волна?

— Тогда ты избавишься от мечтателя, который строил дворцы для королевы Золотого острова. Зоя, извини, мне надо поработать и кое-что записать.

Они поужинали и занялись каждый своим: Зоя чтением придуманных ею законов и устава придворного этикета повелительницы мира, а Гарин улегся в тени, разрабатывая в уме план действий.

9

Утром сильный дождь загнал их в шалаш, и намеченный поход к вулкану пришлось отложить.

— Гарин, ты никогда не рассказывал мне о своем детстве, наверное, оно было необычным? — спросила Зоя. — Ты убежал из дома в поисках приключений? Иначе как объяснить твою жажду власти и неразборчивость в средствах? Вспоминаешь ты когда-нибудь свое детство, отца и мать, родивших сокровище, которое проклинает половина мира?

— Мое детство? Тебе это интересно? Ну, слушай. Я родился в 1895 году и до учебы в гимназии рос в помещичьей усадьбе недалеко от Самары. Просторный дом имел два крыла: зимнее и летнее. Как давно это было. В 9 лет я уже свободно читал, моими любимыми писателями были Фенимор Купер, Майн Рид, особенно Герберт Уэллс «Первые люди на Луне». Да, я любил приключения. Отец занимался какими-то финансовыми операциями, по-моему, не очень удачно, а матушка сосредоточилась на моем воспитании и собиралась сделать из меня примерного мальчика с благородными манерами. Увы, это не случилось. Да, еще у нас в доме жил мой учитель и моя очень добрая гувернантка Вера.

— Значит, ты провел детство в деревне?

— Да. Были обычные детские забавы: санки зимой, купание в пруду летом, масленица, рождество и другие праздники. В детстве я любил смотреть на небо. Наш дом находился на одной из крайних слабоосвещенных улиц, и летними вечерами ничто не мешало мне лежать на траве и смотреть на небо. Я сразу обратил внимание на широкую звездную дорожку, пересекающую небосклон, которая, как объяснил отец, называется

Млечный путь. Не раз я пытался подсчитать, сколько звезд входит в Млечный путь, и каждый раз сбивался. Отец сказал, что Млечный путь – это галактика – огромное скопление звезд и планет, и что к ней относится Земля.

– А когда ты убежал из дома?

– Я не убежал из дома, просто в гимназии я познакомился со старшим мальчиком, который перевернул мою жизнь. Это был Коля Манцев. В сарае возле своего дома он устроил лабораторию, в которой делал химические и физические опыты. В то время многие увлекались алхимией, и Коля искал способ превращения серебра в золото. Для его опытов я украл из дома набор серебряных ложечек, в этом обвинили мою гувернантку Веру, которая у нас служила много лет. Ее до того затравили, что она утопилась. Позднее я узнал, что Вера – моя мать. Отец усыновил меня и тайну моего рождения скрыли.

– Тебе ее не жалко?

– Конечно, жалко. Но, что значит одна жизнь для истории? Ты знаешь, сколько невинных людей погибло на Ходынском поле при коронации Николая II? 4000 человек. Разве кто-то ставил это ему в вину? Наши с Колей опыты не увенчались успехом, но золото стало моей мечтой, моей страстью, делом моей жизни. Мы с Манцевым образовали удачную пару: он генерировал идеи, а я воплощал их в жизнь. Гиперболоид – его идея, оливиновый пояс нашел он, потом нашел способ распада атомного ядра и открыл новый металл М. Жаль, что Коля погиб. Потом началась война, отец ушел на фронт и не вернулся. Мне пришлось заниматься любой работой, чтобы прокормить себя и мать. И детство кончилось. Зря ты меня спросила о детстве, я ведь мог вырасти нормальным человеком. Я хотел бы начать жить сначала. Если бы Коля Манцев был жив, он бы, наверное, нашел путь в прошлое. Ты не устала?

– Нет.

– Тогда, теперь твоя очередь, ведь я о тебе тоже так мало знаю. Зоя, сколько тебе лет?

– Это тебе знать не обязательно. Я родилась в Петербурге. Мой отец был капельмейстером в Мариинском театре и его часто назначали руководить оркестром во время балетных постановок. Поэтому, неудивительно, что в 8 лет он отдал меня в балетную студию. Моей учительницей была балерина Ваганова, и я стала постигать искусство русского классического танца. Я любила танцевать и по моей просьбе в нашем доме на Малой Дворянской улице мне отделили комнату для репетиций, где одна из стен была облицована зеркалом от пола до потолка. После окончания школы меня приняли в балетную труппу Мариинского театра, и мое исполнение сольной партии в балете «Жизель» было триумфом, который я никогда не забуду. Я затмила саму Матильду Кшесинскую, мне горячо аплодировал царь и, пройдя за кулисы, вручил букет мимоз! И это могло быть началом его нового романа, но вспыхнула война. Театр закрыли и я, как и многие другие русские женщины, в качестве сестры милосердия отправилась на фронт. Выносила раненых из боя, была сама ранена, но счастливо отделалась.

А дальше – ты знаешь, грянула революция, театры заполнили пролетарии и солдаты, дым самокруток достигал сцены, и я больше танцевать не могла. Отца уволили, наш дом реквизировали, и мы с армией Деникина бежали на юг. Наш эшелон расстрелял бронепоезд, я потеряла родителей, и меня подобрал французский капитан, который помог сесть на корабль, отправляющийся в Константинополь, а оттуда я перебралась в Париж. Дальше – борьба за существование или, как говорят, за место под солнцем. И я его нашла. Все.

– И ты ничего не знаешь о своих родителях?

– Ничего.

– Зоя, о тебе было немало сплетен, что из них – правда?

– Этого ты не узнаешь никогда. Принимай меня такой, какая я есть. Или брось меня, когда мы выберемся отсюда. «В толпе друг друга мы узнали, сошлись и разойдемся вновь. Была без радостей любовь, разлука будет без печали».

– Зоя, я тебя не брошу. Мы стоим друг друга. Кажется, дождь кончился, и я пойду.

10

Гарин был прав: остроконечная вершина была действительно потухшим вулканом. Движимый любопытством, он вскарабкался на гору и заглянул в кратер. В мрачной глубине время от времени возникали странные отблески света, как будто кто-то ходил там с фонариком и что-то искал. Это распад металла М, того самого металла, который открыл его учитель и друг Николай Христофорович Манцев. Если бы не Шельга, он так и не узнал бы о судьбе Манцева и не получил его дневников. Эта фотография, до сих пор лежит в его бумажнике. Бедный Манцев, его гибель тоже лежит на моей совести, какой талант загублен. Они бы могли еще долго работать вместе. На Манцева он мог бы опереться, Манцев бы его не предал.

Рядом, испуская запах сероводорода, били источники, образуя небольшое озерцо. Гарин потрогал воду – горячая. Надо свести сюда Зою, она мечтает о теплой ванне. Вернувшись, Гарин стал вынимать из сумки и, загадочно улыбаясь, раскладывать какие-то камешки.

– Зоя, у меня есть для тебя два сюрприза. Посмотри, что я добыл. Вершина на севере – потухший вулкан, а вот это было когда-то выброшено во время извержения.

Зоя повертела в руках камешки.

– На что они нам? Они годятся для украшений? Их можно продать?

– Нет. Вот это – полевой шпат, это – кварц. Розовый камушек – осколок гранита, а черный – мрамора. Это спутники.

– Не понимаю.

– В тех местах, где вулкан выбрасывает эти минералы, есть шансы найти металл М, поэтому их называют спутниками.

– Я не слышала про такой металл.

– Я думаю, твои знания о металлах ограничиваются тремя: платиной, золотом и серебром. Металл М не используют для украшений, это – источник энергии. Ты что-нибудь слышала про Менделеева?

– Это, тот, который делал чемоданы?

– Зоя, не пойти ли тебе учиться? У меня есть кое-какие связи и тебя возьмут в Горный институт.

– Только этого мне не хватает.

– Так вот на нашем острове, есть выходы металла М, и это знаем только мы. Это настоящий остров сокровищ! Мы купим этот остров, и в наших руках окажется энергия будущего, а кто владеет энергией будущего, владеет всем миром.

— Гарин, ты опять? Я больше не хочу владеть всем миром, мне нужна теплая ванна!

— И не только миром! Нам откроется вселенная. Мы нашли источник энергии для межпланетных кораблей.

— Ты неисправимый мечтатель.

— Это звучит, как бранное слово. А между тем мечтатель Генрих Шлиман открыл Трою, Константин Циолковский проложил путь в космос, Томас Эдисон получил тысячу патентов, а Никола Тесла придумал радио. Мечтатели двигают мир вперед и делают его лучше. Мы построим атомные электростанции, которые от одной зарядки будут действовать пятьдесят лет. Кстати, там наверху есть горячие источники. Я покажу тебе теплую ванну.

11

Новое утро превзошло все ожидания. Когда Гарин выбрался из шалаша, он увидел ослепительно яркое солнце на безоблачном синем небе. Утренний туман рассеялся, его остатки таяли где-то на западе. Воздух был прозрачен и свеж. Это было то, что надо. Он поднимется на самую высокую точку и займется измерением широты острова. В том, что он когда-нибудь сюда вернется, он не сомневался: выход на поверхность металла М сулил сказочное богатство. Гарин разжег костер для завтрака и позвал Зою.

— Какой сегодня день? — спросила Зоя.

— Пятница. Шестой день на острове.

— Гарин, мне приснился сон, что ты объявил меня королевой острова.

И про нас сочинили фокстрот «Бедный Гарри», где говорилось о том, как маленький, бедный Пьер Гарри полюбил креолку, и так её полюбил, что захотел сделать её королевой. Он увёз её на маленький остров, и там они танцевали фокстрот, король с королевой вдвоём. И королева просила: «Бедный Гарри, я хочу завтракать, я голодна». В ответ Гарри только вздыхал и продолжал танцевать, — увы, кроме раковин и цветов, у него ничего не было. Но вот пришёл корабль. Красавец-капитан предложил королеве руку и повёл к великолепному завтраку. Королева смеялась и ела. А тебе оставалось танцевать одному. У меня предчувствие: сегодня что-то случится. Ведь именно в пятницу Бог создал человека.

— Зоя, после завтрака я поднимусь в горы, хочешь искупаться в горячем источнике, пойдешь со мной. Тогда собирайся. Что у нас сегодня на обед?

— Гарин, у меня предчувствие. Мы будем обедать не здесь.

Оставив Зою у горячего источника, Гарин поднялся на вершину. Еще раз заглянул в кратер потухшего вулкана. По-прежнему, там, в глубине, вспыхивали разноцветные огоньки распада металла М. Он расставил приспособление для измерения угла наклона солнца к горизонту. Имея этот угол, потом по астрономическим таблицам можно узнать северную широту острова. А западную долготу он уже примерно знает — это долгота Золотого острова, они ведь плыли на юг. Надо дождаться двенадцати часов по местному времени, в это время будет самая короткая тень от шеста, который он воткнул в землю. Конечно, имея секстант, замер был бы более точным. Почему шторм не выбросил на остров сектант? Он наверняка был в капитанской рубке.

Начав измерения, он услышал истошный крик Зои:

— Гарин, Гарин, посмотри на восток! Я вижу дым.

— Что ты всполошилась? Там на берегу, туземцы варят обед.

— Но этот дым движется. Гарин, это — судно!

Да, крошечный дымок на востоке медленно двигался на север.

— Мне надо закончить измерения, а ты скорее вниз, зажигай наш большой костер.

— Я не одета, собиралась стирать свои вещи...

— Пока они к нам приплывут, ты успеешь одеться. Бегом вниз!

12

Зоя подхватила платье и побежала вниз. Ее предчувствие сбывается! Надо спрятать драгоценности, Гарин о них не знает, они на первое время помогут ей продержаться. От волненья она испортила несколько спичек, наконец, костер разгорелся, и она стала подбрасывать траву и свежие листья. Поднялся дым. Они заметили! Силуэт корабля стал увеличиваться. Она вырвется на свободу. Снимет комнату в недорогом пансионе и приведет себя в порядок. Пообедает в хорошем ресторане. Ей надо снова почувствовать вкус к жизни. Она хороша собой и ей всего 25 лет. А Гарин? Какое ей дело до Гарина, он сам выберет свою судьбу. Когда она ступит на твердую землю, немедленно от него уйдет. Прямо объявит о своем решении или просто ночью сбежит. Как тогда в Париже. Ей не впервой! Корабль уже виден, что он там возится? Зоя подбросила в костер еще травы, быстро оделась и, подойдя к самой кромке воды, стала размахивать поднятыми вверх руками.

А между тем Гарин хладнокровно закончил измерения, записал необходимые данные и, оставив наверху свое самодельное приспособление, пошел вниз. Корабль приближался, и скоро они будут на свободе. Корабль плывет на север, скорее всего порт назначения – Лос-Анджелес. Он устроит Зою в недорогой пансион, а сам отправится на уединенную мызу близ Лос-Анджелеса, где в ангаре стоял его дирижабль. Там за ангаром в лесу он закопал семь золотых брусков – на всякий случай. Этот случай наступил. Их будущее связано с металлом М. Нужны деньги. Много денег. Придется пойти на поклон к миллионерам. В его записной книжке три фамилии: Джон Рокфеллер, Генри Форд и Чарльз Шваб. Атомная электростанция на энергии, выделяемой при распаде металла М, вот чем он соблазнит миллионеров. Как она будет работать, он пока не вполне представлял, придется нанять ученых. Эх, если бы был жив Манцев! Он купит этот остров, станет миллионером и женится на Зое. Ему только 29 лет, все еще впереди!

Когда он подходил к костру, с корабля уже спустили шлюпку. Двое гребли, а двое держали в руках ружья. Он стал рядом с Зоей и тоже стал размахивать руками.

– Зоя, ты помнишь нашу легенду? Чтобы мы говорили одно и то же.

– Помню. Ты – геолог, Петр Грин, проводивший изыскания на Камчатке, а я – твоя жена, Зоя Мороз, дочь сотрудника Российско-Американской компании, управлявшей русской Аляской.

– Ты что-нибудь знаешь об Аляске?

– Да, у меня была подруга, дочка такого сотрудника. Она мне много рассказывала об Аляске. С тобой мы познакомились и поженились в Петропавловске-Камчатском.

– И как мы попали на этот необитаемый остров?

– Очень просто. Неделю назад у берегов Мексики был сильный шторм, наш корабль, направляющийся из Петропавловска-Камчатского к Панамскому каналу и далее в Ленинград, налетел на рифы, и нас выбросило сюда. Что с остальными мы не знаем.

– А как назывался корабль?

– «Гангут».

Шлюпка остановилась на мелководье, и двое матросов вышли на берег.

– Кто вы, и как сюда попали? – спросил один из матросов.

– Приятель, вы все узнаете, не будем терять времени, скоро начнется отлив, – ответил Гарин.

– Вас только двое?

– Только двое.

– Тогда быстро в шлюпку, – сказал второй матрос, – и, увидев, что у Гарина обе руки заняты вещами, а Зоя в нерешительности стоит, боясь замочить ноги, легко подхватил ее на руки.

Гарин никогда меня на руках не носил, подумала Зоя и, обхватив рукой крепкую загорелую шею матроса, быстро поцеловала его в щеку.

13

Четверо матросов взялись за весла и шлюпка отчалила. По тому, как они слажено и быстро гребли, было видно, что они хорошо знают морскую службу. Не хуже наших ребят на Крестовской гребной школе в Ленинграде, подумал Гарин.

– Вы отлично гребете, ребята, наверное, ваша четверка выиграла не одну гонку? – спросил Гарин.

– Да, сэр, в последних соревнованиях в Нью-Йорке мы заняли призовые места.

– Так ваш корабль плывет из Нью-Йорка?

– Да, сэр.

– И куда?

– В Лос-Анджелес.

Гарин бросил прощальный взгляд на удаляющийся остров. Постепенно исчез шалаш, который дал им приют, потом стали пропадать пальмы, и еще долго был виден дым от затухающего костра.

– А что вы везете в Лос-Анджелес?

– Автомобили, сэр.

Корабль уже был хорошо виден, дымились его три трубы, а две палубы были заставлены черными автомобилями. «Любой цвет автомобиля хорош», вспомнил Гарин поговорку Форда, «если он – черный». А вот можно различить и название судна – «Меркурий».

Шлюпку подняли на борт, и путешественники с удовольствием ощутили под ногами прочное палубное покрытие.

– Мы вас покидаем, сэр, вон идет помощник капитана.

– Спасибо, ребята, вы отлично знаете свое дело, – лишняя похвала не повредит, подумал Гарин.

– Первый помощник капитана Морган. С кем имею честь?

– Геолог Грин, а это моя жена Зоя. Она дочь сотрудника Российско-Американской компании, управлявшей русской Аляской. Мы русские.

– И как вы попали на этот остров?

– Мистер Морган, какое счастье оказаться на вашем корабле, можно я вас поцелую? – воскликнула Зоя

– Обожди, Зоя. Мы плыли из Петропавловска-Камчатского, рассчитывали через Панамский канал выйти в Атлантический океан и далее – в Ленинград. Наша геологическая партия исследовала камчатские вулканы, мы собрали большое количество образцов руды и строительных материалов, выброшенных вулканами. Увы, все они покоятся на дне океана. Наше судно «Гангут» попало в шторм неделю назад и разбилось о рифы. Нас двоих волны вынесли на необитаемый остров. Что стало с остальными – не знаем. Мы питались устрицами и птичьими яйцами. Если бы вы не спасли нас...

– Господин Морган, а есть на вашем судне женщины? – перебила Гарина Зоя.

– Есть. Я прикажу вас накормить и доложу капитану.

Их провели в кают-компанию, где они помыли руки и сели за стол, уставленный едой.

Через час пришла молодая, опрятно одетая девушка в накрахмаленном белом переднике и обратилась к Зое.

– Это вы спрашивали, есть ли женщины на корабле? Меня зовут Грейс, я горничная миссис Клары Форд. Она поручила мне узнать, в чем вы нуждаетесь?

– Грейс, я давно не принимала душа, спала на голой земле и забыла, как пахнет лаванда. Мне нужна ванная, мягкая постель и новое платье. А мужу надо умыться и отдохнуть. Могу я встретиться с миссис Кларой?

– Я сейчас доложу хозяйке.

С этими словами она вышла, но вскоре вернулась и снова обратилась к Зое.

– Миссис Клара приглашает вас завтра к завтраку в восемь утра, а сейчас идите за мной, я помогу вам принять ванну и переодеться. Спать вы будете в моей каюте, туда уже поставили вторую кровать. А ваш муж будет спать с матросами в кубрике, там есть душевая.

Пришел молодой матрос, что носил Зою на руках, и позвал Гарина в кубрик.

– Какие-нибудь просьбы, сэр? А где ваша жена?

– Есть две просьбы. Первая – сигарету.

– А вторая?

– А вторая – держись подальше от моей жены. Понятно?

– Понятно, сэр.

Гарин закурил и пошел в кубрик.

14

В восемь утра Зою провели в столовую, где за столом уже сидела жена Форда – пожилая дама лет шестидесяти в закрытом черном платье и модной шляпке, из-под которой выглядывала седина. Никаких драгоценных украшений, которые ожидала увидеть Зоя, на жене миллионера не было.

– Доброе утро, миссис Клара!

– Доброе утро, миссис Зоя. Угощайтесь, наверное, вы соскучились по домашней еде, мой повар сегодня решил нас удивить. Как вам спалось?

– Спасибо! Впервые за несколько дней я выспалась. Большое вам спасибо за заботу. Как я счастлива, что вы нас спасли.

– А как вы попали на этот остров?

– Мы плыли из Камчатки в Ленинград. Мои родители работали в Русско-Американской компании, которая управляла Аляской, а когда Аляску продали, они там остались. Я закончила до революции балетную школу и даже выступала в Мариинском театре. Потом захотела увидеть родителей. Это долгая история. В Петропавловске-Камчатском я познакомилась с моим теперешним мужем, он инженер-геолог. Мне понравился этот красивый, хорошо образованный и мужественный человек, мы поженились. Потом его экспедиция закончила работу, и я с ним поехала обратно в Ленинград. Но в Тихом океане мы попали в страшный шторм, об этом лучше не вспоминать. Мы с ним оказались на необитаемом острове. Пока я плакала и кляла свою судьбу, я ведь могла остаться с родителями, он занялся своим любимым делом – геологической разведкой и утверждал, что нашел много, ранее неизвестных минералов. Такой одержимый человек. Я не жалею, что выбрала его, но не знаю как ему помочь, я ведь не разбираюсь в его находках. Для меня это – обычные камни.

– Я вас понимаю. Когда мой муж Генри увлекся идеей создания собственного автомобиля, в чем я тоже ничего не понимала, я поддерживала его, как могла. Я знала, что брак не праздник, а испытание. Видя страдания мужа – бессонные ночи, работа за копейки, проблемы со здоровьем, я не брезговала помогать ему и выполнять пусть самую мелкую, но работу. Держала керосиновую лампочку ночью в сарае, когда он собирал свой первый автомобиль. Когда он закончил, машина не могла выехать на улицу через слишком узкий вход в сарай. Я схватила кирку и выбила дверную раму, и в награду, первая, вместе с мужем, выехала из сарая, и это странное рычащее чудовище помчалось по улице, пугая прохожих и проезжих! Если бы не я, неизвестно, смог бы он одолеть этот путь из фермеров в миллионеры. Верьте в своего мужа, и он своего добьется. А долго вы пробыли на этом острове?

— Неделю, которая мне показался вечностью. Миссис Клара, я совсем отстала от жизни и не знаю никаких новостей. Вы не так давно из Нью-Йорка, что творится в мире?

— Я не знаю, что вас интересует. Была большая паника, когда какой-то проходимец привез в Нью-Йорк золотые бруски, которые он накопал в шахте, проложенной чуть ли не до середины земли. И, возомнив себя хозяином планеты, стал продавать эти бруски, как горячие пирожки. Вы знаете, что такое золотой паритет?

— Нет.

— И я не знала, но муж мне растолковал: это соотношение денег разных стран. Нарушить золотой паритет очень опасно, может развалиться экономика. Муж не успевал менять цены на свои автомобили. К счастью, это длилось недолго, на острове, где была шахта, восстали рабочие, его самого подорвал бомбой какой-то террорист и все успокоилось.

— Миссис Клара, ваш муж владеет половиной автомобилей мира, а вы плывете на пароходе?

— Это была моя прихоть. Мне надоел шум машин, и запах бензина. Я хотела насладиться тишиной и бескрайним морским простором. Уговорила мужа, и я довольна. Правда после Бермудских островов нас пугал какой-то брошенный корабль, плывущий без людей, но мы добрались благополучно до Панамского канала. Я очень хотела увидеть это чудо американского предпринимательства.

— Значит, этот канал построили американцы?

— Участвовали рабочие, чуть ли не всех стран, но под руководством американских инженеров. Нам даже пришлось для строительства канала создать независимую Панамскую республику: владевшая этой землей Колумбия запросила слишком высокую цену. Мне понравилось шлюзование кораблей, как это остроумно придумано, это надо видеть! Хорошо, миссис Зоя, я рада была с вами познакомиться. А сейчас пойдемте в мою каюту, вы выберете себе что-нибудь из моих платьев. Я никогда так близко не общалась с русскими, Вы мне очень понравились. Что вы намерены делать дальше?

— Найти возможность вернуться в Ленинград.

– Кажется, я смогу вам в этом помочь. Мой муж планирует отправить из Нью-Йорка в Ленинград партию своих тракторов, и я попрошу его устроить вас на этот корабль. В Лос-Анджелесе я свяжусь с мужем, я думаю, он не откажется.

– Миссис Клара, я вам так благодарна. Что я могу для вас сделать?

– Через три дня мы будем в Лос-Анджелесе, я хотела бы посмотреть город и предлагаю вам меня сопровождать качестве компаньонки. Мы посмотрим достопримечательности, за все буду платить я. А может быть, вам понравится, и мы заключим контракт на год? Поработаете у меня компаньонкой, заработаете денег и вернетесь на родину. И вашему мужу найдется работа.

– Спасибо, я буду счастлива сопровождать вас.

15

На третий день плавания, умывшись и позавтракав в кают-компании с матросами, Гарин вышел на палубу. Надо что-то решать. Когда они прибудут в Лос-Анджелес, первое, что он сделает, съездит на мызу, где стоит его ангар. Там он спрятал семь золотых брусков, они помогут какое-то время продержаться на плаву. Гиперболоид – уже пройденный этап. Он обещал Зое заварить новую кашу, и приправой к этой каше будет металл М. Как жаль, что погиб Манцев. Оставаться в Америке ему нельзя, если его опознают, ему конец. Вернуться в Ленинград? Может там он встретит Шельгу, которому спас жизнь. Такое не забывают. Надо посоветоваться с Зоей. Это – ее родной город, там у нее есть дом и знакомства. Может быть, вернулись ее родители, будет укрытие. Погруженный в свои мысли, он не сразу заметил Зою.

Она стояла на палубе, облокотившись о перила, и смотрела на воду. Земли еще не было видно, но уже появились чайки, которые далеко не улетают от своих гнезд. Они с криками хватали и отнимали друг у друга выброшенные за борт остатки обеда. Скоро земля. Зоя не слышала, как он подошел. Какими мыслями сейчас занята ее голова? В новом платье, и с красивой прической, сделанной гувернанткой миссис Клары, она выглядела свежо и привлекательно.

– Зоя, нам нужно поговорить, – Гарин обнял ее за узкие плечи.

– Говори, – она освободилась от его объятья.

– Зоя, я знаю, что не принес тебе счастья. В Америке я остаться не могу, как только меня опознают, мне конец. Я решил вернуться в Ленинград. Поедем со мной. Ты сможешь опять стать актрисой и найдешь своих родителей. Сейчас там начало развиваться предпринимательство, и я надеюсь привлечь внимание своим проектом использования распада элемента М для получения энергии будущего. Нам нужно отдохнуть и придти в себя после пережитого. Мы молоды и у нас еще многое впереди. Что ты решила?

– Гарин, я не поеду в Ленинград. Там голодно и холодно. Меня ведь тоже могут опознать, пока ты строил свой гиперболоид, я с винтовкой в руках боролась с большевиками. Отца из театра уволили, что мне там делать? Я потеряла подвижность, моя голова забита мыслями о выживании. Сегодня в зеркале я нашла у себя седой волос. Какая из меня артистка? Жена Форда предложила мне работу компаньонки с хорошей зарплатой, и я поеду с ней в Детройт. У меня будут простые обязанности, общий стол, отдельная комната и, конечно, выходные дни. Ее муж слишком занят, так что я буду ее сопровождать в поездках, бывать с ней на курортах, где я сама никогда бы не побывала. Что еще? Приготовить ей постель, подать лекарство и почитать на ночь. Она рано ложится, и я свободна. Смогу отдохнуть и придти в себя после пережитого. Накоплю денег и вернусь в Париж. Восстановлю свои старые связи.

– Зоя, не спеши с решением. Давай снимем номер в Лос-Анджелесе, и еще раз все обсудим. Может быть, ты передумаешь?

Гарин снова ее обнял, и она опять освободилась.

16

Клара не подвела, она действительно рассказала мужу о спасении двух русских и попросила помочь Гарину. Форд предложил Гарину сопровождать судно с тракторами в Ленинград и подарил ему автомобиль, чтобы он ездил на нем в Ленинграде. Это будет хорошей рекламой на обширном российском рынке.

Автомобиль «Форд» марки «Т» оказался легкоуправляемым и, еще до прибытия в Лос-Анджелес, Гарин под руководством инструктора, поездил по верхней палубе. По прибытии, утром, они устроились в гостинице, и он взял курс на приморскую мызу, по заранее намеченному маршруту, а Зоя осталась, она с миссис Кларой будет осматривать город.

Хорошо бы добраться до полудня. Знакомый маршрут. Тогда, после восстания на золотом острове, убив секретаря и оставив инструкции своему третьему двойнику барону Корфу, он ураганом мчался на огромном «Роллс-ройсе» по улицам провинциальных городков, сбивал свиней, собак, давил кур. Иной прохожий не успевал выпучить глаза, как запылённая, чёрная огромная машина диктатора, уменьшаясь и ревя, скрывалась за поворотом. Потом его машину обстреляли. Ехать в ней стало опасно. Он свернул руль и спрятался в лесу. Спрятавшись, он видел, как промчались по шоссе три мотоцикла. Задний остановился. Вооруженный человек соскочил с него и нагнулся над пропастью.

Только на четвёртый день добрался до уединённой приморской мызы, где в ангаре висел, всегда наготове, его дирижабль. Работавшие на полях крестьяне разгибали спины и провожали взглядом его Форд, который не спеша трясся на ухабах. Может, лучше было поехать вечером? Знают они, зачем он едет? Едет он за золотом. Семь золотых брусков на всякий случай он закопал в землю у семи берез. Ночью он их не найдет. Показалось море. Его ангар на месте. Кругом натоптаны следы и пахнет навозом. Кто-то приспособил его ангар как загон для скота, он отворил ворота. Никого.

Лесок начинался сразу за ангаром, вон эти семь берез. Опять убедившись, что вокруг никого нет, Гарин вытащил из земли бруски, все семь были на своих местах. Он обтер их от земли, завернул в ветошь и спрятал под передним сидением. Хотел замаскировать образовавшиеся дыры в земле, а потом махнул рукой и завел мотор.

Один брусок продал, не торгуясь, в ювелирную мастерскую. Скорее в гостиницу, Зоя, наверное, его уже ждет. Нет, в гостинице ее еще не было. Он спрятал в номере бруски, спустился в холл, купил кофе, сел к столу, заваленному газетами, и стал быстро просматривать заголовки.

В газете «The New York World» он остановился на заголовке «Разыскивается государственный преступник. Погибший от бомбы в личном сейфе диктатора человек, оказался двойником. Петр Гарин скрылся. Он бежит на запад. Задержавший машину диктатора (следовали приметы) получит крупное денежное вознаграждение».

Вот так. Пора уносить ноги. В России его не найдут. И еще надо сбрить бородку, приклеить усы и надеть парик.

17

Зоя и Клара начали осмотр Лос-Анджелеса с центра города на площади Першинг-Сквер. В этот ясный летний день солнце весело играло в витринах магазинов и бутиков. Прямые улицы, в которых невозможно заблудиться вели с севера на юг и с запада на восток. Прошли по одной из самых известных улиц Лос-Анджелеса с пальмами – Оушн-авеню в районе Санта-Моника. Она расположена прямо на побережье Тихого океана и тянется от Аделейд-драйв до бульвара Пико. Помимо самых знаменитых улиц вроде Hollywood Boulevard или Rodeo Drive, в городе полно чуть менее известных улиц – красивых и не очень, с цветущими садами и огромными пальмами, с бутиками, модными магазинами и дорогими ресторанами

Их поразило великое смешение рас. Разные цвета кожи и разрезы глаз. Бледные, цвета кофе, загорелые и желтые лица. Метисы и мулаты, чью родословную не возьмутся восстановить самые профессиональные специалисты в генеалогии. А сколько можно было услышать языков! Звучный английский, мягкий французский, торжественный испанский, твердый немецкий, выразительный китайский.

В Ботаническом саду им показали необыкновенной красоты цветок – Стрелицию Королевскую, которую планируют сделать официальным цветком города Лос-Анджелес. Название этому удивительному цветку, у которого на одной плодоножке распускаются одновременно лепестки всех цветов радуги, было дано в честь принцессы Шарлотты Мекленбург-Стрелицкой, супруги британского короля Георга III.

Прокатились на фуникулере «Полет ангелов» и заглянули на рынок, где ремесленники продавали изделия ручной работы, а фермеры – продукцию со своих полей и огородов. Здесь можно было увидеть и калифорнийских мамочек с колясками, и русских пенсионеров-иммигрантов, играющих дни напролет в шахматы. В киоске Бланш Маги купили домашние сэндвичи.

Зашли в совершенно неприметный снаружи ресторан, где часто проводят время артисты и продюсеры Голливуда. Обычно столики здесь заказывают заранее, но днем свободные места были. Немолодые, но проворные и дружелюбные официанты знали многих посетителей и приносили их любимые блюда: наваристые луковые супы с крутонами – красиво нарезанными кусочками хлеба, подсушенными в духовке или обжаренными в масле и хорошо прожаренные стейки. Они сели за барную стойку на высокие табуреты и попробовали мартини, здешний аромат которого больше не встретишь нигде. Забежала перед репетицией выпить чашку кофе Мэри Пикфорд, за дальним столиком резались в карты Хэмфри Богарт и Гэри Купер, а выходя, они столкнулись с Зельдой Фитцжеральд, молоденькой женой известного писателя Скотта Фитцжеральда. В общем-то, она не имеет никакого отношения к кино, но ее супруг пользовался большой популярностью в Голливуде.

Миссис Клара посмотрела на часы и вспомнила, что ей нужно быть на заседании благотворительного общества, борющегося с неграмотностью среди бедного населения. Она собиралась пожертвовать приличную сумму денег. Зоя предпочла погулять по улицам, и они договорились встретиться здесь же через два часа.

На самом деле, Зоя искала комиссионный магазин, где у нее купят кольцо, ей нужны были деньги для обновления гардероба. Магазин такой она нашла, кольцо продала, хотя ожидала получить больше. Потом просто глазела по сторонам, пока увидела большую вывеску «Аукцион».

У входа висел список продаваемых сегодня лотов, и у нее перехватило дыхание: одним из лотов был их «Золотой остров». Продавался остров, на котором сбывались ее самые сокровенные мечты, и который они так бездарно потеряли. Они оба в этом виноваты – и Гарин и она. Кто купит этот остров и зачем? Она должна это увидеть и рассказать Гарину. Пусть покусает ногти. Зоя поправила прическу, затянула потуже поясок, талия, слава Богу, у нее еще есть, и вошла.

18

Аукционный зал был полон. Конечно, кто-то пришел просто поглазеть. Зоя села в заднем ряду и опустила вуаль. Вряд ли ее кто-то узнает, на всякий случай. Многие держали в руках листки с описание лотов, среди которых был и Золотой остров – их остров.

Аукционер объявил:

– Продается остров в Тихом океане под сто тридцатым градусом западной долготы и двадцать четвёртым градусом южной широты, площадью в пятьдесят пять квадратных километров, с прилегающими островками и мелями. Частично застроен, отличный климат делает остров пригодным для фешенебельного курорта. Первоначальная цена – один миллион долларов. Кто даст больше?

– Господин аукционер, насколько мне известно, там была шахта для добычи золота. Что с ней?

Такой знакомый голос. Зоя приподняла вуаль, конечно, это секретарь Роллинга. Вот так встреча!

– Шахты больше нет, она засыпана и залита цементом. Один миллион, есть другие предложения?

Началась обычная для аукционов торговля. Набавляли по пятьдесят и сто тысяч, последнюю цену назвал секретарь Роллинга – полтора миллиона. Больше никто не дал и стук молотка возвестил, что отныне остров принадлежит компании «Анилин Роллинг». Секретарь Роллинга получил сертификат собственности и направился к выходу, за ним вышла Зоя. Он подошел к автомобилю, в котором на заднем сиденье у открытого окна сидел Роллинг. Немного похудел, но по-прежнему элегантно одет, держится уверенно, наверное, под шумок припрятал немало золотых брусков.

— Роллинг, поздравляю вас с покупкой!

— Зоя? Ты жива?

— Можете меня потрогать.

Не ожидая приглашения, она открыла заднюю дверцу, вошла, и села рядом. Оба не заметили, как из-за угла на них нацелил фотоаппарат человек в черном, и щелкнул затвором. Роллинг показал знаком водителю поднять разделяющее стекло.

— Как ты здесь оказалась? Когда «Аризона» пропала в шторм, я посчитал тебя погибшей.

— Как видите, я жива. Нас выбросило на необитаемый остров.

— Кого нас?

— Меня и Гарина.

— Значит и Гарин жив? А кто же погиб от руки террориста?

— Его третий двойник. Роллинг, вы можете меня простить? Какую глупость я совершила в ту ночь. Надо было вас разбудить и все бы пошло иначе. Это было как наваждение. Я хочу к вам вернуться и готова дорого заплатить за свой опрометчивый поступок.

— Чем же ты хочешь заплатить?

— Гарин мне рассказывал про новый источник энергии — радиоактивный металл М. Это топливо для будущих атомных электростанций. Он нашел огромные запасы этого металла на необитаемом острове, где мы жили до спасения. Перед отъездом он замерил координаты острова. Я постараюсь их скопировать, вы купите этот остров и станете владельцем энергии будущего. Он зовет меня в Ленинград, что мне там делать? Я хочу обратно в Париж. Помните, как мы вместе проводили время? Роллинг, я могу к вам вернуться?

— Сначала ты должна довести дело до конца. Ты поедешь с Гариным на год в Россию. Узнаешь и передашь мне технологию добычи и использования металла М, и мы снова встретимся. И я тебя прощу. Договоримся о связи. Мой агент тебя найдет. Он подойдет и скажет «Мадам желает купить кольцо с розовым бриллиантом?» Это будет пароль. Ты возьмешь кольцо и начнешь его рассматривать. А потом спросишь: «Чем вы докажете, что это не немецкая подделка?» Это будет отзыв. Тогда он скажет: «Вот сертификат». И передаст тебе листок, на котором будут написаны адрес, день и время для вашей встречи. Ты вернешь листок и скажешь: «Это меня не убеждает». Все.

— А что вы будете делать с Золотым островам?

— Открою там международный курорт. Ты снова станешь хозяйкой Золотого острова и поселишься в своем дворце. И мы забудем прошлое.

Ролинг уехал, а Зоя еще долго стояла, обдумывая их разговор. Ей поручена незавидная роль шпионки.

Автомобиль с миссис Кларой уже стоял невдалеке.

— Миссис Зоя, с кем это ты так кокетничала в черной машине?

— Вы видели? Это был продюсер из Голливуда. Он спросил, не хочу ли я сниматься в кино? Я отказалась.

— Неужели? А ты бы могла неплохо сыграть! Хотела бы я увидеть твою первую роль.

— Мою первую роль вы бы не увидели. Это хам сказал, что я ее сыграю у него в постели. Едем в гостиницу? Надеюсь, я не заставила себя ждать.

19

Зоя вернулась в гостиницу вечером, Гарин ее ждал, чтобы поужинать вместе.

— Как ты провела день?

— Неплохо, многое повидала, — о встрече с Роллингом она умолчала, — а чем был занят ты?

— Я побывал на мызе, где стоял в ангаре наш дирижабль. В ангаре уже кто-то сделал загон для скота, — о передовице в «The New York World» он умолчал.

— А для чего ты туда ездил? Чтобы полюбоваться на свой ангар?

– Не только. За ангаром начинается лесок и там, – Гарин оглянулся и понизил голос, – у семи берез я спрятал семь брусков золота. На всякий случай. Они оказались на месте, и помогут нам продержаться на первых порах. Один я уже продал. Если ты хочешь остаться, поделим деньги и бруски: три мне и три тебе.

– Гарин, не надо делить бруски, я передумала. Сегодня весь день я провела с миссис Кларой, этот только красивое название «компаньонка», на самом деле просто прислуга. Я не могла отойти от нее ни на шаг. Этого мне только не хватало, ухаживать за старухой. Я еду с тобой в Ленинград. Наверное, ты прав, мне надо приобрести профессию. Ты поможешь мне поступить в университет? Или найти работу? Кем ты хочешь, чтобы я стала?

– Моей женой.

– Гарин, я очень тронута. И делением брусков и своим предложением. Я откажусь от работы у миссис Клары. Она ведь не знает, что мы официально не женаты и не обидится, не разрушать же семью! И она поможет нам сесть на пароход, который повезет в Ленинград партию тракторов Форда. А я продала одно кольцо, зачем мне столько колец в Ленинграде, куплю себе пару платьев. Теперь я поняла, как соскучилась по Летнему саду, надеюсь, большевики не продали все статуи за границу. И мы с тобой погуляем вдоль Невы в белую ночь. Решено, едем в Ленинград.

20

Это время для Петрограда было рекордным по количеству совершенных преступлений. Отошел в прошлое военный коммунизм, когда принудительно трудящиеся полуголодные рабочие не справлялись с нормами, а под надзором продовольственных отрядов крестьяне не были заинтересованы в результатах своего труда, и в стране начался голод. На десятом съезде коммунистической партии большевиков было принято решение о прекращении военного коммунизма и переходе к новой экономической политике – НЭП.

Была разрешена свободная торговля. Появились частные предприятия и иностранные концессии, облегчилась жизнь крестьян, что привело к оживлению экономики. Открылись частные банки, фирмы, тресты, магазины. Заработали рестораны и кабаре, где гуляли нэпманы – так называли богатых людей.

Оживление экономики сопровождалось оживлением преступности. После окончания гражданский войны, домой вернулось много людей с оружием и соблазн хорошо жить, не трудясь, оказался очень велик.

На тысячу жителей Петрограда приходилось 22 преступления, тогда как в Москве – только 10. От рук бандитов гибли опытнейшие сотрудники уголовного розыска. В ЧК было создано Управление уголовного розыска Петрограда. Председатель Губчека со страниц газеты «Петроградская правда» обратился к жителям с просьбой сообщать в комиссию «Обо всех случаях, связанных с насилием, нападений на граждан и должностных лиц».

С июля по ноябрь года по городу прокатилась волна взломов сейфов в государственных и частных заведениях. Какая-то неизвестная банда щелкала надежные сейфы, как косточки из компота. Эксперты-криминалисты, работавшие еще в царской полиции, утверждали, что эта серия взломов – работа профессионалов дореволюционной выучки.

Для борьбы с ними была создана 3-я бригада уголовного розыска Петра Прокопьевича Громова, сына полицейского городового. До 1918 года он работал наборщиком в типографии. В бригаде работали выпускники школ милиции, недостаток опытов и знаний возмещавшие храбростью и преданностью своему делу.

Одним из сотрудников 3-ей бригады был Василий Витальевич Шельга.

21

Шельга достал из кармана чудом сохранившийся ключ и отомкнул дверь своей ленинградской квартиры. В нос ударил затхлый и пыльный запах брошенного жилья. Он с трудом открыл окна, которые заклеила на зиму незадолго до смерти мать. Его никто не ждал.

Квартиру на Малой Дворянской улице они получили, когда отец ушел воевать с белыми. До этого они жили в подвале за Нарвской заставой и в детстве, когда он часто болел, с кровати смотрел в единственное окошко, научившись отличать высокие зашнурованные ботинки матери, подрабатывающей стиркой и уборкой дорогих квартир, и высокие черные сапоги отца.

Отец служил обходчиком на Николаевской железной дороге. В его обязанности входило содержание в работоспособности и чистоте своего участка дороги, который он ежедневно объезжал на ручной дрезине, проверяя состояние стрелок, крепление рельсов и шпал.

Он с гордостью рассказывал, как участвовал в переезде правительства в Москву. Было решено, что состав, в котором поедет Ленин, оправится с грузовой станции «Цветочная площадка» находящейся за Московской заставой. Эта безлюдная станция была совершенно заброшена и находилась в пустынном месте пригородных путей, рассказывал отец. Вечером бригада железнодорожных рабочих, в составе которых был отец Василия, тщательно осмотрела рельсы от «Цветочной площадки» до главных путей Николаевской железной дороги. Ленин прибыл к поезду в автомобиле вместе с Надеждой Крупской и с благодарностью пожал руки рабочим и, в том числе, отцу Василия. Состав ушел с потушенными огнями. Окна пассажирских вагонов были плотно зашторены и свет в купе не зажигался.

Потом началась гражданская война, отец ушел воевать и не вернулся. Василию пришлось бросить школу и пойти работать, но мать уговорила его пойти учиться дальше.

— У твоего отца было шесть классов, а у меня только три. Недалеко открыли вечерние курсы для подготовки рабочих в институт, пойди и запишись.

— Мама, тогда у меня не будет свободных вечеров! Я не смогу встречаться с друзьями, не познакомлюсь с девушками и никогда не женюсь!

— Ты еще молод, у тебя все впереди. Отец мечтал, что ты станешь инженером, а я же вижу во сне, как я с гордостью говорю подруге: мой сын – инженер!

И Василий записался на курсы рабфака.

Потом случилась эта ужасная история с его матерью. Она зашла в комиссионный магазин, чтобы узнать, не сможет ли продать что-нибудь из ненужных вещей и попала на ограбление. Бандиты разбивали витрины и рассовывали по карманам драгоценности. Тот, что дежурил у дверей, пытался затолкнуть ее в магазин, где уже стояли в углу несколько испуганных посетителей. Она стала сопротивляться и пыталась вырваться, за что получила удар ножом. Василий попрощался с ней в больнице.

Когда он вернулся домой с похорон, их маленькая квартира показалась ему неожиданно большой. Он какое-то время слонялся из угла в угол, потом зашел на кухню и вскипятил чай. Кто теперь будет его встречать с работы? Кто будет спрашивать, что он хотел бы поесть на ужин и рассказывать последние новости? Кто будет зимой завязывать на его шее шарф, и поднимать воротник? Только теперь он понял, как много значила для него мама. Он посвятит свою жизнь борьбе с этими подонками. Василий ушел из рабфака и записался в школу милиции.

Тогда же появилась соседка Маша. Тоже из рабочей семьи. Он ей нравился, и она строила ему глазки. После их первого поцелуя он подумал, что любовь выглядит не так. И когда она осталась у него ночевать, он опять подумал, что настоящая любовь выглядит иначе. Он дал Маше почитать «Вешние воды», но она через день книгу вернула.

– Все, что тут написано, это неправда, – сказала она.

22

В кладовке он нашел веник и швабру и, набрав ведро воды, принялся за уборку. Как маме удавалось содержать в такой чистоте их квартиру? Скоро заблестел пол, и он принялся за окна. В квартире посветлело. Смахнул пыль со слоников, которые стояли дружно на буфете. Мама говорила, что они приносят счастье. Цветы на окнах давно засохли, и он с сожалением их вынес вместе с другим мусором. Он купит новые цветы. Протер зеркальную стенку, говорили, что тут жила балерина и занималась у этой стенки. Он пытается представить себе эту балерину, где она теперь? Вытряхнул пыль из одежды и, когда во дворе он выбивал пыль из ковра, доставшегося им от прежних владельцев, его окликнула уже дважды побывавшая замужем соседка Маша.

– Василий! Ты вернулся? Я занесу тебе обед.

Похоже, она хотела возобновить их встречи. Он представил себе Машу, в балетной пачке у зеркальной стены и снова подумал: любовь выглядит не так.

После окончания милицейской школы он получил свое первое задание, которое могло стать и последним. Это было время, когда Петроград терроризировала банда Леньки Пантелеева, прославившегося за последнее время своими зверскими убийствами и налетами. Жители боялись выходить на улицу, а нэпманы тратили все свои доходы на телохранителей и вооруженную охрану своих домов.

На совместном совещании работников уголовного розыска было решено организовать двадцать засад в местах возможного появления бандита, и в одной из засад на Можайской улице участвовал Василий. Здесь, на втором этаже находилась квартира известной проститутки, где нередко собирались за картами воры и налетчики. Всем участникам раздали фотографии Пантелеева и его главных подельников. Василию, как наименее опытному указали место за буфетом. Он должен был взять на прицел первого входящего.

Пантелеев не ожидал засады. Он резко шагнул вперед и строгим, но спокойным голосом произнес:

– В чем дело, товарищи, кого вы здесь ждете?

Чекисты не могли хорошо разглядеть лиц вошедших. И быть им убитыми, но при вытаскивании из кармана, Ленькин пистолет зацепился за карман и грянул непроизвольный выстрел. Василий нажал спусковой крючок, и главный налетчик Петрограда рухнул на пол с простреленной головой.

Участники операции наградили грамотами и премиями, а Василия, по его собственной просьбе, перевели на работу в угрозыск, где он сразу оказался втянутым в дело об уголовщине в международном масштабе.

Продолжение следует

Игорь Мандель

Живопись как интеллектуальная деятельность.

Часть 1

Искусство в целом - способ познания реальности, апеллирующий к эмоциональной компоненте человеческого сознания. Это видно на графике (рис.1), отражающем общее расположение различных видов культурной деятельности на двумерной плоскости, где горизонтальная ось отражает общую направленность данного вида деятельности, а вертикальная - степень его измеримости или строгой определенности. Такая классификация, заодно с введением концепции «культура-3», было предложено давно [1,2] (в дополнение к известным определениям П. Сноу двух культур, научной и гуманитарной), и я не буду здесь входить в мотивацию и подробности, которые могут быть найдены в [2]. Приведу лишь одну цитату оттуда: «термин «направление культурного воздействия» на рис. 1 надо понимать в следующем смысле: движение в сторону рациональности подразумевает «построение непротиворечивой картины мира», а в стороны эмоциональности - пробуждение эмоционального сочувствия у людей («потребителей культуры»). И в том, и в другом случае личность творца культуры, ее неизбежные эмоциональные и рациональные аспекты, остаются за кадром; речь идет не о том, кто творит, а о тех, кто «потребляет».

Антонимом эмоционального является бесчувственное, равно как рационального - иррациональное, так что две точки на горизонтальной оси не представляют собой, строго говоря, направленного континуума. Но они достаточны для иллюстрации основной идеи графика: различные «культуры» действительно очень различаются в этих двух разных аспектах (как и в других, но это более сложный вопрос).

Конечно, никакой непроходимой стены между рациональным и эмоциональным не существует. Более того, как заметил однажды Д. Дьюи, "...искусство есть дополнение науки". Но, безусловно, чем глубже углубляться в "чистое искусство" и в "чистую науку" – тем острее разница в методах мышления, в понимании своих задач, в языке и в чувствах, порождаемых такой деятельностью.

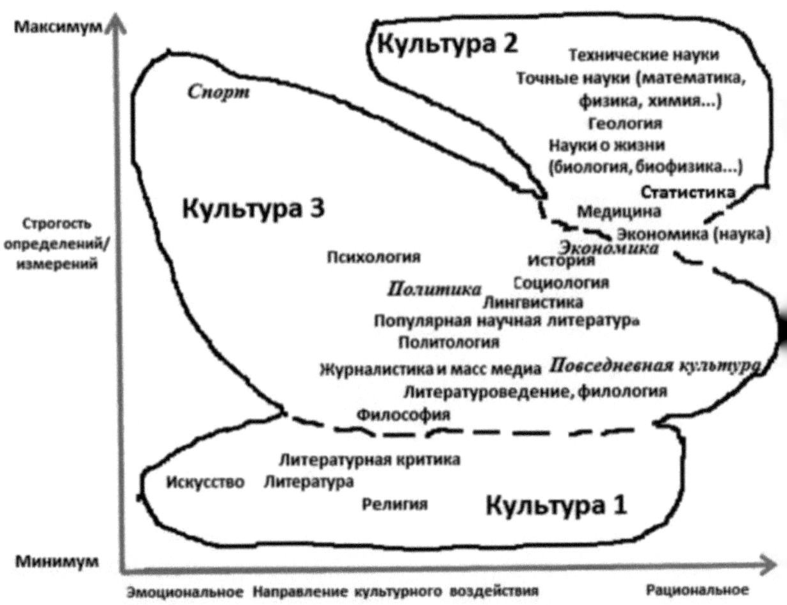

Рис. 1. Взаимное расположение различных видов деятельности [2]

Так что приведенная на рис. 1 классификация носит лишь ориентировочный характер. В самых что ни на есть точных науках есть очень много эмоционального со стороны и создателей, и "потребителей", а в самых эмоциональных из искусств рождаются порой необычно рациональные концепции. Статья посвящена рассмотрению одного явления такого рода – в какой мере в живописи рациональное или чисто интеллектуальное начало проявляет себя в отдельных произведениях. В живописи обычно ценят мастерство композиции, гармонию (или диссонанс) цветов, необычность формы и другие подобное вещи, но ведь есть множество работ, в которых совсем не это главное, а то, что автор хочет высказать какую-то концепцию, обосновать некий тезис – то есть решить вполне рациональную задачу, но живописными средствами. Такие работы сравнительно редки; они не представляют собой специального направления типа импрессионизма или сюрреализма, немногие художники занимаются только ими – но они есть. Тем более странно, что мне не попадались какие-то серьезные исследования на эту тему. Основные идеи были мной изложены в клубе IntLex в декабре 2022 года.

2. Проведение границы

На рис. 2 показано некоторое распределение некоторых художников или направлений живописи по двум осям. На горизонтальной показан уровень живописного мастерства. При всей условности этого термина (я убедился, что даже профессиональные художники по-разному определяют это понятие - см. подробнее [2]), я использовал следующий достаточно наглядный критерий: чем ближе качество письма к признанным шедеврам, тем выше этот самый уровень. В качестве шедевров можно приводить много чего - ну, например, портреты, показанные на рис. 3. Конечно, определить «близость» к подобным работам - дело тоже очень сложное, но оставляю эту неясность для разрешения читателю.

После доклада я получил замечания, что зря расположил Марка Ротко слишком низко по шкале живописного мастерства. Я согласен, что он в некоторых своих работах добивается очень тонкой нюансировки цветов, но, тем не менее, на мой взгляд, намного проще наносить краски на большие плоскости, чем устраивать лессировки в духе Леонардо или Рафаэля на куда более сложных объектах - человеческих лицах. Да и вообще классификация на рис. 2 - не более чем условность, хотя и призвана подчеркнуть важное отличие разных произведений друг от друга. Какое именно? Для иллюстрации удобно рассмотреть четыре работы из разных углов графика, начиная с нижней его части.

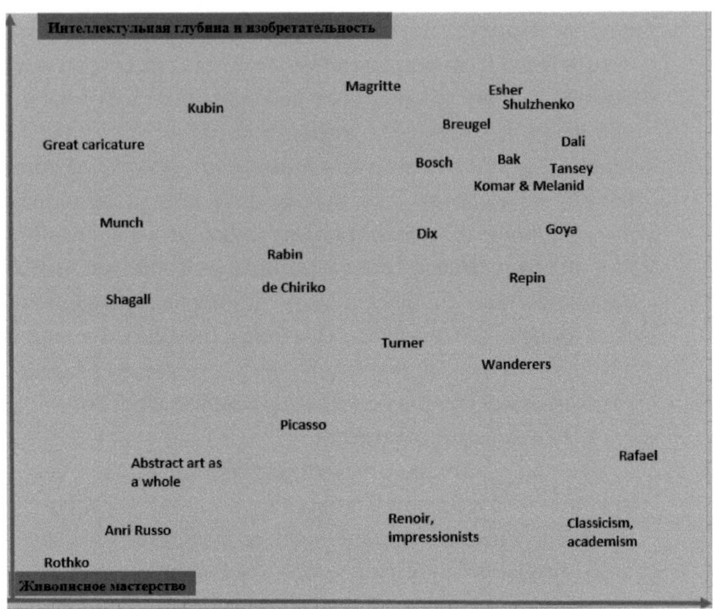

Рис. 2. Классификация некоторых художников и стилей по двум параметрам творчества

Рис. 3. Работы, которые могут быть отнесены к шедеврам портретного жанра по уровню мастерства исполнения
(Рафаэль, Рембрандт, Вермеер)

На рис. 4 приведена репродукция самой дорогой работы Марка Ротко, проданной в 2012 году за 87 миллионов долларов. Допустим, все рассуждения критиков о переходе красок одна в другую, об их просвечивании одна под другой (поскольку художник использовал очень тонкие слои из сильно разведенный красок), о вибрации тонов и тому подобному (то, чего нельзя увидеть на репродукции) - верны. Тогда реакция на картину должна быть в высшей степени эмоциональная, близкая к той, которая порождается хорошей музыкой (чего, собственно, и хотел добиться сам художник) - люди могут, например, плакать. Насколько я знаю, с некоторыми так и происходит - человек как бы погружается в некий цветной мир с расплывчатыми, но все же заметными границами и находит в этом высокое удовольствие.

Рис. 4. Mark Rothko. Orange, Red, Yellow, 1961

Другое дело - Ротко создал сотни подобных работ, с самыми разными комбинациями цветов и полос между ними, то есть, считается, любое размещение красок такого рода должно приводить к схожим эмоциям (в чем я как-то сомневаюсь, но не буду в это углубляться). Вопрос - дает ли подобная живопись что-то рациональной половине человека, предоставляет ли оно ему «почву для ума»? Мне кажется, однозначно, нет, так же как и самая незамысловатая по словам и очаровательная по музыке «*Санта Лючия*» может вызывать слезу восторга, не порождая ни одной новой мысли.

Рассмотрим теперь один из самых знаменитых портретов Жана Энгра (рис. 5), правая нижняя часть графика на рис. 2. Высочайший уровень техники (как-то даже неловко сравнивать с таковой на рис. 4) заставляет изумляться мастерству художника, который не только передает мельчайшие детали одежды и интерьера, но и блестяще подчеркивает задумчиво-романтически-игривый характер модели, женщины высшего света в уже очень даже буржуазной Франции. Ничего общего с работой Ротко тут нет, кроме одного: этот великолепный портрет (как и еще более глубокие портреты на рис. 3) не несет особой интеллектуальной нагрузки, не приводит к «ах, как здорово схвачено!».

Зато в работах одного из лучших российских карикатуристов Виталия Пескова (рис. 6) уровень мастерства не идет ни в какое сравнение с Энгром, но эффект «находки», визуального прозрения очень силен (верхний левый угол графика на рис. 2). Первый рисунок дает яркую метафору «борьбы за власть», когда она направлена даже не на власть как таковую (то есть ручку штурвала), а на тех, кто только пытается к ней прикоснуться - за «власть второго или даже третьего уровня». Если, например, крайнюю правую руку наверху отпустить - это вовсе не значит, что рука, которую она пытается сдержать, чего-то добьется - до штурвала еще много препятствий. То есть рисунок, по сути, показывает сложную сеть отношений по поводу одного из важнейших человеческих инстинктов (власти), к тому же на фоне грозной природы, которая лишь намечена в виде волн и чайки на заднем плане. Это - яркая метафора, могущая служить для краткого обозначения очень сложных вещей.

На втором рисунке картина куда более спокойная, но не менее глубокая. Не просто тут обыгрывается древний карнавальный образ перемены мест между низом и верхом, но и подразумевается знакомство зрителя со знаменитой скульптурой Родена, то есть некий уровень интеллектуальной подготовленности. Это делает работу особенно запоминающейся - вполне можно соблюдать видимость классической задумчивости, не имея самого органа мысли.

Сильные карикатуры такого рода, безусловно, представляют собой специальный жанр изобразительного искусства, в котором интеллектуальная составляющая играет доминирующую роль. Живописное мастерство (хотя, конечно, в карикатуре есть тоже разные его уровни) здесь вторично, ибо мысль ясна и без него, а именно мысль здесь главное.

Рис. 5. Jean-Auguste-Dominique Ingres. Portrait of Comtesse d'Haussonville, 1845

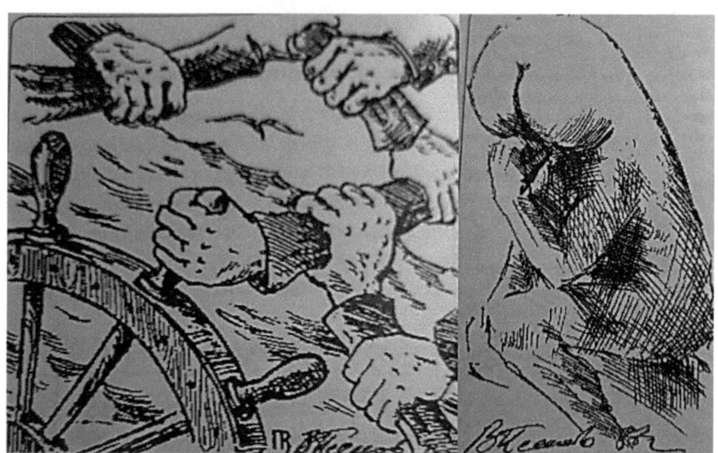

Рис. 6. Виталий Песков. Два рисунка

Теперь рассмотрим работу одного из художников, приведенных в верхнем правом углу графика - Василия Шульженко (рис.7). В ней много чего необычного.

1. Ленин очень большой, и по сравнению с окружающими, и по сравнению с реальным прототипом. По архаической традиции, большой размер был типичен для образа лидера и героя, что автор здесь и акцентирует, подразумевая мифическую природу вождя нации.

2. Но он слеп, хотя и абсолютно уверен в себя, судя по утверждающему направляющему движению руки. Он ничего не объясняет (рот закрыт), он просто властно направляет толпу за собой. Он единственный здесь в городской одежде, даже с галстуком, что подчеркивает отчуждение вождя от масс.

3. Мужики показаны как предельно тупые не рассуждающие существа, которые способны лишь почесать в затылке и открыть рот в попытке внять вождю. В них нет никакого намека не только на осмысление происходящего, но и на попытку сопротивления тому, кто куда-то их зовет.

4. Солдатик по левую руку от вождя (по-видимому, охрана) показан не только тупым, но и готовым на выполнение любого приказа; стрельнёт в каждого, если что не так.

5. Все герои и безрадостный нищий пейзаж вокруг прописаны рукой мастера. Подобные детали невозможно отразить в стиле карикатуры, необходим художник высокого класса. Очевидный гротеск в изображении крестьян - тоже признак живописного мастерства.

6. В целом можно сказать, что множество аспектов жизни сконцентрировано поданы в одной композиции. Для меня нет более наглядного образа русской революции: темная масса была взбаламучена слепыми вождями и ввергнута в катастрофу. Грандиозная метафора Шульженко настолько сильна, что ее можно обобщить на схему любой «народной власти»: все примерно так повторяется и в нынешней войне; слепой вождь ведет покорный народ в ту же пропасть, разве что люди не в зипунах, а с мобильниками в руках, а лидер - в костюме от Версаче и с ядерной кнопкой в чемоданчике.

Интеллектуальный заряд в данной работе огромен. Он достигается не только потому, что есть некая идея (она есть и в карикатуре), а еще и потому, что идея воплощена на холсте посредством высокого класса живописи. Этим работы такого рода и отличаются от всех прочих. Они и будут меня интересовать.

Уже на примере этой единственной работы можно сформулировать несколько свойств, которые позволяют отнести произведение искусства к «интеллектуальному жанру».

Рис. 7. Василий Шульженко. Ленин и мужики, 1991

1. **Неожиданная** постановка проблемы или неожиданное решение известной проблемы. Это вполне роднит такое искусство с хорошей наукой, только в науке требуется еще и предоставить доказательства, что решение верно, а в искусстве они уже «включены» в саму работу. В данном случае картина Шульженко неожиданно решает проблему *«взаимоотношение лидера и народа»*, которой посвящены тысячи книг и статей.

2. **Метафоричность.** Картина есть отражение какой-то другой системы на новом языке. Интеллектуальная картина есть качественная метафора - она заменяет одно другим так, что это **и не тривиально, и верно.** Уже по этой причине абстрактное искусство не попадает в этот жанр - оно не в состоянии однозначным образом заменить одно на другое. Работу на рис. 7 можно назвать *"метафорой русской революции"*.

3. Глубокая **сатиричность и/ или остроумие** - свойство очень многих (но далеко не всех) интеллектуально насыщенных работ. В данном случае это очевидно.

4. Способность подчеркнуть не только один, но **несколько аспектов** рассматриваемого явления - чем больше, тем сильнее образ, тем качественнее метафора. Несколько свойств картины Шульженко, перечисленных выше, ясно об этом говорят.

5. Необходимость определенного **культурного уровня** зрителя для восприятия контекста и сути произведения. В данной работе требуется лишь общее представление о жизни в России в первой трети 20-го века. Но для многих иностранцев, вполне вероятно, образы покажутся слишком дикими и непривычными, картина не будет понята (особенно для тех, кто до сих пор сочувствует идеям коммунизма и, в частности, Ленину).

6. Специальная роль **живописного мастерства**, которое привносит необходимый элемент в общее восприятие; это резко отличает такое искусство от карикатуры, которая может быть не менее интеллектуальной, что уже отмечалось ранее. Уровень может быть очень разным - например, у гениального придумщика Альфреда Кубина (см. ниже) он был весьма посредственным, но его работы не есть карикатуры (хотя иногда близки к ним).

7. **Миметичность** - картина может представлять собой запоминающийся мем, на который легко ссылаться, говоря о чем-то. Таким, наверно, может считаться образ *McLenin* Александра Косолапова - но вряд ли данная работа Шульженко. Для мема все же требуется внедренность в массовую культуру, что происходит весьма редко.

8. Огромная роль слова или **названия**, скрещивание визуальных и вербальных смыслов. (будет приведено множество примеров этого). В данной работе тоже можно усмотреть издевательскую ссылку на знаменитую картину Владимира Серова *Ходоки у Ленина*

(1950), шедевра (в хорошем смысле слова) социалистического реализма.

9. Работы нельзя «повторить», сделать из них «-изм». Это принципиальный момент. Интеллектуальное искусство никак не может быть сведено к так называемому «концептуальному искусству», оно носит исключительно штучный характер, тогда как музеи просто забиты изготовленными по одному шаблону изделиями «концептуализма», типа вечно перевернутых вниз головой портретов Георга Базелица (Georg Baselitz). Подробнее об этом сказано в разделе 8.

Конечно, все эти признаки практически никогда не сочетаются в одной работе, но ключевыми являются 1, 2, 6 и 9: **интеллектуально насыщенным** можно считать уникальное произведение искусства, в котором развитыми средствами живописи находится неожиданное метафорическое решение какой-либо проблемы. В определении подчеркивается, что «непередаваемые» чувства идут по другому ведомству, как это было показано на примере картины Ротко (рис. 4).

Здесь также отсутствует слово «новое» - магического термина, использование которого так затуманивает восприятие современного искусства. Любое сочетание красок, любой переход от прямоугольников к квадратам и наоборот, любое сочетание несочетаемых вещей чрезвычайно легко объявить *«новым»*, *«новаторским»*, *«революционным»* и т.д. Однако, с позиций приведенного определения, все это не имеет значения, если какая-то ясная задача не решена ясным же и нетривиальным способом. «Новизна» без соответствующего смыслового сопровождения, по сути - главный грех авангарда, протянувшийся до наших дней. К тому же «новизна», с технической стороны - вещь почти неуловимая. То, что было когда-то новым, потом стало нормой, и отследить самое первое появление какого-либо приема - дело очень непростое (см., например, мои попытки понять зачатки абстрактного искусства в [3]). Интеллектуальное искусство - то малое подмножество миллионов картин, в котором новизна органически вплетена в саму ткань произведения, ее не надо специально подчеркивать.

В описаниях приводимых ниже работ я не буду говорить специфически о мастерстве живописцев или описывать в деталях, что на них изображено (тем более многие произведения уже были описаны), но лишь кратко сформулирую те метафоры, одну или несколько, которые они, в моем понимании, олицетворяют. Картины весьма условно разбиты на некоторые группы: мысль художника, как и людей вообще, бродит где хочет, и многие разбиты нельзя однозначно классифицировать, они многомерны. Но внутри подгрупп буду стараться придерживаться хронологии или работ одного автора. Нет смысла говорить, что моя подборка субъективна, но, хочется верить, подчеркивание значимости подобного рода работ поможет отличить высокие образцы человеческого интеллекта в искусстве от доминирующего засилья пустого формотворчества.

3. Пространство и время

Поскольку живопись, в конечном счете, есть не что иное, как нанесение каких-то красок на поверхность, не удивительно, что эксперименты с плоскостью и отражением на ней трехмерного пространства были особенно интересны для художников на протяжении многих лет. Наиболее важным, по-видимому, было систематическое использование перспективы, начиная с 15-го века (в какой-то степени перспективу уже использовали в Древней Греции), что было, безусловно, очень нагруженное интеллектуальное предприятие - но на этом нет возможности тут останавливаться.

Другой период взрывного интереса к пространству начался в 1900-е годы и позднее в связи с кубизмом, футуризмом, супрематизмом и т.д., о чем тоже есть огромная литература. Как бы я ни думал о типичных работах этого времени - мне не приходят в голову удачные метафоры, которые можно было бы создать с их помощью.

Да, они отражают «другой взгляд на мир» - но этот взгляд не корреспондирует достаточно сильно ни с чем в этом мире, чтобы возник искомый эффект открытия или прорыва.

Вот, например, первая (иногда это оспаривается) кубистская работа - знаменитые «*Авиньонские девицы*» Пабло Пикассо, 1907 год (рис. 8).

Я не нахожу слов, чтобы обобщенно ее охарактеризовать. Если оставить в стороне огромную литературу об истоках этого полотна (влияние Эль Греко, Матисса, африканского примитивизма и др.), зритель видит три грубо изображенные (уровень мастерства очень низкий), но все же узнаваемо женские фигуры и две заведомо выдуманные фигуры с масками вместо лиц (правая нижняя могла быть и мужской). Название ни о чем не говорит. Сам художник предпочитал называть ее «*Мой бордель*». Если это так, то можно ли считать,

что он таким образом подчеркивал уродливость обитательниц борделя и свое к ним отношение? Была бы тогда слабенькая метафора
типа «*Проститутки - уродливые женщины*» - слабенькая, ибо в нее
бы никто не поверил.

Рис. 8. Пабло Пикассо. Авиньонские девицы, 1907

Но понятно, что Пикассо в реальности интересовало вовсе не
«отношение», а некое желание сделать формальное разрушение пространства, шагнуть еще дальше чем более ранние конкуренты в раз-
рушении привычных форм, фовисты, — и в этом он, конечно, преуспел (Матисс считал эту работу воровством его идей и одновре-

205

менно «отвратительным» произведением). Ну, соответственно замыслу и результат. Сейчас, через 115 лет после написания, неискушенный зритель видит тех же несколько уродливых женоподобных существ, и ничто в его мозгу не кликает. А искушенный, конечно...

В таком же духе можно сказать об огромном числе работ того времени - да, ново, да, важно с точки зрения расширения инструментария художника, но в категорию интеллектуального искусства не попадает. Что само по себе повторюсь, не есть плохо.

А что же попадает? Мне бы хотелось выделить лишь небольшое количество работ, где новый взгляд на пространство пробуждает какие-то неожиданные и глубокие ассоциации - то, что можно назвать интеллектуальным откровением.

Иероним Босх, с его воистину безграничной изобретательностью, кажется, первым придумал изобразить совершенно вымышленное пространство (рис.9). И неважно, что он исходил из традиционных религиозных воззрений - смелость в построении светлого тоннеля, ведущего в рай, поражает. Необычность пространственного решения вполне соответствует необычности задачи: конечно, на небо мы все попадем, но как? И художник предлагает такое вот геометрически убедительное решение (которое, кажется, сильно напоминает нечто наблюдаемое - согласно воспоминаниям многих людей после клинической смерти, они видели именно светлый тоннель во время «перехода»). Удивительно, как он конкретен - длина тоннеля совсем небольшая, судя по счастливцам в его конце (см. фрагмент), после чего начинается вечное счастье с Господом. Вполне можно сказать, что художник здесь мастерски использовал инновационный прием для поддержки воззрений традиционного господствующего строя (до Лютера еще оставалось около 20 лет) - нечто противоположное тому, что делали авангардисты 400 лет спустя, пространственные инновации которых поддерживали нарождающиеся режимы (фашистский и большевистский).

Необычность пространственного решения вполне соответствует необычности задачи: конечно, на небо мы все попадем, но как? И художник предлагает такое вот геометрически убедительное решение (которое, кажется, сильно напоминает нечто наблюдаемое - согласно воспоминаниям многих людей после клинической смерти, они видели именно светлый тоннель во время «перехода»).

Рис. 9. Hieronymus Bosch. Ascent of the Blessed, 1500-1505

Удивительно, как он конкретен - длина тоннеля совсем небольшая, судя по счастливцам в его конце (см. фрагмент), после чего начинается вечное счастье с Господом.

Вполне можно сказать, что художник здесь мастерски использовал инновационный прием для поддержки воззрений традиционного господствующего строя (до Лютера еще оставалось около 20 лет) - нечто противоположное тому, что делали авангардисты 400 лет спустя, пространственные инновации которых поддерживали нарождающиеся режимы (фашистский и большевистский).

Следующим революционным шагом в переосмыслении роли пространства стала гениальная работа Альбрехта Альтдорфера (рис.10), который, конечно, и не знал о работе предшественника.

Рис.10. Albrecht Altdorfer. The Battle of Alexander at Issus, 1529

Он впервые разделил полотно на две эквивалентно важные сферы, небесную и земную, но лишил небесную прямой и наивной сакральности множества алтарных изображений с Господом, восседающем на небе. Вместо этого торжествует природа, вселенная, в которой размещается и солнце, и луна, и море, и облака и далекие острова. Только орнаментальная надпись, комментирующая победу Александра над Дарием, висит на небе как торжественный, но второстепенный элемент.

Контраст между величественной красотой "моря/неба" и чрезвычайно загруженной людской суетой землей настолько велик, что порождает главную, может быть, метафору этой работы: «*человеческая активность - лишь преходящее волнение на фоне безграничной вселенной*».

Парадоксальным образом, сам автор, скорее всего, хотел сказать нечто обратное, ибо картина была выполнена по заказу и, скорее всего, была инспирирована недавними европейскими успехами в борьбе с Турцией: «*великие деяния прошлого таковы, что не посрамили дарованный Господом прекрасный мир*». В любом случае картина, помимо прямого эмоционального воздействия, побуждает высокие рассуждения подобного рода, которые были ключевыми для всей эпохи нарождающегося Ренессанса.

Поскольку я не делаю исторический обзор всех «умных картин» за последние 500 лет, то позволю себе после этого торжественного начала переместиться сразу лет на 300 вперед. На рис.11 показана удивительная работа Джона Мартина, в которой концепция величественного пространства и борющегося с ним упорного человека переосмыслена на новом романтическом уровне. В поисках «вод забвения» герой одного из мифов Садак с огромным трудом продвигается в долину фантастической мощи и красоты. В начале 19-го века эта картина молодого художника шокировала современников; пространство здесь, пожалуй, впервые, показано как нечто грандиозное и сказочное, одновременно давящее и успокаивающее - то, что позднее назовут трудно переводимым словом sublime (более менее «возвышенное»). В совокупности с более поздними работами Мартин положил начало тому, что сейчас можно увидеть в бесчисленных феерических пейзажах «Властелина Колец», «Аватара» и других изделиях массовой культуры. Оригинал был вполне себе уникален и тревожен, а не супер декоративен.

Рис. 11. John Martin. Sadak in Search of the Waters of Oblivion, 1812

Не исключено, что работы более молодого Мартина повлияли на некоторые аспекты творчества его великого современника Джозефа Тернера, который всегда был нонконформистом, но в последний период своего творчества отошел от традиции наиболее радикально. В его «*Утре после потопа*» (рис. 12) можно углядеть некую комбинацию тоннельного открытия Босха, возвышенности Мартина и собственных экспериментов со светом.

Призракоподобные души, жертвы потопа, помещены в неземное сворачивающееся пространство, в центре которого Моисей записывает со слов невидимого здесь Бога Тору.

Здесь самым удивительным и неортодоксальным (в смысле - далеком от Священного Писания) методом сплетено духовное и живописное, формальное и сущностное.

Пространство, помимо того, что оно несет важнейшую системообразующую роль, еще и чрезвычайно красиво. Тотальный ужас потопа каким-то образом нивелирован этой красотой и этой возвышенностью. «*Степь отпоет*», отговаривается Хлебников; «*Красота спасет*», считает Достоевский; «*Вселенная оправдает*», заявляет Тернер.

Иное принципиально новое осмысление пространства было связано с игровым элементом, что позднее превратилось в целую индустрию.

 Речь идет о так называемых «**невозможных объектах**», которые позднее стали называться «оптическими иллюзиями».

Обычно их связывают с именами Пенроуза и Эшера, но редко упоминают о куда более ранних предшественниках.

Самым загадочным образом, прототип знаменитого треугольника Пенроуза (который в реальности был изображен за двадцать лет до него Оскаром Рютерсвальдом) можно увидеть в гениальной, как и все, что он делал, работе Питера Брейгеля (рис.13).

В ней, помимо необычной виселицы, еще много чего супер интеллектуального, но ограничимся пока лишь ей. На виселице, по сути, никого не повесишь, как и по треугольнику из угла в угол не пройдешь.

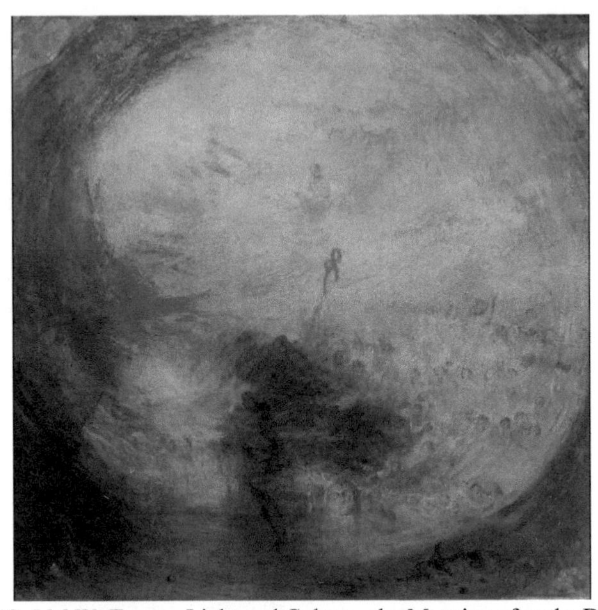

Рис. 12. J.M.W. Turner. Light and Colour - the Morning after the Deluge.
Moses Writing the Book of Genesis, 1843

Рис. 13. Питер Брейгель Старший. Сорока на виселице, 1568
(фрагмент).
Треугольник Пенроуза. Oscar Reutersvärd, 1934.

Другой блестящий и редко упоминаемый пример из этой серии, но идущий еще дальше - работа Вильяма Хогарта, сделанная в середине 18-го века (рис. 14). В ней насчитывается 24 ошибки перспективы, приводящих к невозможным ситуациям - и это все подано не как «открытие нового жанра» (как, по сути, интерпретируют Эшера и других), но как предупреждение добросовестному читателю... книги о перспективе в живописи! Сатира помещена на обложке книги - вот что бывает с теми, кто не поймет как правильно надо работать. Знал бы великий Хогарт, что через каких-то 150 лет неправильное и будет жупелом нового искусства... Это сильно напоминает историю абстракции в искусстве: сначала она появилась в чистых сердцах художников как пародия и абсурд, а уж потом как серьезное занятие апологетов антибуржуазной революции (см. [3]).

Рис. 14. William Hogarth. Satire on False Perspective, 1753

Некоторые аспекты «**неправильного пространства**» были доведены до логического завершения в замечательный работах Мориса Эшера; приведу лишь один пример на рис. 15. Тут уже не столько «невозможные объекты», сколько «невозможные пространства»: если плоскость имеет размерность 2, книга и пр. - размерность 3, то какую размерность имеют ящерицы, вползающие и выползающие из листа бумаги? Очевидно, нечто между двумя этими числами - например, 2.5. Я не в курсе, знал ли Эшер, что понятие нецелочисленной размерности пространства уже было введено в 1918 году Хаусдорфом, но он, кажется, был первым, кто продемонстрировал как это может выглядеть, задолго до связанной с такими размерностями концепцией фракталов (1975). И, как бы чтобы еще более затуманить связь чистой математики с искусством, он заставил одну из ящериц извергать дым из ноздрей наподобие дракона - я, мол, не просто трехмерная, но очень даже живая! Эта и другие подобные работы подчеркивают, строго говоря, чудо искусство: и «плоскость-плоскость», и «плоскость-пространство» есть, фактически, та же самая раскрашенная плоскость холста или бумаги; любое 3D, если оно не 3D – иллюзия, созданная мастерством художника.

Рис. 15. M. C. Escher. Reptiles, 1943

Удивительнейшим образом, тот же человек, который предложил концепцию открытого пространства (рис. 10), создал и первый пример того, что можно назвать **заполненным пространством**. Альтдорфер писал не только первые в европейской живописи, как многие считают, чистые пейзажи, в которых кроме природы ничего нет, но и такую вот странную вещь, как «Святой Георг и дракон» (рис.16). В ней хоть существует некий сюжет, но он абсолютно теряется на фоне буйства тщательно прописанной листвы. Похоже, что именно она и есть главный герой картины. Страсть к подробностям, что привела его к изображению сотен фигур в «Битве Александра», породила здесь эффект абсолютно заполненного пространства, который потом (отнюдь не часто) использовался другими художниками - вот прекрасный пример работы Густава Климта (рис. 17), почти неотличимый от оригинала Альтдорфера.

Рис. 16. Albrecht Altdorfer. St. George and the Dragon, 1510

В противоположность этому, в начале 20-го века несколько художников создали исключительно сильные метафоры пустого пространства, в которых оно наделялось невиданной ранее поэзией и заставляло задуматься о собственной природе. Эти работы, наряду с более поздними, можно условно разделить на те, которые отражают пространства внутренние (рис. 18), внешние (рис 19) и «транзитные», как на рис. 20, где «выход» может быть с таким же успехом и «входом». Спецификой всех работ такого рода является то, что они не рассматривают пространство в полном отрыве от человеческого восприятия, как, скажем, в кубизме, но создают тонкую систему взаимоотношений, порождают одновременно и эмоции, и размышления - ровно то, что и есть предмет исследования в данной статье.

Рис. 17. Густав Климт. Парк, 1910

Рис. 18. Vilhelm Hammershøi. Interior with a table, bookcase and Windsor Chair, 1913; Interior with artificial light, 1904

Рис. 19. Fernandd Knopff. The deserted city, 1904
Georgio de Chirico. Enigma of the day, 1914

Рис. 20. Ирена Кононова. Выход, 2006

Однако в то же самое время набирала силы другая, совершенно противоположная тенденция, в которой человеческое измерение вообще устранялось, а геометрическая игра провозглашалась главным содержанием искусства. Конечно, я говорю о кубизме и тесно связанных с ним движениях типа лучизма, симультанизма, орфизма и др. Достаточно взглянуть на пару работ этого ряда (рис. 21), чтобы понять, что имеется в виду. Картины такого рода не вызывают ни ясных эмоций, ни ясных мыслей. Они вызывают лишь интерес - а что бы это значило? Поневоле, глядя на названия, человек пытается увидеть окна на картине Делоне и метроном на картине Брака - и не видит. Но многие работы сознательно получали название «без названия», что открывало еще большее пространство для фантазии. Так что больше я к работам такого типа возвращаться не буду, хотя их количество в современном искусстве совершенно несметно. Ничего интеллектуально значимого я в них углядеть не могу, хотя эстетически многие из них очень красивы и декоративны, тем более что в искусствоведческой литературе им уделяется несравненно большее внимание по сравнению с теми, которые являются предметом настоящего обзора. То есть: «Метроном» Брака увидеть и даже вообразить нельзя, тогда как изображенное на рис. 18-20 - можно. Но особый взгляд художника погружает, казалось бы, уже виденное в новое измерение - в этом и есть главное. Сравнение происходит не в двух плоскостях «воображение художника - воображение зрителя», у которых очень мало шансов пересечься, а в трех: «реальность - воображение художника - воображение зрителя», что несравненно более эффективно.

Определенные интеллектуальные коннотации вызываются произведениями так называемого оптического искусства, зачатки которого возникли еще в 1930-х годах в работах Виктора Вазарели и дали бурные всходы в 1960-е и позднее (рис. 22). Однако участие разума во всем этом ограничено; новые метафоры не порождаются; можно допустить, что у кого-то возникнет ассоциация между картинкой 1968 на рис. 22 с чем-то «квантово-физическим», но это будет лишь очень поверхностная аналогия; уж лучше посмотреть на какие-то реальные фотографии атомного микроскопа, где видны сгущения частиц в кристаллической решетке.

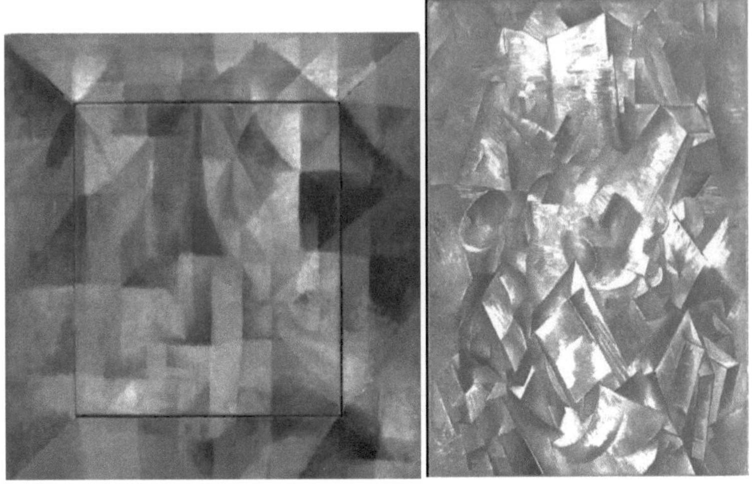

Рис. 21. Robert Delaunay. Simultaneous Windows on the City, 1912
Georges Braque. Still Life with Metronome. 1909.

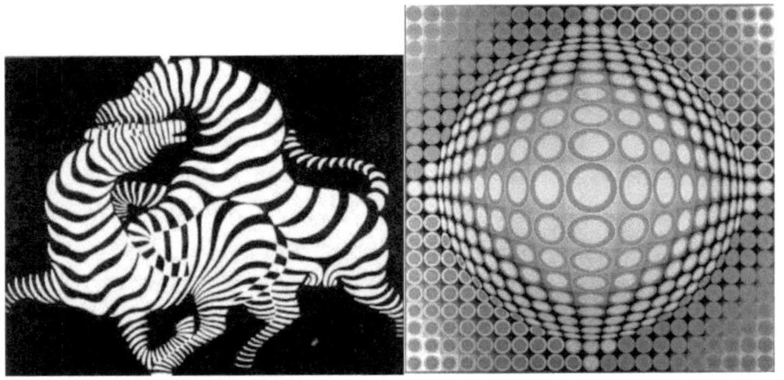

Рис. 22. Виктор Вазарели. Зебра, 1937. Вега 200, 1968

Концепция «**изломанности**» реального пространства, которая порождает ощущение «неправильности» обыденной жизни, неполной достоверности нашего визуального опыта, хорошо передана в некоторых работах одного из самых знаменитых современных художников, Давида Хокни (рис. 23). В отличие от кубизма, оптического искусства и т.д., здесь небольшие искажения пространства не нарушают образ до неузнаваемости, но заставляют воспринимать его как сложенный из частичек калейдоскопа, которые чудесным образом сложились в нечто правдоподобное. «Аналоговое» восприятие действительности, свойственное нашему зрению, заменено на «цифровое», кусочное, где потеря в целостности восприятия заставляет задуматься о важности отдельных частей. Это можно интерпретировать как сильную метафору вот в каком смысле. Научное познание делит окружающий мир на какие-то части по определенным принципам, а потом анализирует их как «однородные» (этот класс - животные, этот класс - растения и т.д.). Но что если само разделение неверно, что делить можно (и нужно) совсем иначе? Что если «кусочки воздуха» на рис. 23 и есть то, что нам надо, то есть «воздух» есть множество кусков, а не единое целое, как мы привыкли думать? Это очень глубокий вопрос, на котором здесь, конечно, нет возможности останавливаться, но интуиция художника подталкивает зрителя в сторону таких рассуждений - скорее всего, абсолютно без собственного намерения художника.

Рис. 23. David Hockney, Pearlblossom Hway., 11-18th April. 1986

Особый способ создания **эффекта неожиданности** в изображении самых привычных вещей заключается в противопоставлении вроде бы безличного пространства и какого-то предмета в нем. Типичные примеры даны на рис. 24: весьма романтический кирпич в романтическом же пространстве у Одда Нердрума и прозаическая кисть в прозаическом пространстве у Юрия Купера (который очень активно эксплуатирует этот прием).

Рис. 24. Odd Nerdrum. The brick. Yuri Kuper. The brush

Предмет как бы порождается самим пространством, вычленяется из него - в результате мы глядим на него как нечто новое, в соответствии с принципом «остранения», отмеченным Виктором Шкловским у Льва Толстого.

Все перечисленные и многие другие вариации геометрического подхода к пространству, включая абстрактное искусство, которое я тут вообще не рассматриваю (см. [3]), исключают из изображенного человека, что обычно резко снижает эмоциональную составляющую образа. Тем самым произведение, хоть и становится «более интеллектуальным», но одновременно удаляется от того, что вообще называется искусством, которое призвано все же влиять на эмоции (см. рис. 1). Например, эмоциональная компонента работ на рис. 22 и 23 весьма невелика. Есть, однако, такие полотна, в которых человек играет очень важную роль именно в переосмысленном пространстве, что делает произведение интересным и в эмоциональном, и интеллектуальном аспектах, как на рис. 11. Вот еще два примера (рис. 25). В обоих случаях человек противопоставлен опасному пространству, но если в работе Петра Беленка пространство - некая неструктурированная сущность, то у Даниила Архипенко оно является как безучастная холодная к человеку природа, где границы неба и земли стерты, а люди еле заметны на фоне происходящего буйства. Это придает их образам некую схожесть с ярким противопоставлением вселенной и человека у Альтдорфера (рис. 10) и у Мартина (рис. 11), но в более безнадежном варианте.

Наконец, наиболее радикальная, наверно, трансформация пространства происходит когда ему **противопоставляется** даже не человек, а **текст** или другой политически, или иначе нагруженный символ. В работе Эрика Булатова на рис. 26 это прекрасно видно: тут даже нельзя сказать, что «важнее» - прекрасное реальное голубое небо или потерявший всякий смысл пропагандистский слоган. Это - очень сильная метафора, особенно созданная в то далекое время, когда, скорее всего, нечто подобное было выражено в незабываемых строках *«Прошла зима, настало лето, Спасибо партии за это!»* Юрия Влодова.

Конечно, существуют и другие способы художественного освоения пространства, не включенные в данный краткий разбор, способные порождать новые «мыслеформы». Но хотелось бы отметить одно редко обсуждаемое обстоятельство. Все приводимые примеры начинались с периода высокого Ренессанса, но уже ранее, в готическом или псевдоготическом искусстве, были мастера, которые с невероятной смелостью, совершенно не заботясь о «новаторстве», а лишь следуя своему чистому религиозному и эстетическому чувству, создавали настоящие шедевры. В них все мыслимые законы живописи были нарушены, а пространство подвергалось самому фантастическому истолкованию.

Рис. 25 Петр Беленок. Надвигающаяся аномалия, 1983.
Даниил Архипенко. Отпечатки, 2022

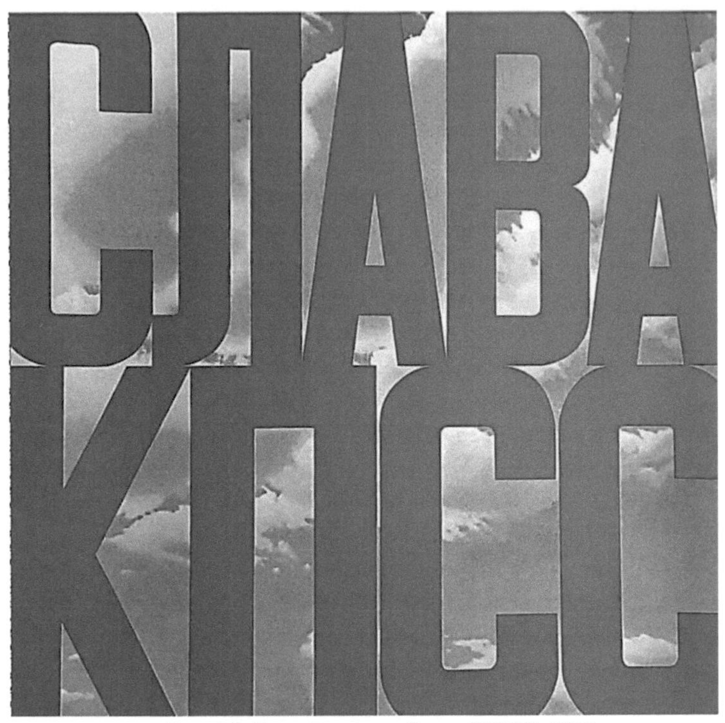

Рис. 26. Эрик Булатов. Слава КПСС. 1975

Вот один из таких гениев - Карло Кривелли (рис.27). В каком невообразимом пространстве находится Мадонна и ее окружение? Младенец стоит на подушке на доске (столешнице?), то есть это поверхность, принадлежащая самой Мадонне. Но на ней же толпятся мелкие существа которых обычно называли «бескрылыми ангелами» или просто «невинными» (Innocenti). Теологически, они жертвы царя Ирода, велевшего убить всех младенцев в возрасте до двух лет, но в католической традиции они выполняют еще и дополнительную высшую роль. Здесь, в частности, они демонстрируют семь образов связанных со «страстями Христовыми»: лестницу (снимать тело); копье с губкой и сосуд с уксусом; колонну с петухом (символ предательства Петра «до того, как петух пропоет») и т.д. вплоть до самого креста. Их «реальность» подчеркивается отбрасываемыми тенями. То есть вместо того, чтобы чисто символически показать этих персонажей (как обычно и делалось), художник пишет

Рис. 27. Carlo Crivelli. Madonna and Child, 1460, Verona

их вещественными, хотя и в условной пренебрежимо мелкой форме (они должны быть примерно равны по размеру самому главному младенцу или даже быть больше, строго говоря). Вся доска тем самым превращается в фантастическое пространство двух миров - «наблюдаемого» (Мадонна и ребенок) и воображаемого.

Но чудеса продолжаются. В проеме недостроенной стены справа - поразительная по своей реалистичности (в глубоком контрасте с декоративностью и даже примитивизмом переднего плана) картина с видом Иерусалима и Голгофы. То есть вот она, его смерть, за углом, хотя младенец только что на свет появился, достаточно выглянуть в окно! Очень типичная для тех времен одновременная демонстрация событий, разделенных во времени (как в огромном количестве икон), но здесь они поданы в совершенно неожиданной пространственной трактовке.

Верхняя панель - типичные радующиеся рождению Сына Божьего херувимы, то есть сакральный слой, тоже очень характерный для религиозных работ. Но они отбрасывают тень на вертикальную панель, ведущую к Мадонне! И, наконец, огромная гирлянда различных плодов, да еще и с птичками, привязанная к колоннам «сакрального уровня» - в каком из миров она обретается? Торжественные колонны выполняют роль каких-то подпорок для подвязок гирлянды. И вообще, что она тут делает? Как считают специалисты - это символ своеобразного «подношения» Мадонне, как если бы кто-то принес цветы и положил под ее образом. Художник же вписал этот подарок за молящихся прямо в тело изображения - пусть ей всегда будет приятно, так сказать. Есть еще много другого, чего я вообще здесь не касаюсь - например, стены, разделяющий два плана картины и т.д.; куда более полный анализ (хотя не касающийся выше произведенного   пространственного   рассмотрения)   может   быть найден в [4].

В этой работе (а некоторые ее элементы широко разбросаны по разным произведениям и того и куда позднего времени), безусловно, всему можно отыскать какое-то объяснение, привязанное к ментальности глубоко религиозного сознания и принятым канонам изображения. Однако если оценивать только креативность художника, создавшего на одной плоскости, думал он об этом или нет, столь разные миры, то надо признать, что это полотно могло стать источником вдохновения для массы изобретений, авторы которых полностью утратили (или не имели) представление об оригинале, но драматизировали отдельные приемы Кривелли: невозможные объекты

(13, 14); чрезвычайная загруженность пространства (16,17); неопределенность направления (20); кусочность пространства (20); совмещение несовместимого (26).

Не удивительно, что художники проявляли куда больший интерес к пространству, нежели ко **времени**. Однако фундаментальный переворот в физике в начале столетия и другие обстоятельства коснулись как-то и их; целое движение, футуризм, возникло на принципах динамизма и идеи отразить время и скорость на полотне. В то же самое время внутри кубизма появились работы Марселя Дюшана, преследующие те же цели. Одна из них, «*Обнаженная, спускающаяся по лестнице N2*» (1912), стала мировой сенсацией. Однако ничего интересного в интеллектуальном плане в этих работах, вообще говоря, нет. Работа Джакомо Баллы (рис. 28) по крайней мере куда элегантнее таковой у Дюшана, но и то и другое, фактически, есть лишь попытки передать средствами живописи эффект хроно-фотографии, которая уже была известна около четверти века.

Рис. 29. Giacomo Balla. Dynamism of a Dog on a Leash, 1912.

Рис. 31. Умберто Боччони. Состояния сознания III (Те, кто остались), 1911.

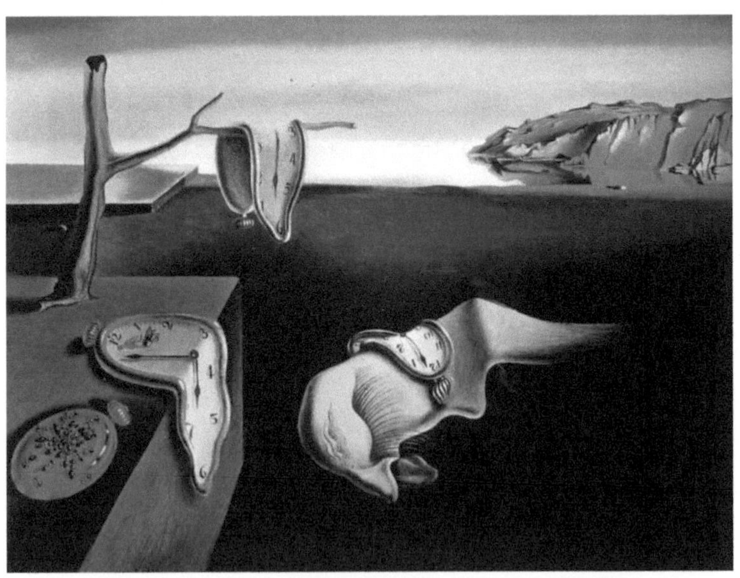

Рис. 32. Сальвадор Дали. Постоянство памяти. 1931

Рис. 33. Марк Тенси. Живопись действия (Action painting) II 1984.

Намного интереснее смог передать концепцию **движения** самый, наверно, талантливый из футуристов (и ранее всех ушедший из жизни), Умберто Боччони. Работы триптиха «Состояния сознания» (States of the mind) 1911 года создают очень странную атмосферу изменчивости и стабильности одновременно. Это достигается мерцающими переходами между полуузнаваемыми образами и повторяющимися ритмическими абстрактными полосами, что особенно хорошо получилось в части III (Those who stay, рис. 30).

Работа еще раз ясно показывает, что введение узнаваемых (в данном случае антропоморфных) элементов сразу повышает и интеллектуальную, и эстетическую компоненты, в отличии, например, от работы Делоне на рис. 21 и тысяч других подобных абстрактных полотен.

Наиболее знаменитый, наверно образ «текущего времени» (буквализация метафоры) Сальвадора Дали (рис. 32) является и наиболее интеллектуально насыщенным.

Все здесь подогнано друг к другу - загадочное пространство; загадочное существо; комбинации: мертвого сука с копошащимися

229

муравьями; природного и сделанного руками человека; объективного (внешнего мира) и субъективного (муравьи - вечный иррациональный страх Дали).

Все работает на грандиозную **метафору непостижимости феномена времени** (природа которого до сих пор так и не имеет ясного понимания в физике и в философии).

А наиболее остроумное наблюдение за неуловимой сущностью времени было сделано удивительным Марком Тенси, все творчество которого - сплошной интеллектуальный поиск (рис. 33).

Трудно придумать более сильную насмешку над тщетой человека точно измерить нечто, что измерению и запечатлению не подлежит. Эта работа достойна того, чтобы ее приводили в учебниках физики.

И был, наконец, совершено уникальный Павел Филонов, который в своем «аналитическом искусстве» стремился отразить и **пространство и время** в едином образе - через некое непрерывное действие. В работе с очень характерным названием «*Формула весны и действующие силы*» (рис. 34), при ее почти полной абстрактности, «нарождаются» сами собой какие-то растительные или даже человекоподобные образы; одно умирает, другое появляется - ни один миллиметр пространства не остается свободным.

Концепция «заполненного пространства» (рис. 16, 17) доведена до логического завершения.

Эта и другие работы Филонова предвосхищают концепцию фрактальности; он создал метафору порождения всего из ничего, бесконечной дробности и животворности сущего; мощный интеллектуально нагруженный мир.

Столь же фанатичный в своих воззрениях на искусство, как автор «Черного квадрата», Филонов приходит, как и ожидается, к совершенно противоположному результату: вместо мертвого пространства Малевича - живое пространство весны. Интересно, что и то и другое понималось авторами как нечто совершенно необходимое рабочему классу, который они страстно поддерживали...

Воистину, абстракция, что в жизни, что в искусстве, не знает своих границ.

Рис. 34. Павел Филонов. Формула весны и действующие силы, 1920

Литература

1. И. Мандель. Социосистемика и третья культура: Sorokin-trip. https://club.berkovich-zametki.com/?p=13000, 2014

2. И. Мандель. Двумерность трех культур. https://7is-kusstv.com/2015/Nomer9/Mandel1.php, 2015

3. И. Мандель. Исключительно простая теория искусства. https://club.berkovich-zametki.com/?p=60311, 2022

4. C. Campbell and F. De Carolis. Ornament and Illusion: Carlo Crivelli of Venice. Paul Holberton Publishing, 2015

Пауль Шээрбарт
(1863 — 1915)
Сборник стихов «Поэзия похмелья»
Перевёл с немецкого *Алишер Киямов*

Звуки утра

С добрым утром — тянет людозверь,
Забулдыга пиво пьёт ещё теперь.

С добрым утром — проорал тиран,
Им приказ уж спозаранок дан.

Я ж хочу на край земли, раз «бух»,
Половить там дезертиров-мух.

С добрым утром — тянет ветеран,
Ах, всегда с утра он в стельку пьян.

С добрым утром — в хриплых голосах,
Полчетвёртого уж на моих часах.

Забулдыга пиво пьёт ещё теперь,
С добрым утром — тянет людозверь.

Хопп! Хопп! Хопп!

Хопп! Хопп! Хопп! Моя коняжка!
Хопп! Хопп! Хопп! Куда ж без дум?
Через стену ли — не тяжка?
Что ж пришло тебе на ум?
Хопп! Хопп! Хопп! Моя коняжка!
Хопп! Хопп! Хопп! Куда ж от дум?

Я глаз теперь имею...

Я глаз теперь имею с синяком,
Себе его вчера набил я кулаком.

Я «Ау! Ау!» крикнул раз пятьсот,
А этим что хотел сказать, не знаю вот?

Да и сегодня в смысл сего я не проник,
Хоть у меня теперь героя лик.

Delirium! Delirium!
Декадентская картина

Старые мальцы сидят у опустевших бочек —
Солнца победила кодла пьяных ночек.
Сзади их грызут невидимые мыши
У поехавшей у мальчуганов крыши.
Слышь, как череп, что-то точит, гложа?
Старая крепка ль на нём хоть кожа?
Всё идёт к концу — в башке, из дуба,
Мыши уж её грызут у чуба!
Думаешь ты — это вши, где пудра?
Нет, тупая, без стыда лахудра,
Наглость до чего дошла у зуба!

Delirium (мед. лат.) — белая горячка.

Великая тоска

Коль Великая Тоска найдёт как колдовство, И моё всё
помягчает естество, Я хотел бы опуститься, плача, в самый
низ, И напиться там до положенья риз.

Риксракс, кто солнцебрат

РиксрАкс, чего же хочешь ты?
Набить луной

Хочу я жерло пушки.
Риксракс, чего же хочешь ты?
Стрелять луной,
Бобами как из зада хрюшки.
Стрелять всю ночь и в ночь,
Как никому не смочь!
Риксракс, чего же хочешь ты?
Что, хочешь солнцепушку,
Чтоб Млечного Пути корону взять на мушку?
Братишка, да иди домой,
И личико ко сну умой!
Ах, старый солнцебратец мой!

Благоразумный девиз

Пить ты хочешь — пей! Но всё ж
без друзей со службы:
с ними лучший твой кутёж —
только вред для дружбы.

Жирна красна Луна

Ах, не уснуть, опять лежи без сна!
Над тёмной зеленью тех миртов у ворот,
Луна жирна на троне и красна!
А будет ли вознаграждён позднее тот,
Кто на Луне, такой вот, заживёт?
Над тёмной зеленью тех миртов у ворот?
И было б невозможно ль там
Длинней в блаженстве целовать всем нам?
Ах, всё б узнать точнее и без драм!
Как скоро всё проходит тут.
Для тех, кто широко живут.
Кому же это не но нраву, со стыдом
Весь мир сей держит за дурдом!
Ах, не уснуть, опять лежи без сна!
Луна, я задразню тебя: жирна! красна!
Но ты не станешь и от этого грустна!

Вопрос

В гранях весь мой мир сейчас —
Все деревья с бзиком тут.
Ах, Вильхэльм, ах свинопас,
Что ж идёшь ты чем-то гнут?

Мир громкозвучен

Мир — громкозвучен,
Я же — онемел!
Загашены огни.

Я больше не могу, замучен,
Как я бы смел!
Хоть хмель во всём кляни.

Мир — громкозвучен,
Я хотел бы многих дел!
Но вместе все не ладятся они.

Зверство

Когда король воссел на трон:
«Любимый сын, — воскликнул он, —
Уже ты насладился ядом?
О! Насладись скорей, не стой сердитый рядом!»

Песнь индейца

Халтурь на того европейца!
Халтурь за него!
Халтурь за него! Халтурь за него!
Отхалтурь его всего!

Будь мягок и насмешлив
Характеры

*

Характер — в своеволье он,
Но я в себе доволен им,
Идёшь в любую из сторон,
Где остальные со своим.

*

С муками мне только гнёт!
Нет за них не ждать награды.
В безразличье ж полон рот
Всем, чему без мук все рады.

*

Что как пара шин заезжено до дыр —
Твёрже чем Антихрист, навестивший мир.

*

Милее было б мне: моё чернило
Народу впрыснет в жилы книг страница,
Ведь сам я не хочу ж так горячиться.

*

Поверь:
Я буду гладить у тебя
Лишь нежно-наливные щеки.
Поверь:
По правде, от тебя
Не нужно страсти мне мороки.
Я быть к тебе хочу лишь добрым, верь!
Лишь будь вдали ты с вечной в это верой
Той тихостной Венерой.

*

Всю ночь смеялся я, поверь,
Конечно — лишь во сне!
Вот, наконец, я пробуждён теперь,
Конечно — там, где так смеялось мне!

Но вот теперь смеяться больше не охоч!
Что ж делать мне, чтоб это превозмочь?
Бдеть дальше ночь?

*

Будь мал, чтоб Мир таким огромным стал!
Будь тощ, чтоб Мир в себе почуял мощь!
Будь туп, чтоб Мир на ум так не был скуп!
Будь тих, чтоб Мир гремел бы от шутих!
Будь бос, чтоб Мир богатство перенёс!

*

Во тьме кромешной лишь
Звёзд искры разглядишь.

*

Рифмоплётство ль, свинство множь —
Всё по мне: одно и тож!
Кошки в старости не дуры.
Ну а грубияны где,
Жарить б их в сковороде,
Пустошь мир от их натуры.
Всё по мне: одно и то ж!
Каждый, будь свободным всё ж!

*

Нагла харя,
Плешью, паря,
Ты не стар,
Уже не молод,
Ну а в голод
Даст навар
Твоего навозца пар?

*

Знаем: спеси полнота
Втиснута в наряд шута.
Ну а будь достойный люд,
Спесь видна как кож всех зуд.

*

Туман моей всей жизни-муки
Так тёмен, мрачен, жирно густ недели.
И я лежу в нём тихо как в постели.

*

Нервный, ветреный, фривольный и мишурный
от Большого Старого Искусства жар,
Отвратительнее — от него угар.

*

Но и все недвижные флагштоки
Вы стоять оставьте всё же, дрУги,
Даже если все премьеры в сроки
Пылко-пылко лопнули с натуги.

*

Прямы флагштоки навсегда
В родной Земли шли глубину.
А мы-то шли шатливые тогда —
Что в Солнце, что в Луну.

*

Негодуют старцы в хоре
От весёлости моей,
Да до жёлчи их при море,
Вовсе нету дела ей.

*

Ты, инфантильный лягушонок,
Я разомну тебя на блин,
Мне мерзко слышать уж спросонок
Твоих литаний мопсов сплин,
Что всякий раз высмеивает тех,
Кто вызовет у всех здоровый смех!

*

Я вышвырнул кого-то из окна наружу,
Конечно, лишь во сне, как после обнаружу!
Я вежливо затем спросил: «МамА,

А человечек для чего тут, ну, скажи сама?»

*

Что думает себе тот юный фат?
Отчизну не люблю, как в армию я взят.
И то же делает и большинство солдат!
Но себялюбьем их я тоже не объят!

*

Милый каннибал, чтоб знали:
Любишь ли ты тётю Мали?
Жри её — она здорова:
Мир ей слишком ярок снова.

*

Роз кусточек, зацелую каждый лепесточек!
Ведь лишь мир мой из досадных проволочек!

*

Ясности хотели б вы?
Полной ясности — ужель?
Грубияны ль вы от головы?
Или Вечности печальный хмель
Вы хотели б влечь, оголив, в канитель?
Иль с вселенской прихотливостью богов
В чванстве их хотели б пирогов?
Нет, ещё разумней даже вы:
По кроваткам есть у вас тоска,
Милый гномик, где для глаз с щепоткою песка.

*

Я знаю сам, чего желал бы ежечасно:
Чтоб Прояснённое не стало ясно.

*

Я хочу цепями так греметь,
Чтобы треснула на вас мембрана барабана!
Отцветёт и в вашем «Схожими иметь»
Счастье всё рефрена от тирана.

*

Эй, ночные капюшоны, иль без дна?
Подшутить хочу, мол, ряха не видна!
Да никто вас не приколет, не убьёт!
Иль все ваши глуби мерить должен лот?!

*

Одолеть нам всё неймётся
Козырям всем вопреки.
А последний нам найдётся —
Мы обмочим нам чулки.

*

Лишь своеволье — нрава образец.
Эй, жизнь, будь вольною цыганкой!
Ну всё, молчу-молчу: Конец!

Славящая песнь

Нет, мой мир не из картона переплёта!
Так тебе скажу я и во сне!
А колпак шута тебе носить охота
Лишь под лавром — это ясно мне!

Песнь путников

Как путь далёк!
В глуби долины лоск
Росы последней ночи лета.
Как путь далёк!
Горяч вселенной воск —
Солнц радость отогрета.
Как путь далёк!
В шумящих головах кружИт
Творенья мощь всего пространства.
О тихо! И без канители! К цели!
Да будет слишком многое, как пели!

Песня мух

С уха, с уха, прочь-ка, муха!
С уха, с уха, прочь копуха!
Оплеуха! Оплеуха!

Громокарл Худший
(песнь героев)

Холостые дай патроны,
так как в бешенстве я сам:
нет пощаде — будут стоны,
как начну рвать пополам!
Тысяч сто голов сорву я,
кровью позалив мундир!
Эй, я славлю смерть, ликуя —
козырей высок ранжир!
Куксясь, морщись, морщись, Мир!

Общее место

На улице я славлю лишь свободу —
Жену оставить лучше дома, коль затянешь оду.

Сон пропойцы

Я был во сне навеселе,
И рядом старый был верблюд,
Его тянуло уж к земле,
Но смех его звучал как гуд.

И вскоре гений мой хмельной
Возлёг пред этим вот скотом.
Смеялось небо надо мной,
Я пил за четверых при том.

Верблюд на миг ушёл тропой —
Нужда, я пил уж за троих.
О что за чудный был запой —
Я был велик в делах своих.

Я пью с душою без остуд,
Лишь пьёт ещё со мной верблюд.
А с людом пить — что в рану соль:
Верблюд лишь ценит алкоголь.

Песня-прощание

Прощай ты — ржавая что гвоздь!
Мне до тебя нет больше дел.
По вкусу мне лишь Жизни Гроздь,
Во всём мученье — твой удел!
Что хочешь делай ты теперь —
Не ёкнет у меня внутри.
Чего тебе? Не знаю. Мерь —
Свободой слёзки хоть утри.
А если взвоешь вновь как зверь —
До лампочки мне попурри:
Ори, милашечка, ори!

Эрмитаж

Теперь отложена мной пьянства маска!
Один — я делаю, что пожелаю сам.
Коль в ком-то ею возбудилась детская опаска,
Теперь тот знает, чем я досаждаю вам.
Я лыбюсь лишь теперь и лыбюсь снова, снова!
И взвиться с визгом likованья песнь готова!

Ноктюрн

Я затихнув лежу.
Мимо ночью чуть-слышно сквозит.
Но какой-то огромной тоской я влеком ещё глубже.
А тоска — по чему — я не знаю — тоска!
Оттого так печально.
Я хотел бы: не знаю чего!
Я в раздумье о дальнем, во времени дальнем...

Добрый агнец
(Исчерпывающее стихотворение)

Ты всё же агнец мой,
К тебе не зла моя сатира,
А бух лишь он, в запой
Смотря в кишечник мира.

Ты всё же агнец мой,
Спаси его, спаси от жира пира,
Да и меня спаси от воя у сортира
Воскресшей юности, спаси, родной,
Ведь встанет в саване опять передо мной!

Песня с колонны

Я на моей стою колонне
И вглядываюсь в море.
Я слышу, как ты бьёшься в стоне,
Но нету больше удивления во взоре,
Я на моей стою колонне,
И сердце не отяготит мне горе.

Конечная мудрость

С другими кто — единой цепи звенья,
Тот на Земле не обретёт успокоенья.

Модерный избитый мотив

Отшельник — жирный великан
Лишь ненавидеть ближних рьян.
А любит он один свой скит,
В котором вечно и сидит.
Весь мир ему — одна помада.
От ближних: жаль, дождётся ада!
Хотя у Дьявола в том интереса нет.
И скитник ест одно и то же много лет,
Да и вообще на всё плевать ему, похоже —
На ненависть, да и на губы тоже.

Песня под грог

По жилам у меня пылает грог,
Прожёг помпезный уголёк кишки от скуки.
Замёрзший нос в мозгу у мира, что продрог:
Горячи жеребцы мои в траве речной излуки.
И — Бюргэр уж Земли а: Муки! Муки! Муки!

Фантазия рубанка

Стучу зубами всеми я покуда —
Замесы Мира круты на беду.
Но длинная всё ж стружка с чуда
Обвила кольцами невзгод моих чреду.

Звуки вечера

1.
Чего ж так жмёт ботинок мне?
Ты хочешь знать про мой кошмар?
Ложись спокойно в тишине
На ту подушку, что во сне
Взлетит как твой воздушный шар.
И локоны ввысь взвеет он,
Ты их услышишь перезвон,
Поскольку дОлжно рыжим им,
Одним твоим, одним твоим,
Обвить звёзд желтизну в ночИ.
Ах, шар проклятый! Хоть кричи:
Ты стар ведь шар, то влечь ты стар,
Что одному мне было в дар!

2.
Через старые двери,
Что по-хэррски скрипят,
Входит старый печник
С чадной грудою чаш,
Столь несчастных,
Как если б прочли похоронки.
Что же хочет печник?

Прежних пьянок
Последние капли разлить?
У него коротюсенькие ножки,
А у тела четыре угла кирпича,
На котором жёлт воск головёнки,
Что, конечно, с плечей станет течь,
Так как топится печь.
Чадны падают чаши
Из рук, в чёрной саже.
Оттого доски белого пола
Все в каплях вина.
В этом радость видна прежних пьянок.
Но промоина та, что от плеч печника
Уж меж ножек его.
Только чадная печь
Как и прежде стоит, где стена.

Большие пламена

Итак: возьму я этот мрак,
И, скомкаю, и будет брошен он
как можно дальше мной, чтоб был
внутри у тех больших пламён,
что я ещё не видел прежде, но
всё ж знаю, где-то есть уже давно
их пыл...

Светогетера

Когда когда-то был лучом я света,
Как трепетал я, прям-упрям,
Проникнув через роскошь мира, что воспета,
К эфира в ней морям.
Квинтиллионы звёзд у гроз
Я приглядел пикантной сферой.
О, я был опытен от грёз
И стал светогетерой.

Старое удовольствие

Да — мои солнцетелята
Маслицем уже пролиты,
Влажны как купален полотенца,
Как размокшие донельзя булки.
Я не знаю с этими сырыми,
Сказочно-мокричными что делать,
Не поделать ничего ведь с ними.
Удовольствия такие стары, но по сути
Всё же, честно говоря, мерзки до жути!

Портовый сон

Я, точно хлев, всю эту ночь
Дрых тихо наконец.
Я, точно хлев, всю эту ночь
До тыщи счёл овец.

Все овцы были здоровЫ,
А я — не так, увы,
И я прибавил к овцам пса
В порту — за полчаса.

В порту матросы пили дни,
Упились мы вконец!
Гармошки рвали все они
И тыщу к ним овец.

Затаённая злоба

Дикость зверя на харе
Должен я себе вырезать,
Так как жизнь мне в угаре
Как в кошмаре.
Воронье в смрадной пасти
С упоением страсти
Буду рвать я на части.
А девиц всех головки,

Чьи так гнилы уловки,
Бальзамировать буду
Рыбий жир влив в посуду!
А потом, а потом:
К небу прыгну скотом,
Звёзды жрать без истом!
И в конце: жизни бред,
Не забыв с ним бесед,
Я развею в обед,
Взмою облаком сам
К небесам, чтоб витать,
Чтоб без сна, верю я,
В злобу впасть мне опять.

Хохочущий ангел

Как было это? Склизки,
сквозь в небесах прорехи
огромные летали диски,
ну а на них крутились алые орехи,
злой Дух, витая там,
колол их пополам,
а ангел с хохотом с подноса
их окроплял раствором купороса.
Да нет вопроса! Нет вопроса!

С бухты барахты кашеор

Порою мне астрально всё дано,
порою мне всё это всё равно.
Я знаю луч, что протяжённый столь,
как и земную знаю я юдоль,
и я едва ли не с неё уж с давних пор.
О ты, с бухты барахты кашеор!

Старая беседка

Я так много забыл.
Я больше не знаю

Откуда иду.
Сел в какой-то беседке,
Из крупных смарагдов
С мерцанием в них светляков.
Но я больше не знаю сейчас.
Это было в её глубине
И почти как во сне,
Самом-самом любимом у нас.

Ах, да!

Ах, да! Теперь я знаю точно, да,
От Макса с Морицем явился я сюда!
Пока в сиропа море те лежали у стола,
Так глупо походя на грозного вола.
Вдруг луч ручьём так жгуч-прыгуч,
Стал прыгать по углам,
И тут же разделил троих нас пополам.
И после этой всей возьни и кутерьмы
Я упокоился душой на сахарной звезде,
Где были в кратерах, курящихся, везде
Дымы счастливого забвения средь тьмы.

Поющие змеи

Там, где я был уже,
Там всё шло к запустенью:
Я ни рубахи не имел ни башмаков,
Зелёные лишь змеи
В руках обеих.
Ни открутиться я от них
Ни увильнуть уже не мог.
Но всё ж и много сумок звёзд
Вкруг рук моих крутилось,
Напоминая
Дряблые воздушные шары.
А змеи пели.

Фракокомета

Я жил уже давным-давно
В пространстве,
Полном света,
Все атомы светились у него.
Затем к нему внезапно
Солнце чёрное сошло,
Чьи чёрные лучи
Пронизывали всё.
И были холодны
И жаркое мне лединили тело,
Что не из толстых тканей,
Как известно, всем дано.
Но чёрный свет,
Попав мне в тело,
Вдруг шлейфом мрака
Потянулся из него,
И, раздвоившись, вскоре
Выглядел как фалды фрака,
Портной так сшил его бы для кого.
Так я и стал давным-давно
Фракокометой этой.
А нашей ли Земле-планете
Дано ещё хоть раз во мраке будет
Стать зримою в немыслимой комете
Во фраке?

Вера Корчак

Коварный карлик Ремненог
в Америке

Ремненог — нечистый дух, персонаж арабского и персидского фольклора. Представлен в виде немощного старика, который просит путников перенести его в другое место (обычно к воде, дабы напиться), а когда незадачливый путник сажает старика к себе на плечи, тот оплетает его шею гибкими ногами, заставляя выполнять свои прихоти, по сути паразитируя до тех пор, пока жертва от бессилия не упадет замертво. Ходить Ремненог не умеет, хотя его ноги и очень сильные и гибкие, позволяющие задушить человека - Википедия.

Во время своего пятого путешествия Синдбад Мореход после кораблекрушения попадает на очень красивый остров: изумрудно-зеленые лужайки, щебечущие птицы, увешанные спелыми плодами фруктовые деревья... И вот около ручья видит Синдбад маленького старичка с длинной бородой. Старичок жалобно смотрит на Синдбада и жестами просит перенести его на другой берег. Синдбад сажает старичка на плечи и переносит. Но на другом берегу старичок и не думает спускаться на землю. Он крепко обхватывает шею Синдбада своими гибкими ногами, и как Синдбад ни пытается стряхнуть его, тот только крепче обхватывает его шею, да еще и подгоняет его своими твердыми пятками как шпорами. Несчастный Синдбад превратился в носильщика и таскал на себе старика много месяцев.

Эта древневосточная история припомнилась мне в связи с грустными размышлениями о будущем Америки. Крикливое, невежественное и непроизводительное меньшинство уселось на шею огромной сильной страны и гонит ее - куда? Не так ли и горстка большевиков в 1917 оседлала огромную страну и загнала ее в тупик. Конечно, время было другое, народ совсем другой и внешние обстоятельства совсем другие, война, разруха и так далее. Но зато сейчас какие мощные средства оседлания имеются в распоряжении этого "карлика"!

Перенесемся из 2023 года на три десятилетия назад.

Осенью 1991 года, вскоре после моего приезда в Америку, я была приглашена на собрание женского клуба "Зонта". Мне объяснили, что это международная организация, защищающая права женщин. Посетить собрание американской общественно-политической группы казалось мне очень интересным, поэтому я с радостью согласилась. Но оказалось, что меня приглашают не просто посетить, но и сделать сообщение о правах женщин в СССР. Сочетание "права *женщин*" казалось мне, новоприбывшей из самого гуманного государства мира, очень необычным и не совсем понятным. Какие уж там права, да еще *женщин*! Пришлось обращаться к моему другу Тому за пояснениями. Он рассказал о борьбе суфражисток за избирательное право, которого женщины были лишены вплоть до XX века. Я решила, что этой теме свое выступление посвящать не стоит: в СССР женщины голосовать не только могли, но и были обязаны (как, впрочем, и мужчины) - в день выборов всех сгоняли на избирательные участки, и только попробуй не проголосуй! И голосовали всегда за одного кандидата.

Том также объяснил, что женское движение занимается и борьбой женщин на право делать аборты. Это тоже в моей советской голове не укладывалось: у нас шла борьба за право жить (выживать), а не прерывать жизнь... А также, продолжал мой друг Том, за право работать наравне с мужчинами. Это мне было даже смешно. Дуры они, что ли, американские женщины, - думала я, ведь у нас в стране развитого социализма женщин гоняли работать и на стройки, и на тяжелые сельскохозяйственные работы, и в шахты, и на лесоповал, ремонт дорог... А нас, пролетариев умственного труда - на сбор картофеля или сахарной свеклы или еще чего-нибудь. "С жиру бесятся", - решила я про себя. Но о чем же тогда им рассказать? И я в конце концов решила просто зачитать недавно полученные письма друзей и родственников из совдепии.

И вот я пришла на собрание “Зонты”. Его проводили в каком-то фешенебельном ресторане с люстрами на потолках и белоснежными скатертями на столах... Блестящая сервировка, официанты в накрахмаленных фартуках ловко разносят яства на подносах... Ухоженные женщины, прекрасно одетые, с красивыми прическами, тщательно наманикюренными ногтями, пальцами в кольцах... Сразу видно, что преуспевающие businesswomen... “Господи Боже милостивый! - проносится в голове, - Какие еще права им нужны? Чего им не хватает в жизни?” И вспоминаю заскорузлые, вечно обветренные и потрескавшиеся руки моей мамы, которой приходится копаться, как землеройке, в огороде, чтобы обеспечить себя и семью самым необходимым... Сестру, бегающую по магазинам за продуктами для дочки... Ее девочку, которую она силком тащит каждый день в детский сад, где злые равнодушные воспитательницы, грубые окрики и, возможно, телесные наказания детям... потому что там хоть чем-то кормят и отапливают... Жаловаться - некому, потому что и детский сад, и воспитатели - все это часть государства, которое нависает над каждым его подданным грозной глыбой. И у тебя нет никаких прав, ты - винтик в машине, и твоя жизнь и твои права приносятся в жертву невидимым властителям, у которых и другие детские сады, и другие больницы, и другие “спецмагазины”...

И вот начинаю читать вслух выдержки из писем. В зале становится тихо. Краем глаза замечаю, что официанты, обслужив клиентов, не уходят, а толпятся у стены, слушают...

“Дорогая Вера! (пишет в августе 1991 одна молодая женщина, которой волею случая пришлось провести несколько часов в диагностическом отделении районной больницы г. Подольска). Впечатления о больнице тяжелые, особенно о женском отделении. Постоянный запах крови, горы окровавленных тряпок, залитые кровью унитазы, непрерывные крики и стоны... Каждый день толпы женщин приходят сюда делать аборты, некоторые приносят свое обезболивающее, а остальные - “на живую”. Дефицит элементарных препаратов - слабительных, обезболивающих - во всей больнице не найдешь таблетки аспирина!

Медперсонал говорит, что число абортниц возросло в несколько раз, а родильные отделения, напротив, полупустые".

А вот от сестры (тоже август 1991): *"Получили вчера на весь третий квартал талоны на продукты. Вчера я видела огромную очередь около магазина "Соки" - за водкой. По талонам, и еще пустая бутылка должна быть на обмен: а) обязательно из-под водки, б) обязательно белая, в) обязательно без завинчивающейся крышки! Ты, наверное, все эти* **прелести** *нашей жизни уже забыла. Сегодня была очередь за рисом (пол кило на талон). Сегодня утром зашла в магазин и купила курицу - правда, совсем тощая и синяя, но все равно! Давали по две на руки! Взяла одну себе, одну - маме с папой. Я не могу вспомнить, когда последний раз ела курицу!.. Очередной дефицит у нас - сахарный песок. Сейчас осень - у всех пропадают ягоды и яблоки - так как нечем консервировать. Конфеты всех видов исчезли из продажи. Надо думать, народ из них гонит самогон. Вчера из булочной торчал длиннющий хвост - очередь за сухарями..."*

А вот выдержки из письма мамы примерно того же периода:

"Потихоньку становятся дефицитом все новые продукты. Минтай и хек практически исчезли. «Дохлые» куры иногда «выбрасываются» для толпы разъяренных женщин в очередях. Правда, мясо говядина еще есть с перебоями — бьют скот, потому что нечем кормить будет зимой — соответственно не будет молока. Ваши талоны на масло нас выручают. Крупы «Геркулес», «Артек», перловка в общем еще не дефицит. Белый хлеб разбирается довольно быстро, молоко тоже. Нам с отцом не так уж много и надо, мы в общем-то не страдаем, но иногда вдруг так захочется «хорошей рыбки» или «американских куриных ножек» (помнишь?). Мы вегетарианцы!"

Закончила я чтение при полной тишине, даже прекратился стук ложек и вилок о тарелки. Все это происходило в 1991 году, за несколько месяцев до распада СССР. Посыпались вопросы - во многом наивные, но в общем показывающие, что слушатели имели правильное представление о том, что коммунизм - это зло.

С тех пор прошло тридцать с лишком лет. Ухоженные дамы “Зонты” давно состарились, а многих уже наверно и нет. На смену им пришло новое поколение - их дети и внуки. Эти уже не считают коммунизм злом, а, наоборот, поддерживают - причем поддерживают активно, с пеной у рта и транспарантами в руках, с преследованием всех несогласных. Все это поощряется видными политиками, учеными, журналистами и писателями.

Что же произошло за эти тридцать лет? Как и когда удалось - на протяжении одного поколения - политизировать все и вся и почти подчинить кучке озлобленных крикунов значительную долю населения страны? Как и когда борьба за неотъемлемые права человека трансформировалась в погоню за неограниченными индивидуальными правами, сфера которых непрерывно расширяется, причем не всегда в интересах общества? Как и когда общество проглотило идею дифференциации прав по принадлежности к какой-либо группе, и восторжествовал принцип “Имею право делать все, что хочу, когда хочу и с кем хочу, а на права остальных наплевать” (а уж о правах женщин, за которые так боролись мои приятельницы из “Зонты”, и вообще говорить не приходится). Как произошла политизация всего и вся, включая даже интимные стороны жизни человека?

Политизация означает изменение в сознании и поведении индивидов и групп, происходящее в результате доминирующего влияния политики на все сферы их жизнедеятельности (словарь социологии). Политизация американского общества началась в 1960-е годы под руководством демократической партии. Именно тогда эта партия встала на путь радикализации и начала брать на вооружение идеи радикального переустройства общества. Но как произвести радикальное переустройство преуспевающего общества, *большая* часть которого ни в каком переустройстве не нуждается? Поэтому апологеты радикализма обратились к различным меньшинствам, а также маргиналам и отбросам общества. Эти и станут тем “карликом”, которого мы посадим на шею американского народа.

Для этого проблемы меньшинства (настоящие и выдуманные) надо было распространить на большинство и внушить ему, что это и его проблемы. А потом направить личные проблемы и тревоги населения в политические русло. Посмотрим, как эти идеи осуществлялись на примере феминизма, которым так увлекались мои приятельницы из Зонты. Официальным лозунгом феминизма была борьба против патриархата. На самом деле, если присмотреться внимательно, это было движение элит (как женщин, так и мужчин) против традиционного взгляда на обычную нуклеарную семью, против "традиционных" женщин.

Феминизм возник в 60-е годы на основе радикального студенческого движения в защиту угнетенных чернокожих американцев. Первые феминистки, участвуя в движении в защиту черных, стали выступать с заявлениями такого рода: нас, как и наших чернокожих братьев и сестер, тоже угнетают, нас угнетают мужчины, мы находимся у них в услужении и подвергаемся системному угнетению. Прогрессивные феминистки стали высмеивать тех женщин, которые продолжали хотеть быть матерями и женами, считали их неполноценными. В их выступлениях и публикациях начался поток жалоб на бытовое притеснение женщин. Например, что возвращающиеся с работы в конце дня мужья не помогают женам готовить обед, убирать со стола, пеленать детей и заниматься прочими домашними делами. И все потому, что они (мужья) считают себя высшей кастой (а не потому, например, что они вернулись с работы усталые). Все эти мелочи сплетались в картину широкомасштабной эксплуатации женского пола мужским.

Социолог Миллс Райт, один из основоположников леворадикального движения в США, именно этому и поучал: отыщите, какие у групп населения проблемы частного характера и раздуйте их до масштаба системных общественных проблем. Вот и раздували. В университетах начали появляться (1970-е годы) различные курсы по изучению женского вопроса. Если женщин освободить от воспитания детей, только тогда они смогут сравняться с мужчинами в правах и возможностях. Кто же будет воспитывать детей? Государство, конечно. Женщины должны стать экономически независимыми, иметь право на аборты, бесплатные противозачаточные. Разводы должны осуществляться по первому требованию без указания причин. Все эти идеи действительно пошли на пользу женщинам из элит, женщинам, интересующимся карьерой, а не замужеством и деторождением. Это привело к своего рода классовому размежеванию: с одной стороны - обеспечивающие себя женщины карьеры, а с другой простые женщины-работяги, вынужденные тянуть лямку не только ухода за детьми, но и служебную - зарабатывать на жизнь. Феминизм обеспечил возможность карьеры для небольшого числа женщин, и разрушил семью для всех остальных женщин (большинства).

Государство тоже постаралось углубить распад семьи, введя систему пособий только матерям-одиночкам. В этой связи вспоминается история, которой со мной поделилась одна ученица в мою бытность преподавателем. Она рассказала, как к ее старшей сестре - матери-одиночке - неожиданно заявился инспектор по социальному обеспечению с проверкой. Сожителю сестры пришлось спешно выпрыгивать из окна во двор, а его вещи быстро запихивать под кровать. Я, наивная начинающая учительница, удивленно спросила: "Зачем же ему надо было прятаться?" Она посмотрела на меня снисходительно и объяснила: "Ну что вы, мисс Корчак, такие странные вопросы задаете: у нее забрали бы пособие матери-одиночки, если бы узнали, что она живет с мужчиной."

Другой пример - так называемая сексуальная революция. У либералов-прогрессистов первой половины 20 века было терпимое отношение к половым вопросам, но дальше этого они не шли.

Не так новые лево-либералы: они заявляли, что надо высвободить подавленные сексуальные желания. Начались горячие споры о том, где проходит граница между непристойностью, порнографией и искусством. И кто будет решать, что похабщина, а что литература? Договорились до того, что решать будут ученые эксперты, академики. Решили, да так, что границы эти стали расплываться и все более раздвигаться.

Это в свою очередь привело к взрыву доступной порнографии и к дальнейшему развалу семьи.

Радикалы заявляли, что отклонения от патриархального представления о сексе должны приветствоваться и поощряться, гомосексуализм - более здоровое проявление сексуальности, чем гетеросексуализм, гетеро нужно только для размножения, человек должен принять все возможные формы сексуальности, это приведет к более полному развитию личности.

Движение за права гомосексуалистов стало частью общего движения за права человека, наряду с борьбой за права черных и женщин. Но оно тоже радикализировалось.

Началось с борьбы за признание прав гомосексуалистов, а закончилось атаками на традиционную семью, традиционную мораль и гетеросексуализм вообще. Сексуальные извращения стали считаться нормой, и зародились идеи гендерной флуидности, трансгендеризма и тому подобные.

И феминизм, и трансгендеризм используются не только для разрушения традиционной семьи, но и для политического контроля над самыми интимными сторонами человеческой жизни - они позволяют правительству вмешиваться в личную жизнь граждан, приучают индивида мириться с вторжением в его персональное пространство (например, приучают женщин терпеть мужчин в женских раздевалках, смиряться с участием трансгендеров в женских спортивных состязаниях и т.п.).

Все эти и им подобные движения могли бы остаться на периферии общественного сознания, да не тут-то было. Лево-либералы воспользовались идеями некоего Антонио Грамши (1891-1937) - марксиста, члена компартии Италии, который выковал фразу "долгий марш по учреждениям". Меньшинство, поучал Грамши, способно радикально перестроить общество путем постепенного внедрения ("марша") в правительственные, образовательные и информационные организации. Главные институты общества, а не классы, станут источником радикальной перемены общества.

Это - принципиальный отход от основополагающего принципа демократической республики, согласно которому перемены должны идти снизу, путем давления населения на своих избранных представителей с требованием решить те или иные проблемы.

Изнутри этих институтов, то есть сверху, и будет вестись распространение радикальной идеологии и перестройка общества, да и сами проблемы будут спускаться сверху. Только так можно направить страну в нужном радикалам направлении.

Идея не нова.

Это мафиозный принцип создания сфер "прикрытия", за ширмой которых распространялась власть организации и осуществлялась   нелегальная преступная деятельность. В мафии это были бюрократические и правоохранительные учреждения, а также легальный бизнес, под прикрытием которого отмывались незаконные барыши.

Использовался этот принцип (его теория была разработана Лениным в статье "Что делать?") и большевиками. Сферами прикрытия для большевиков сначала служили Советы депутатов, потом при распространении по всем континентам - коминтерн, коминформ, посольства и т.п.

Студенты, участвовавшие в демонстрациях и протестах середины 1960-ых годов, закончив университеты и колледжи, рассыпались по всей Америке и начали свой "марш". Они стали занимать должности преподавателей в университетах и чиновников в правительственных учреждениях, проникли в информационные агентства и издательства.

И пошло-поехало. Началась постепенная, а потому и незаметная кооптация всех ключевых институтов общества.

Посмотрим, например, на Акт о гражданских правах (Civil Rights Act, 1964), который, кстати, был последним законодательным документом который создавал сам Конгресс в результате длительных и горячих дебатов. После этого созданием законов Конгресс больше никогда не занимался, передав эту функцию административным агентствам.

Акт запрещает дискриминацию на почве расовой принадлежности (включая расизм с обратным знаком), пола, религии и т.п., запрещает использование расовых квот, запрещает Affirmative action. В Акте специально оговаривается, что его нарушение определяется *конкретными* случаями индивидуальной дискриминации против *конкретного* лица.

Как обычно и водится в таких случаях, Акт о гражданских правах привел к созданию многочисленных агентств, призванных следить за его выполнением.

Туда и полезли новые радикалы и принялись его кромсать. Годами и десятилетиями они издавали мелкие и крупные "пояснения" к тем или иным пунктам Акта и различные добавки. В итоге этого кромсания Акт практически превратился в свою противоположность. Одно из агентств, призванное следить за выполнением Акта (Equal Employment Opportunity Commission) в 1978 ввело запрещенные Актом расовые квоты и начало следить за их соблюдением. А нарушением Акта стал считаться недостаточно высокий процент представителей меньшинств в той или иной организации, даже когда никаких *конкретных* примеров актов дискриминации в этой организации не имелось.

Это назвали "системным расизмом".

Другой пример - поправка 1972 года к закону о гражданских правах.

Это так называемый "Титул IX".

"Титул IX" касается федерального финансирования спорта в школах и университетах. Эта поправка запрещает дискриминацию по половому признаку в образовательных программах, главным образом спортивных. Введение "Титула IX" привело к расцвету женского спорта, который прежде находился на "финансовых задворках", а после принятия закона стал финансироваться наравне с мужским. Но и этот закон подвергся "интерпретациям", "поправкам" и "добавкам", главным образом во время президентства Обамы. Он стал включать не только пункты, отсутствующие в самом законе, но и противоположные его духу. Запрет сексуальной дискриминации распространен на трансгендеров и гендер флюидных индивидов самых разных оттенков. Это привело к многочисленным проблемам, судебным искам и нарушению баланса в женском спорте, так как трансгендерные "женщины" стали допускаться к женским соревнованиям и оттеснять биологических женщин от побед. Президент Трамп ограничил применение "Титула IX" только по биологическому признаку, но Байден вернул его к обамовской интерпретации.

Чем же кончилось повествование о Синдбаде Мореходе и коварном карлике? Кончилось тем, что Синдбаду удалось-таки с помощью хитрости избавиться от своей ноши. Он нашел на поле тыкву, выдолбил ее и положил внутрь дикий виноград. Оставалось только заткнуть отверстие и подождать некоторое время, чтобы виноград забродил и превратился в вино. Этим вином Синдбад и напоил старика, и когда тот совсем опьянел, скинул его на землю и был таков.

Увы, от американского коварного карлика так просто избавиться не удастся. Он уже много десятилетий сидит на шее американского народа и сросся с его телом. Это сродни физическому процессу диффузии твердых тел (металлов, например), при котором атомы соприкасающихся твердых тел перемешиваются на границе соприкосновения. На такое перемешивание и сращивание уходят годы и даже десятилетия, и в результате эти два тела настолько срастаются друг с другом, что их уже невозможно "разъединить". Очистить Америку от лево-радикализма, который проник во все правительственные, государственные и общественные организации страны, будет непросто. У американского гражданского общества есть шанс избавиться от этого карлика только в том случае, если оно будет *активно, неустанно* и *бесстрашно* ему противостоять - в семье, школе, своем городе, своем штате, своим голосом на выборах. В противном случае - прощай, Америка.

Ирина Бирна
Московия или Россия

Своевременные мысли о топонимике и,
сопутствующие им, о разном

Я только робко осмеливаюсь заметить,
что зло надо было все-таки назвать злом,
несмотря ни на какую гуманность,
а не возносить почти что до подвига.
Ф. М. Достоевский

[...] порушене у петиції питання потребує ретельного опрацювання як у площині історико-культурного контексту, так і з огляду на можливі міжнародно-правові наслідки.

З урахуванням зазначеного я звернувся до Прем'єр-міністра України з проханням щодо його комплексного опрацювання, зокрема із залученням наукових установ, та інформування мене та автора петиції про результати.

В.ЗЕЛЕНСЬКИЙ[2]

7 грудня 2022 року Івано-Франківська обласна рада звернулася до президента України і Верховної Ради України із закликом перейменувати Російську Федерацію на Московію на державному, офіційному, громадському рівнях, а також у ЗМІ на території України. Росіян відповідно називати московитами.

Наши авторы уже шутят: это под влиянием Ирины Бирны.
Из письма Владимира Батшева, 13.03.2023

Мне, разумеется, крайне приятно думать, что инициатива пани Шахворостовой[3], мотивирована чтением моих скромных текстов. Но в этом случае придется признать, что меня читают, если не все, то, по крайней мере некоторые, депутаты Ивано-Франковского Областного Совета и, может быть, даже сам пан президент Зеленский, оперативно откликнувшийся на петицию. Такое объяснение, при всей его

---

[2] https://petition.president.gov.ua/petition/170958
[3] Шахворостова Валерия Александровна, автор петиции о возвращении россии ее исторического имени московия.

приятности для меня лично, допустимо, но крайне маловероятно. Гораздо более вероятным следовало бы признать тот многократно подтвержденный историей факт, что идея, одновременно приходящая людям, ничем и никак не связанным, живущим даже в разных государствах, назрела и настоятельно требует решения. А отсюда уже вывод: проблема *будет* решена. Если не сейчас, то позже, если не нами, то следующим поколением. И не только потому, что имя – не просто набор букв, и не потому даже, что назвать, значит понять суть феномена, его modus operandi и modus essendi, предсказать пути эволюционирования и пр., но, прежде всего, потому что верна обратная связь, т. е.

Имя обязывает.

I

МОСКОВИЯ или РОССИЯ? Вопрос, разрывающий на две неравные части не только подданых империи, но и граждан свободных соседей ее. Как и следовало ожидать, подавляющее большинство подданых вскипело гневом возмущенным, прослышав о том, что президент Зеленский «обратился к премьер-министру Шмигалю *с просьбой* о комплексной разработке, особенно с привлечением *научных* инстанций», предложения о переименовании, и лишний раз укрепилось во мнении, насколько прав их *президент*, когда говорит, что Украина придумана Австрийским Генеральным штабом (вариант: лениным), что ее нет, не было и быть не может, потому что ее быть не должно. Возмутились и оппозиционеры, и даже один бывший диссидент[4]. Анализировать, да и просто задерживаться на комментариях московитского люда лишено всякого смысла, настолько они эмоционально заряжены и исторически пусты. Все они основаны на информации, почерпнутой из исторических изысков тамошнего *президента* и других московитских *ученых* - от Ключевского и до имен нынешних. Но, как часто бывает, гораздо любопытнее оказались комментарии к комментариям. Так, одна очень оппозиционная газета, анализируя реакцию сети на просьбу

---

[4] Аббас Галямов, например, заявил о «*вражеской* инициативе», которая «*никаким потенциалом не обладает*», а бывш. диссидент Подрабинек назвал ее *политическим анекдотом и шутовством во время войны. (курсив мой, иб)*

Зеленского, заявила: «Хотя Зеленский был обязан отреагировать на петицию, он *не должен был отвечать на неё положительно и вполне мог отшутиться*» (*курсив мой, иб*). Вчитайтесь, московиты, еще и еще раз: а ведь это лицо вашей оппозиции! Ваши *оппозиционеры*, просто-таки уверены, что президент государства может *отшутиться* от результатов плебисцита!

И после этого вы говорите: «Мы - адин народ»?

Да, мы – тоже!

Критики даже не вчитались в сообщение, а, если и вчитались, но оказались не в состоянии его понять. Речь ведь там о *просьбе* провести *научную* экспертизу. Не о *приказе выдать нужный результат*, но проанализировать известные документы и уже на основе их дать рекомендации политике, которая, в свою очередь, решит, насколько эти рекомендации могут быть реализованы. Единственной разумной реакцией в подобной ситуации было бы подождать результатов научной экспертизы и потом уже аргументированно и содержательно спорить с ними. Так откуда же эта хомогенная истеричная реакция по обе стороны *поребрика* и во всех слоях общества? Да в том-то и дело, что московиты *знают*, насколько тонка и прозрачна здесь вуаль лжи, покрывающая исторические факты, и насколько, с другой стороны, важна она для легитимизации всего существования империи, насколько густо замешен на лжи фундамент этого государства.

Имя *россия*, как это общеизвестно, впервые появилось в указе петра I от 22 октября 1721 г. До этого времени, а в большинстве европейских документов – на географических картах, в научных трудах, художественной литературе и публицистике – до начала XX века - территорию продолжали называть московией или московским государством. Топоним, как это было тут же заявлено и по сей день настырно тиражируемо, происходит от *Руси*. Следовательно, обретая имя, москва вступала в права наследия могучего государства славян позднего средневековья со столицей в Киеве, становилась, наконец, европейской державой. Почему теперь, в третьей декаде XVIII столетия? Ведь, согласно документам, Киев окончательно перешел в московское владение в 1686 г. (Договор о *Вечном мире* между Речью Посполитой и московией), т. е. московия с полным правом уже тогда могла назвать себя

Русью или россией (Киев наш!). Таков был план, но вот руки не дошли. Это было время, когда московией фактически правила боярская дума, прикрываясь двумя зиц-ко-царями – десятилетним петром и его душевно больным единокровным братом Иваном V - и, пристегнутой к ним регентшей, сестрой, двадцатипятилетней царевной Софьей. Этот московский триумвират – дума-цари-регентша - был занят междоусобной грызней и склоками. Самодержцем стал петр лишь десять лет спустя после официальной аннексии Киева. Но и тогда было ему не до Киевского наследства. Собственную шкуру и власть надо было спасать: стрельцы, шведы, поляки с литовцами, османы… Страна московия была обширна и недрами богата, но не знала науки и техники, не имела флота и традиционно отставала не только от Европы, но и от Османской империи в современных вооружениях… Но одной из главных проблем на пути к заветной цели оставалась все еще достаточно сильная казацкая держава на днепровском Правобережье – единственная легитимная наследница Руси. И держава эта не забыла о своих правах на Киев, как и то, при каких обстоятельствах достался он московитам. Лишь Полтава и Батуринская резня (1709) убрали последние преграды. Вот как поэтически описывает последующие события Пушкин:

Россия вошла в Европу, как спущенный корабль, при стуке топора и при громе пушек. Но войны, предпринятые Петром Великим, были благодетельны и плодотворны. *Успех* народного преобразования *был следствием Полтавской битвы*, и европейское просвещение причалило к берегам завоеванной Невы.[5]

Итак, поэт совершенно обоснованно связывает вход московии в Европу с разгромом Украинской державы. Но он умалчивает – по знанию или не знанию – не суть важно – о том, что и узурпация имени Руси имеет тот же исток, и

Новое имя московии неразрывно связано с Киевом.

Вот, собственно, и все. Здесь можно было бы и закончить нашу беседу, потому что очевидно:

---

[5] А. Пушкин, *О ничтожестве русской литературы*, 1834 (*курсив мой, иб*)

С провозглашением в 1917 году Украинской Народной Республики, московия утратила право на некогда позаимствованное имя.

Но, предвижу, кому-нибудь лаконизм моей логики может показаться очень уж постным и несоответствующим *величию* предмета. И дело тут в том, что под неоспоримыми историческими фактами затаился простенький вопрос: *Зачем?* Московия с давних времен стремилась в Европу[6], но имя-то зачем менять? Неужели вожделенное европейское просвещение не могло причалить к берегам *завоеванной* Невы, если бы та находилась на московии? Зачем петру так-таки понадобилось переименовывать московию на греческий манер?

Ну что же, разъясним и это сомнение.

II

Вместе с именем московия узурпировала не только территории, не только историю и не только славу Руси, но прежде всего то, без чего она не могла прилепиться к Европе: *славянскую родословную.*

Народы, населявшие северо-восточное приграничье Руси, земли, где и были основаны Владимирское, Суздальское и, поглотившее их со временем, московское, княжества, никакого отношения ни к славянам, ни к иным народам Европы, не имели. Более того, до XII века даже контактов с Европой не знали – во всяком случае, наука не располагает документами, подтверждающими славянизацию северо-восточных окраин Руси[7]. Первые поселения на болотах Залесья были созданы киевскими князьями – это так, но ни сами князья, ни б*о*льшая часть их дружин, славянами не были: Рюриковичи, как известно, были германцами, а дружины в те времена состояли, в основном, из наемников, толпами *блукавших* по Европе и Азии в поисках заработка и приключений. Земледельцам-славянам в Залеских болотах делать было нечего, здесь начисто отсутствовала классическая мотивация миграции – *рост благосостояния.* Колонизировать

---

[6]. Ср. «Но и в эпоху бурь и переломов цари и бояре согласны были в одном: в необходимости сблизить Россию с Европою», А. Пушкин, там же.

[7] См., например, здесь: Peter Heather, Invasion der Barbaren. Die Entstehung Europas im ersten Jahrtausend nach Christus, - Klett-Cotta, Dritte Auflage, 2020

крестьянами те гиблые места значило обрекать их на голод, болезни и вымирание. Следовательно, этнический состав новых княжеств можно сравнить с известным рецептом *Колбасы из рябчиков и конины*: один рябчик — один конь, с той лишь разницей, что в нашем случае речь идет не о колбасе, а о живой и развивающейся социальной системе с постоянно меняющейся пропорцией этнического состава. И изменения эти были, в силу естественных факторов, не в пользу славян, пропорция которых в этнической колбасе московии постоянно снижалась: с востока и севера шел непрерывный приток представителей коренных народностей, привлеченных той самой экономической выгодой. Шанс сделать карьеру, обучиться ремеслам, поступить на воинскую службу или прислугой в зажиточные семьи, составить удачную партию с кем-нибудь из местной элиты — города и поселения предлагали неограниченные возможности, да и условия жизни здесь были несравнимы с тайгой и болотами. Приток же славян был настолько слаб, что им можно практически пренебречь. Вот почему даже *российские* историки - до известного, впрочем, периода - называли население московии *самобытным и обособленным народом, не имеющем ничего общего ни с Русью, ни с Литвой, ни с Польшей.*[8]

После захвата русских земель, населенных славянами — Новгородской республики (1478) и Тверского княжества (1485) население московии достигло трех млн. человек. Учитывая, что Новгородская республика к моменту аннексии насчитывала никак не более шестидесяти тысяч человек, и великодушно принимая население Твери в этих же пределах, получим, что славян на московии конца XV века по самым оптимистично завышенным оценкам могло быть около ста двадцати тысяч - менее 4% от общего числа жителей. Последующие аннексии - Псковской республики с населением тридцать тысяч человек (1510) и Рязанского княжества (количество населения неизвестно, но оно вряд ли превышало число псковичей) (1521) -, пропорции в пользу славян не изменили.

Но и это не главное. Изменения этнического состава населения, как свидетельствуют истории практически всех

---

[8] Ср., например, А. И. Лызлов, *Скифская история*, 1776

переселений народов, не влияют на государствообразующую философию принимающего государства. Ярчайший пример тому – покорение германских государств хуннами. Хунны захватили значительную часть Европы – от Райна до Северного Кавказа - и создали здесь могущественное государство – *Империю Хуннов*. Случилось это в IV веке от Р. Х., а уже в захоронениях V века археологи не находят даже следов хунской культуры: завоеватели полностью растворились в культуре германцев[9]. Образовавшиеся со временем на этих территориях государства, тоже не стали государствами кочевников, но продолжили греко-римскую европейскую традицию. Здесь мы подошли к очень важному моменту. По аналогии, московиты, заселившие Новгородскую и Псковскую республики, должны были бы со временем тоже стать европейцами и республиканцами. Именно на этом допущении и основана логика московии при выборе имени империи в 1721-м году. Но ситуация в захваченных московой славянских государствах имела две особенности. Первая. Хунны оказались в Европе в культурной ловушке. Они, со временем, полностью утратили связь с монголо-китайской родиной, а опыт кочевой жизни ничем в Европе высокоразвитого сельского хозяйства помочь не мог, оказался ненужным. Хунны вынуждены были приспосабливаться к местным условиям и принимать культуру побежденных, *volens nolens становиться европейцами*. Московиты, в силу незначительного отдаления, связи со страной существования и источником культуры не утратили. Московия попросту поглотила и растворила в себе горстку славян. Этому способствовала вторая особенность ситуации: захват и аннексия сопровождались безжалостной *моквофикацией*. Новгород не просто был присоединен к московии и не просто дотла разграблен, нет, здесь полностью была выжжена – в буквальном смысле слова – всякая память о славянской – европейской – вольнице: уничтожено вече, вывезены в москву все архивы, под надуманным предлогом разорваны связи с Ханзой,[10] население

---

[9] Heather.

[10] А вот, как проходило присоединение Псковской республики: «В 1510 году великий князь московский Василий III прибыл в Псков и объявил его своей вотчиной, положив конец Псковской республике. Вече было распущено, приблизительно 300 богатых псковских семей были высланы из города. Их имения распределили между

частично перебито, частично вывезено на московию, а на его место пришли мигранты-московиты. Таким образом, захватами русских княжеств московия не славянизировалась, не русифицировалась и не европеизировалась, но напротив — несла в Европу нравы и обычаи Залесья.

Но вернемся в 1721 год.

Прорубить окно в Европу было частью дела.

Причем, не самой сложной.

Петр эту часть завершил, но он лишь продолжил колупать европейскую стену там, где начали его предшественники —

Василий II темный, Иван III *великий*, Василий III, Иван IV *грозный*, Дмитрий I, Алексей *тишайший*. Василий II был первым князем, обозначившим стратегические цели: чеканил монеты с новым титулом *Всея Руси князь великий Василий*[11]. Иван III предпринял первые робкие практические шажки на сближение с Европой: женился не на дочери какого-нибудь хана, как это делали многие его предшественники, а на европейке - племяннице последнего Византийского императора Константина XI, Софии Палеолог. Вместе с молодой женой на московию приехали европейские зодчие, дабы построить, наконец, первые каменные сооружения за пределами Руси; в свите были так же европейские ювелиры, мастеровые, портные... Так появились яркие образцы *славянского* зодчества, возведенные итальянцами: московский кремль и успенский собор в нем, а московиты приобрели несколько европейский вид — сало на кафтанах стали выдавать за *европейский лоск*. Василий III еще теснее прижался к Европе, захватив Псковскую республику и Смоленск. Не отставал и Иван IV *грозный*, поковырявшейся в европейской стене ливонскими войнами. Но самый значительный европейский вклад в московию сделал, без всякого сомнения, Дмитрий I. Все его краткое правление было сопровождено попытками привить московитам хотя бы азы гуманизма и порядочности, чувства собственного достоинства, уважения

московскими служилыми людьми. На рассвете 13 января 1510 года был снят вечевой колокол». Википедия.

[11] Строго говоря, про *всея Руси* придумал писать Дмитрий Шемяка, внук Дмитрия донского, на время изгнавший двоюродного брата Василия из москвы.

друг к другу. Это он привез на московию вилку и стремился научить бояр ею пользоваться; упразднил институт холопства, дал вольности крестьянам; конфисковывал земли и деньги у монастырей; привез европейскую музыку, танцы, культуру поведения за столом и этикет общения с дамами; стремился искоренить взяточничество. Он, кстати, был первым, кто именовал себя по-европейски – императором. Короче: был Дмитрий первым и до сих пор единственным, кто попытался сделать из московии европейскую державу, а из московитов – европейцев. Он был единственным правителем, кто понимал, что московии, для того чтобы стать частью Европы, необходимо принять европейскую культуру, европеизироваться, тогда как все его последователи, напротив, стремились - и стремятся поныне! - к москвофикации Европы, что последняя инстинктивно отвергает и старается держать россию на безопасном от себя расстоянии. Вот почему прорубленное петром окно проблемы не сняло: в это окно нужно было еще как-то влезть. И для этого надо было усыпить Европу, смягчить ее недоверие. Легче и проще всего это можно было сделать через славянство. Не знаю, понимал ли это московит петр (сифилитик прожил всего лишь четыре года у прорубленного окна), но это отчетливо поняла немка – екатерина II. Именно она серьезно, на доступном времени научном уровне, принялась из московитов лепить славян, а из московии россию. Для сочинения *настоящей* истории московии, *исходящей из славянских корней Руси*, царица повелела в 1783 создать специальную *Комиссию для составления записок о древней истории преимущественно России* (указ от 04.12.1783). Она же очертила и круг научных исследований: пересмотреть и переработать архивные летописи для написания *новых сводов, обосновывающих киевские истоки московии.* Через десять лет десять *выдающихся* выдали *Екатерининскую историю* (1792).

Вот некоторые последствия трудов праведных:

- из архивов были изъяты практически все *оригиналы* древних летописей, их заменили рукописные же копии[12];

---

¹² По данным украинского историка В. Белинского, среди множества документов, призванных обосновать единство Киевской Руси и финских племен, населявших

- москве прибавили почти полторы сотни лет, каких ей не хватало для того, чтобы быть основанной киевским князем Юрием Долгоруким[13];

- запрещены были многие исторические труды, вышедшие *до* начала работы Комиссии, в число которых попали и упомянутая *Скифская история* А. И. Лызлова (1776), и *История Российская* В. Н. Татищева[14] (1747);

- чудесным образом в архивах *нашлись* новые, доселе никому неизвестные и нигде не упоминавшиеся исторические документы, среди которых - *Общерусские своды*, которые выдали за документы XI, XIII, XIV вв., и где нашли то, ради чего огород и городили: «общерусскую идею», *неопровержимо доказывающую*, что московиты выходят напрямую из славянских племен еще *Докиевского периода* - полян, древлян и др.

Но главным научным результатом стала разработка нового, революционного метода *исторических эпитетов*. Так, на месте Руси со столицей в Киеве, появились Русь *Киевская*. Пустяк? Не скажите! Ведь там, где есть *Русь Киевская*, можно сочинить и *Русь Новгородскую*, а потом, из этой *post factum федерализации* Руси, можно с чистой научной совестью вывести и нечто совсем уж фантастическое, но жизненно необходимое - *русь московскую*. И раз уж таким образом *неопровержимо* доказано, что москва — это Русь, то и права москвы на Новгород, Ростов, Чернигов, Киев и все остальные земли, бывшие когда-то Русью, тоже доказаны.

Масштабная *научная* на высшем административном уровне освященная фальсификация истории привела к небывалому доселе всплеску имперской пропаганды. Немка понимала мотивационное и мобилизующее значение печатного слова и держала под личным контролем не только

Владимирское, Суздальское и московское княжества, хранящихся в московитских архивах, нет ни одного (!) оригинала. Только переписанные копии.

[13] Первое упоминание о поселении *москва* в независимых документах датировано третьей переписью населения Золотой Орды (1272). Ни в первой переписи (1237-1238), ни во второй (1254-1259) поселение москва не упомянуто. Долгорукого же уходили киевские бояре в 1157 году.

[14] Ср.: «Петр […] невзлюбил Татищева за легкомыслие и вольнодумство», А. Пушкин, там же. Как видим, уже тогда попытки написать правдивую историю московии, пресекались на самом высоком уровне!

изящную словесность, но и науку, и периодику. Фальсификации были настолько обширны, поток научной лжи настолько всесторонен и всеобъемлющ, а архивы вычищены столь основательно, что сегодня крайне трудно восстановить правду. Когда, например, возник миф о *полководческих деяниях* князя александра (невского), всю жизнь скромно собиравшего подати с городов русских для ханов ордынских? Когда и кто придумал ему кличку и звонкую пошлость про *меч*? Когда стали святыми сергий (радонежский), алексий (московский), фотий, йона и пр. публика, для которой церковь служила лишь прикрытием в деле «укрепления и расширения государства московского»?[15]

Внесла свою долю скромную в общее дело создания новому народу нужной и правильной истории и сама царица-матушка. Двигало ли ею женское тщеславие, недоверие ли к интеллектуальной потенции *выдающихся историков* или иные какие причины, только сочинила она (или повелела сочинить) собственные записки *о государстве российском, касательно российской истории*[16], логика которых и легла в основу труда Н. Карамзина, а затем и всей российской, советской и нынешней московитской исторической науки.

Интерес для нас, в свете обсуждаемой темы, представляет *Наказ Комиссии о составлении проекта нового Уложения* (1767-1768 гг.), в котором читаем:

Глава I

6. Россия есть Европейская держава.

7. Доказательство сему следующее. Перемены, которые в России предпринял ПЕТР Великий, тем удобнее успех получили, что нравы, бывшие в то время, совсем не сходствовали со климатом и принесены были к нам смешением разных народов и завоеваниями чуждых областей. ПЕТР Первый,

---

[15] Фальсификации при раздачах почетных званий *святых*, особенно любопытны. Так, известно, что до Макарьевских соборов (1547 и 1549) московское православие не знало канонизации. Но официальная история утверждает, что алексия, сергия, фотия, йону, как и очень многих других, канонизировали *за сто лет* (!) до изобретения процедуры. И это еще не все. Сергия, как оказалось, вообще не канонизировали – его *назначил* святым Василий II (темный).

[16] Ср. *Императрица Екатерина II, О величии России*, - москва, ЭКСМО, 2003

вводя нравы и обычаи европейские в европейском народе, нашел тогда такие удобности, каких он и сам не ожидал.[17]

Итак, мы имеем дело со страной, состоящей из чуждых областей, где царит смешение разных народов с нравами, не сходственными со климатом, и которые вдруг оказываются народами европейскими, которым петр ввел европейские же нравы и обычаи. Из сказанного, однако, совершенно очевидно вытекает как раз противоположное, а именно, что народы московии европейскими никогда не были и быть не могли: вводить европейскому народу европейские нравы и обычаи, то же самое, что учить рыбу плавать или русского историка лгать. Нравы – суть часть менталитета всякого народа, они - плод культуры его, итог исторического опыта. Чтобы понять пропагандистскую цель Наказа, достаточно вообразить себе какого-нибудь, скажем, из Людовиков, публикующего вдруг, с какой-то горячки, некий документ, утверждающий (!), что Франция есть Европейская держава, более того – доказывающий (!!) европейскость ее, и – одновременно - обосновывающий (!!!) необходимость введения французам европейских нравов и обычаев. Но великой двигала совсем иная логика. Переименование московии в россию было одной из тех удобностей петровских реформ, которые открывали новые горизонты имперской политике. Спрятав московитов в Троянском коне славянства, царица не только подвела черту под собиранием земель Руси, но легализовала претензии московии на все земли, заселенные не только славянами, но и православными.[18] Именно здесь начинается

---

[17] Там же

[18] Ср. «Не может Россия изменить *великой идее*, завещанной ей рядом веков и которой следовала она до сих пор неуклонно. Эта идея есть, между прочим, и всеединение славян», Ф. М. Достоевский, *Дневник писателя за 1876, Июнь, Глава вторая, III. Восточный вопрос (курсив мой, иб);* или: «[…] через реформу Петра произошло расширение *прежней* же нашей идеи, русской *московской (курсив здесь и ниже мой, иб)* идеи, получилось умножившееся и усиленное понимание ее: мы сознали тем самым всемирное назначение наше, личность и роль нашу в человечестве […] Сам собою после Петра обозначился и первый шаг нашей новой политики: *этот первый шаг должен был состоять в единении всего славянства*, так сказать, *под крылом России.* […] Само собою и для этой же цели, *Константинополь* — рано ли, поздно ли, *должен быть наш...* […]

Да, Золотой Рог и Константинополь — всё это *будет* наше […]», там же, *IV. Утопическое понимание истории.*

имперский период развития московии; именно с именем россия связаны все самые страшные события последующих трех столетий: разделы Польши, аннексии Правобережной Украины и Крыма, Крымская война и ее Балканские сестры, Первая и Вторая мировые, нынешняя Украинская...

III

Президент Зеленский предложил, следуя требованию Ирины Бирны, переименовать Россию в Московию. Теперь, значит, наш язык превратиться в «московский», а зарубежные писатели – в московских писателей, включая одесситов, пишущих пока по-русски. Неизвестно, правда, как называть теперь Бунина, тоже московским?

Александр Урусов, ЛЕв, 302, 2023

В каждой шутке, как известно, есть доля шутки. Вот и в этой коротенькой ремарке моего доброго друга и большого писателя Александра Урусова, затронута серьезная тема, которая, собственно, и вызывает эмоциональную турбулентность вокруг украинской инициативы. Поэтому мои заметки были бы неполными, обойди я эту тему.

Ну, во-первых, я никогда ни у кого и ничего не *требовала*, а во-вторых...

Возвращение россии имени, данного ей при рождении, буде оно вообще состоится, станет лишь *внутренним украинским* событием. В этом случае имя московия станет официальным и обязательным к использованию в документах на территории Украины. Поддержат ли иные страны это решение и, если да, то какие именно, написано, как говорят немцы, *на другой странице*, а как украинцы будут называть соседа в частных беседах, периодике, в социальных сетях, литературе и т. д. – *на третьей*. На саму же московию, как и на ее жителей, украинское решение будет иметь точно такое же воздействие, как и мнение вашей покорной слуги, изложенное в предлагаемых заметках.

Примеров различия между топонимикой местной и той, которой традиционно пользуются соседи, масса, не ошибусь, если скажу, что разночтений здесь гораздо - на порядки! - больше, чем случаев, где существует единство националь-

273

ного и интернационального наименования. *Чжунхуа Жэнь-минь Гунхэго* - так официально называется страна Китай со столицей *Бэйцзин* и народом *хань*, разговаривающим на языке *ханьюй*. Кому пример Китая покажется слишком экзотическим, могу предложить *Финляндию* с *Хельсинки* (топонимика, кстати, колониальная, шведская), *Швейцарию* с *Женевой*, *Австрию* с *Веной,* и добавить, что официальное имя Французской *республики* в соседней Германии – Французская *империя* (Frank*reich*). Не знаю, как в Китае, я там не была, но в остальных названных странах, народ совершенно не перенимается тем, как кто-то, где-то называет его самого и его родину. И *суомалаисетов* (suomalaiset), например, больше волнуют рецепты модной диеты или цены на рыбу, чем то, что их где-то называют *финнами.*

«Люди и страны называют себя сами, переименовать их со стороны невозможно», - эта совершенно верная мысль принадлежит, как ни странно, тому самому бывшему диссиденту Подрабинеку, упомянутому выше. Но эмоции московита довлеют, и ведут к противоестественному, алогичному выводу, плохо скрытой обиде на Украину и украинцев. Не будь бедняга ослеплен великодержавным шовинизмом, он наверняка бы понял и историческую логику украинской инициативы, и те преимущества, что несет она *русским* на московии.

Все вышесказанное относится без всяких исключений и к языку, и к литературе, и к Бунину. Что же касается «одесситов, пишущих пока по-русски», то хотела бы поделиться некоторыми мыслями.

Язык писателя *не определяет его культурной принадлежности.* В противном случае пришлось бы признать, что нет в мире ни американских, ни мексиканских, ни бразильских, ни аргентинских, ни африканских писателей. Вернее, они, конечно же есть, да вот только о них мало что известно, а все великие произведения, определяющие лица национальных литератур, созданы на английском, испанском, французском и португальском языках. Пристегивание писателей к той или иной культуре языковой булавкой – подход чисто механический и, как показывает история мировой литературы, непродуктивный. Чьим писателем был Франц Кафка – еврей, рожденный в Праге и писавший на немецком языке? Чьим писателем был Исаак Бабель? Николай Гоголь?

Вольф Жаботинский? Хорхе Амадо? Габриэль Гарсиа Маркес? О национальной принадлежности Николая Коперника до сих пор спорят Польша и Германия, хотя, следуя *механическому* – языковому – подходу, спора здесь нет и быть не может: великий революционер науки писал на латыни и, значит, был римлянином.

Национальным делает писателя не язык, на котором он пишет, не кровь, текущая в его венах, не место рождения, и даже не то, к какой культуре он *сам себя* причисляет, а единственно то, как видит он описываемый им феномен, какими глазами смотрит на него, как позиционирует себя по отношению к нему, какой стороной поворачивает его читателю. Вот почему Гоголь – писатель исключительно и глубоко украинский – только слепой, с бельмами великодержавного шовинизма на обоих глазах, не увидит, что россия *Мертвых душ* описана человеком *иной культуры*. На это указывала уже Анна Ахматова; я приведу еще одно, по-моему, еще более неопровержимое, переданное нам никем не меньшим, как самим Пушкиным, доказательство. Слушая первые главы *Мертвых душ*, Пушкин «[…] произнес голосом тоски: «Боже, как грустна наша Россия!»»[19]. Пушкина – знатока россии! – поразили характеры, мимо которых он проходил ежедневно, и которые не замечал: они были частью его буден, он вырос среди них и иных не знал с рождения. Гоголя же поразили они новизной, и он схватил их так ярко, так выпукло, так живо, что вдруг ожили они даже для русского Пушкина. Чтобы понять, чей писатель Бабель, не надо даже читать *Одесские рассказы*, прочтите *Конармию* и ответьте самому себе честно на вопрос: мог ли русский *так* описать те события и характеры? Нет, вся эта кровь, неоправданная жестокость, безразличие к своей и чужой жизни – все это могло поразить лишь *иностранца*. Для русского они – часть буден. А вот Чехов – украинец по крови – писатель исключительно русский: Украины он не знал, более того, откровенно и открыто презирал любое проявление украинства[20]. Его описания укра-

---

[19] Н. Гоголь, *Четыре письма к разным лицам по поводу «Мёртвых душ»*, 1843
[20] Ср.: «[…] хохлописец Трутовский» - о художнике К. А. Трутовском (1826-1893); «Мне противны: игривый еврей, радикальный хохол и пьяный немец» (сочинения, т.

инского быта – это описания пораженного *чужеземца*. «Вокруг в белых хатах живут хохлы. Народ всё сытый, веселый, разговорчивый, остроумный. Мужики здесь не продают ни масла, ни молока, ни яиц, а едят всё сами — признак хороший. Нищих нет. Пьяных я еще не видел, а матерщина слышится очень редко, да и то в форме более или менее художественной»[21]. Здесь в каждом слове – удивление человека новым для него народом - веселым, разговорчивым, остроумным, не пьяным и не матерщинником. Здесь очевиден конфликт между увиденным в украинском селе и собственным опытом пишущего, накопленным за годы службы земским врачом на россии...

IV

Но мы заговорились и не заметили, что пришла пора подводить итоги, вернее, итог.

Московия, ни на одном из этапов своих исторических метаморфоз, славянской – европейской - державой не была - ни в этническом, ни в культурном, ни в ментальном, ни в религиозном смыслах[22]. *Формальное* право на имя и наследие *Руси,* узурпированное страной в XVIII веке, утратило свою силу в ноябре 1917, в момент провозглашения Украинской Народной Республики. В результате империалистической войны московии против УНР (1918-1922) возникло новое государство, в имени которого Русь упомянута не была. Но государство это не отказалось от *великой идеи, завещанной ему рядом веков* (Достоевский), и сохранило претензии на все земли, населенные славянами или православными, в имени одной из союзных республик – *Российская* и пр.

17, с. 68); «Страстная хохломанка. Построила у себя в усадьбе на свой счет школу и учит хохлят басням Крылова в малороссийском переводе. Ездит на могилу Шевченко, как турок в Мекку» (письма, т. 2, с. 279 А. С. Суворину).

[21] Письма, т. 2, с. 269 Н. А. Лейкину

[22] «[...] Россия вовсе была не Европа, а только ходила в европейском мундире, но под мундиром было *совсем другое существо*», Ф. Достоевский, Дневник писателя за 1876, Июнь, Глава вторая, I. Мой парадокс.
«[...] русскому ни за что нельзя обратиться в европейца серьезного, оставаясь хоть сколько-нибудь русским, а коли так, то и *Россия*, стало быть, *есть нечто совсем самостоятельное и особенное, на Европу совсем непохожее* и само по себе серьезное», Ф. Достоевский, там же, Глава вторая, II. Вывод из парадокса (*курсив здесь и выше мой, иб*)

Имя обязывает – этими словами начали мы нашу беседу. Теперь мы знаем, к чему обязывает эту страну украденное имя *Россия*: ради исполнения *великой идеи*, она развязала две мировые войны, ради нее ведет вот уже восьмой год войну против суверенной Украины. Победить в этой войне для Украины значит не только разбить орды захватчика, но и полностью эмансипироваться от имперских призраков. Таким образом, на украинскую инициативу следует смотреть как на логическое продолжение политики освобождения от всего навязанного тремя веками *русификации*[23]: восстановление правды о борцах за независимость, декоммунизацию и деколонизацию.

Восстановление исторической правды – процесс объективный и естественный, сопровождающий эволюцию всякой нации, и, в то же время, субъективный, с точки зрения его результатов и влияния их на соседей. Совершенно ясно, что у московитов и украинцев одной истории быть не может, как не может быть одних героев и одних врагов. Поэтому вряд ли многообещающими выглядят попытки критиковать украинцев за стремление восстановить историю *своей* державы.

Не следует искать конфликты там, где их нет и быть не может.

NB.

И, чтобы расставить все точки над *i* и перечеркнуть все *t*, расскажу следующий анекдот.

Мало кто знает, но некто Николай Исаев – житель Украины – зарегистрировал на сайте Президента петицию (13.07.2021), в которой просил гаранта «обеспечить с Россией поддержание мирного и взаимовыгодного сотрудничества, восстановить дружбу братских народов России и Украины и обеспечить функционирование русского языка наравне с государственным, украинским». Предложение, за три месяца, предусмотренные законом на сбор подписей, отозвалось в головах *трех* (!) земляков...

---

[23] Еще один пример фальсификации. Проводимая веками москвой политика уничтожения исторической памяти народов есть политика *москвофикации*. Называя ее *русификацией*, соглашаемся мы с тем, будто несет она народам славянские, русские – европейские! – ценности.

Борис Камянов

Из новых «Колосков памяти»

*Вступление ко 2-й части книги
«Продолжение следует»[24]*

Закончил я книгу воспоминаний «По собственным следам», и, казалось бы, на смену постоянной сосредоточенности на затянувшейся работе должен был прийти душевный покой, как это всегда бывает по завершении труда, требовавшего полной самоотдачи. Но не тут-то было — память не желала отключаться! И бессонными стариковскими ночами, и в дневные часы, заполненные повседневными делами, она подбрасывала и подбрасывает мне выплывающие из прошлого эпизод за эпизодом, не вошедшие в книгу, но так и норовящие все же вломиться в нее и занять там свое место.

Однако, ставя в мемуарах последнюю точку, я предвидел такое развитие событий и дал себе слово ничего больше в них не добавлять — иначе этому конца не будет. С другой стороны, многое в моих запоздалых воспоминаниях мне кажется интересным, порой забавным, а иногда и поучительным, и пренебрегать ими жалко — они так и просятся на бумагу. Тогда я решил записывать их и кое-какие свои размышления, создав для этого файл под названием «Колоски»: мне вспомнилась библейская Рут, прабабка царя Давида, которая ходила в поле за жнецами, подбирая упавшие колосья, и так кормилась со своей свекровью Наоми. В полуголодные советские времена на поля выгоняли с той же целью деревенских пионеров — пополнять закрома нищей родины.

Последовал их примеру и я: вторично пошел по собственным следам, подбирая колосок за колоском.

---

[24] «Продолжение следует (воспоминания)». Бостон, М•Graphics, 2021.

СЛАЩАВЫЙ МИФ – И ГОРЬКАЯ ИСТИНА[25]

Существуют расхожие утверждения, которые люди веками повторяют, не задумываясь: их так учили, а они привыкли все принимать на веру. Между тем при самом поверхностном анализе выясняется, что въевшееся в сознание клише не имеет ничего общего с действительностью.

Так, слащавый миф гласит: иудаизм дал миру десять заповедей, которые легли в основу общечеловеческой морали.

Горькая истина состоит в следующем: этот миф придумали, вне всякого сомнения, евреи, имевшие весьма отдаленное представление о Торе и мечтавшие внедрить в сознание остальных народов — прежде всего, исповедующих христианство, — мысль о том, что у нас все же есть какие-то заслуги перед человечеством и в награду за это нас не следует так уж жестоко преследовать и истреблять. Надо сказать, что в этом они преуспели: даже Э. Ренан, ученый с критическим складом ума, возвестил: «Десять заповедей — это достояние всех народов мира, и они вовек останутся заветом Божьим».

Признаюсь, я давно хотел написать на эту тему статью, но все ждал, когда появится повод — соответствующая публикация на русском языке. И вот наконец открываю родные «Вести» — и читаю в «Декларации репатриантских организаций о сотрудничестве», подписанной пресс-службой движения «Авив», долгожданное: «...заповеди нашего народа, положенные ныне в основание всех правовых документов, принятых цивилизованным человечеством». Отмечу сразу, что не имею ничего против «Авива», как и против объединившегося с ним Сионистского форума, сожалею лишь о том, что президент последнего раввин Йосеф Менделевич, очевидно, не читал этот документ, — уж ему-то хорошо известно, что Декалог и «семь заповедей сыновей Ноаха (Ноя)» — собрания предписаний, данных Всевышним разным человеческим сообществам.

---

[25] Эту статью, напечатанную во втором томе двухтомника моих избранных сочинений (Иерусалим, «Лира», 2007), я считаю необходимым включить в эту книгу не публиковавшихся при жизни произведений ради важной для меня полемики с писателем И. Букенгольцем, позволяющей лучше понять суть обсуждаемой темы. — *Б. К.*

Понятно, что Ренан говорит не о шестистах тринадцати заповедях Торы, а о десяти основополагающих, из которых, согласно учению иудаизма, «выросли» все остальные.

Но вот и первая неувязка: из этого десятка начертанных самим Создателем на скрижалях заповедей пять — с первой по пятую — определяют отношение евреев к Всевышнему, ни к чему не обязывают все остальные народы, да те и не стремятся их исполнять. Перечислим эти заповеди.

1. «Я — Бог Всесильный твой, который вывел тебя из страны египетской, из дома рабства» («Шмот», 20:2).

Тебя — это, конечно, Израиль, а не французов, эскимосов или мордву. Это именно нам заповедано помнить, благодаря Кому мы выжили физически и духовно и сформировались как народ со своей особой задачей в истории.

2. «Да не будет у тебя иных богов, кроме Меня» (там же, 20:3).

Хотя мусульмане и верят в единого Бога, их представление о Нем отличается от еврейского; в глазах же христиан Он вообще троится.

3. «Не произноси Имя Бога Всесильного твоего попусту» (20:7).

И эта заповедь касается только евреев, заменяющих Имена Творца словами «Кадош, барух Ѓу», «ѓа-Шем» и т. п. Неевреи ее не исполняют.

4. «Помни день субботний, чтобы освящать его» (20:8).

Тут вообще говорить не о чем: мусульмане «помнят» пятницу, христиане — воскресенье.

5. «Чти отца своего и мать свою...» (20:12).

Раввин Ш.-Э. Лунчиц, автор классического комментария к Торе «Кли якар», писал: «Этой заповедью кончаются первые пять повелений, относящихся к Всевышнему. Хотя здесь говорится об отце и матери, это также относится к Всевышнему, так как в создании человека принимают участие Всевышний, отец и мать. Таким образом, если человек уважает родителей, которые создали его плоть, он тем более будет почитать Всевышнего, даровавшего ему душу и жизнь». Так что неевреи могут, если хотят, почитать своих родителей, но суть этой заповеди, данной евреям в Декалоге, намного глубже ее простого смысла.

В остальных пяти заповедях-запретах речь идет об отношении евреев к людям.

6. **«Не убивай»** (20:13).

Убивать, конечно же, нехорошо, и неевреи вполне могут считать, что этот запрет распространяется и на них. Правда, у них нет Устной Торы, без объяснений которой Тора Письменная не может быть учебником жизни, и они не знают, что в целом ряде случаев убить — предписывающая заповедь для еврея.

7. «Не прелюбодействуй» (20:13).

Представители и представительницы других народов, добровольно копирующие в этом вопросе поведение благочестивых иудеев, поступают в высшей степени похвально, но для евреев этот запрет распространяется лишь на связь с чужими женами. О запрещении разврата всему остальному человечеству — см. ниже.

8. **«Не кради»** (20:13).

Талмуд и комментатор Торы Раши объясняют, что здесь речь идет о похищении людей — преступлении, за которое полагается, кстати, смертная казнь (см. выше замечание о том, что в некоторых ситуациях убийство предписано). Что же касается похищения имущества, это, конечно же, безобразие, и неевреям соответствующая заповедь дана в Торе, но в другом месте (см. об этом ниже).

9. «Не отзывайся о ближнем своем ложным свидетельством» (20:13) и

10. **«Не желай дома ближнего твоего... и ничего, что у ближнего твоего»** (20:14).

Честь и хвала тем неевреям, которые исполняют и эти наши заповеди, хотя такого самопожертвования от них вовсе не требуется. А что же требуется?

Представителям всех народов мира, кроме евреев, у которых 613 заповедей, да еще 7, установленных мудрецами, достаточно исполнять «семь заповедей сыновей Ноаха», чтобы быть праведниками. Вот эти заповеди (см. Рамбам, «Законы о царях», книга «Судьи»).

1. Запрет идолопоклонства. Его соблюдают только мусульмане.

2. Запрет богохульства. Не забыл еще, читатель, русскую ненормативную лексику?

3. Запрет кровопролития. Комментарий см. выше.

4. Запрет воровства.

5. Запрет разврата и некоторых видов инцеста.

Рассмотреть эту тему достаточно подробно в рамках данной статьи невозможно. Отмечу только, что не все связи, считающиеся для евреев кровосмесительными, остальным запрещены. Так, нет запрета на половую связь отца с дочерью для неевреев.

6. Запрет употребления в пищу мяса, отрезанного от живого животного.

7. Повеление основывать жизнь на законодательных началах.

Делаем вывод: утверждение, согласно которому иудаизм дал человечеству десять заповедей, и они легли в основу его морали, — миф. А развенчивать мифы для меня — великое удовольствие. Особенно если они исполнены слащавой патетики. Предпочитаю пусть и горькие, но истины.

В данном случае истина заключается в том, что евреи плохо соблюдают свои заповеди, а неевреи — свои.

ВОРЧАНИЕ СТАРОГО БОЛЕЛЬЩИКА

В России я был завзятым футбольным болельщиком, фанатом московского «Спартака». За эту команду болели и многие из моих друзей, и мы часто ездили на матчи с ее участием в Лужники или на «Динамо», затоварившись, как и большинство посетителей стадиона, водкой и нехитрой закуской.

Хорошо помню моих любимых игроков: Анатолия Крутикова, левого защитника, его знаменитые сольные проходы по флангу, нередко завершавшиеся голами, длинношеего полузащитника Игоря Нетто по прозвищу «Гусь», лучшего диспетчера советского футбола, левого нападающего Галимзяна Хусаинова, Гилю, многолетнего лидера «Спартака» и сборной страны... Ничего нового ни о них, ни о других игроках великой команды я не скажу, а пишу я эти заметки исключительно для того, чтобы выразить свое глубочайшее разочарование состоянием этого вида спорта в Израиле.

Были и у нас футболисты экстра-класса, назову хотя бы вратаря Бони Гинзбурга, полузащитников Ури Мальмильяна и Эяля Берковича, нападающих Эли Охану и Рони Розенталя — но таких мастеров было немного, а сейчас и вообще нет. Потому и маячит Израиль в мировом рейтинговом списке где-то в конце первой сотни.

Когда я смотрю футбольные матчи наших команд с превосходящими их по классу зарубежными по телевизору, то внимательно слежу за перемещением мяча от одних ворот до других, мысленно проводя линии на траве при передаче его от игрока к игроку. Если бы эти линии изобразить на листе бумаги черным цветом, то половина поля израильтян напоминала бы «Черный квадрат» Малевича, а половина поля соперников была бы лишь небрежно заштрихована, причем большая часть штрихов была бы оставлена на нем передачами атакующих нас соперников, а не наших нападающих. Получив мяч, израильские игроки моментально впадают в панику и стараются побыстрее избавиться от него, отдавая пас, как правило, назад. Череда бессмысленных передач на своей половине поля не может продолжаться вечно, но, когда мяч наконец пасуют вперед, на выход одному из партнеров, тот его, как правило, немедленно теряет, ибо с техникой обработки мяча и обводки у наших футболистов дело обстоит из рук вон (а точнее — из ног вон) плохо.

Так что матчи нашей сборной я еще смотрю, каждый раз сохраняя надежду на чудо, но за свой любимый когда-то иерусалимский «Бейтар» уже давно перестал болеть, полностью переключившись на баскетбол, с которым у нас дела обстоят получше.

Но и в этом виде спорта наши ведущие клубы — тель-авивский «Макаби» и иерусалимский «Га-Поэль» — за последнее время утратили лидерские позиции в Европе. Виной тому — хозяева команд, делающие ставку на легионеров и совершенно забросившие подготовку местных молодых игроков. Великая команда конца прошлого века и начала нынешнего, в которой тон задавали израильтяне Беркович, Каташ, Джамчи, Аруэсти, Бурштейн, Гальперин, Элияѓу, Охайон, шесть раз завоевывавшие Кубок Европы и один раз — Суперкубок, больше не существует. Из шестнадцати заявленных на этот сезон игроков — только семь евреев, из которых трое самых молодых — Атиас, Альбер и Саар — вообще практически не появляются на площадке, великолепный Каспи никак не может оправиться от травм, и в играх участвуют, да и то большую часть игрового времени проводя на скамейке запасных, только Зусман, ди Бартоломео и Коѓен. Остальные — блистательный турок Уилбекин, полдюжины американцев, нестабильный хорват Жижич и слабенький грек Калояро — отстаивают честь нашей страны под гордым названием «Макаби», хотя нынешней команде больше бы подошло название «Интер». То же верно и в отношении второго по силе нашего клуба — иерусалимского, дважды становившегося чемпионом страны и завоевавшего Кубок УЛЕБ в 2004 году. Из израильтян мы видим на площадке только Блата, Залмансона и Ариэля, молодежь появляется на ней крайне редко, и возможности проявить себя тренеры ей не дают. Зачастую в матчах на первенство Израиля — и это верно в отношении обеих команд — в стартовых составах мы видим пятерых симпатичных темнокожих американцев, кое-кто из которых, выходя на паркет, осеняет себя крестом.

Сборная наша, в которой легионеры, слава Богу, не предусмотрены, особыми успехами не блещет, но все же время от времени показывает высококлассную игру, заставляя считаться с собой грандов европейского баскетбола. И «Ѓа-Тикву» перед матчем поют все игроки, а не три-четыре из всего состава, выстроившегося в шеренгу поперек площадки.

Успею ли я, старый болельщик, стать свидетелем изменения ситуации в двух этих видах спорта в нашей стране? Очень хотелось бы успеть...

2020

ВСПОМИНАЕТ ЮРА ДЕНИСОВ

Талантливый поэт и переводчик Юрий Васильевич Денисов, а для меня во все годы нашего общения — просто Юрка, — один из самых близких друзей моей молодости. В книге моих воспоминаний его имя встречается не раз.

Наша дружба началась в литобъединении «Знамя строителя», где он был старостой, и продолжалась до моего отъезда в Израиль в 1976 году. Спустя четырнадцать лет, во время моего единственного за полвека посещения Москвы, продлившегося месяц, он был одним из тех, с кем я почти ежедневно общался — естественно, не насухую.

В 1990—1992 годах Юра издал одиннадцать небольших книжек тиражом в сто экземпляров каждая, включавших в себя воспоминания, собственные стихи и переводы многих десятков поэтов с самых разных языков СССР, прежде всего, с украинского, языка его детства. Умер он после тяжелой болезни в 2003 году, и вскоре после этого Вадим Ковда привез мне в Иерусалим эти книжки, в которых я нашел немало интересного для себя, в частности, описание целого ряда забавных эпизодов из нашего давнего прошлого, о которых я напрочь забыл. Вот два из них.

«Яков Зугман при встрече здоровается с Борисом Камяновым:

— Здравствуй, еврей Боря!

Тот отвечает:

— Здравствуй, еврей Яша!

После одного из занятий литобъединения Яков Зугман, Борис Камянов и я выпили где-то в закутке, дело дошло до анекдотов. Яков знает их многое множество. Атмосфера накалена. Стоит кому-то из нас показать палец, как тут же грянет взрыв смеха. Дошла очередь рассказать мне. По ходу анекдота я произнес слово «хахаль», сказал нечто такое: "Впопыхах вбегает хахаль". Яков подхватил это словосочетание и скаламбурил:

— Впопыхахаль!

Под общий смех Боря тут же поправил Якова:

— В попу хахаль!

Под раскаты смеха говорю:

— Попадание — пуля в пулю!

Яков:

— Попал в туза!

Боря:

— Попал не в ту за… дницу.

При выходе из редакции, где мы находились, Яков упал посреди улицы от смеха, можно сказать, прямо под ноги прохожих…»

ИЗ КЛАДБИЩЕНСКИХ ИСТОРИЙ

Землекопы вырыли могилу, распили бутылку и ушли, а один, разомлевший больше других, остался и решил покемарить. Он спустился в могилу, где сильный ветер не мог ему помешать, положил себе в изголовье камень, как праотец евреев Яаков в известной библейской истории, лег и заснул сном праведника.

Между тем к могиле подошла похоронная процессия, над гробом прозвучали краткие напутственные слова, адресованные покойнику; четверо мужиков подвели под гроб две веревки, подняли его и бочком-бочком перенесли так, что он оказался прямо над могилой. Когда они начали опускать гроб на натянутых веревках, тот чиркнул дном по холмику вынутой из ямы земли, и она посыпалась вниз.

— Еб твою мать! — услышали собравшиеся голос из могилы и на мгновение застыли, потрясенные.

Четверо носильщиков чудом удержали гроб на весу, подарив тем самым вторую жизнь вовремя проснувшемуся землекопу.

Когда ему помогли выбраться из могилы, в толпе еще долго слышалось то тут, то там:

— Ну еб твою мать!..
— Вот же ж еб твою мать!..

ЗАПИСКИ ПРЕДАННОГО ГОСУДАРСТВОМ

«Преданный» — «преданный» — омонимическая пара. Я, преданный государству Израиль, неоднократно был им предан. Вот примеры этого предательства. Для начала процитирую самого себя:

«Где-то в середине декабря (1977 г. — *Б. К.*) нашу роту собрали на плацу и сообщили, что себастийские арабы готовят бунт и нам предстоит колонной, в полной выкладке, пройти по селу, демонстрируя решимость не допустить нарушений порядка.

— Вот ваши действия на все сценарии развития событий, — сказал комроты. — Если в вас бросает камень мужчина, женщина или ребенок — не реагировать. Если в вас стреляет ребенок или женщина — не реагировать. Если мужчина — ответить огнем на поражение, но только после его выстрела.

Это приказ. Нарушивший его пойдет под трибунал» (из книги воспоминаний «По собственным следа тот раз все обошлось. Арабы не воспользовались предоставленным им правом на практически безнаказанное уничтожение меня.

Другой пример — сговор в Осло будущих лауреатов Нобелевской премии с арабами Эрец-Исраэль о поэтапном расформировании моего государства и лишении меня моих наследственных владений.

Третий — и далеко не самый последний пример такого рода, лишенный на сей раз идеологической подоплеки, но от того не менее опасный для моего физического существования, — явил природный катаклизм: буран, бушевавший в Израиле трое суток, когда выяснилось, что государственные и муниципальные органы бросили нас с женой, пожилых инвалидов, на произвол судьбы.

Конечно же, во всех приведенных мною случаях государство предало не меня одного, а в истории с бураном — не только нас с женой, число жертв многочисленных предательств составляет миллионы, но я привык говорить только от своего имени и имени тех, кто меня на то уполномочил.

Нехватка мощностей в распоряжении Электрической компании — явление известное уже многие десятилетия. Тем не менее руководство этой монополии, жирующее за счет потребителей ее услуг, ограничивается только подлыми призывами к населению в холодные месяцы экономить электроэнергию. Государство попустительствует монополистам и тем самым предает меня и — тут уж позволю себе обобщить — свой народ.

12 декабря 2014 года, в четверг, в пять часов вечера в нашем доме погас свет. Через час с четвертью на лестнице началась беготня: выяснилось, что подача энергии возобновилась, но не во все квартиры: три-четыре, в том числе и моя, остались обесточенными. Я позвонил в Электрическую компанию и услышал, что наша проблема им известна и будет решена в течение двух часов. Через два с половиной часа я вновь взялся за телефон, но на этот раз мне вообще никто не ответил, хотя повторявшееся заверение электронной секретарши: «Ваш звонок важен для нас» — согревал успевшую закоченеть душу. На тело он, увы, не действовал...

Ночь была ужасной. Все отопительные приборы в доме — электрические; многочисленные предметы одежды и одеяла, в которые мы кутались, не спасали от пронизывавшего холода. Мы зажгли все свечки, которые удалось собрать, включая масляный ханукальный светильник, но для чтения их света не хватало, и тринадцать часов, прошедших с пяти часов вечера в четверг до рассвета, мы медленно сходили с ума. Оказалось, что пребывание в темноте без возможности отвлечься чтением — великая пытка. Забегая вперед, напомню, что таких ночей у нас было три.

На следующий день, в пятницу, в половине седьмого утра я вновь позвонил в Электрическую компанию. «В течение дня к вам придут техники», — услышал я.

В девять часов я решил позвонить в муниципалитет. Набираю один-ноль-шесть. «Вы — восьмой в очереди», — сказал мне милый голос электронной секретарши. Через двенадцать минут я услышал: «Вы — второй в очереди». Все это время в трубке звучала трогательная песенка: «Мы здесь для тебя с радостью, улыбкой и любовью. Мы здесь просто для того, чтобы тебя обслужить». Это согревало. Но тут раздался щелчок и все тот же милый электронный голос произнес: «Подходящий представитель не найден». Звоню в полицию, где мне дают номер телефона Министерства соцобеспечения, при котором создан штаб чрезвычайного положения. «Звоните в муниципалитет, — говорят там. — Один-ноль-шесть не отвечает? Запишите особо секретный номер, по нему точно ответят: 531-46-00». Звоню. Тот же милый девичий электронный голос, который сопровождал меня от восьмого аж до второго места в очереди, сообщил: «Вы — девятнадцатый в очереди»...

Вечером в воскресенье, когда весь этот кошмар кончился (надолго ли?..) и я включил телевизор, мэр Иерусалима Нир Баркат рассказывал о героических усилиях муниципалитета по поддержке пенсионеров и других слабых слоев населения. Было заметно, что журналист, бравший интервью у мэра, относится к его словам весьма скептически. Что касается меня, то о неумении иерусалимского градоначальника наладить работу своего учреждения я уже писал, но, увы, не был услышан широкими массами русскоязычных жителей столицы.

Одна мысль не дает мне покоя: ну хорошо, те, кто голосовал за него, пострадали за дело, а мы-то с женой за что?

В воскресенье днем нам позвонили из какой-то благотворительной организации (электрики к тому времени до нас так и не добрались) и перечислили, чтó именно их представители могут нам принести: горячую еду, одеяла и тому подобное — и спросили, в чем мы нуждаемся. Мы сказали, что еда и одеяла у нас есть, о нефтяном обогревателе мы даже и не мечтаем, а вот лампа на батарейках, фонарь и свечи нам бы очень пригодились. Не прошло и двух часов, как симпатичные юные репатрианты из Эфиопии принесли нам еду, одеяло и — внимание! — электрический обогреватель, работающий по принципу фена.

Воспаление легких, в которое за эти трое суток плавно перешла моя двухнедельная простуда, так и не заставило меня отказать моему государству в преданности. Впрочем, насколько я узнал его за тридцать семь лет жизни в нем, и оно не намерено отказаться от своего предательского отношения ко мне.

Игорь Михалевич-Каплан
Проект «Просвещение»

*Интервью писателя Игоря Михалевича-Каплана
с историком религии, доктором философии,
профессором Михаилом Сергеевым.*

Игорь Михалевич-Каплан. *Мы с Вами знакомы много лет, наши пути-дороги пересекались на многих литературных проектах. Вы учились в Темпл Университете, а теперь преподаете в Университете Искусств. Чем Вам полюбилась Филадельфия и что Вас с ней связывает?*

Михаил Сергеев. В апреле 1990 года меня приняли на учебу в аспирантуру на религиоведческий факультет филадельфийского университета Темпл. Мне выделили небольшую стипендию, достаточную для того, чтобы получить учебную визу и въехать в США. В декабре того же года я приехал с семьей в Америку и сразу же оказался в Филадельфии.

Моя аспирантская учеба затянулась на годы. Сначала меня приняли на мастерскую программу, но после того, как я получил степень магистра в 1993 году, я продолжил свои занятия в докторантуре. К тому времени, когда четыре года спустя я защитил диссертацию по русской софиологии и получил степень доктора философии, мы уже прочно осели в Филадельфии. Я еще во время учебы преподавал в различных университетах Пенсильвании и Нью-Джерси, а с 1997 года поступил на работу в филадельфийский Университет Искусств, где и преподаю по сей день. Так что в Филадельфии мы живем уже более двадцати лет. И так уж сложилось, что судьба моей семьи оказалась связанной с этим городом.

Филадельфия мне близка, однако, не только исторически, но и символически, и я бы даже сказал метафизически. Филадельфия – изначальная столица Соединенных Штатов, а

290

США представляют из себя первое государство, основанное на принципах европейского Просвещения. Филадельфия, таким образом, символизирует сам проект Просвещения, призванный облагородить человеческий род и привести его к золотому веку всеобщего мира и процветания. Недаром Филадельфию называют «Городом братской любви».

Проект европейского Просвещения является также и средоточием моих философских размышлений. По специальности я – философ религии, а если говорить более конкретно, то в своих работах я занимаюсь исследованием того, как традиционные и новые религиозные движения реагируют на идеологию Просвещения. Так что с Филадельфией меня связывают нити как личного, так и метафизического свойства.

И. М-К. В Университете Вы преподаете удивительные экзотические курсы, например, по апокалипсису или священной войне. Я всегда восхищаюсь Вашей эрудицией и скромностью одновременно. Чем Вам интересны эти необычные предметы? В чем секрет увлечения?

М. С. Университетские курсы бывают двух видов – стандартные и авторские. Я преподаю и те, и другие. Большая часть стандартных курсов, которые я читаю своим студентам, связана с религией и философией. Когда, пятнадцать лет назад, я начинал работать в Университете Искусств, в активе нашего гуманитарного отделения было всего лишь несколько курсов по религиоведению – «Восточные религии», «Религии единобожия», «Введение в Библию». За эти годы я ввел в программу ряд других общеобразовательных курсов – по мировым религиям, религиям в Америке и христианству.

Наряду с предметами по моей специальности, мне приходилось преподавать и другие общегуманитарные дисциплины, такие, например, как «Западная цивилизация», или «Искусство модерна 19-го и 20-го столетия». Их названия могут звучать весьма привлекательно для бывших советских граждан, которые в институте изучали в основном историю КПСС, но для американских студентов это обычные университетские предметы.

Что же касается моих авторских курсов, то тут, действительно, сплошная экзотика. Для нас, россиян, мой курс «Русская философия, литература и мистицизм» звучит весьма обыденно. А для американцев, которые не имеют ни малейшего представления о русской мысли, это нечто диковинное, заморское. Ну а мои авторские курсы по апокалипсису или священной войне будут представляться экзотичными не только американцам, но и русским.

И. М-К. Почему Вы выбираете такие необычные темы для занятий со студентами? Это как бы дополнительная нагрузка...

М. С. Николай Бердяев в одной из своих работ заметил, что русские мыслители либо нигилисты, либо апокалиптики. Нигилизмом я переболел еще в России, а в Америке, видимо, переживаю апокалиптическую фазу своего развития. Если же говорить серьезно, то мы действительно живем в апокалиптические времена. Что такое история двадцатого века, как не сплошной Страшный Суд? Так что курсы о святой войне или о том же конце света – не экзотика, а самая что ни на есть правда жизни.

Кстати говоря, такого рода предметы пользуются необычайным спросом у американских студентов. Когда я только начал преподавать мой курс по апокалипсису (или, как я его называю, апокапиталипсису), то запись на него шла молниеносно, а тем, кто не успевал записаться, ждать приходилось по несколько лет. Студенты нашего Университета Искусств вообще проявляют повышенный интерес к религиозно-философской тематике. Возможно, это связано с тем, что для людей творческих профессий эта область интересов особенно близка и даже необходима. Начинал я преподавание этих дисциплин с одного курса в семестр и в течение нескольких лет довел до трех, а потом, благодаря поддержке студентов, ввел на нашем отделении так называемый *minor* – малую специализацию – по философии и религии. Координатором этой программы я являюсь и по сей день.

И. М-К. Какое у Вас личное отношение к религии и верованиям в целом? Я понимаю, что вопрос задан в широком смысле...

М. С. С религией взаимоотношения сложные. По маминой линии у меня ортодоксально-еврейские корни; по папиной – православно-христианские с отдельными протестантскими вкраплениями (один из моих прадедов был латышом и лютеранином по вероисповеданию). Сам я рос и воспитывался в светской семье в Советском государстве и в юности был атеистом.

В двадцать четыре года, незадолго до горбачевской перестройки, я разочаровался в коммунистической идеологии и увлекся религией. Точнее, самыми разными религиозными учениями. Штудировал иврит и старославянский, читал сочинения по оккультизму и йоге, занимался медитативными практиками. В конце концов, эти увлечения привели меня в Америку на религиоведческий факультет Темпла, где я и получил основательное образование в избранной области.

За долгие годы изучения и освоения религий у меня сложились собственные воззрения на этот счет. Во-первых, религия не является самоцелью, а служит средством духовного воспитания человека, и поэтому не каждый верующий по-настоящему духовен, а духовно-развитый индивидуум вовсе не обязательно является формальным членом религиозной общины. Во-вторых, у каждого человека свой путь к Богу, и поэтому люди различаются не в том, какую религию исповедуют, а в том, какой морали придерживаются. В-третьих, поскольку Бог всемогущ и всеблаг, то в конечном счете все люди без исключения должны быть и будут спасены.

У меня, естественно, есть свои личные предпочтения в сфере религии. Из традиционных конфессий мне ближе всего христианство; из молодых религиозных течений – Вера Бахаи, зародившаяся в Персии в середине девятнадцатого века. Формально же я состою членом христианской общины Учеников Христа (Disciples of Christ), однако по давней советской привычке избегаю регулярного хождения на какие-либо сборища, включая церковные служения, которые подчас до боли напоминают мне комсомольско-партийные собрания. Тут уж ничего не поделаешь. Я все соотношу со своим советским прошлым и когда вижу формально-радостные лица прихожан меня так и тянет запеть на новый лад старый коммунистический псалом: «И Jesus такой молодой, и юный декабрь впереди!»

И. М-К. Обычно философы придерживаются определенной системы взглядов. В чем состоит Ваша система, как бы это правильно выразиться, «личная» философия?

М. С. Ключевой концепцией моей философии является теория религиозных циклов. Согласно этой теории, религия представляет из себя смыслообразующую систему, состоящую из двух компонентов – священного писания и священного предания. В зависимости от соотношения этих двух составляющих я выделяю пять общих фаз в развитии религиозных систем – формативную, ортодоксальную, классическую, реформистскую и критическую.

В процессе своей эволюции религия проходит через два рода кризисов – структурный и системный. Для структурного кризиса характерен пересмотр священного предания, который приводит к формированию альтернативных ответвлений внутри уже существующих религий на основе новых толкований писания. Системный же кризис случается тогда, когда назревает необходимость пересмотреть сами священные писания и заложить основы новых религиозных систем.

Для христианской веры, к примеру, протестантская Реформация знаменовала собой структурный, а европейское Просвещение – системный кризис религии. Согласно моей теории, мы живем в эпоху глобального кризиса религиозного сознания, выходом из которой может стать только создание новых религиозных систем, преодолевающих постулаты Просвещения и указывающих человечеству пути к дальнейшему духовному совершенствованию.

И. М-К. В философии Вы занимаете позицию «западника». Почему Вам этот взгляд на мир ближе?

М. С. Я считаю себя западником в той мере, в какой страны запада представляют из себя цивилизованное сообщество людей. В моем понимании цивилизация – это средство защиты индивидуума от себе подобных, и как таковая включает в себя различные механизмы ограничения власти одного человека над другими. Я имею в виду выборность руководителей, разделение исполнительной, законодательной и судебной власти, отделение церкви от государства, равенство граждан перед законом, и т. д. На сегодняшний день страны запада в большей степени нежели, скажем, латиноамериканские или африканские государства, олицетворяют эти ценности. Но если завтра азиатские страны выработают иной, более гуманистический и духовный тип цивилизации, то я немедленно переметнусь в лагерь азиатов. Я – за цивилизованность вне зависимости от того, в какой части света она находит свое проявление.

И. М-К. Я знаю, Вы человек широких интересов. Вам, насколько мне известно, близки точные и гуманитарные науки одновременно. А как же разделение между «физиками» и «лириками»?

М. С.. Философы делятся на две категории. Те, кто к философии приходят из логики и математики, и те, кто становятся философами через искусство и литературу. Из классиков к первому типу принадлежит Аристотель, а ко второму – Платон. В двадцатом веке мы тоже видим похожее разделение философов на «физиков» и «лириков». К первому разряду относятся позитивисты, а ко второму – экзистенциалисты.

Я в юности и не подозревал, что захочу стать философом, но увлекался и математикой и искусством. Математику я обожал, причем любую – геометрию, тригонометрию, алгебру, интегральное и дифференциальное исчисление. Математика давалась мне очень легко и была для меня символом гармонии и порядка, которые я так любил и к которым стремился.

Увлекался я всерьез и литературой. Стихи я начал писать в семнадцать лет, и пик моего стихотворного творчества пришелся на молодые годы. Я работал тогда журналистом в еженедельнике «Собеседник» и вел колонку игры на гитаре, а потом перешел в театр-студию «Арлекин» на должность завлита. Работа в театре вдохновила меня на написание ряда инсценировок по произведениям А. Белого, Ф. Кафки, М. Булгакова, Дж. Оруэлла. Но после переезда в Америку мои занятия философией и религией заслонили все мои прежние увлечения и заняли главное место в жизни.

И. М-К. *Ну, положим это не совсем так. Вы печатаетесь, как литератор, в европейских и американских изданиях на темы современного искусства, на русском и английском языках. У Вас издано семь книг, Вы один из составителей и авторов Антологии «Поэзия русских философов XX века». Я думаю, что не стоит прибедняться. Давайте поговорим немного на другую, но не менее интересную тему. Вы читаете курс Апокалипсиса в мировых религиях. В моем понимании – это о том, что мир будет существовать вечно, что мертвые восстанут и наступит жизнь и воскресение, что мир будет восстановлен по велению Бога. Не так ли? Всё ли верно?*

М. С. Зороастр – первый пророк Апокалипсиса. Древнеиранская религия Зороастризма – один из самых ранних источников апокалиптической литературы, получившей дальнейшее развитие в иудео-христианской традиции. Исследователи до сих пор спорят о том, когда жил основатель этой религии, персидский пророк Заратустра. Одни склоняются к XV веку до нашей эры, считая его первооткрывателем апокалиптической мысли. Другие называют XII столетие до н.э. или библейскую эпоху Исхода иудеев из Египта. Большинство же ученых полагают, однако, что Заратустра жил в VI веке до н.э., будучи современником Будды, Конфуция и ветхозаветных пророков.

И. М-К. *Какова «личная» история самого Заратустры?*

М. С. Согласно традиции, Заратустра родился неподалеку от нынешнего Тегерана в обедневшей семье воинов. С детства он проявлял интерес к религии и был обучен жертвоприношениям и священным песнопениям. Когда пророк достиг тридцатилетнего возраста, он был вознесен к престолу верховного божества Ахура Мазды, который направил его к людям с призывом выбирать между ним и противостоящим ему злым духом Ангра Майнью.

Заратустра проповедовал религиозные реформы и учил своих последователей вести праведную жизнь, руководствуясь благими намерениями и мыслями. Тем, кто встанет на защиту добра, пророк обещал благоденствие в земной жизни и бессмертие в мире грядущем. Предсказал он также и окончательную победу небесного воинства Ахура Мазды, которая произойдет после Судного дня, когда земля пройдет очищение, а силы зла будут полностью разгромлены.

В античные времена Зороастризм стал государственной религией трех персидских империй – во времена правления Ахеменидов, парфянских царей и также династии Сасанидов. Однако, на протяжении своей долгой истории Зороастризму не удалось сохранить монотеистическую направленность, столь характерную для Иудаизма и Ислама. При Сасанидах зороастрийские жрецы склонялись к дуалистической картине мира, в которой Ариману (Ангра Майнью) отводилась роль непримиримого и равновеликого соперника Ормазда (Ахура Мазда) в битве между добром и злом. Сегодня немногочисленные общины последователей Зороастра сохранились в Индии, Пакистане и восточном Иране.

И. М-К. Какова судьба священных писаний этой удивительной религии, её наследия?

М. С. Собрание священных писаний Зороастризма, известное под названием Авесты, было завершено столетия спустя после смерти основателя этой религии – также при династии Сасанидов в IV-V веках н.э. Одним из самых древних пластов Авесты являются Гаты – литургические гимны, написанные на древнеперсидском языке. Уже в Гатах мы встречаем упоминание о Судном Дне и других апокалиптических темах. По окончании земной жизни каждый человек должен будет пройти по Мосту Разделения, и сам Зороастр будет сопровождать праведников, которых по другую сторону моста будет ожидать Дом Благого Ума. Иная, горькая участь ожидает после смерти грешников, чья совесть будет терзать их души и чьим пристанищем станет Дом Лжи.

В более поздних комментариях к Авесте, написанных в эпоху мусульманского господства в IX веке н.э., описания Судного Дня и воскрешения из мертвых носят более детальный характер. Здесь мы читаем о делении человеческой истории на три тысячелетние эпохи, каждая из которых начинается с добра и благоденствия, а заканчивается хаосом и разложением. Первая такая эпоха была провозглашена самим Зороастром. На исходе последующей эпохи придет обещанный третий Избавитель – провозвестник всемирного обновления, которое будет сопровождаться воскрешением из мертвых, Страшным судом и победой над злом и смертью. В те дни человеческая история придет к своему завершению, и Ахура Мазда установит свое царство на земле вовеки.

И. М-К. *А вот индуизм сумел сохранить себя до наших дней...*

М. С. Индуизм – одна из самых древних религий мира, насчитывающая миллионы приверженцев как в Индии, так и за ее пределами. Индуистская вера сегодня – это сложная и многообразная традиция с яркой историей и самыми различными религиозными течениями. Приверженцы Индуизма поклоняются множеству богов, наиболее популярными из которых являются божества, составляющие «индуистскую троицу» – бог-творец Брахма, бог Вишну, олицетворяющий порядок во Вселенной, и бог разрушения Шива.

Древнеиндийские космогонии описывают Вселенную, не имеющую ни начала, ни конца, в которой всё существующее появляется на свет, живет и умирает, давая место новым рождениям и угасаниям, составляющим вечный круговорот жизни. Священные писания Индуизма рисуют грандиозную картину возникновения и угасания миров, которые длятся тысячелетиями и проходят через определенные стадии, называемые «югами».

Впоследствии состояние мира ухудшается, и из идеального оно постепенно превращается в запущенное. Из-за воровства, кривды, обмана беззаконие возрастает. Последняя из четырех юг – эпоха богини Кали – проходит уже под знаком полной деградации всего существующего. Мир приходит в состояние, которое не поддается ни поддержанию, ни исправлению.

По окончании полного цикла юг этот круговорот повторяется снова и снова, пока, наконец, на исходе тысячи юг или одного дня Брахмы мир людей не постигает окончательное разрушение. Махабхарата рисует устрашающую его картину, вызывающую в памяти катастрофу библейского Апокалипсиса:

«И вот на исходе тысячи юг... начинается многолетняя засуха – наступает конец жизни. Обитающие на земле живые существа, изголодавшиеся и немощные, гибнут одно за другим... Семь пылающих солнц выпивают всю воду из морей и потоков...» Махабхарата приводит также любопытные сведения о длительности каждой из этих эпох, составляющих грандиозную космогоническую эпопею, начало и завершение которой теряется в глубине веков.

В описании конца света, знакомом нам из Библии, мы читаем о Страшном суде и последующем втором пришествии Христа. В индуистской версии апокалипсиса за гибелью мироздания также неминуемо следует возрождение, которое связано с появлением в мире нового воплощения божества. Согласно индуистским верованиям, этих людей – посредников между небом и землей – называют аватарами. Аватар рождается в мир в периоды кризиса, обновляет религиозное учение и тем самым закладывает основу духовно-нравственного подъема. Одними из самых почитаемых таких духовных богатырей Индуизма, чей авторитет остается непререкаем и по сей день, являются герои эпических произведений Рамаяны и Махабхараты, два святых воина древней Индии – Рама и Кришна.

И. М-К. Один из авторских курсов, которые Вы преподаете в Университете Искусств, называется «Священная война». В чем, по Вашему мнению, выражается сущность такой войны, и чем она отличается от обычных военных действий?

М. С. Мой курс по священной войне разбит на три части. В первой студенты читают отрывки из священных писаний разных религий, и мы обсуждаем саму концепцию святой войны. Вторая часть посвящена ее историческому воплощению во времена Средневековья и Реформации. Я имею в виду, конечно же, крестовые походы и тридцатилетнюю войну между католиками и протестантами. Наконец, в третьей и заключительной части курса, мы переходим к Новому времени и к практикам священных войн в современном нам обществе.

Так вот, что касается самой идеи святой войны, то она была сформулирована в писаниях трех мировых религий — Иудаизма, Индуизма и Ислама. В древнееврейской религии священная война описана в Книге Иисуса Навина, события которой ученые-библеисты относят приблизительно к двенадцатому веку до нашей эры. Книга Иисуса Навина повествует о преемнике Моисея, который привел свой народ в землю древнего Ханаана и, уничтожив коренное ее население, распределил между иудейскими племенами.

Книга Иисуса Навина – одна из наиболее тяжких для чтения в Ветхом Завете, поскольку речь в ней идет об этнической чистке или, как мы бы сейчас сказали – геноциде целого народа, да еще и по воле Божьей. Соответствуют ли военные кампании, описанные в этой книге, реальным историческим событиям? Увы, однозначного ответа на этот вопрос историческая наука дать не в состоянии. Проведенные археологические раскопки показали, что следы внезапного и насильственного разрушения присутствуют в несколько городах, относящихся к тринадцатому веку до нашей эры. Однако, при раскопках Жерико и Аи – двух ключевых населенных пунктов, упомянутых в Библии – ученые не нашли никаких признаков военных действий, связанных с тем временем.

И. М-К. Однако, в современной библеистике существуют три гипотезы о том, что в действительности произошло в древнем Ханаане.

М. С. Да, Согласно одной из них, библейское повествование исторически точно и описывает реальные события, происходившие более трех тысячелетий назад. По второй, военные действия в земле обетованной вели не иноземцы, а местные жители во главе с Иисусом Навиным, взбунтовавшиеся против засилья аристократической элиты. Наряду с этой «революционной» моделью событий, есть и третья гипотеза, которая вообще отрицает ведение боевых действий на этой территории во времена Навина. Ее сторонники полагают, что происходило мирное и постепенное переселение племен из одних мест в другие. Повторяю – ни одна из этих теорий окончательна не доказана.

В Индуизме идее священной войны посвящена знаменитая Бхагавад Гита – самая популярная книга в индийской культурной традиции. Она является частью многотомного эпоса Махабхарата, повествующего о войне между двумя кланами, Пандавами и Кауравами, восходящими к одному племени Бхарата. Бхагавад Гита рассказывает об одном из воинов клана Пандавов по имени Арджуна, который переживает сомнения накануне решающей битвы. Он хочет покинуть поле боя, поскольку ему предстоит сражаться против родственников и, что еще хуже, против своего духовного учителя. В индийской религии учитель или гуру дает ученикам второе, духовное рождение. Убить своего гуру – тягчайшее преступление, за которым следует неизбежная расплата. Арджуна хочет сложить оружие и спрашивает совета у своего возничего Кришны, который на самом деле является аватаром или воплощением Верховного Божества. В ответ Кришна объясняет смятенному воину, как надо сражаться, чтобы сохранить святость и избежать дурного влияния кармы.

В религии Ислама концепция священной войны выражена, как известно, в идее джихада. Однако с термином этим, как и самой мусульманской религией, нужно обращаться аккуратно. На Западе существуют две позиции по отношению к Исламу – либеральная и фундаменталистская. Либералы утверждают, что Ислам такая же мирная религия, как и Христианство. Мусульмане поклоняются тому же «милостивому и милосердному» Богу, а также исповедуют общие для религий авраамского корня моральные ценности. Фундаменталисты, напротив, уверяют, что Ислам – это религия перманентной войны, что пророк Мохаммед был главным террористом, и что Аллах не имеет ничего общего с христианской Троицей.

И. М-К. *На мой взгляд, обе эти крайние позиции значительно упрощают ситуацию, вырывая Ислам из контекста всемирной истории и рассматривая его сквозь призму собственной идеологии.*

М. С. На самом деле, мусульманская религия, как и всякая другая, значительно сложнее и многограннее, нежели ее рисуют западные апологеты. Мусульманство принимало разнообразные формы в зависимости от конкретной исторической эпохи и культурных обстоятельств. В конце концов, и само Христианство вовсе не такая уж мирная религия, как стараются это представить нынешние его последователи.

Та же история и с термином «джихад», который буквально переводится как «борьба». Он неоднократно встречается в Коране, зачастую в идеоматическом выражении «борьба на пути Бога». Западные исследователи определяют джихад как религиозную войну с иноверцами. Однако, мусульманские ученые различают три вида джихада – духовный, социальный и, собственно, милитаристский.

Духовный джихад – это внутренняя битва с собственными недостатками, которую денно и нощно должен вести каждый верующий. Социальный смысл джихада заключается в том, чтобы бороться за построение справедливого и гуманного общества. И только в буквальном понимании джихад означает применение силы для защиты мусульманской веры, и то в случае необходимости.

Так что понятия «джихад» и «священная война» не всегда совпадают. Джихад вовсе не обязательно подразумевает насилие или военные действия. Махатма Ганди вел борьбу (или джихад) за национальное освобождение Индии и создание независимого индийского государства, но она была основана на принципе ненасилия. Советские диссиденты во главе с академиком Сахаровым тоже развернули мирный джихад за соблюдение прав человека в Советском Союзе. В Соединенных Штатах Мартин Лютер Кинг возглавил американский джихад за расовое равноправие и десегрегацию афро-американцев.

И. М-К. Давайте все же вернемся к теме нашей беседы, а именно, к священной войне. Во всех трех Ваших примерах – из Иудаизма, Индуизма и Ислама – речь идет о религиозной и, в то же самое время, о священной войне. Это одно и то же, или между ними существуют различия? И, если они есть, то в чем они состоят?

М. С. Как известно, не всякий верующий достигает святости. Религиозность и святость – не одно и то же, хотя религия и является необходимым условием для достижения последней. То же самое с религиозными и сакральными войнами. Не каждая религиозная битва священна, но всякая, по-настоящему священная, война ведется из религиозных побуждений. А разница между ними весьма проста, и описана одинаково в Иудаизме, Индуизме, и Исламе.

В Книге Иисуса Навина, к примеру, мы читаем о запрете у древних Израильтян оставлять в живых пленных после сражения. Израильтяне убивали всех своих врагов и сжигали города, поскольку им не позволялось наживаться на войне – брать себе скот или рабов. В Бхагавад Гите Кришна сходным образом наставляет Арджуну, объясняя ему, что воевать нужно без малейшей заинтересованности в результатах схватки – полностью сосредоточившись на приятии воли Божьей. А Ислам объединяет эти две ипостаси – внутреннюю и внешнюю – священной войны, различая милитаристский и духовный джихад.

В самом деле, настоящий джихад включает в себя как борьбу с эгоистическими устремлениями, так и, собственно, военные действия, как это демонстрируют сегодняшние мусульманские террористы. Ради джихада они готовы не только отказаться от материальной выгоды, но и пожертвовать собственной жизнью. Таким образом, можно сказать, что священна та война, которую ведут из религиозных побуждений, полностью отказываясь от какой-либо личной выгоды.

И. М-К. В теории это звучит весьма благородно и для кого-то, возможно, привлекательно. А вот в реальной жизни встречались ли такие совершенно бескорыстные войны? Ведь даже мусульманские террористы, о которых вы упомянули, действуют в некотором смысле эгоистично. Жертвуя жизнью, они надеются пожать духовные плоды своих поступков и попасть в рай.

М. С. Вы совершенно правы. Даже нынешние моджахеды, которые убивают себя во имя Аллаха, преследуют выгоду. Пусть, на наш взгляд, не реальную, а воображаемую, – но все же выгоду. В истории человечества не было бескорыстных войн. Мы, конечно, не знаем, что происходило в легендарные времена Иисуса Навина или Арджуны, но то, что нам известно о более близких к нам эпохах, не оставляет в этом сомнений.

Возьмем крестовые походы одиннадцатого-двенадцатого столетий. В 1095 году на католическом соборе в Клермонте папа Урбан II произнес знаменитую речь, в которой призвал христианский мир к походу против мусульман. В своей речи папа сослался на военную угрозу Византии со стороны турков. Он взывал к религиозным чувствам европейских христиан, описывая разрушения христианских святынь и нападения на паломников. Лидер католической церкви убеждал паству начать святую войну, но при этом не забывал посулить выгоду от нее для тех, кто последует его призыву. Папа обещал всем крестоносцам отпущение грехов, а тем, кто падет на поле битвы – райские блаженства. Упомянул он и о материальных вознаграждениях для воинов, привлекая их захватом чужих земель и последующими богатством, властью и престижем.

И. М-К. *Так что уже с самого начала крестовых походов речь вовсе не шла об истинно-священной войне?*

М. С. Те, кто читал хронику этих походов, описанных в «Деяниях франков», знают, что реалии оказались намного мрачнее, нежели папские посулы. Франки убивали и грабили не только евреев и мусульман, но и братьев по вере, православных христиан. По вероломству и насилию они превзошли своих врагов. После одной из битв, испытывая нехватку продовольствия, франки опустились до каннибализма, поджаривая на кострах и поедая трупы убитых ими воинов.

Возьмем теперь другой пример – тридцатилетнюю войну в Европе между католиками и протестантами, которая началась в 1618 году в Богемии на территории Священной Римской Империи. Разгорелась она из-за несогласия протестантской элиты Богемии признать Фердинанда II, католика по вероисповеданию, своим правителем. Тогда-то и произошло событие, ставшее известным в истории, как «дефенестрация Праги» – протестанты выбросили из окна королевского дворца представителей коронованной особы. Делегация католиков чудом уцелела, приземлившись в навозную кучу. С этого печально знаменитого инцидента Европа и забурлила. Фердинанд позвал на выручку своего племянника, короля Испании Филиппа II. Богемия стала искать покровительства и защиты у протестантских держав – Швеции и Дании. И пошло-поехало.

Поначалу силы распределились по религиозному признаку – протестанты воевали против католиков. Однако, на последнем этапе войны, когда Франция в 1635 году официально выступила в союзе с протестантами, окончательно выяснился не сколько религиозный, сколько политический ее характер. Католическая Франция, буквально накануне – в конце 1620-х годов – жестоко расправившаяся со своими протестантами-гугенотами, боялась усиления испанской и австрийской корон. Поэтому премьер-министр французского короля Луи XIII, кардинал де Ришелье объявил войну сначала Испании, а затем, год спустя – Священной Римской Империи, и повел наступление против Габсбургов, правивших в Австрии, на стороне их противников – Швеции и Дании. Так что вне зависимости от того, религиозная ли это война или нет, воюющие стороны преследуют и другие, более прозаические – политические, экономические и социальные – цели.

И. М-К. Да, конечно. Сегодняшние мусульманские террористы тоже ведь жертвуют жизнью не просто ради идеи, а для создания исламского халифата. Скажите, а есть ли принципиальная разница между крестовыми походами в Средние века и «войной с терроризмом» в наше время?

М. С. Ну, во-первых, терроризм – это не война, а бандитизм. Террористы не разбираются в средствах и не гнушаются ничем для достижения собственных целей. Они убивают всех без разбора – стариков, женщин, детей. Конечно, и во времена крестовых походов как христиане, так и мусульмане совершали преступления и убивали мирных жителей, но все же это были, пусть и отвратительные, но побочные явления, а не явно поставленная цель.

Во-вторых, говоря о мусульманском терроризме, нельзя не сказать о программе европейского Просвещения, сформировавшей демократические государства Нового времени. Европейское Просвещение – сравнительно недавнее культурное явление, начавшееся во второй половине семнадцатого века и набравшего силу в последующем восемнадцатом столетии. Оно проложило водораздел между средневековой и современной христианскими цивилизациями.

Просветители сформулировали новое мировоззрение, в основание коего положили не откровение и священные писания, а человеческий разум, который они считали самодостаточным. В результате возникла так называемая секулярная культура, источником которой была не Церковь, а мысль светская. Просветители ратовали за отделение религии от государства и модернизацию общества на основе демократических принципов всеобщего равенства и прав человека. Практическое воплощение эта идеология получила в Соединенных Штатах и Франции, которые в конце восемнадцатого века создали первые государства просвещенческого типа.

Традиционные религии реагировали болезненно на философию Просвещения, и по вполне понятной причине. Многие из них включали законы и установления, касающиеся как религиозной, так и светской – экономической, социальной, политической – сферы. Идти на компромисс они не собирались. Поэтому продвижение идеалов Просвещения, которое мы наблюдаем в девятнадцатом и двадцатом столетиях, натолкнулось на религиозно-политическую реакцию в разных уголках планеты. Так и современные моджахеды борются не только и не столько с Христианством, сколько с идеями Просвещения, олицетворяемыми «прогнившим» Западом. В этом и состоит одно из главных отличий раннемусульманских завоеваний от сегодняшнего джихада.

И. М-К. Однако, и в том и в другом случае мы имеем дело с религиозными фанатиками, которые во имя Бога готовы уничтожить все человечество. Может быть, правы те критические настроенные мыслители, которые считают, что вера, как таковая, есть зло? Я имею в виду представителей так называемой «третьей волны» атеизма – Ричарда Докинза,

М. С. Увы, волн этих было гораздо больше, если считать советский, китайский и прочие версии атеистического мировоззрения. Вы же говорите, конечно, о европейском атеизме. Первая волна была во Франции (Ламеттри, барон Гольбах, Дидро), вторая в Германии (Маркс, Ницше, Фрейд), ну а третья пришлась на англо-американскую культурную традицию.

Вы совершенно правы – нынешние атеисты полагают, будто религия не только бессмысленна, но и вредна. Отчасти это так. Религия, действительно, может принести зло. Но не будем забывать, что вера спасает людей от трагичности их существования. Мы осознаем себя и свою неизбежную смерть, однако понятия не имеем, что ждет нас в посмертии. Наука не в состоянии помочь людям ориентироваться в ситуации, когда «начала и концы» жизни от них скрыты. Только религия может тут помочь, но она тем и опасна, что оперирует с потусторонним миром, и ее истины нельзя экспериментально ни подтвердить ни опровергнуть.

В этом смысле религия схожа с атомом, чью энергию можно направить на самые разные цели. Кто-то построит атомную электростанцию, а кто-то создаст ядерную бомбу. Но до тех пор, пока условия человеческого существования кардинально не изменятся (если такое вообще возможно), не исчезнет и религия.

И мы должны отдавать себе ясный отчет в том, что вера может быть как полезна и даже спасительна, так и опасна, а в некоторых случаях очевидно вредна.

Как тут отделить зерна от плевел? На мой взгляд, решающее слово в этом выборе за моралью. Исторически единобожие развивалось как религиозно-этическое мировоззрение. Бог Авраама, Исаака и Иакова, в отличие, скажем, от древнегреческого Зевса или индусского Брахмана, не просто единственное или верховное божество. Библейский Ягве – это Бог, призывающий людей к нравственному совершенствованию. Религия выступает здесь средством, а целью является культивирование добродетелей. Если же она приводит верующего к имморализму и пороку, то не выполняет главной своей задачи. Это то же, что принимать лекарство, которое не лечит болезнь, а ухудшает состояние больного. От такой религии лучше вовсе отказаться.

В давние Советские времена я обсуждал эту тему с моей учительницей по литературе Эммой Дмитриевной, светлая ей память! Она была православной христианкой, глубоко верующим человеком. Я же был воспитан в строго-атеистическом духе. Во время одной из наших бесед Эмма Дмитриевна сказала мне, что главное, не во что веришь, а как живешь. Совет этот я запомнил на всю жизнь и стараюсь следовать ему и поныне.

И. М-К. Позвольте мне задать вопрос, на который, возможно, не найдется утвердительного ответа. Существуют ли религии, в которых священная война запрещена?

М. С. Насколько мне известно, в священных писаниях только одной религии есть подобный запрет. Я имею в виду Веру Бахаи – сравнительно молодую духовную традицию, зародившуюся в середине девятнадцатого века в Иране. А среди классических религий самая мирная – Буддизм. Будем надеяться, что именно эта тенденция возобладает в религиозном развитии человечества и со временем приведет к миру во всем мире, о котором люди давно мечтают, но который пока не удается достичь.

И. М-К. Давайте возвратимся к нашему, сегодняшнему времени. В сентябре этого года в международном издательстве Брилл, базирующемся в Голландии, на английском языке вышла Ваша книга по философии религии, озаглавленная «Теория религиозных циклов: традиция, Новое время и Вера Бахаи». В ней Вы даете оценку Советского периода российской истории на основе концепции религиозных циклов, развитой в Вашей работе. Расскажите, пожалуйста, в чем состоит Ваша концепция? Вообще, очень интересная тема – религиозные циклы, культура модерна и современная Россия.

М. С. Моя идея религиозных циклов выросла из самых разнообразных источников. Тут и русская философская мысль, и индийские космогонии, и мой личный опыт жизни в Советском Союзе, и американская докторантура. Суть же моей теории в том, что религия в основе своей представляет информационную систему, включающую два наиболее важных компонента – священные писания и священное предание. В ходе своего развития и в зависимости от различного сочетания этих двух факторов, религии проходят через шесть общих стадий религиозной эволюции – формативную, ортодоксальную, классическую, реформистскую, критическую и пост-критическую. Все известные нам мировые религии прошли через эти фазы и сформировали соответствующие ответвления, которые в наше время мирно (или не вполне) сосуществуют друг с другом. Это буддистская теравада и православное христианство, мусульманские сунниты и христианские католики, раввинические евреи и ортодоксальные индуисты, и так далее. Более подробно с моей концепцией религиозных циклов русскоязычный читатель может ознакомиться, прочитав мою статью на эту тему, опубликованную в Вестнике Российского философского общества.

И. М-К. Но мировые религии – Буддизм, Христианство и Ислам – зародились в разное время, с дистанцией примерно в шесть столетий друг от друга. Значит ли это, что в наше время эти религии находятся в разных стадиях своего развития и поэтому конфликтуют между собой? И если «да», то какого рода этот конфликт?

М. С. Нет, это не вполне так. Стадии религиозного развития одни и те же, но по времени они могут длиться дольше или быть короче в разных религиозных системах. Также как и у людей – один взрослеет рано, но и стареет быстро. А другой надолго остается ребенком, и до тридцати, а то и до сорока лет, живет с родителями. В Америке про таких говорят «late bloomer», т.е. у них позднее цветение. Но, несмотря на разницу в развитии, все люди проходят через детство, отрочество, юность, и т.д.

Поэтому то, что мировые религии были созданы в различные эпохи, не означает, что они находятся в разных стадиях своей эволюции. Как раз наоборот. Так получилось – и это отличительная черта переживаемого нами исторического периода – что и Христианство, и Буддизм, и Ислам находятся в критической фазе своего развития.

Согласно моей теории, религии переживают два вида кризисов – структурный и системный. Вспомним, что священное писание и священное предание являются двумя важнейшими компонентами любой религиозной системы. Так вот, в ходе структурного кризиса люди подвергают сомнению священное предание – иными словами, традиционное истолкование священных текстов своей веры. В результате такого кризиса внутри религии возникают альтернативные течения с новым священным преданием. Бóльшая часть их вскоре погибает, но некоторые выживают, как это случилось, например, с Протестантизмом, отпочковавшимся от католической веры в шестнадцатом столетии.

И. М-К. *В чем основное отличие структурного и системного кризисов?*

М. С. В отличие от структурного, системный кризис бросает вызов самой основе религиозной системы – ее священным писаниям. Такого рода кризисы приводят к появлению новых религий со своими авторитетными текстами. Так произошло с Буддизмом, зародившемся в лоне индуистской веры в шестом веке до рождества Христова или с тем же Христианством, развившемся шесть столетий спустя из библейского Иудаизма.

На протяжении двухтысячелетней истории Христианская религия прошла через все стадии развития и в восемнадцатом веке вступила в его предпоследнюю критическую фазу. Восемнадцатое столетие, как мы помним, было веком Вольтера или Просвещения, которое Европа переживала, начиная со второй половины семнадцатого столетия. Европейские просветители поставили во главу угла человеческий разум, который они полагали независимым и самодостаточным. Новый европейский рационализм дал три основные направления мысли – рационалистический теизм, деизм и атеизм. Но, вне зависимости от того, верили ли мыслители Просвещения в религию, или верили только в Бога, а религию отрицали, или, вообще, не верили ни в Бога ни в религию, они подвергли сомнению и критическому анализу основной документ Христианской веры, каковым является Библия.

Новый европейский рационализм и выработанная им светская идеология сформировали демократические государства Нового времени. Программа секулярного Просвещения оказалась настолько успешной и привлекательной, что вовлекла в сферу своего влияния и другие религии, которые с тех пор оказались в условиях системного кризиса своих учений. В результате, в последующие два столетия люди стали свидетелями яростной и непрекращающейся борьбы между идеологией Просвещения и традиционными религиями по всему миру. В Библии это время названо Апокалипсисом. Я же, согласно моей теории, определяю его как тотальный кризис религиозного сознания.

И. М-К. В чем же связь между этим, как Вы говорите, тотальным кризисом, и Советской империей? Да, Советский Союз был атеистическим государством, но он рухнул, не продержавшись и столетия. Значит ли это, что кризис религиозного сознания, если он и существовал, пошел на убыль? Нынешняя Россия ведь буквально за несколько десятилетий стала гипер-православной страной.

М. С. Ну, во-первых, как Вы сами сказали, СССР был атеистическим государством, на территории которого к тому же сосуществовали три мировые религии – Буддизм, Христианство и Ислам. И вот, руководители этой страны взялись за искоренение не просто разных вероисповеданий, а религии как таковой. Согласитесь, явление беспрецедентное. Советский Союз вошел в историю человечества как единственная в мире атеистическая империя. Уже один этот красноречивый факт свидетельствует о небывалом кризисе религиозного сознания. Пошел ли он на убыль после развала СССР? Не думаю.

Как Вы справедливо заметили, Россия вновь стала православной, но с существенной приставкой «гипер». Что это значит? Дело в том, что традиционные религии могут реагировать на идеологию Просвещения двояко. Либо они ее принимают и развиваются в русле экуменизма и межрелигиозного диалога; либо – отрицают и замыкаются на своей ортодоксии и чувстве собственной исключительности. Есть, конечно, промежуточные формы, которые, кстати говоря, наиболее разумны и приемлемы в кризисных ситуациях, но в нашей беседе мы ограничимся первыми двумя примерами. Так вот, эти два крайних направления в традиционных вероисповеданиях можно назвать «либеральным» и «фундаменталистским». В терминах моей теории они представляют собой «обновление» или «возрождение» религии.

Вне зависимости от того, как сложившиеся духовные традиции реагируют на идеологию Просвещения и вызванный им глобальный кризис религиозного сознания, они не в состоянии полностью его преодолеть. Системный кризис подрывает основу религии, ее священные писания, и может быть пересилен только с появлением альтернативных священных текстов. А это означает возникновение новых религиозных движений, которым, как мы знаем из истории, нужно как минимум четыре столетия, чтобы набрать силу и обратить на себя внимание масс. Эпоха Просвещения началась в восемнадцатом веке – мы живем в начале двадцать первого. Атеизм и сектантство – два главных признака духовного упадка – переживают расцвет, но понадобится еще несколько веков, чтобы выяснить, какие религиозные движения выживут. А пока что мы находимся в эпицентре кризиса, прекратил ли свое существование Советский Союз или нет.

Что же касается возрождения православия в России, то оно выходу из него не поможет – только усугубит болезнь. Тут крайне важно поставить верный диагноз. Если больной пьет таблетки от кашля, а состояние его ухудшается, то это значит, что у него бронхит или воспаление легких. Нужны средства посильней. Также и с православием. Ведь оно не смогло отвратить людей от революции в 1917 году. Почему же мы думаем, что оно выручит нас теперь?

И. М-К. В России со времен Чаадаева соперничают два основных направления мысли – западничество и славянофильство. После развала Советского Союза дискуссии о национальной идее России вспыхнули с новой силой, и интеллигенция снова разделилась на два лагеря – теперь с

*приставкой «нео». К какой из этих групп Вы причисляет
себя?*

М. С. Я скорее западник, чем славянофил, хотя полностью
не принадлежу ни к одному из этих течений русской мысли.
Западничество и славянофильство это, по существу, два про-
тивоположных ответа на вызов Просвещения. Первый — ли-
беральный, второй — консервативно-фундаменталистский.
Ни тот ни другой проблему не решает, а просто по-разному
приспосабливается к ней.

Я согласен со славянофилами в том, что религия переживает кризис, но я расхожусь в оценке этого кризиса. Я не считаю, что он касается только западных конфессий, которые будут «спасены» православием. По-моему, ситуация намного
сложнее и масштабнее, а кризис, о котором предупреждали
славянофилы, давно уже принял глобальный характер.

Поскольку традиционные религии находятся в упадке и
во многом тормозят поступательное развитие человечества,
то я согласен с западниками, что нужно церковь отделить от
государства и ввести республиканское правление. Оно и
нравственнее и эффективнее, нежели авторитарная власть.
Однако, в отличие от современных западников, я не считаю,
что либеральная демократия это последнее слово в политической эволюции человечества, за которым грядет, по выра-
жению американского философа Франсиса Фукуямы, «конец
истории». Западный тип демократии — это, действительно,
лучшее, что было создано за многие века, но и он страдает от
собственных, очень серьезных изъянов, связанных прежде
всего с крайностями секуляризма.

И. М-К. *Как Вам в свете Вашей теории видится будущее
России?*

М. С. Заниматься предсказаниями будущего — дело не-
благодарное. Позволю себе лишь высказать некоторые вы-
воды из моей теории, которые имеют прямое отношение к
России. Поскольку Советский Союз был прежде всего духов-
ным явлением, а не политическим или экономическим, то и
преодоление его будет происходить также в сфере религи-
озно-духовной. Однако, согласно моей теории, мы говорим о
новых и альтернативных религиозных движениях, которым

нужно еще пару веков, чтобы всерьез заявить о себе. Поэтому, не следует, по-моему, торопиться с поисками «спасения». Вместо того, чтобы с головой окунаться в талмудические, православные или другие устоявшиеся обряды, я бы больше внимания уделял морально-этической стороне религиозных учений. Религии переживают кризис и могут видоизменяться, а нравственные заповеди – общие и неизменные для всех. Религия - это средство, а нравственность – цель, а не наоборот. И, если религия приводит своего приверженца к имморализму, то от нее лучше и вовсе отказаться.

И второе – в периоды глубоких и затяжных религиозных кризисов – так же, как и во время долгих и сильных стрессов – следует избегать резких движений, импульсивных поступков и радикальных перемен. В двадцатом веке России с этим не повезло. Россияне пережили две мировые войны, две революции и тоталитарный советский режим. Двадцать первое столетие началось, вроде, неплохо, но тут опять авантюра с Украиной. Это очень опасное развитие событий, поскольку на фоне духовного кризиса – а православие вовсе не разрешило, а еще более усугубило его – любые политические и социально-экономические потрясения могут привести к непредсказуемым и катастрофическим последствиям.

Нужны мудрость, терпение и выдержка. Будем надеяться, что воля к миру все же возобладает. В противном случае, нас всех ждут большие перемены.

И. М-К. *Спасибо Вам за беседу.*

Семен Резник

Карл Маркс – интернационалист или антисемит?

От автора, июль 2022.

Предлагаемое вниманию читателей эссе было опубликовано в 1986 году в журнале «Форум», издававшемся в Мюнхене.

Это было не очень известное, но одно из лучших изданий русского зарубежья: высоко профессиональное и по-настоящему демократичное. Ответственным редактором был Владимир Малинкович, а в состав Консультационного Совета входили видные литераторы и диссиденты, в их числе Кронид Любарский, впоследствии трагически погибший.

Кронид был главным организатором 4-х Сахаровских слушаний в Лиссабоне в 1983 году, в которых мне довелось участвовать. По окончании трехдневных Слушаний – очень насыщенных и прошедших с большим успехом – Кронид, как бы между прочим, спросил меня, соглашусь ли я подготовить материалы Слушаний к печати в качестве редактора-составителя. Я ответил, что сочту это за большую честь. «Хорошо, -- сказал Кронид, -- если найдем финансирование, я с тобой свяжусь».

Результатом этого беглого разговора стал объемистый том:

«Сахаровские слушания: Четвертая сессия, Лиссабон, Октябрь 1983. Редактор-составитель Семен Резник / London, «Overseas Publications Interchange, LTD», 1985.

В ходе работы над книгой я поддерживал тесные контакты с Кронидом; он и свел меня с редакцией «Форума».

Указать точные библиографические данные о моей публикации в «Форуме» 1986 года я, к сожалению, не могу, так как у меня сохранилась только ее ксерокопия (стр. 74-82). Это эссе полу-мемуарного характера, в котором рассказано о том, как Карл Маркс когда-то раскрылся передо мной с совершенно неожиданной стороны.

Так как марксизм широко изучается и преподается во многих американских и европейских университетах, включая самые престижные и элитарные; так как последователи Маркса занимают высокие посты во властных структурах и доминируют в медийном пространстве, я полагаю, что это эссе и сегодня может представлять интерес для читателей. Думаю даже, что в наше время, когда адепты марксизма, взамен классового антагонизма, нагнетают антагонизм разнообразных меньшинств – черных, цветных, религиозных сексуальных и проч.—против «белого привилегированного большинства», оно более актуально, чем четверть века назад, когда было написано. Тем более, что на нынешнем «витке диалектической спирали» евреев избавили от статуса униженного и оскобленного меньшинства и милостиво приобщили к «привилегированному белому большинству». Иные догматики марксизма могут узреть в такой «передислокации» евреев оппортунизм, ревизионизм или даже подрыв учения Основоположника, но это не так. Ибо инициатором такой «передислокации» был никто иной, как сам Основоположник Карл Маркс. Как учил нас великий Ленин: «Учение Маркса всесильно, потому что оно верно». Без всякого ревизионизма.

Семен Резниляк

22 юл 20

22 июн\яяяя

2АРЛ МАРКС – интернационалист или антисемит
«Форум», 1986

Лет пять-шесть назад, когда я еще жил в Москве, один приятель дал мне адрес семьи отъезжающей в Израиль, которая срочно распродавала невывозные книги.

Я отправился по указанному адресу, но хозяйка дома сразу же разочаровала меня: все «подписки» и другие «хорошие» книги уже распроданы.

-- Совсем ничего не осталось? – спросил я.

-- Только вот это, -- она указала на стопку пожелтевшей бумажной рвани на журнальном столике.

Нетоварный вид литературы ясно говорил о том, почему она не заинтересовала книжных жучков[26], но он же давал надежду найти в этом хламе что-нибудь достойное внимания.

---

[26] Не все, может быть, помнят, что в годы «застоя» в Советском Союзе был перманентный книжный голод. Купить нужную или просто интересную книгу в книжном магазине было редкой удачей. Зато процветал черный рынок, на котором промышляли «книжные жучки»: они «по блату» скупали дефицитные книги и затем перепродавали их по пяти-десятикратной цене. Когда началась еврейская эмиграция, некоторые книжные жучки стали специализироваться на скупке домашних библиотек.

Я присел к журнальному столику и сразу же ахнул. Передо мной лежали хоть и растерзанные, но вполне годные к пользованию дореволюционные и послереволюционные издания брошюр и книг по еврейскому вопросу, давно уже в СССР запретному. Большую часть лежавших передо мною книг не только невозможно было достать в букинистических магазинах, куда их просто не принимали, но и в Библиотеке им. Ленина они содержались в спецхране и без особого разрешения не выдавались.

Я стал откладывать в отдельную стопку наиболее для меня интересное, и вскоре в нее перекочевало все, за исключением одной тонкой брошюрки, на обложке которой значилось: «К. Маркс. К еврейскому вопросу. Москва, 1919»[27].

Брошюра Маркса меня интересовала менее всего – и потому, что я смутно помнил, что работа под таким названием имеется в одном из сорока томов «Сочинений» К. Маркса и Ф. Энгельса, куда поневоле приходилось заглядывать для наведения справок, и потому, что я считал себя достаточно знакомым с марксизмом, чтобы заранее знать, чт*о* мог сказать по еврейскому вопросу «основоположник».

Кроме того, я знал примерную стоимость отобранных мною книг – покупка сильно ударяла по карману. Тратить лишнюю пятерку не хотелось. Правда, пользуясь явным желанием хозяйки поскорее избавиться от «макулатуры» и ее очевидной неосведомленностью, можно было, вероятно, сторговать книги за бесценок. Но надувать отъезжантов не позволяла совесть.

Когда я сказал хозяйке, что готов забрать почти все книги, она сильно удивилась, а когда я стал называть цены, которые согласен уплатить, она удивилась еще больше. Через пять минут книги перекочевали в мой обширный портфель, до предела раздув его кожаные бока. На журнальном столике осталась сиротливо лежать одна тоненькая брошюрка. Указывая на нее, хозяйка спросила:

-- А это вы, значит, не берете?

Я хотел сказать «нет!», но почему-то заколебался. Взял в руки брошюру и открыл ее. Оказалось, что статью Маркса предваряет предисловие А.В. Луначарского. Кроме того, было похоже, что у меня в руках первое издание данной работы на русском языке… Хотя я никогда не был настоящим библиофилом, то есть не охотился за книжными редкостями как таковыми, мне вдруг стало жалко, что эта редкая брошюрка будет просто выброшена на помойку.

---

[27] Обложку брошюры я отыскал в интернете. На ней указано, что это издание Петроградского совета рабочих и солдатских депутатов, то есть она вышла не в Москве, а в Питере.

Словом, к явному удовольствию хозяйки, брошюрку Маркса мне тоже пришлось запихнуть в уже до отказа набитый портфель.

Пожелав хозяйке счастья на новой земле, я попрощался и зашагал к станции метро. Мне не терпелось поскорее погрузиться в добытые сокровища, и в вагоне я поспешил расстегнуть свой портфель. Однако доставать на виду у всех сборник статей Макса Нордау или отчет о 7-м сионистском конгрессе мне показалось несколько рискованным: мало ли чей взор могла привлечь эта «сионистская нелегальщина». Безопаснее всего было извлечь брошюру Маркса, что я и сделал. Начал листать без особого интереса, но потом так увлекся, что проехал станцию пересадки.

Марксизм открылся для меня с новой, неожиданной стороны.

Когда я пересказывал содержание этой работы друзьям, они отказывались мне верить. Я давал прочитать брошюру, и они возвращали ее озадаченные и полные недоумения, однако убежденные, что я ничего не передергиваю и не преувеличиваю.

Впрочем, позднее один из друзей принес мне объемистую самиздатскую работу (около двухсот машинописных страниц) под названием «Маркс, Энгельс и евреи». Имени автора я, к сожалению, не запомнил, однако труд его произвел на меня сильное впечатление. Взгляды основателей «научного коммунизма» на еврейский вопрос в ней анализировались глубоко и всесторонне, -- не только на основании известной мне статьи, но и на основании большого числа высказываний, разбросанных по всем сорока томам их «Сочинений». Еще через некоторое время я познакомился с другой, менее объемистой работой на ту же тему – ее написал мой друг-отказник Марк Рейтман. Так я окончательно понял, что изобрел велосипед. Поэтому данная статья не имеет ни малейшей претензии на оригинальность. Если все же я решился вынести ее на суд читателей, то потому, что не раз убеждался: несмотря на то, что взгляды Маркса на еврейский вопрос нет-нет, да обсуждаются в эмигрантской печати (а в Союзе – в Самиздате), большинство читателей с этой темой незнакомо. Объясняю это тем, что вдолбленные нам стереотипные представления о сущности марксизма настолько въелись в сознание и настолько осточертели, что мы невольно отталкиваемся от любой новой информации о Марксе. Я думаю, что это отталкивание полезно преодолеть.

К сожалению, брошюру Маркса, о которой говорилось выше, мне вывезти не удалось,[28] поэтому все цитаты в данной статье приводятся по тексту «Сочинений» К. Маркса и Ф. Энгельса (т. I, стр. 382-

---

[28] Фотокопию обложки отыскал в интернете.

413), да это и правильно во всех отношениях, так как перевод в «Сочинениях» тщательно выверен и более адекватен оригиналу, чем в торопливом издании 1919 года.

Статья «К еврейскому вопросу» была написана Марксом по конкретному поводу. Это острополемическое сочинение представляет собой критику двух работ немецкого философа и публициста Бруно Бауэра, представителя так называемой критической школы младогегельянцев.

Стремясь критически проанализировать и тем самым выявить сущность «еврейского вопроса», Бруно Бауэр исходит из того, что он сводится к религиозному вопросу. Иудейская религия, по его оценке, представляет собой странный и непонятный анахронизм: после того, как из ее недр явилось христианство, она стала-де ненужной. Еврейство сохранилось в мире по непонятным причинам, вопреки истории. Ни о каком равноправии евреев в христианском государстве не может быть речи. Иудейская религия враждебна христианской, и, значит, евреи – враги христианского мира; какой же смысл христианам способствовать эмансипации евреев? Только уничтожение христианского государства может привести к свободе религии и решить еврейский вопрос!

Таким образом, простой и ясный вопрос о несправедливых гонениях и притеснениях, которым подвергаются бесправные представители национального меньшинства только за то, что они исповедуют свою религию, говорят на своем языке, имеют свои обычаи и привычки, в результате псевдо-критического анализа Бруно Бауэра превращался в абстрактный, хотя внешне и весьма «революционный» вопрос об упразднении господствовавшей формы государственной власти. До такого упразднения, по Бруно Бауэру, еврейский вопрос не только не мог быть решен, но и сама постановка его была якобы совершенно нелепой.

Чтобы понять, насколько такая «критика» еврейского вопроса была далека от жизни, достаточно познакомиться с конкретным положением еврейской массы в Германии. Из многочисленных свидетельств приведем только одно, принадлежащее перу ведущего немецкого публициста того времени Карла Бёрне, еврея по происхождению и лютеранина по вероисповеданию. Делясь воспоминаниями о своем родном городе Франкфурте-на-Майне, Бёрне писал с горьким сарказмом:

«Евреи жили на тесной улице. Этот кусок земли был несомненно самым густонаселенным на всем земном шаре. Они были предметом нежнейших забот со стороны своих правителей. По воскресным дням им не позволялось выходить со своей улицы, чтобы они не подверглись побоям со стороны пьяных, конечно. До 25-летенего возраста им не разрешалось жениться для того, чтобы обеспечить здоровое крепкое поколение. В праздничные дни им можно было выходить за ворота лишь около шести часов вечера, -- этим имелось в виду предохранить их от действия палящих солнечных лучей. Публичные места, гуляния за городом были для них закрыты, -- их заставляли гулять по полю для того, чтобы пробудилась в них любовь к сельскому хозяйству… По некоторым улицам города евреям никогда нельзя было ходить, вероятно, потому, что там были плохие мостовые».

В свете сказанного, нет ничего удивительного, что антисемитские работы Бауэра подверглись критике со стороны Маркса – человека, который ненавидел всякое угнетение и мечтал осчастливить человечество, создав, хотя бы в теории, такое общество, где нет частной собственности, нет эксплуатации человека человеком и все люди свободны не только от угнетения другими людьми, но и от вековых предрассудков, порождающих эгоизм, недоверие, стяжательство, алчность и прочие человеческие пороки.

Как и следовало ожидать, Макс направил свой удар в самое уязвимое место работ Бауэра, для которого еврейский вопрос тождественен религиозному. Маркс писал:

«Постараемся вглядеться в действительного еврея-мирянина, не в *еврея субботы*, как это делает Бауэр, а в еврея *будней*. Поищем тайны еврея не в его религии, -- поищем тайны религии в действительном еврее».

Этот трезвый взгляд на еврейский вопрос выгодно отличал позицию Маркса и, казалось бы, должен был привести к четким и ясным выводам. В соответствии с общими принципами марксизма, этот вывод должен был бы сводиться к тому, что национальное неравенство есть наследие сословных отношений феодальной эпохи; что с развитием капитализма национальное и религиозное угнетение должно ослабевать, ему на смену должно прийти классовое угнетение; что само еврейство расслоено на богатых и бедных, и это расслоение должно усиливаться, потому нельзя всех евреев рассматривать как одно целое: евреи угнетатели составляют один класс с угнетателями-христианами, а евреи угнетенные – один класс с угнетенными христианами, и эта классовая общность гораздо важнее национальных и религиозных различий…

Однако, в работе Маркса «К еврейскому вопросу» ничего похожего на этот классический марксизм мы не находим. Маркс цитирует Бруно Бауэра:

«Еврей, который, например, в Вене только терпим, определяет своей денежной властью судьбы всей империи. Еврей, который может быть бесправным в самом мелком из германских государств, решает судьбы Европы. В то время, как корпорации и цехи закрыты для еврея или еще продолжают относиться к нему недоброжелательно, промышленность дерзко потешается над упрямством средневековых учреждений».

Нетрудно понять, что указанное «диалектическое противоречие» сконструировано младогегельянцем Бруно Бауэром искусственно. Барон Ротшильд или другой богатый еврей, который своей «денежной властью» мог влиять на некоторые решения правителей европейских государств (впрочем, это влияние всегда сильно преувеличивалось антисемитами), – этот богатый еврей имел мало общего с миллионами своих единоверцев, переполнявших тесные гетто городов и местечек. Кому, как не Марксу, столь страстно отстаивавшему интересы угнетенных масс, следовало указать на это!

Однако для него, как и для Бауэра, нет миллионов разных евреев, а есть только абстрактное собирательное понятие «еврей» -- в единственном числе. Подхватывая мысль Бауэра, Маркс развивает ее до логического конца:

«Еврей эмансипировал себя еврейским способом, он эмансипировал себя не только тем, что присвоил себе денежную власть, но и тем, что через него и помимо него деньги стали мировой властью, а христианский дух еврейства стал практическим духом христианских народов. Евреи настолько эмансипировали себя, насколько христиане стали евреями».

Вывод отсюда следовал достаточно простой: евреи вовсе не угнетены, они вовсе не подвергаются дискриминации, напротив – именно они угнетают все человечество. А если так, то:

Эмансипация евреев в ее конечном значении есть эмансипация человечества от *еврейства*».

Смущенные столь откровенно антисемитской формулировкой, редакторы советского академического издания «Сочинений» К. Маркса и Ф. Энгельса сделали примечание:

«Маркс имеет ввиду эмансипацию человечества от торгашества, от власти денег. Употребление слова "еврейство" ("Judentum") в смысле торгашества связано здесь у Маркса с тем, что в немецком языке “Jude”, кроме своего основного значения—“еврей”, “иудей”, употреблялось также и в смысле “ростовщик”, “торгаш”».

Однако это «разъяснение» лишь усиливает антисемитский смысл высказывания Маркса, ибо подчеркивает, что понятия «еврейство» и «торгашество» для него синонимы. Не то ли у русских черносотенцев, выступавших за «эмансипацию» от «еврейского капитала». В том, что это именно так, убеждают и многие другие высказывания Маркса, отточенные до афоризмов:

«Деньги – это ревнивый Бог Израиля, перед лицом которого не должно быть никакого другого Бога».

«Бог евреев сделался мирским, стал мировым Богом. Вексель – это действительный Бог еврея. Его Бог – только иллюзорный вексель».

Это писалось в то самое время, когда основные массы евреев Германии и других стран не могли добыть самое скудное пропитание детям, когда они задыхались от скученности в переполненных гетто, за пределами которых им запрещалось селиться, подвергались гонениям со стороны властей, травле в печати, постоянным оскорблениям и издевательствам со стороны обывателей-христиан, «воспитываемых» такими идеологами, как Маркс и Бауэр.

Об истинном положении евреев Маркс, конечно, хорошо знал, но с тупым упорством погромщика повторял:

«Какова мирская основа еврейства? Практическая потребность, *своекорыстие*.

Каков мирской культ еврея? Торгашество. Кто его мирской Бог? *Деньги*».

Так Маркс клеветал на еврейского Бога, которого предал. Так он сводил счеты с униженным и бесправным народом, который его породил. Так он мстил евреям за свое еврейское происхождение.

Не удивительно, что высказывания Маркса о евреях были подхвачены почти через столетие гитлеровской пропагандой. Они бесконечное число раз цитировались в «трудах» гитлеровских идеологов, размножались в миллионах экземпляров в виде отдельных листовок, под выразительной рубрикой: «Евреи о самих себе».

В Советском Союзе антисемитские высказывания Маркса десятилетиями стыдливо замалчивались.

Луначарский, в предисловии к первому изданию работы «К еврейскому вопросу», пускает в ход всю изощренность диалектики, чтобы доказать недоказуемое: Маркс-де выступает не против евреев, а только против власти денег, слово «еврей» употребляется им только для обозначения этой власти, оно всего лишь безобидная метафора. Однако позднее, когда в государстве рабочих и крестьян еврейский вопрос обострился настолько, что многие «вожди», включая самого Луначарского, вынуждены были вести борьбу с антисемитизмом, они предпочитали умалчивать о том, что говорил на данную тему первый пророк и апостол их вероучения. Так, в работе Луначарского «Об антисемитизме», опубликованной в 1930 году, воззрения Маркса обходятся полным молчанием.

Только в годы «застоя», когда на советский книжный рынок хлынул поток так называемой «антисионистской» литературы, в ней стали ссылаться на авторитет Маркса. В частности, в одном из самых «солидных» коллективных трудов «Идеология и практика международного сионизма», изданном Политиздатом под редакцией академика М.Б. Митина, особая глава посвящена взглядам Маркса. В этой главе обильно цитируются и апологетически оцениваются как раз те высказывания Маркса о евреях, которые широко цитировали в свое время гитлеровцы. Разница лишь в том, что нацисты, в полном соответствии с первоначальным смыслом, относили эти высказывания к евреям вообще, тогда как советские авторы относят их к сионистам, «забывая», что работа Маркса была написана за полвека до возникновения сионизма.

Как видим, современные советские авторы отличаются от гитлеровцев лишь бо́льшим лицемерием. Впрочем, давно уже замечено, что на современном витке «диалектической спирали» коммунистическая идеология сливается с идеологией нацизма.

Берта Фраш

Книга о современниках

Лея Гринберг-Дубнова. «На родильном камне». Избранное.
«Литературный европеец» Франкфурт-на-Майне. 2023, 558 стр.

«Только через посредство слова — только словесно — словесно — мы присутствуем здесь и становимся доступным для других» - высказывание Пауля Целана является эпитетом к новой книге известной израильской журналистки и писательницы Леи Гринберг-Дубновой. О её предыдущей - «Наедине с Иерусалимом», изданной в Иерусалиме в 2012 году, была статья в журнале «Мосты» № 72 — 2021, Франкфурт-на-Майне. «На родильном камне» интеллигентно, соответственно содержанию, издана в Германии. *«Избранное»* в этой книге — отражение в реальных биографиях и творчестве сути еврейской религии, этики. Ощутимо эхо предыдущей книги, любовь к Иерусалиму, понимание стержня еврейского государства, уважение, трепетное отношение к таланту, душевному теплу и мудрости живых и ушедших. *«Сила жизни — в душе. А душа — это стержень всего»* - Ури Цви Гринберг, поэт (стр. 196 — 208). «Вопрос усилия духовного зрения — центральный в иудаизме. Человек должен делать усилие, чтобы ощутить своей душой следы божественного, воспринять духовное» - Евгений Дубнов, поэт (стр. 535). Замечательный смысл этих слов многократно иллюстрируется автором этой книги судьбами людей, с которыми она встречалась. В разные моменты жизни у них проявился интерес к душе, к иудаизму. Книга «На родильном камне» о тех, стремился к пониманию израильского государства, к древнейшей земле, удобренной кровью, окружённой врагами. Книга о поэтах и писателях Израиля. Потому и «на родильном камне», ибо труден поиск дороги к себе. Новая книга - гимн нашедшим дорогу в Израиль и к себе. Лея Гринберг-Дубнова сохранила в слове память о них, о тех, для кого *«к себе»* и *«в Израиль»* было или оказалось одним и тем же. В этом можно увидеть цель этой книги памяти. Можно охарактеризовать её работу как эмоциональный исторический материал. Эмоциональный потому, что все, о

ком пишет Лея Гринберг-Дубнова — люди большой, светлой души. Их талант проявился в творчестве. Свою целеустремлённость они реализовали в Израиле. И то, и другое не поддаётся физическому измерению вообще. Но в, частности, автору, влюблённому в свой город, в Иерусалим, удалось передать объём и внутренний свет своих героев читателю. Поэт Евгений Дубнов: «Иерусалим самый метафизический город из всех, что я видел когда-то. И груз его лет, не просто лет, а лет, наполненных глубокой духовностью, этическим смыслом, порою тяжёл. Иерусалим настолько древнее всех столиц западной цивилизации, что попадает в совсем иные параметры, иную систему временных координат, - количество лет как бы переходит в иное качество. ...Первое упоминание Иерусалима … почти две с половиной тысячи лет тому назад» (стр. 530).

Лея Гринберг-Дубнова несколько раз упоминает высказывания Шмуэля -Йосефа Агнона (1888-1970), в том числе при вручении ему Нобелевской. Я вновь прочла две речи Пауля Целана по поводу присуждения ему литературных премий Германии. «*Внимательность — естественная молитва души*» - Пауль Целан цитирует Кафку по поводу необходимости для стихотворения «другого, кого-то напротив». Читатель и есть «другой», для кого «рассказала о деяниях братьев наших и сестёр наших, детей Бога Живого, народа Всевышнего, обрабатывающего землю Израиля во имя Бога, и во имя славы её, и величия её». Этими словами завершается роман Агнона «Вчера — позавчера» (1945 г.). «На родильном камне» - не буквальное, но продолжение. Я извелась, пока не

увидела связь между ними. Герои Леи Гринберг-Дубновой вспахивали-заселяли новые земли Израиля. И воевали, писали о красоте земли и душе, проникнутой светом. Боролись и продолжают бороться за свою землю, свой дом Израиль, который они превратили в цветущую, современную, развитую страну.

Лея Гринберг-Дубнова, потомственный журналист, в этой книге рассказала и о своих близких, об их судьбах и творчестве.

Трогательны все истории. Каждая из них могла бы претендовать на роман, на увлекательный киносериал. Буквы имён героев отбрасывают тень, выбраться из которой удалось сильным духом. Читать хорошо написанные рассказы, эссе Гринберг-Дубновой очень тяжело, душа не выдерживает столько боли, подлости КГБ. Но уже и в самом Израиле борьба за новые поселения, за право жить на своей земле — о таком невозможно читать (смотреть по телевидению) без эмоций. Об этом было и в книге «Наедине с Иерусалимом». (Сегодня весь мир пожинает последствия отданного Крыма и Донбасса. Оказалось, что этого мало.) «Проявление зла в мироздании не неожиданно. Оно накапливается столетиями, порой тысячелетиями, превращаясь в рассадник зла» (стр. 535).

В книге много мудрых высказываний. Лея, журналистка и патриотка Израиля, религиозный, культурный человек. В этой книге и то, и другое пронзает все истории. Это не давление, но постоянный взгляд на всё именно с позиций мудрости Торы (Библии) и других источников иудаизма. «...и природа, и всё мироздание — это теологическая модель» (стр. 536, Е. Дубнов). Читать интересно и познавательно. «Религия — огонь. Нет готовых истин. Есть радость, молитва, но и постоянное раздумье, постоянный поиск. ...Это как море. Оно не может быть всё время тем же. ...» (стр. 243) «Вот это неспокойствие, эти вздымающиеся волны, это видение мира сквозь призму постоянных перемен, переходов от света к тени, он передал в своей музыке...» - рассказывает автор об Ицхаке Фуксе (стр. 244).

Конечно, в статье невозможно остановиться на всех героях Леи Гринберг-Дубновой. Их более 30. И передать об их стремлении уехать из СССР именно в Израиль. Любой ценой. А значит и жизни. Репатриация — именно возвращение на родину, вот о чём читатель узнает в книге «На родильном камне». Эта убеждённость, совершенно не эмиграция в другую страну, экономически-социальная эмиграция, где нередко живут на два дома.

«Олим хадашим» - «новые взошедшие» - понимание эмиграции Бины Смеховой, «в духовном плане, так и физическом, взошли на горы иерусалимские» (стр. 491).

Автор рассказывает о Нине Локшиной: «Когда проснулось в ней это ощущение своей земли, такой далёкой от неё, благополучной москвички, получившей инженерное образование и закончившей Литературный институт… Разве не печатались её стихи в журналах «Юность», «Смена», в «Литературной газете»?» (стр. 178)

В моей истории, где милость — плен,

Где жгли дотла и с корнем вырывали,

Где только верой люди выживали,
И только духом поднялись с колен,
Не время чувствую — родство времен
Минувшего с грядущим. Это чувство
В моей душе так настоялось густо,
Что день и ночь замешаны на нём.
        (стр. 182, Нина Локшина)

Рассказ об Анатолии Кардаше (Аб Мише — псевдоним), о его книге-эпосе драмы еврейства «Черновой вариант» Лея Гринберг-Дубнова завершает так: «...путь к ней, - его путь к самому себе, к своей собственной сути в этом мире. Первую главу Анатолий назвал коротким и значительным словом: "Зов". Вторую - "Дорога". Это был зов его души. Его собственная дорога к самому себе» (стр. 262).

В конце книги интервью, рассказ о жизни и творчестве Евгения Дубнова пронизаны чувствами любящей сестры, Леи Гринберг-Дубновой. Её брат умер внезапно (5 августа 2019 г.). В 1971 году он, студент Московского университета им. Ломоносова, с матерью репатриировался в Израиль. После окончания Бар-Иланского университета по специальности психология и английская литература, работал в Лондоне над диссертацией по сравнительному литературоведению: два крупнейших поэта двадцатого века — Осип Мандельштам и Томас Стернз Элиот» (стр. 524). Преподавал английскую и американскую литературу в Лондоне. Переводил русскую поэзию на английский. Писал стихи. «Годы, прошедшие после выхода «Рыжих монет», принесли ему известность. Его стихи публикуются в «Гранях», «Континенте», «Новом русском слове», «Русской мысли»... Стихи в переводе на английский и написанные по-английски — в самых престижных английских, американских, канадских журналах, рассказы, литературоведческие статьи, стихи звучат по «Би-Би-Си», «Кол Исраэль», западногерманскому радио...» (стр. 553).

        ...Отмечу, что последним оказаться
        Любой наш может труд и что за нас
        оставленное нами отвечает.

«В иудаизме присутствует всё, и романтика тоже, но первое место уделено осмыслению человеком своего места в жизни, отношению с мирозданием, с Богом, и, в конце концов, его отношению с самим собой, собственной совестью, собственной жизнью» (стр. 526). В этих словах Евгения Дубнова отражено всё, что читатель узнает из книги «На родильном камне», в которой открыты «ставни памяти».

Анатолий Либерман
Литературный обзор

Вспоминая Лидию Корнеевну Чуковскую

> И наконец, самой собою
> Я заслужила право быть.
> Стучать о стенку головою,
> Молиться или просто выть.
>
> Август, 1966

Кто написал эти страшные строки? Лидия Корнеевна Чуковская — еще за восемь лет до того, как ее исключили из Союза писателей и советской литературы. Она, как и ее отец, с юности вела дневник и нередко вставляла в свои записи стихи. Удивительная это была женщина. Несгибаемость, неукротимость и жертвенность сочетались в ней с обожествлением кумиров. Их в ее жизни было два: Анна Ахматова и Борис Пастернак, но могло — даже должно было быть три. Ее второй муж, Матвей Петрович Бронштейн, заслуживал восхищения: выдающийся физик даже на уровне гигантов той эпохи, блестящий лектор и автор двух прекрасных научно-популярных книг, сгинул в ежовщину. Сломленный пытками, он подписал самооговор и был расстрелян (а не подписал бы, всё равно кончилось бы тем же). Нелепо спрашивать, почему понадобилось уничтожать человека, который принес бы великую пользу и славу стране. В мире мнимых величин не существует понятий больше и меньше. «Десять лет без права переписки. Освободится, напишет».

С ранних лет предметом любви Л. К. оставался, конечно, и отец, К. И. Чуковский, но в отце она не растворялась и порой вступала с ним в конфликт, а замечательные «Записки об Анне Ахматовой» иногда больно читать. Пастернак был соседом по переделкинской даче, и знала его Е. К. поверхностно. С Ахматовой же она разделила ташкентскую эвакуацию, и в другие годы она бывала рядом с ней. Ей Л. К. прощала всё: высокомерие, тиранию и неблагодарность. Не нам их судить.

Есть на Воробьевых горах памятник двум пылким юношам: Герцену и Огареву. Наследие Герцена Л. К. знала досконально: редактировала его собрание сочинений и много писала о нем. Небезоблачны были отношения этих бунтарей в эмиграции, но о них здесь речь только потому, что рядом с теми двумя надо было бы поставить памятник двум женщинам: .Л К. Чуковской и Ф. А. Вигдоровой. О Вигдоровой я писал в предыдущем номере «Мостов» и скажу кое-что ниже. Она и Л. К. дружили много лет, и обе сражались с драконом. Судьба не была милостива к Л. К. Сердце и особенно глаза стали отказывать ей с ранних лет. Совсем молодой она испытала прелести ссылки (правда, в Саратов, а не в настоящую глушь), а в годы террора, как сказано выше, потеряла мужа. (Но дочь от первого брака — Елена Цезаревна — выжила и стала хранительницей дачи и семейного гнезда Чуковского, которое власти мечтали отнять или, на худой конец, разрушить.)

Свою эпоху Л. К. увековечила в двух «идейно порочных» повестях: «Софья Петровна» и «Спуск под воду», причем первая была написана не по воспоминаниям, а тогда же, сразу после ареста мужа. Сама она, жена «врага народа», чудом не попала под нож. Те, кто помнят рассказ Евгения Шварца «Белый волк» (о К. И. Чуковском), знают, как метался в отчаянии К. И., ожидая, что разделит судьбу зятя. Л. К. работала в редакции детской литературы, возглавлявшейся Маршаком. Редакцию разгромили, но Маршака не тронули. Не тронули и Корнея Ивановича. Много позже, в полуоттепельное время, Л. К. удалось выпустить книгу «В лаборатории редактора» с большой главой о Маршаке. Тогда Л. К. еще шла на рассказ полуправды и о многом соглашалась умалчивать (даже книги мужа упомянула, как ни в чем не бывало: что ж, и автор М. П. Бронштейн прошел через ее редактуру).

До сих пор, хотя теперь уж вроде бы всё равно, люди спорят, была ли в организации террора система. Каких-то личных врагов правителя устранили по его приказу (так называемые открытые процессы и разоблачения), а потом заработал механизм, инспирированный серийным убийцей. Не обнаружишь в том безумии логики: каждый район должен был по разнарядке поставить определенное количество врагов народа. Тем и потрясает повесть «Софья Петровна». Чуть старорежимная, недалекая женщина, хозяйка некоторой «жилплощади» в коммунальной квартире, вырастила сверхидейного сына (Колю). Он только что кончил институт и так предан партии и правительству, что у читателя слезы текут из глаз. Он уже прославился на Урале как герой труда. Его портрет поместили в «Правде» и тогда же начали выбивать из его давнего однокурсника показания, что оба они члены террористической организации. (Вот-вот жить станет лучше, жить станет веселей, но, чем ближе социализм, тем ожесточеннее сопротивление классовых врагов.) Избитый и измученный, Коля, как и муж Л. К., подписал самооговор. Об этом Софья Петровна узнала из тайком доставленного ей письма сына.

Не менее страшно наблюдать деградацию матери, путь от бездумного принятия действительности к потере чувств и мыслей, то есть к сумасшествию. На заднем плане самоубийство девушки, любившей Колю. Коле она была безразлична, но не от разбитого сердца лишает она себя жизни: вокруг одни нелюди, а мир безумен. Рукопись повести чудом спас друг в блокадном Ленинграде. В оттепельные годы (в дней Никитовых прекрасное начало), когда пробилась в печать слегка оскопленная книга «В лаборатории редактора», должны были опубликовать и «Софью Петровну» (Лидию Корнеевну даже торопили: «Скорей, скорей», — и подписали договор, так как еще не схлынула солженицынская волна), но колеса вдруг закрутились в обратную сторону. Договор расторгли, и до перестройки повесть под измененным названием напечатали только за границей. Какие-то экземпляры гуляли, разумеется, по самиздату.

Но надо было зарабатывать на жизнь. Сразу после войны Л. К. взяли в редакцию (опять в редакцию!) симоновского «Нового мира». Там она заведовала отделом поэзии (а рядом не столько работала, сколько бездельничала Ольга Ивинская). Хотя «соответствие занимаемой должности» Л. К. не вызывало сомнений, она пришлась не ко двору (таков уж был двор!), и через полгода Симонов, вроде бы неохотно, ее отпустил. Он делал пакости иногда в силу обстоятельств, а иногда по велению сердца — сложный был человек Константин Симонов.

Замечу между делом, что в стихах, и в своих, и в чужих, Л. К. разбиралась прекрасно, но она восприняла от отца ироническое отношение к формальной школе, хотя знала, что, например, с Тыняновым Корнея Ивановича связывали дружеские отношения. К. И. недооценил более поздние работы формалистов. В анализе прозы они быстро преодолели бурю и натиск и совершили переворот, занявшись, допустим, не вопросами типа, что такое обломовщина (вопросы, важность которых они никогда не отрицали), а изучением того, как построен роман Гончарова. Они, наверно, тоже сожалели, что Онегин не оценил совершенств Татьяны, но пытались разгадать тайну обаяния пушкинского стиха, то есть были не ювелирами, а часовщиками. Разгадали? Нет, конечно, но кое-какие «секреты мастерства» обнаружили, а не просто перечисляли «приемы». И

Якобсон, и Шкловский признали, что чудо крошечного стихотворения «Я вас любил: любовь еще быть может…» необъяснимо, хотя механизм и налицо, но они, по крайней мере, поставили задачу, которая почти не тревожила их предшественников. Так же известно, как строится фуга, но этого знания недостаточно, чтобы получился или был объяснен Бах. Тем не менее анализ формы необходим.

Разгром формалистов столь тонким эстетом, как Троцкий, и последующее их истребление властью (жупел формализма прилип к целому поколению писателей, композиторов, режиссеров, художников, скульпторов) привело к тому, что литературная критика и искусствоведение советской эпохи превратились в довесок к трудам Белинского и революционных демократов и к постановлениям партийных пленумов. Хороший вкус, культура и глубокое знание поэзии всегда вели Л. К. в сторону истины, так что мое замечание о формалистах ничуть не умаляет ее достижений. Но и промолчать я не хотел.

После войны Л. К. не могла предположить, что 1937 год вернется в чуть ином обличье и будет называться 1949. Кампания против безродных космополитов, антипатриотов, против «Пини из Жмеринки» (так назывался один из самых гнусных фельетонов в «Крокодиле»), то есть ничем не прикрытая антисемитская кампания, закончилась разоблачением «убийц в белых халатах». Об этой конвульсии сталинского царствования повесть Л. К. «Спуск под воду», дневник героини (такой привычный жанр!), получившей путевку в литфондовский санаторий. Февраль-март 1949 года — следовательно, начало конца.

Оазис посреди умирающей деревни. В войну ее жители оказались на оккупированной территории. Преступники: почему они выжили? Кто позволил? Теперь они пожизненно бесправны, даже школы там нет. Санаторная публика (писатели) разная: порядочные люди, пишущие непорядочные повести; откровенные подонки; ослепленные жертвы. Одна из таких жертв особенно памятна. Пожилой поэт пишет на идиш, печатается в еврейском журнале и даже имеет орден (большая редкость среди писателей). Он, по его признанию, наконец, понял «всю мудрость» сталинского плана: послать необученных ополченцев на убой, чтобы оттянуть время, а там «и резервы подоспели». (В этом ополчении погиб один из братьев Чуковской.) Но арестована редакция журнала, в котором печатаются стихи прозревшего поэта, а его самого арестовывают ночью прямо в санатории.

Эта повесть тоже была начата по горячим следам, но под ней стоят даты 1949-1957. Есть там и вставная новелла о 1937 годе, ее годе, ее попытках узнать судьбу арестованного мужа. Один из отдыхающих — бывший зэк с больным сердцем. Теперь он прозаик и написал повесть о работе в шахте, в гулаговской шахте, но в повести фигурируют одни энтузиасты, а конфликт такой знакомый, такой успокоительный: хорошего с лучшим. «До сих пор мне случалось испытывать в жизни горе. Но стыд я испытывала впервые. ... — Вы трус, — сказала я. — Нет, хуже: вы лжесвидетель. ... Вы лжец. ... Почему у вас не хватило достоинства промолчать? Всего только промолчать? Ведь от вас никто этого не требовал. Неужели ... из уважения к тем ... кого вы засыпали землей ... вы не могли как-нибудь иначе зарабатывать себе на хлеб с маслом?» (цит. по первому тому двухтомника «Повести. Воспоминания» М., «Гудьял-Пресс», 2000, 163-64). Может показаться, что эта риторика неуместна, но нет: такой Л. К. и была. Мы знаем об этом из дневника ее отца, из ее бесстрашных открытых писем, из ее книги «Процесс исключения» — исключения из Союза писателей, из подцензурной литературы и, где удавалось, из жизни.

Однажды Л. К. сказала себе, что больше не делает никаких уступок ни доброжелателям, ни цензуре. «Казалось бы, не Бог весть какое трудное решение. А на деле, в наших условиях, оно нелегко — и не только из-за денег, которые выплатят или не выплатят, а морально. И не только, когда речь идет о загубленных людях, но и о загубленных книгах. Всего только» («Процесс исключения». YMCA-Пресс, 1979, 28). В те годы даже в стол ее современники не писали так беспощадно. Страна переживала вторую волну массового террора, на сей раз с искренним, хотя и организованным, но не-инсценированным одобрением большинства задавленного народа. «Софья Петровна» была надписью на могильном камне. Но в 1949-1953 годах падать уже было некуда. Оставался только спуск под воду, самоубийство общества и страны.

А потом, как сказано, наступила оттепель. За ней пришли заморозки, а за ними развитый социализм и очередная зима, и Л. К. ринулась в бой за справедливость — одна против всех. Ее открытые письма, особенно Шолохову и в защиту Солженицына, переписывались, перепечатывались и транслировались по «вражеским голосам». Эти письма — выдающийся образец публицистики. Белинский (письмо Гоголю), «Колокол» — всё это в далеком прошлом, но вековой опыт у властей был. Союз Советских Писателей изверг Л.

К. из своих рядов через шестнадцать лет после экзекуции над Пастернаком, и не нашлось ни одного праведника, кто бы — нет, не проголосовал против, а хотя бы (для вида?) воздержался. Впрочем, наверху всегда настаивали на единогласии: партия и народ едины. Так было с Галичем.

Привожу полностью вступление «От автора» к книге Л. К. «Процесс исключения» (УМКА Пресс, 1979). «Эта книга писалась в разные годы. Первая ее часть, автобиографическая, написана в 1974 году, непосредственно после того, как меня исключили из Союза. Вторая часть («Глава дополнительная») писалась в 1977-1978 годах, и речь уже не обо мне одной. Кончается книга открытым письмом Георгия Владимова, который сам отказался от членства в Союзе. Владимов объявил, что исключает Союз Писателей из своей жизни и зовет других, оставаясь на родной земле, последовать его примеру.

Этот призыв — будет ли он услышан или нет — я считаю весьма знаменательным. Если он найдет себе отклик, тогда и начнется истинный, естественный, очистительный 'процесс исключения'. 12 марта 1978». Напомню, что Солженицына исключили из Союза в 1969 году. А Л. К. дала ему приют в Переделкине. Она сражалась и за А. Д. Сахарова. Обоим им давно воздвигли памятники. Может быть, я не знаю того, что живущие в России прекрасно знают, и памятник Лидии Корнеевне стоит в Петербурге, Москве, «Куоккале» (т. е. в нынешнем Репино) или в Переделкине? Если так, я счастлив: не забыли!

Природа наградила Л. К. выдающимся талантом публициста и мемуариста. Среди прочего, у нее есть очерк о последних днях Марины Цветаевой. «Как я рада, что вы здесь, — сказала она, протягивая мне руку. — Мне много говорила о вас сестра моего мужа, Елизавета Яковлевна Эфрон. Вот перееду в Чистополь, и будем дружить. Эти приветливые слова не сопровождались, однако, приветливой улыбкой. Вообще никакой улыбкой — ни глаз, ни губ. Ни искусственно светской, ни искренне радующейся. Произнесла она свое любезное приветствие голосом без звука, фразами без интонации», двухтомник, т. 1, с. 338... 'Что касается вашей просьбы о месте судомойки в будущей писательской столовой, то заявлений очень много, а место одно. Сделаем все возможное, чтобы оно было предоставлено вам. Надеюсь — удастся.' Вера Васильевна простилась и ушла в кабинет заседать... Но неужели никому не будет стыдно: я, скажем, сижу за столом, хлебаю затируху, жую морковные котлеты, а после меня тарелки, ложки, вилки моет не кто-нибудь, а Марина Цветаева? Если Марину Цветаеву можно определить в судомойки, то почему бы Ахматову не в поломойки, а жив был бы Александр Блок — его бы при столовой в истопники. Истинно писательская столовая», (с. 341). Когда к Блоку приходили женщины, он, побеседовав, всегда говорил: «А теперь давайте топить печку». Е. К., несомненно, знала об этом.

Очерк («Памяти Фриды», 1967) о Ф. А. Вигдоровой (т. 1, с. 357-429) заканчивается припиской 1987 года: о многом она сознательно по просьбе дочерей промолчала. «Фридины повести — сантиментальная беллетристика. Она уходила от нее к мужественной документальной прозе…» с. 429). Из дневника (о Бродском, которого она знала и любила): «1 января 69, среда: «Бродский талантлив, умен, на грани гениальности, но всегда будет нищ и мало любим и неудачлив — как О. Э. [Мандельштам], потому что он ничего человеческого не понимает и не хочет и не идет ни на какую другую работу, кроме поэзии, переводы — способ заработать — делает неохотно. Он совсем не литератор и очень мало человек — он только поэт, и это не сулит благополучия» (т. 2, с. 302). О записках Е. К об Анне Ахматовой он [Бродский] сказал: «Это лучше чем разговоры Эккермана с Гете… Тем более что А. гораздо выше Гете» (! — восклицательный знак Е. К., с. 303). 18 мая 72, четверг. Переделкино. Прощание: «Я думаю, вы вернетесь, — сказала я. — Конечно. Через год-полтора’ (с. 304)». Не пророчествуй.

Совершенно замечательна книга Е. К. «Памяти детства». (Я впервые прочел ее в нью-йоркском издании Chalidze Publications, 1983.) Куоккала, отец — он главный персонаж книги. К американскому изданию Е. Г. Эткинд написал ненужное послесловие о К. И., а в двухтомнике есть подробные комментарии, а статьи нет никакой. Композиция книги, отбор деталей — это предмет, который превратил бы мои нынешние заметки в монографию. И всё-таки, чтобы дать представление о стиле Е. К., я. приведу одну страницу целиком (двухтомник, т. 1, с. 299-300): «Любил ли Корней Иванович детей? Трудный вопрос. […] Между тем, хотя детей он и в самом деле любил, и одарял их, и светил им, ответ не так прост, как кажется с первого взгляда: любил он их очень по-своему; во всяком случае, тех взрослых, которые шумно восхищаются детьми, он не терпел: мам, пап, дядь, бурно ласкающих своих малюток, взасос их целующих, дающих им нежные прозвища, обсасывающих с ног до головы, чмокающих, чавкающих, осыпающих деток подарками, уверенных, что их дети, не в пример другим, и умны, и талантливы, и прелестны; терпеть не мог кудряшки и кружевца, белые чулки; не выносил дни рождения с обязательными подарками, тортами, родственниками; я не помню, чтобы он когда-нибудь при мне поцеловал ребенка, никакой его ласки в детстве не помню, ни себе, ни другим, разве что руку положит на плечо или на голову, или весело погрозит длинным пальцем, или займется «пополам-перепиливанием»; не помню, что он, так щедро раздаривающий себя детям, своим и чужим (после смерти Мурочки он стал кроме посетителя школ и детских садов еще и постоянным посетителем детских туберкулезных санаториев и больниц — и не было для детей более счастливого подарка, чем его появление, словно разукрашенную елку вносили в палату!), так вот: не помню, чтобы он, сам бывший для нас любимой игрушкой, подарил кому-нибудь то, что все дарят детям в знак своей любви: коробку шоколада, куклу или солдатиков. Дарил он тетрадь, блокнот, перочинный ножичек или, как венец творения, красно-синий карандаш; словом, всякую писчебумажную утварь, которую обожал, а иногда — быстро нарисованные смешные картинки. (Впрочем, из Лондона в 1916 году привез нам две художественно исполненные куклы: шотландца в национальном наряде и «холлиуога». А вообще-то уверял, что большое количество игрушек — вредно для детей, что дарить надо пореже, иначе игрушка лишается праздничности; что взрослые дарят детям игрушки по большей части из тщеславия. И потому, что это легко. Зашел, купил, подарил. Никакой мысли о ребенке, в сущности, тут не требуется. Были бы деньги.

Любил ли он детей?

Детское в нем самом не умирало никогда».

Всю жизнь страстная, бескомпромиссная, несгибаемая, слабая женщина, входила в горящие избы, не получая в награду ничего, кроме ожогов. Она, правда, дожила до перестройки и оваций при ее появлении.

Е. К. умерла в 1991 году, не дожив полтора месяца до своего девяностолетия.

Ее дневниковые стихи — это реквием. Читать его без слез невозможно.

Я как скорую помощь
Вызываю из небытия
Твою память на помощь,
Твою память, что я — это я.
Может, это поможет
Сквозь позор немоты,
Может, вспомнить поможет
Мне, что ты — это ты.

Январь 1976 (с. 128: цит. по книге «По эту сторону смерти».
Из дневника 1936-1976, с. 128).

В этом доме я могу повеситься
На гвозде любимой фотографии.
Каждая ступенька этой лестницы
Пострашнее вашей грозной мафии.

1975 (с. 124).

Татьяна Лившиц-Азаз. *Качели надежды. Три сюжета из жизни Исаака Бабеля. Иерусалим/Санкт-Петербург: Геликон Плюс, 2022. 358 с.*

На качелях, описанных в этой книге, двое: Исаак Бабель (1894-1940) и Лев Яковлевич Лившиц, отец автора, талантливый литературовед, исследователь творчества Бабеля, но не только его. По страшному, неслучайному совпадению, Л. Я. Лившиц умер в 1965 году, не дожив даже до бабелевских сорока пяти лет. Он был сметен кампанией против космополитов, сослан и лишь в 1954 году вернулся из лагеря. В оставшееся ему время он успел сделать многое и даже кое-что опубликовать. «Мама решила, что я должна продолжить отцовское дело и осуществить его замысел: по собранным им материалам написать книгу о Бабеле. […] Через три месяца изучения папиного архива… я поняла, что задача грандиозна, а я бессильна, … и только в конце минувшего века Борису Львовичу Милявскому, его другу, и мне вместе с ним, удалось вернуть литературоведению папино имя» (с. 11-12). А теперь вышла эта книга.

Ни к каким сенсациям Татьяна Лившиц-Азаз не стремилась, но она знает свой предмет досконально и была близко знакома со второй женой Бабеля (впоследствии женой Всеволода Ива́нова), которая открыла ей свой архив. Дочь Бабеля Натали (от его первого брака с Е. Б. Гройнфайн) выросла во Франции, но тоже сохранила письма отца. В 1960 году она приехала в Москву и встретилась с Лидой, дочерью Бабеля от последнего его брака с А. Н. Пирожковой.

В книге, не считая примечаний и приложения (о котором ниже), три главы: «Сюжет первый. Отцы и дочери», «Сюжет второй. Исаак Бабель и Тамара Каширина: хроника одного романа (1925-1927 гг.)» и «Сюжет третий: Вслед за Дантоном — о настроениях И. Э. Бабеля в последние годы жизни, то есть дорога на эшафот». В каждой главе множество подглавок, и я сожалею, что они не внесены в общее оглавление. Приведу несколько примеров: «Об отношениях писателя и вождя, или за что Сталин ненавидел Бабеля?», «1936 год. Первые раскаты трагедии», «Декабрь 1936 года. Об аресте и гибели близких друзей». В этих фрагментах весь сюжет.

Нелегким и непрозрачным человеком был И. Э. Бабель, и нелегка задача исследователя понять изгибы его биографии. Будучи женатым и имея детей, он тратил всё, что зарабатывал, на поддержку и своей семьи (пока длился брак с Кашириной), и семьи за границей, но хотел сохранять свободу от домашних уз и вечно колесил по стране. Еврей из Одессы, он описал и свою голубятню, и конармию. Портреты его соплеменников (не только Бени Крика) убийственно реалистичны. В них нет ничего от взгляда на еврея Шолом Алейхема или Элизы Ожешко. И способности его поражают: ведь в писательстве он был самоучкой. Все помнили, как блестяще он говорил по-французски, а занимался он им только в гимназии. Откуда этот блеск?

Хотя писать ему довелось в страшные годы, это были в каком-то смысле годы бури и натиска. Могло показаться (и многим казалось), что щепки летят не совсем уж зря, что идет не вырубка, а строительство. И всё же диву даешься: ну, ладно, пусть «Броненосец Потемкин», пусть «Лейтенант Шмидт» Пастернака, но «Бежин луг», сценарий не вышедшего на экраны фильма о Павлике Морозове. Как мы знаем из книги Юрия Дружникова, «пионер Павлик Морозов» выдуман с начала до конца, но даже и миф — чем он мог импонировать Бабелю и Эйзенштейну? А ведь работали с увлечением. А лубок «Как закалялась сталь»? Что в нем? И от этого сценария не стошнило! И встречался накоротке со старой знакомой, женой наркома Ежова.

К счастью, летописец Татьяна Лившиц-Азаз разгадкой тайн не занималась. Архив Бабеля, конфискованный НКВД, так и не нашли. Что в нем? Западная, почти сплошь левая интеллигенция желала поражения Франко. Еще, на их взгляд, недозвонил колокол, а Бабель замолчал. Как рассказано в книге, после заключения пакта Молотов-Риббентроп Бабель не сомневался, что будет арестован и объявлен французским шпионом. Бабель был слишком прозорлив, Кольцов слишком много знал, а кто-то попал в вырубку. Чудо, что уцелела последняя семья Бабеля, что не арестовали Всеволода Иванова, а впоследствии не погибли жена и дочь Л. Я. Лившица.

В приложении к книге опубликован печатный текст пьесы Бабеля «Закат» с авторской правкой, внесенной с бабелевского текста Лившицем. Авторская рукопись хранилась у Т. В. Ивановой, а потом исчезла, так что «автограф правки Л. Лившица — единственный сохранившийся след подлинной бабелевской рукописи пьесы» (с. 6).

О Бабеле написано много, но книга Лившиц-Азаз не затеряется среди прочих: ее согревает тепло, которое, как многие полагают, противопоказано сугубо академическим исследованиям, а достоверность материала выше всякой критики.

Даль свободного российского романа

Став в 1997 году литературным обозревателем сначала нью-йоркского «Нового журнала», а потом франкфуртских «Мостов», я прочел целую библиотеку послеперестроечных и недавних российских романов. В конце прошлого и начале нынешнего века Россия погрузилась в хаос и непредставимую бедность, но отменили цензуру, и издательское дело не просто ожило, а расцвело. Хотя за редкими исключениями тиражи сделались крошечными и не издатели платили авторам, а авторы — издателям (так и происходит до сих пор), необъяснимо популярным сделался жанр «большой книги». Явление это в высшей степени замечательное: ведь написать роман трудно, да и люди с талантом Диккенса, Бальзака, Толстого и им подобных рождаются редко. Впрочем, проходных романов всегда было множество, и даже если отвлечься от детективов, можно сказать, что по производству толстых книг нынешняя Россия не отстает от Запада. К сожалению, мне не попалось ни одного эпохального романа с тех пор, как я прочел булгаковский шедевр «Мастер и Маргарита», «В круге первом» Солженицына и «Жизнь и судьба» Гроссмана. Ниже я коротко расскажу о продукции только двух авторов, но прежде всего обращусь к истокам и рождению нынешней российской большой книги.

Насколько я могу судить из своего постоянно ухудшающегося далёка, у нынешней колыбели жанра большой книги стояли два автора: Виктор Пелевин и Захар Прилепин. Пелевин изобрел свою формулу: смесь издевательства над здравым смыслом и мистики. Успех его ранних книг («Чапаев и пустота» и прочих) у публики, причислявшей себя к интеллигенции, непостижим. Что она там нашла? Из любопытства я недавно прочел последние его четыре книги: всё то же, то есть ловко скроенный сюжет, парапсихология, диалоги с вкраплением сомнительного английского языка и эффектная развязка. С какого-то момента я стал эту развязку угадывать задолго до конца, так как понял технологию ребусов. Но Пелевин не создал «школы». Поэтому о нем здесь говорить я не буду. Тиражи его книг остались по нынешним временам огромными — значит, публика своего кумира не разлюбила. Но повторяю: он сам по себе.

Другое дело — Прилепин. Он плоть от плоти низкопробного читателя. Его роман «Санькя» (так!) вышел в свет в 2006 году в издательстве с характерным названием «Ад Маргинем», и был он вполне «маргинальным»: судороги перестройки, то есть крушение всех норм и надежд. Персонажи романа — «сердитые молодые» люди обоего пола (но в основном мужчины) вроде американских Черных Пантер и немецких «Красноармейцев». С тех пор Прилепин из «ад-маргинального» пространства давно переместился в центр. Он участвовал во всех войнах, начиная с афганской. Сражался, разумеется, и в Чечне — всюду во славу отечества.

Самый поздний роман, который я читал, вышел в свет в 2019 году под грифом проглотившего своих многочисленных конкурентов всеядного издательства «АСТ». Он о битве за отторжение Донбасса от Украины, именуемой Малороссией. Не так уж и тиха «малороссийская ночь», ибо на последней странице есть предупреждение: «Содержит нецензурную брань». Называется книга «Некоторые не попадут в ад: роман-фантасмагория». В отличие от эпизодической брани никакой фантасмагории там, насколько я могу судить, нет. С художественной точки зрения книга интереса не представляет: скучно описанные бои, отступления, гибель командира, несбывшаяся надежда выйти на связь с непоименованным Главным лицом и чуть загадочные, но доступные женщины. Беспомощность натуралистических рассказов Прилепина была очевидна давно, хотя в жалком предисловии к сборнику их когда-то похвалил «сам» Дмитрий Быков.

Герои «Сашки» (они, естественно, гибнут) уничтожают всё вокруг, чтобы отстоять родину, — в общем, «бесы». Но в отличие от тех бесов они одномерны, как всегда получалось и у столпов социалистического реализма. Фон в романе — обедневшая деревня (родина героя: отсюда и диалектное мягкое *к* в *Сашкя*) и Москва, которую персонажи громят (Макдональды, милицию — всё, что могут), полуконспиративные квартиры, несгибаемые женщины: и мужчину в постели порадуют и самого президента обольют помоями (буквально!). Приведу большой отрывок ради того, что в советские времена называлось идейным содержанием (абзацы укрупнены).

«— Всё бузите? — спросил Безлетов, прикурив и чувствуя на себе пристальный Сашин взгляд. — А что остается? — ответил Саша риторически, сразу поняв, что речь идет о московском погроме. Безлетов сильно затянулся, поблагодарил, придерживая дым и оттого чуть сдавленным голосом, официантку за принесенное кофе. [Мастер детали!]

— Вы думаете, то, что вы начали вытворять, — это хорошо? Правильно? — Хорошо и правильно, — ответил Саша. Безлетов пожал плечами. — А смысл? — это очень длинный вопрос. — Вопрос как раз короткий… Хорошо, вот вы просите: «Подайте нам национальную идею…»

«Вот как он заговорил…» — быстро подумал Саша и сразу оборвал Безлетова: — Мы не просим. Я не прошу. Я русский. Этого достаточно. Мне не надо никакой идеи. — «Я русский», — мрачно передразнил Безлетов. — А нерусских вы куда денете? — Слушайте, Алексей Константинович, не передергивайте… Никто никуда не собирается девать нерусских, и вы прекрасно об этом знаете. — А что же ты, Саша, немедленно начинаешь со слов «я русский»? «Вот как», — снова подумал Саша, он со мной на «ты», а я с ним…» — Я не начинаю, — ответил Саша. — я сказал, что не нуждаюсь ни в каких национальных идеях. Понимаете? Мне не нужна ни эстетическая, ни моральная основа для того, чтобы любить свою мать или помнить отца… — Я понимаю. Но зачем ты тогда вступил в эту… в партию вашу? — а она тоже не нуждается в идеях. Она нуждается в своей родине» (с. 70-71).

Не очень понятно, но в одном герой прав: погромных призывов против инородцев у Прилепина нет. Бить «злого чечена», чтоб не лез на берег, и отбивать «Малороссию» — другое дело. Когда персонажи не «в действии», Прилепин беспомощно тянет время. Поэтому так скучна эта полная буйства книга. Приведу еще одну выдержку (абзацы, как и выше, укрупнены):

«Они зашли на детскую площадку, где Саша провел в ранней юности много часов, потребляя разной крепости алкоголь, исследуя податливых или неподатливых сверстниц. [Вот эта убогая набивка!]

Присели в теремке, Саша вытащил из карманов сыр, хлеб. — А ножа-то нет, — сказал он, вертя в руке банку консервов. Рогов молча вытащил из рюкзака перочинный ножик. Ловко вскрыл банку. Разлили, чокнулись… Скоро стало совсем хорошо, только ягодицы мерзли на сырой лавке. Саша иногда вставал и прохаживался, Рогов подстелил рюкзак, а Вене, похоже, было все равно. Негатив не садился — слушал. Взял себе сырную корку — их обычно выбрасывают — и жевал медленно, откусывая по малому кусочку. — На… возьми… — Саша подал ему ломтик сыра. Негатив взял. Подождал, пока все продолжат разговор, и незаметно положил на место. [Набивка, сплошная набивка!] — Сколько вообще народу повязали, кто-нибудь точно знает? — спросил Саша… — Девяносто три человека, в новостях говорили, — ответил Негатив только после того, как Веня и Рогов пожали плечами. Негатив никогда не лез первым с ответом. — Предъявили что-нибудь? — Почти всем административку. По пятнадцать суток. — Что-то они так… милостиво... — подивился Веня, выудив откуда-то слово «милостиво», совершенно не из своего словаря. — А ты представь, какой процесс может быть на девяносто человек? Весь мир будет освещать. На фиг им это надо… — предположил Саша. — Все равно человек пять посадят для острастки, — сказал Рогов» (с. 64-65).

Как могла столь унылая, никуда не идущая проза пробиться в жизнь? Прилепин в этом романе даже не побрезговал скопировать финал из «Молодой гвардии». Уже окруженный, за несколько минут до поимки герой произносит речь, как Олег Кошевой в гестапо:

«Саша отложил автомат, взял мегафон и встал у окна, в полный рост.

— Я, Саша Тишин, считаю вас подонками и предателями! Считаю власть, которой вы служите, — мерзкой и гадкой! Вижу в вас гной, и черви в ушах кипят! Все! Идите вон! — и швырнул мегафон в окно.

Спрятался за косяк, еще раз глубоко затянулся сигаретой, которую так и держал между пальцами, пока говорил… Посмотрел на окурок, бросил в окно, не глядя» (с. 366).

Конец: нет окурка.

Из аннотации: «Второй роман одного из самых ярких дебютантов 'нулевых' годов, молодого писателя из Нижнего Новгорода, финалиста премии «Национальный бестселлер» (2005-2006 гг.) и «Русского Букера» (2006 г.) станет приятным открытием для истинных ценителей современной прозы. Классический психологический роман, что сегодня уже само по себе большая редкость, убедительное свидетельство тому, что мы присутствуем при рождении нового оригинального писателя». Приятное открытие? Для истинных ценителей? Психологический роман, да еще и классический?

В романе «Некоторые не попадут в ад» (о донбасской войне) и сюжета нет. К 2019 году Прилепин уже получил все заветные премии. По его признанию: «Книжка сама рассказалась, едва перо обмакнул в чернильницу». Ему видней: книга была написана за один месяц.

Повторю сказанное выше: я полагаю, что современный русский роман (конечно, лишь в основных чертах) имеет двух основателей:

Пелевина с его утомительной фантастикой и Прилепина с его бескрылым и откровенно неталантливым реализмом. Добавлю, что, кроме всего прочего, Прилепин недавно написал биографию Есенина («Обещая встречу впереди», 2020, 1024 с.) и еще две книги: «Непохожие поэты. Трагедии и судьбы большевистской эпохи: Анатолий Мариенгоф. Борис Корнилов. Владимир Луговской» и «Жизнь и строфы Анатолия Мариенгофа». Все они выпущены «Молодой гвардией». Я читал только «Есенина».

Непостижимо, когда он успел изучить необъятную литературу о Есенине и о его современниках и, отвлекшись от войн, написать так много. Ничего нового о жизни и поэзии Есенина сказать, видимо, нельзя, и оценка этой книги к теме моего очерка не относится. Несколько смущают лишь авторские восторги по поводу менее удавшихся произведений (поэм) Есенина, восхищение нелучшими стихами и бесконечное повторение фразы *гениальный русский поэт Сергей Есенин*. Попробуйте сказать: «Гениальный английский поэт Вильям Шекспир, гениальный немецкий поэт Вольфганг Гёте, гениальный польский композитор Фредерик Шопен», — и сразу станет видно, как глупо эти формульные речения звучат. Ну, конечно, английский, немецкий, польский (какие же еще?) и, конечно, поэт и композитор. А приевшийся эпитет оставим величайшему гению всех времен и народов, по совместительству лучшему другу инженеров человеческих душ. Он как раз (когда я пишу этот обзор) умер ровно семьдесят лет тому назад.

Но я не могу не одобрить конца книги. Есенин повесился в конце декабря 1924 года, а шесть десятилетий позже пошли гулять противоречащие друг другу, но одинаково вздорные вымыслы о том, что Есенина убили. Прилепин говорит о них с брезгливостью, которой эти вымыслы и заслуживают. Надеюсь, что он их похоронил навсегда.

Некоторые, если верить Прилепину, не попадут в ад. Жребий, уготованный самому Прилепину, нам неведом, но если он там, как я полагаю, окажется, то за главу о смерти Есенина ему, возможно, будут давать один день отпуска в год (суть этой идеи я позаимствовал у Бернарда Шоу), чтобы посмотрел он на всё, происходящее его усилиями на родине, которую он, по его мнению, защищал или даже защитил от узурпаторов и врагов. Не запросился бы назад.

А теперь бросим обещанный беглый взгляд на двух более молодых прозаиков. Дмитрий Глуховский — автор «Текста» (АСТ, 2017), романа под названием «Пост» (АСТ, 2021) и трилогии «Метро 2033», «Метро 2034» и «Метро 2035» (последняя часть трилогии:

АСТ, 2017). Школа у Глуховского в «Тексте» прилепинская, то есть «Сашкина»: заблудший герой с железной волей, подлый оговор и лагерь; скорбящая, но бессильная, а потом умершая мать; наркотики, дно. И совсем уж прилепинский аккорд — набивка (абзацы укрупнены): «Вышел из морга [где лежала мать] — уперся в дровяную новодельную церквушку, обещанную этой Великой Земле зачем-то; внутри битком. У входа свечная лавка. Коптят что надо. К батюшке бабская очередь. Кто у главврача утешиться не может — приходит к попу за подстраховкой. Последний раз Илья столько крестов у людей на коже синей краской видел. И Христовых ликов. И куполов. Но на зоне всё другое значит [герой только что освободился из заключения, а мать именно тогда, не дождавшись сына, умерла — бывают такие совпадения]. А где оно то самое значит, интересно?

О чем бы ему договориться? Чтобы мать там устроили на нормальное место? Чтобы у Ильи состояние аффекта во внимание приняли? Набрал богу [так!]. Постоял, послушал у себя в груди. Шли долгие гудки. Никто не отвечал. Связи не было. Или, может, у него тоже режим 'не беспокоить' включен был. Вроде все правильно сделал, а все равно в ад. На земле жизнь так организована, чтобы все люди непременно в ад попадали. Особенно в России» (с. 125). Сколько-то экземпляров романа ушло в библиотеки (один, например, заказал мой университет). Но неужели есть в России сорок тысяч с чем-то человек, которые готовы купить и одолеть такое?

Чтобы не быть обвиненным в пристрастном выдергивании цитат, воспроизведу сцену в автобусе (в книге каждая реплика с отдельной строки). «— Чего стоим? — он по поручням подобрался к водителю. — Перекрыли, — бессильно-безучастно, как о дожде, сказал тот. — Это что? Кто перекрыл? — Сейчас поедет, — объяснили ему. — Кто поедет? Куда? — Илья задергался. — Ну кто? Это же Кутузовский проспект. Царь, кто-кто, ептыть, — сказал интеллигентного вида седовласый старик в тонкой оправе [в тонкой оправе, видимо, очки: старик интеллигентный, тонкий, и очки такие же]. — Откройте дверь, я тут сойду, — попросил Илья. — Не рекомендую, предупредил старичок. — Там гэбэшники вокруг, они этого очень бдят. [*Сойти* вместо *выйти* — дело давнее, но раньше седовласые интеллигентные старички в тонкой оправе в автобусе не матерились и *очень этого бдят* не говорили]. — Я и не открою, — сказал водитель. — Меня потом натянут. — Я опаздываю! — Это форс-мажор, — возразил водитель. — Вас поймут. — В Бельгии премьер на работу на велосипеде ездит, — сообщила женщина сзади. — Зато он гомосек, — включился бородатый мужик, рыжий с проседью. [Далась ему эта седина!] — У них гомосеки в правительстве, а у нас пидарасы, — веско произнес старичок в очочках. — Кто лучше? — А в Швеции детей в школах гомосятине учат, прямо в учебниках, — не сдавался бородатый. — Это нормально? Терпимость!» (с. 187). Читайте, завидуйте.

С покойной матерью потом происходит множество ретроспективных разговоров по мобильнику. В сущности, «Текст», как следует из заглавия, — это сплошной обмен эсэмэсками и эмодзи с живыми и мертвыми. Из Сашкиной школы никто живым не выходит. Погиб Илья, как и Сашка, сражаясь с правоохранительными органами. «Пришлось хоронить и его, и мать за муниципальный счет. Похоронили порознь, в могилы воткнули палки с табличками: Горюнова, Горюнов [вот и фамилия у Ильи, пророком не ставшим, говорящая, как Простакова или Репетилов]. Там они и торчали, пока не пришло время это дело уплотнить» (с. 319). Повторю, что в лагерь Илья попал безо всякой вины из-за провокации.

В трилогии действие происходит после Третьей мировой войны — естественно: когда же еще? Люди живут в туннелях. «454 градуса по Фаренгейту» — пророческий, но не самый великий роман на свете, и всё же он на голову выше трилогии, ибо эта трилогия невероятно скучна, и в изумлении я и здесь не могу не процитировать конечный абзац аннотации: «Эту книгу [Москва 2035] миллионы читателей ждали долгие десять лет, и права на перевод иностранные издатели выкупили задолго до того, как роман был окончен. При этом ‘2035’ — книга независимая, и именно с нее можно начать посвящение в сагу, которая покорила Россию и весь мир». Миллионы читателей? Покорила Россию и весь мир? А тираж 10,000 экземпляров! Что же делает остальное человечество? Читает в переводах?

Дела обстояли так: «В московском метро были станции, жившие сыто. Немного, но имелись. В сравнении со станциями нищими, дикими или заброшенными они казались раем. Но в сравнении с Полисом оказывались свиным хлевом: сытым, правда. Если у метро было сердце, сердце его было здесь: вот эти четыре станции — Боровицкая, Александровский сад, Библиотека имени Ленина и Арбатская, связанные сосудами переходов. Только тут люди не хотели отказываться от того, чем были раньше. Зазнавшиеся университетские профессора, академики зарубежных наук [?], глупые книжные люди [?], артисты, любые, кроме площадных — на прочих станциях всем им было уготовано: жрать дерьмо» (с. 157). А в романе Глуховского

«Пост» (АСТ, 2021) рассказано, как расстреливают глухонемых детей. На то и дистопия.

Насколько я могу судить, все дороги современного российского романа ведут в одном и том же направлении. Перед нами очередной сверхактивный автор, Валерий Бочков. Один из его сравнительно более ранних романов (2015) называется «Харон и другие мерзавцы, которых ты встретишь на пути в ад». Значит, снова туда же. С двухтысячного года Бочков живет в Америке (на востоке), но издается, во всяком случае, издавался до недавнего времени, в России («Эксмо» и другие). Я прочел семь его романов. Это половина написанного им в жанре большой книги. Впрочем, его романы не очень объемисты: в самом толстом 355 страниц. Он активно печатается и в журналах и, естественно, удостоился разных, порой довольно экзотических премий. Все романы, будь в них рассказано о маленьком американском городке («К югу от Вирджинии») или о Москве («Коронация зверя»), так или иначе вращаются вокруг погони, убийств и секса.

«Харон», несмотря на ловко придуманную концовку, самая слабая его вещь. Меня не покидает мысль: неужели книгоиздательская машина современной России работает в основном для подростков? Кто еще поглощает такие описания: «Подтолкнув меня к креслу, она расстегнула мои джинсы, рывком спустила их. Я грохнулся в кресло, она, сипло дыша, наклонилась, развела ноги. Ну, где ты там… — вперив в меня безумные глаза, она шарила рукой внизу, пристраиваясь. […] Оргазм её был страшен — разинув рот в беззвучном крике, она затряслась, словно её бил ток» [и т. д.] (с. 133 и 136). Тем временем она еще услаждала себя расспросами, как герой убьет всемогущего урода по кличке Тихий. Убьет, убьет — жуткая сцена. Мы увидим Тихого маленьким, голым, омерзительным в компании с голым же мальчиком. (Что мы хуже шведов?)

В другом романе («К югу от Вирджинии») фигурирует девушка-убийца, а детали взяты то ли из «Баскервильской собаки», то ли из Шарля де Костера (рыбник из «Легенды об Уленшпигеле»). Там совсем еще сексуально неопытный старшеклассник влюбляется в молодую, но основательно потрепанную учительницу и теряет-таки невинность. Учительница, кстати, из «русских», мисс Рыжик (действительно, есть такая еврейская фамилия).

Футурология Бочкова в общих чертах такая же, как у Глуховского. Типичен же упомянутый роман 2016 года «Коронация зверя»: Москва после смерти президента, страной правит султан, но никто не знает, что будет дальше. Рассказ о событиях перемежается страницами из биографии Гитлера (как напоминание о судьбе всех нераскаявшихся диктаторов или о судьбе России? Или чтобы увеличить объем книги? Опять набивка?). Скучать не приходится: «Медленно одну за другой, расстегнула пуговицы своей кофты» — и т. д. (с. 35). Любопытно, что у Прилепина таких сцен нет. Соответствующая глава в «Сашке», конечно, для публики (что за роман без секса?), но без малейшего намека на клубничку. Его герой — боец, борец, «выкованный из чистой стали»: не импотент, конечно, но и не застигнутый врасплох агент в сползающих джинсах; его дело — убивать, крушить, мстить.

Любопытно, как бескрыла и неталантлива вся эта футурология. В Москве конец света. Герой слушает комментатора, который утверждает, «что Россия готовит военное вторжение в Европу; бессовестно (или невежественно) манипулируя фактами, он проводил параллели с экспансией Третьего рейха. — Нет, ну какой же идиот… — пробормотал я…» (с. 106). Действительно: Россия идет на Европу! Надо же такое придумать! Или это ирония?

А между тем, Бочков — человек образованный, профессиональный художник, прочитавший много книг, но тянет и его на дешевку: то напишет какую-то глупость о валькириях (и имя переврал, и перевел его неправильно), то потратит уйму места на описание Флоренции эпохи Микеланджело. Ему, как и всем, необходимо нагнать объем. Отсюда избыточные пейзажи, никуда не ведущие диалоги, вечные ссылки на мировую культуру и порнография, замаскированная под эротику. Любопытно, что в 2016 году никого не обеспокоила такая речь: «Я уехал именно потому, что видел, куда движется моя страна. Мне стыдно и больно смотреть на несчастного урода, в которого превратилась Россия. Моя Россия! Вы посадили на трон ничтожество, двадцать лет вами правил пигмей с психологией и интеллектом дворового хулигана. Вы сами не заметили, как стали такими же — вы говорите, как урки, и думаете, как урки!» (с 181). Архиверно, как сказал бы основатель, но опять Прилепин, подражающий Фадееву.

Уехал, чтобы написать роман «Обнаженная натура» (тоже 2017), страшилку о завистливом, гнусном младшем брате, убившем старшего и быть убитым (вернее, смертельно раненным) не доставшейся ему молодой женщиной и добитым главным героем? Ненависть к удачливому брату — главный мотив и в самом существенном из прочитанных мною романов Бочкова «Латгальский крест» (2020). Центральные персонажи — русский юноша и латышская девушка. Кончилась война. Латвия — советская республика. Отец героя — офицер (скажем без лишней деликатности) оккупационных войск. Вопреки аннотации (я никак не могу оторваться от этого безобразия) на «Ромео и Джульетту» не похоже ничем.

Как и в «Обнаженной натуре», детей преследуют преступления отцов: девушка — дочь бывшего эсэсовца. Видимо, отцы и дети — неслучайный поворот сюжета для Бочкова, так как эту книгу он посвятил своему отцу. Героиню рассказчик (ему, кажется, тринадцать лет) встретил купающейся в реке. Она была совершенно голой, но ничуть не смутилась и попросила его снять плавки, что он, дрожа от возбуждения, и сделал. Она спокойно взяла их и бросила вниз по течению, а сама поплыла домой. Наверно, эта ничем не кончившаяся встреча обнаженных натур символична, но выглядит как сцена из порнографического журнала.

В романе 350 страниц, слепленных из множества эпизодов: смерть матери, путешествия героя, деградация отца, смерть героини, у которой, как оказалось, есть взрослая дочь. Чья дочь, рассказывать не буду. Мне этот роман безразличен, и пусть его читают поклонники Бочкова, хотя я заметил, что две рекомендации на переплете (от критика и писательницы) на редкость бессодержательны: «Новый роман представляет собой сочетание всех лучших свойств современной прозы [!]. Он трагический и одновременно ироничный, остросюжетный и при этом философский, мастерски выстроенный и глубокий». Где там философия, глубина и ирония? Сюжет, конечно, острый. «Суть ‘Латгальского креста’ определяет, на мой взгляд, то же, что определяет и бунинские ‘Темные аллеи’ — страсть, в том числе эротическая, от которой плавится действительность». Какой бессмысленный набор слов: «Страсть, в том числе эротическая. Плавится действительность!». Боюсь, что зря я блуждал по темным аллеям современного русского романа. Скучно бродить в этом парке, господа.

Э. Б. Корицкий, Г. З. Щербаковский. *Борис Петрович Вышеславцев. Франкфурт-на-Майне: «Литературный европеец», 2022. Обложка Юрия Диденко. 428 с.*

Корицкий и Вышеславцев — давние авторы «Литературного европейца», и книга о выдающемся социологе, экономисте, философе и богослове Борисе Петровиче Вышеславцеве (1877-1954) продолжает начатую ими серию аналитических биографий российских ученых-эмигрантов. В 1922 году Вышеславцев был пассажиром философского парохода, на котором большевики изгнали из России непокорившихся гуманитариев. Вышеславцев остался во Франции и, по некоторым сведениям, во время войны из ненависти к большевикам сотрудничал с оккупантами. Сведения эти, как сказано, не вполне достоверны, но похоже, что так всё и было. Иначе после войны, опасаясь расследований и разоблачения, он не переехал бы в Женеву.

По мнению авторов, вклад Вышеславцева в экономическую науку недооценен, и именно этой стороне его наследия посвящена их книга. Она состоит из трех частей: подробного разбора взглядов Вышеславцева, включая статью «Ответы моим критикам», перепечатки отдельных глав из его посмертной книги, в этом разборе и проанализированных, а также обширных приложений (на с. 164 пропущено указание на рубрику, отмеченную в оглавлении: «Отдел 4. Имманентное зло индустриализма и проблема хозяйственной демократии»).

За пределами Совдепии со всеми ее «мыслями, бунтами» (Маяковский) журналисты и ученые продолжали давние споры, в которых, как водится, едва ли когда признавалась правота оппонента. Не было в истории случая, чтобы эмиграция отбросила разногласия и распри и сплотилась против вышвырнувшего их в пустоту врага. В русской Европе возобновились среди прочего битвы с марксизмом. Его либо опровергали, либо подчищали. В наши дни читать об этих баталиях полезно, даже если не очень интересно. Полезно потому, что марксизм оказался вечным, как гены, то ослабевая в последующих поколениях, то вырываясь наружу. Проникнутые духом революционной ветви немецкого романтизма, Маркс и Энгельс (в отличие от поэтов, художников и композиторов той поры) давным-давно опровергнуты не доводами, а историей так же, как и выросший из него звероподобный ленинизм.

Рабочий класс процвел только там, где не было псевдопролетарской революции. Выяснилось, что, и кроме цепей, ему было, что терять. Империализм не оказался последней стадией капитализма. Государство не отмерло, а деньги не заменили расписками за проделанную работу. Учение о базисе и надстройке оказалось таким вздором, что Сталину пришлось обогатить сокровищницу марксизма: язык, например, как он пояснил, — это промежуточное явление (бывают такие!). А иначе так бы и не выяснили, куда его деть. Там, где «пробил час капиталистической собственности», воцарилась вопиющая бедность. На развалинах обещанного царства свободы процвели монстры: маньяки и людоеды. О чем спорить? Марксова теория *целиком* отнятой прибавочной стоимости — ложь, выдумка вроде флогистона.

Для Вышеславцева, как и для многих его современников, вопрос о тех или иных марксистских догмах был, наверно, менее важен, чем прогноз о будущем России. Никто не сомневался, что под маской социализма в стране возник небывалый по жестокости государственный капитализм со всеми пороками и без каких бы то ни было преимуществ свергнутого строя. Вышеславцев не призывал ни к руссоистской утопии, ни к луддистскому бунту против машин. Нелепо было бы отрицать блага, которые принес человечеству технический прогресс, а гибельное влияние его на природу осознавалось еще не вполне. Будущее, по мнению Вышеславцева, было за хозяйственной демократией.

В то время, в которое он писал, такая демократия уже почти или полностью победила в США и в Англии. Для этого не потребовалось революций, этих, по словам Маркса, локомотивов истории. Индустриализм (главная, по Вышеславцеву, беда современного общества) в значительной мере очеловечился. Те из нас, кому вбивали в голову обязательные курсы политической экономии капитализма и социализма, помнят, что первый курс состоял из пересказа Маркса («Капитал»), и это было величайшей ложью по отношению к современному Западу. (Ужасали и кризисы перепроизводства: такой беды мы точно не знали.) Второй же курс был совершенной мифологией и гимном плановому хозяйству.

При любом прогнозе исходить можно только из картин окружающего мира. Энгельс застрял на своей книге «Положение рабочего класса в Англии». Вышеславцев же на последнем витке своей жизни видел процветающую Европу и Америку с мощными профсоюзами и «капиталистами», ничем не похожими на персонажей Эптона Синклера и монстров из окон РОСТА. Но его идеал (христианский демократический капитализм) — утопия. Досадно, что Корицкий и Щербаковский нигде не сделали следующего шага и не коснулись положения дел ни в современном Западном мире, восторженно уничтожающем себя изнутри, ни в России, где государственного капитализма ленинско-сталинского образца давно нет, христианского елея хоть отбавляй, а бедность и упадок непредставимы. При взгляде на историю России обнаруживается одна бесконечно повторяющаяся модель: тирания — смута — новая тирания. Сейчас ждем очередной смуты и следующего тирана. И не будем восхищаться фразой Гегеля о том, что все великие события истории повторяются дважды: один раз как трагедия, а другой раз как фарс. Гегель умер в 1831 году. Что он знал о трагедиях!

В высшей степени симпатично опровержение Вышеславцевым тезиса, что бытие определяет сознание, откуда и тезис о базисе и надстройке. (Однажды, прочитав на улице газетную статью, Мандельштам сказал жене: «Оказывается, мы живем в надстройке».) Вышеславцев привел убедительные примеры обратного. В частности, средневековое сознание в большой мере определяло бытие. Да и в наше время торжество марксистских догм привело к гибели российского общества и к китайской трагедии в эпоху Мао. Примеров сколько угодно. Сон разума порождает чудовищ.

Мой главный вопрос авторам, один из которых живет в Гамбурге, а другой — в Санкт-Петербурге, кому адресована их изданная в Германии книга. «Оживить» Вышеславцева можно было, просто перепечатав лучшие места из его сочинений, снабдив их биографическим очерком и необходимыми пояснениями. Вопрос этот возник у меня в связи с разделом, названным «Комментарии и справки» (140 страниц). В тексте 58 таких комментариев и справок. Их длина колеблется от двух строчек до сорока с лишним страниц (Н. Н. Алексеев). Почти двадцать страниц посвящено М. В. Вишняку. В этот обширный раздел, в который попали персонажи от Сократа до Генри Форда (есть две заметки и об общих понятиях), показался мне гораздо более интересным, чем вводный (всё хорошо и доходчиво объяснил сам Вышеславцев).

Примечания пронумерованы, но к ним не составлен именной указатель, так что найти нужную главку можно, только перелистывая весь раздел. И здесь я возвращаюсь к своему вопросу. Справки даны, среди прочих, о Платоне, Аристотеле, Руссо, Ницше и Гегеле. Хотя в каком-то смысле книга о Вышеславцеве принадлежит к популярному жанру, трудно себе представить читателя, которого бы эта книга заинтересовала, но который бы не знал, кто такие Платон и Гегель. Статьи же о массе других деятелей содержательны и полезны. Какова же предполагаемая аудитория книги?

Еще я сожалею, что авторы продолжают традицию советских энциклопедий и каждому персонажу присвоили эпитет. Вот их список: великий, крупный, крупнейший (самый излюбленный ярлык), выдающийся, знаменитый, виднейший и на худой конец, известный (в известные, среди прочих, попали Герберт Уэльс, Паскаль и Прудон). Несколько деятелей выпущены в мир без всякого сопровождения. Надеюсь, что в следующей книге Корицкий и Щербаковский обойдутся без табели о рангах.

Комментарий написан более раскованно, чем первая глава, и в ней не так назойлива фигура изящного варьирования. Поясню, что я имею в виду. Упомянуты размышления Вышеславцева об индустриализме. «Как правило, отмечает российский изгнанник...» (с. 106). Это кто? Вышеславцев, конечно. Вышеславцев согласен с Ропке. «Русский автор решительно защищает цюрихского экономиста...» (с. 118). А это кто? Как кто? Вышеславцев и Ропке. Почему их надо зашифровывать? Тот же стилистический пируэт я наблюдал и у многих других авторов. Пародировать его легко; труднее от него избавиться. Книга хорошо вычитана: опечаток почти нет. Но замечу, что уступительные придаточные предложения произносятся и пишутся с частицей ни (*где бы ни, кто бы ни* и т. д.), а *ни при чем* — три слова, и именно такие, как написано выше.

Будем ждать продолжения серии.

Юрий Рябинин - современный писатель и литературный критик, автор книг «Преступление доктора Снегирева», «Заброшенная усадьба» и других. Дважды лауреат премии еженедельника «Литературная Россия». Живет в Германии.

Игорь Михалевич-Каплан. Поэт, прозаик, переводчик, издатель. На Западе с 1979 г. Жил в Филадельфии, затем в Нью-Йорке, США. Издано десять книг поэзии и прозы. На протяжении двух десятилетий был главным редактором литературно-художественного журнала «Побережье», Филадельфия.

Михаил Сергеев.. В 1997 году, с отличием защитив диссертацию по русской софиологии, получил степень доктора философии по специальности «философия религии». Преподает историю религий и современного искусства в Университете Искусств в Филадельфии. Автор многочисленных статей на русском и английском языках, опубликованных в российских и американских научных журналах, а так же ряда книг. Редактор философского журнала «Symposion», издающегося в Калифорнии.

Александр Зорин - известный поэт, автор многих книг стихов. Живет в Германии.

Вера Корчак – популярный современный публицист. Автор книг (вместе с А.А.Корчаком) «Тотальные организации и терроризм: фатальная связь», «Самоорганизация тотальной власти» и многих статей в наших журналах. Вместе с А.А.Корчаком подготовила к печати книгу воспоминаний П.А.Колесникова. Живет в США.

Игорь Мандель - доктор экономических наук; автор множества статей и нескольких книг на научные и культурологические темы, а также сборников иронической поэзии. В Америке с 2000 года, работал в крупных фирмах, занимаясь анализом данных в маркетинге; с 2019 года - совладелец частной компании. Живет в Нью Джерси.

Борис Камянов - *известный поэт, переводчик.* Председатель Содружества русскоязычных писателей Израиля «Столица» (в прошлом номере название организации было неправильно названо). Живет в Иерусалиме.

Марина Генчикмахер – современная поэтесса. Автор нескольких книг стихов. Живет в США.

Ирина Бирна – автор романов «Пляж», «Записки обычного человека», книги публицистики «Украина, война, год второй» и других. Живет в Германии.

***Об остальных авторах вы можете прочитать
в вышедших номерах журнала***